La Mujer Justa

Sándor Márai

La Mujer Justa

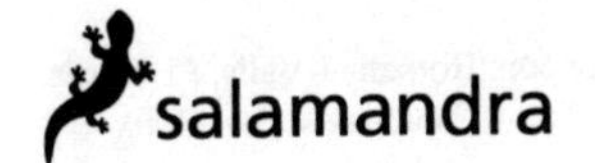

Título original: *Az Igazi y Judith*

Traducción del húngaro: Agnes Csomos

Ilustración de la cubierta: David Seidner, *Amira Casar*, 1985, Chromogenic print

Publicaciones y Ediciones Salamandra, S.A.
Almogàvers, 56, 7º 2ª - 08018 Barcelona - Tel. 93 215 11 99
www.salamandra.info

ISBN: 84-7888-937-X
Depósito legal: B-36.998-2005

1ª edición, marzo de 2005
5ª edición, septiembre de 2005
Printed in Spain

Impresión: Romanyà-Valls, Pl. Verdaguer, 1
Capellades, Barcelona

Primera Parte

Fíjate en ese hombre. Espera, no mires ahora, gírate hacia mí, sigamos charlando. Si mirase hacia aquí podría verme y no quiero que me salude... Ahora sí, ya puedes mirar. ¿Ese bajito y rollizo del abrigo con cuello de garduña? No, qué dices. Es el alto y pálido, el del abrigo negro que está hablando con la dependienta rubia y delgada. Le están envolviendo naranja escarchada. Qué curioso, a mí nunca me compró naranja escarchada.

¿Que qué me ocurre? Nada, querida. Espera, tengo que sonarme la nariz. ¿Se ha ido ya? Avísame cuando se haya ido.

¿Que está pagando? Dime, ¿cómo es su cartera? Fíjate bien, yo no quiero mirar. ¿Es una cartera marrón, de piel de cocodrilo? ¿Sí? Me alegro.

¿Que por qué me alegro? Porque sí. Yo le regalé esa cartera cuando cumplió los cuarenta. De eso hace ya más de diez años. ¿Que si lo quería? Es una pregunta difícil, querida. Sí, creo que lo quería. ¿Todavía está ahí?

¡Por fin se ha ido! Un momento, voy a empolvarme la nariz. ¿Se nota que he llorado? Sé que es una tontería, pero ya ves, los seres humanos podemos llegar a ser muy tontos. Aún se me sobresalta el corazón cuando lo veo. ¿Que si puedo decirte quién era? Claro que sí, querida, no es ningún secreto. Ese hombre era mi marido.

• • •

¿Te apetece un helado de pistacho? No sé por qué dicen que en invierno no se puede comer helado. A mí me encanta venir a esta pastelería a tomarme un helado, sobre todo en invierno. A veces pienso que uno decide hacer algo no porque sea una cosa buena o sensata sino simplemente porque puede hacerlo. Y a mí, hace ya años, desde que estoy sola, que me gusta venir a esta pastelería en invierno, sobre las cinco de la tarde, y pasar un par de horas en este salón rojo, con sus muebles antiguos y las viejas dependientas, los clientes que entran y salen y el ambiente de gran metrópoli de la plaza que se ve por las ventanas. Todo es muy acogedor, todo tiene cierto aire de fin de siglo. Además, ya lo habrás notado, aquí es donde sirven el mejor té. Lo sé, las mujeres modernas no van a las pastelerías. Van a los cafés, donde tienen que darse prisa, no pueden sentarse cómodamente, el café les cuesta cuarenta fillér y lo acompañan de ensalada para almorzar; así es el nuevo mundo. Pero yo aún pertenezco a otro mundo, yo aún necesito esta pastelería con sus muebles, su tapicería de seda roja, sus viejos retratos de princesas y sus grandes espejos. No vengo todos los días, como puedes imaginar, pero cuando me paso por aquí en invierno me siento muy a gusto. También solía quedar aquí con mi marido a la hora del té, cuando él salía del despacho, pasadas las seis.

Sí, ahora también venía de trabajar. Son las seis y veinte, es su hora. Aún hoy sé con exactitud todo lo que hace, conozco sus pasos tan bien como si estuviera presente en su vida. A las seis menos cinco llama a un criado para que le cepille el abrigo y el sombrero y le ayude a ponérselos, sale del despacho, manda al chófer por delante con el coche y se va andando para airearse un poco. Apenas camina, por eso está tan pálido. O puede que haya alguna otra razón, no lo sé. No conozco la razón porque ya nunca lo veo, no hablo con él, hace tres años que no hablo con él. No me gustan esos divorcios melindrosos en los que los esposos salen juntos de los juzgados y se van cogiditos del brazo a almorzar al famoso restaurante del parque Városliget intercambiando gestos de afecto y atenciones, como si no hubiera pasado nada, y después del divorcio y el almuerzo cada uno sigue por su camino. Yo soy una mujer con otros principios y otro temperamento. No creo que los esposos puedan seguir siendo buenos amigos después del divorcio. El matrimonio es el matrimonio y el divorcio es el divorcio. Ésa es mi opinión.

¿Tú qué piensas de esto? Es cierto, nunca has estado casada.

Como ves, no creo que eso que inventaron las personas hace milenios y continúan repitiendo como por inercia sea una mera formalidad. Creo que el matrimonio es sagrado. Y también que el divorcio es un sacrilegio. Me educaron así. Pero no sólo lo creo por mi educación y por los preceptos religiosos. También lo creo porque soy mujer y para mí el divorcio no es una simple formalidad, como tampoco lo es la ceremonia ante el oficial del registro civil o en la iglesia, que une indiscutiblemente los cuerpos y las almas de dos personas. Igual de indiscutible es el divorcio, que separa sus destinos. Cuando mi marido y yo nos divorciamos, no pensé ni por un instante que pudiéramos quedar como «amigos». Por supuesto, él seguía siendo educado y atento, incluso generoso, como era su costumbre y su deber. Pero yo no fui ni educada ni generosa, me llevé hasta el piano, sí, como tiene que ser. Anhelaba venganza, me habría gustado llevarme todo el piso, hasta las cortinas, todo. Me convertí en su enemiga en el momento del divorcio y lo seguiré siendo hasta el día de mi muerte. Que no me llame para ir a comer al restaurante de Városliget porque no estoy dispuesta a hacer el papel de la mujercita melosa que sube a casa del ex marido a poner orden si el criado roba la ropa interior. Por mí, pueden robárselo todo, y si un día me enterase de que está enfermo, ni siquiera entonces subiría a verlo. ¿Que por qué? Porque nos hemos divorciado, ¿entiendes? Y a eso una no puede resignarse.

Espera, prefiero retirar lo que acabo de decir. No quiero que enferme. Si se pusiera enfermo sí que iría a verlo al hospital. ¿Ahora de qué te ríes? ¿Te ríes de mí? ¿Que en el fondo deseo que se ponga enfermo para tener una excusa para ir a verlo? Pues claro que tengo esa esperanza. Tendré esperanzas mientras viva. Pero no quiero que contraiga una enfermedad realmente seria. Qué pálido estaba, ¿lo has visto? Está siempre así desde hace unos años.

Te lo contaré todo. ¿Tienes tiempo? Yo tengo mucho tiempo, por desgracia.

Ah, ya está aquí el helado. Lo que ocurrió fue que después del colegio encontré trabajo en una oficina. Entonces tú y yo aún nos carteábamos, ¿no es cierto? Tú te fuiste enseguida a Estados Unidos, pero durante un tiempo seguimos escribiéndonos, durante tres o cuatro años, creo. Tú y yo sentíamos ese amor ingenuo y malsano típico de las adolescentes que ahora, con el paso del tiempo, considero poco loable. Pero parece que sin amor no se puede vivir y, en aquella época, yo a ti te quería mucho. Además, vosotros erais ricos mientras que nosotros vivíamos en un piso de clase media, con cocina, tres dormitorios y pasillo distribuidor. Yo te admiraba... y esa especie de adoración entre adolescentes es ya de por sí una unión sentimental. Yo también tenía criada, pero en nuestra casa, por ejemplo, se bañaba en el agua «de segunda mano», después de mí. Esos pequeños detalles son muy importantes. Entre la riqueza y la pobreza hay infinidad de matices. Y dentro de la pobreza, ¿cuántos matices crees que hay? Tú eres rica, no puedes apreciar la enorme diferencia que hay entre cuatrocientos pengős mensuales y seiscientos. Entre dos mil y diez mil al mes no hay tanta diferencia. Ahora sé mucho de todo esto. En nuestra casa entraban ochocientos mensuales. Mi marido ganaba seis mil quinientos. Cuesta acostumbrarse a eso.

En su casa era todo un poquito diferente. Nosotros vivíamos en un piso de alquiler y ellos, en una casa. Nosotros teníamos un balcón con geranios y ellos, un pequeño jardín con dos arriates de flores y un viejo nogal. Nosotros teníamos una nevera ordinaria para la que comprábamos barras de hielo en verano; en casa de mis suegros había una nevera eléctrica que incluso fabricaba cubitos de hielo, todos iguales. Nosotros teníamos una sirvienta para todo; ellos tenían un matrimonio: criado y cocinera. Nosotros teníamos tres habitaciones y ellos cuatro, cinco si contamos el recibidor. Su recibidor era propiamente un recibidor, con tapicería fina de color claro en las puertas; nosotros sólo teníamos un vestíbulo donde también estaba la nevera, un vestíbulo oscuro de aquellos tan comunes en Pest, con un cajón para cepillarse los zapatos y un perchero anticuado. Nosotros teníamos una radio de tres válvulas que mi padre había comprado a plazos y en la que sólo podíamos oír lo que a ella le venía en gana. Ellos tenían un mueble parecido a un aparador que era radio y gramófono a la vez, que funcionaba con electricidad, giraba y cambiaba los discos y que podía recibir emisoras hasta de Japón. A mí me enseñaron que en la vida hay que salir adelante con lo que hay. A él le enseñaron que ante todo hay que vivir como se debe, con refinamiento, siguiendo las reglas y las buenas costumbres. Eso era lo más importante. Son unas diferencias enormes. Entonces yo no lo sabía.

Un día, cuando llevábamos poco tiempo casados, me dijo durante el desayuno: «Esa tapicería malva del comedor cansa mucho. Es muy chillona, es como tener a alguien en casa gritando todo el tiempo. Echa un vistazo en la ciudad, querida, busca otra tela para el otoño.»

Eran doce las sillas que pretendía tapizar de un color menos chillón. Lo miré estupefacta, creyendo que bromeaba. Pero no estaba bromeando, seguía leyendo el periódico, con la mirada fija y el semblante muy serio. Se notaba que lo había meditado bien antes de hablar, que de verdad le molestaba aquel color malva, un color que —debo admitirlo— sí era un poco vulgar. Lo había elegido mi madre, la tapicería estaba recién estrenada. Cuando se fue me eché a llorar. No soy estúpida, entendí exactamente lo que me había querido decir, eso que con palabras llanas, simples y directas no se puede expresar jamás: que existía entre nosotros una diferencia de estilo; que yo vengo de otro mundo, aunque haya aprendido todo lo que hay que saber y ahora pertenezca, como él, a la alta burguesía. A mi alrededor todo presenta un matiz ligeramente distinto de como a él le gusta, de a lo que él está acostumbrado. El burgués es mucho más sensible a esos matices que el aristócrata. El burgués tiene que estar toda la vida demostrando quién es. El aristócrata ya ha demostrado quién es en el momento de nacer. El burgués se siente obligado a acumular o, por lo menos, a salvaguardar durante toda su vida. Él no pertenecía a la generación de los que acumulan y en realidad tampoco a la siguiente, a la de los que custodian lo acumulado. Una vez me habló de este asunto. Estaba leyendo un libro alemán y dijo que en ese libro había encontrado la respuesta a la gran pregunta de su vida. A mí no me gustan las «grandes preguntas», creo que una persona está y estará siempre rodeada de miles de preguntas que sólo tienen sentido en su conjunto, y le pregunté con cierto tono sarcástico:

—¿De verdad crees que ahora ya te conoces?

—Pues claro —respondió, y su mirada tras los cristales de las gafas era tan sincera y honesta que me arrepentí de haber hecho la pregunta—. Yo soy un artista, pero no he encontrado mi forma de arte. Se da en las familias de la burguesía, y cuando ocurre, esa familia se extingue.

Nunca más volvió a hablar de ello.

En aquel momento no lo entendí. Nunca escribía ni pintaba ni tocaba ningún instrumento. Despreciaba a los aficionados al arte. Pero leía mucho, «con regularidad», según su expresión favorita, para mi gusto incluso con demasiada regularidad. Yo leía con pasión, según mis gustos y estados de ánimo. Él leía como si estuviera cumpliendo una de las grandes obligaciones de su vida. Si empezaba un libro lo leía hasta el final, aunque lo irritara o aburriera. La lectura era un deber irrenunciable para él, respetaba la letra impresa como los sacerdotes respetan las Sagradas Escrituras. Se comportaba de la misma manera con la pintura; iba a los museos, al teatro y a los conciertos con la misma disposición. Sentía gran afinidad por todas las manifestaciones del alma. Yo sólo sentía afinidad por él.

Sin embargo, no había encontrado aún su «forma de arte». Dirigía la fábrica, viajaba a menudo, incluso contrataba a artistas y les pagaba muy bien. Pero se cuidaba mucho de no imponer sus gustos, que eran más refinados que los de la mayoría de sus empleados y consejeros. Ponía sordina a todas sus palabras, como si estuviera disculpándose de forma muy cortés y delicada, como si estuviese indeciso y necesitado de ayuda. Cuando la situación lo requería sabía actuar con resolución en las decisiones importantes, sobre todo en los negocios.

¿Sabes quién era mi marido? Era el fenómeno más extraño del mundo: era un hombre. Pero no en el sentido teatral de «héroe romántico». Tampoco como se diría de un campeón de boxeo. Su alma era varonil, era un hombre de ánimo reflexivo y consecuente, inquieto, atento y previsor. Esto yo tampoco lo sabía entonces. En la vida hay cosas tremendamente difíciles de entender.

En el colegio no nos enseñaron nada de esto, ¿verdad?

Tal vez debería empezar contándote que un día me presentó a su amigo Lázár, el escritor. ¿Lo conoces? ¿Has leído algún libro suyo? Yo ahora ya los he leído casi todos. En realidad revolví literalmente en sus obras, como si en esas páginas él hubiera escondido un secreto que era también el secreto de mi propia vida. Pero al final no encontré en esos libros ninguna respuesta. Este tipo de secretos no tiene respuesta. Es la vida la que responde, a veces de forma muy sorprendente. Entonces yo no había leído ni una sola línea de este escritor. Conocía su nombre, sí. Pero no sabía que mi marido lo conocia ni que eran amigos. Una tarde volví a casa y encontré a mi marido en compañía de ese hombre. Entonces ocurrió algo muy peculiar. Fue en aquel momento, durante el tercer año de mi matrimonio, cuando me di cuenta por primera vez de que no sabía nada de mi esposo. Creía que lo conocía, pero tuve que admitir que en realidad no tenía ni idea de sus verdaderas pasiones, gustos y deseos. ¿Sabes lo que estaban haciendo aquella noche los dos, Lázár y mi marido?

Estaban jugando.

¡Pero el suyo era un juego tan especial, tan inquietante! No, no estaban jugando a las cartas. Mi esposo aborrecía todos los entretenimientos mecánicos, entre ellos las cartas. Estaban jugando, pero de una forma tan intimidante y extraña que al principio ni siquiera entendí lo que pasaba; sentía miedo y escuchaba acongojada su conversación como alguien que se hallara por error entre dos locos. En compañía de ese hombre mi marido se había transformado por completo. Llevábamos casados tres años y una tarde llegué a casa para encontrar a mi marido en el salón con un desconocido que se me acercó de forma amistosa, miró un momento a mi marido y me dijo:

—Bienvenida, Ilonka. ¿Te importa que haya traído a Péter? —Señaló a mi marido, que se levantó con expresión abochornada y me miró como pidiendo perdón. Creía que habían perdido el juicio. Pero ellos no me hacían demasiado caso. El desconocido dio un par de palmaditas en el hombro de mi marido y añadió—: Me encontré con él en la calle Aréna. Imagínate, el bobo no quería ni detenerse, me saludó y siguió adelante. Por supuesto, no dejé que se marchara. Le dije: «Péter, viejo asno, no estarás enfadado, ¿verdad?», y lo traje aquí cogido del brazo. Bueno, queridos —añadió abriendo los brazos—, daos un abrazo. Os permito también que os deis un beso.

Te puedes imaginar mi estupefacción. Me quedé allí de pie, con los guantes, el bolso y el sombrero en las manos, en medio de la sala, pasmada como un ganso. Mi primer impulso habría sido correr hacia el teléfono y llamar al médico o directamente a la policía. Pero mi marido se acercó a mí, me besó la mano con timidez y me dijo con la mirada baja:

—Olvidémoslo todo, Ilonka. Me alegro por vuestra felicidad.

Entonces nos sentamos a cenar. Lázár se sentó en el sitio de Péter y empezó a disponer y ordenar como si él fuese el señor de la casa. A mí me tuteaba. La sirvienta, por supuesto, pensó que habíamos enloquecido y del susto se le cayó la fuente de la ensalada. No me explicaron el juego aquella noche. Porque precisamente ése era el sentido del juego, que yo no supiera nada. Lo habían acordado todo entre los dos mientras me esperaban y estaban llevando a cabo el juego con tanta perfección como si fueran dos actores profesionales. El guión se basaba en que yo me había divorciado hacía ya años de Péter y me había casado con el escritor, el amigo de mi marido. Péter se había ofendido y nos lo había dejado todo, el piso, los muebles, todo. Es decir, que mi marido era el escritor y se había encontrado por casualidad con Péter en la calle, había cogido a mi ofendido ex marido del brazo y le había dicho: «Mira, dejemos esta tontería, lo pasado, pasado. Vente a cenar con nosotros, a Ilonka también le hará mucha ilusión verte.» Y Péter había venido. Y allí estábamos, los tres juntos en la casa que yo había compartido con Péter, cenando amigablemente; el escritor era mi marido, dormía en la cama de Péter, había ocupado su lugar en mi vida... ¿Entiendes? Jugaban como dementes.

Pero el juego tenía, además, toda una serie de sutiles complicaciones. Péter fingía que estaba turbado, confuso, atormentado por los recuerdos. El escritor, a su vez, se mostraba exageradamente desinhibido, porque en realidad a él también lo ponía tenso aquella situación peculiar, se sentía culpable ante Péter y por eso hablaba en un tono tan alto y tan alegre. Yo fingía... No, yo no fingía nada, yo sólo estaba sentada entre los dos, atónita, y miraba a uno y a otro sin comprender las tonterías de aquellos dos hombres adultos e inteligentes. Naturalmente, al final comprendí las sutilezas y acepté las normas del extraño juego. También comprendí algo más aquella noche.

Comprendí que mi marido, a quien creía mío por completo, a quien, como se suele decir, creía conocer en cuerpo y alma, incluso sus secretos más profundos, no me pertenecía; era un extraño, un extraño que me ocultaba secretos. Era como si hubiese descubierto algo de él, que había estado en prisión o que tenía inclinaciones inconfesables, algo que no casaba de ninguna manera con la imagen que me había ido creando de él en los años anteriores. Descubrí que yo era confidente de mi marido sólo en algunos temas, mientras que en otros él era tan misterioso y extraño como el escritor al que había encontrado en la calle y había traído a casa para que jugásemos a un juego absurdo en contra de mi voluntad... y un poco contra mí. Supe que mi marido tenía otros mundos, no sólo el que yo conocía. Y supe también que aquel hombre, el escritor, tenía poder sobre el alma de mi marido.

Dime, ¿qué es el poder? Hoy en día se habla y se escribe mucho sobre este asunto. ¿Qué significa el poder político, qué es lo que hace que una persona logre imponer su voluntad sobre la de millones? ¿Y cuál es el fundamento de nuestro poder, el de las mujeres? El amor, dices. Puede que sea el amor. A veces dudo de esa palabra. No reniego del amor, nada de eso. Es el mayor poder sobre la Tierra. Sin embargo, a veces siento que cuando los hombres nos aman, porque no pueden hacer otra cosa, al mismo tiempo desprecian un poco ese sentimiento.

En todos los hombres de verdad hay un espacio reservado, como si quisieran ocultar parte de su ser y de su alma a la mujer que aman, como si dijeran: «Hasta aquí, querida, y no más allá. Aquí, en la séptima habitación, quiero estar solo.» A las mujeres tontas esto las hace enfurecer de rabia. Las inteligentes se entristecen, sienten curiosidad, pero, al final, se resignan.

¿Y cuál es el poder que una persona ejerce sobre el alma de otra? ¿Por qué tenía poder sobre el alma de mi marido aquel hombre infeliz, inquieto, inteligente, temible y a la vez imperfecto y herido? Porque tenía poder, como descubrí más tarde, un poder peligroso, fatal. Mucho tiempo después mi marido me dijo que aquel hombre era el «testigo» de su vida. Trató de explicarme lo que quería decir con eso. Dijo que en la vida de todos los seres humanos hay un testigo al que conocemos desde jóvenes y que es más fuerte. Hacemos todo lo posible para esconder de la mirada de ese juez impasible lo deshonroso que albergamos en nuestro seno. Pero el testigo no se fía, sabe algo que nadie más sabe. Pueden nombrarnos ministros o concedernos el premio Nobel, pero el testigo tan sólo nos mira y sonríe. ¿Tú crees en este tipo de cosas?

También me dijo que todo lo que hacía una persona en la vida acababa haciéndolo para el testigo, para convencerlo, para demostrarle algo. La carrera y los grandes esfuerzos de la vida personal se hacen ante todo para el testigo. ¿Conoces ese momento tan torpe en que el joven marido presenta a su esposa «el amigo», el gran compañero de su infancia, y observa con ansiedad si al amigo le gusta la mujer, si da el visto bueno a su elección? El amigo, por supuesto, se hace el importante y se comporta con mucha educación, pero en el fondo siempre estará celoso porque la mujer lo excluye a él, al amigo, de la relación sentimental. Aquella noche, Lázár y mi marido me miraban más o menos así. Y lo hacían de forma consciente porque ellos dos sabían muchas cosas que yo entonces ni siquiera sospechaba.

A raíz de la conversación, aquella noche comprendí que los dos cómplices, el escritor y mi marido, conocían aspectos de las relaciones entre hombres y mujeres de los que mi marido nunca me había hablado. Como si yo no mereciera que me hablara de cualquier tema.

Cuando el extraño invitado se marchó, pasada la medianoche, me planté delante de mi marido y le pregunté abiertamente:

—Tú me desprecias un poco, ¿verdad?

Se quedó mirándome detrás del humo de su cigarro puro con unos ojos cansados, achinados, como los de alguien que tras una gran juerga escuchara los reproches entre las náuseas de la resaca. La verdad es que aquella noche en que mi marido trajo a casa por primera vez al escritor y jugaron a su peculiar juego me dejó peor sabor de boca que una borrachera. Todos estábamos cansados y nos oprimían sentimientos extraños, amargos.

—No —dijo muy serio—. No te desprecio, de ninguna manera. ¿Por qué lo piensas? Eres una mujer inteligente y de gran sensibilidad —añadió con resolución y convencimiento.

Me quedé pensativa, escuchando sus palabras con perplejidad. Estábamos sentados uno frente a otro con la mesa ya recogida, la misma mesa a la que habíamos estado sentados toda la noche, pues tras la cena no nos levantamos para ir al salón porque el invitado lo había preferido así; habíamos pasado la velada entre montones de colillas y botellas de vino vacías. Entonces le pregunté con desconfianza:

—De acuerdo, tengo cierta inteligencia y gran sensibilidad, pero ¿qué opinas de mi carácter y mi espíritu?

Enseguida me di cuenta de que la pregunta había sonado un poco patética. Mi marido me miraba con atención. Pero no respondió.

Como si quisiera decir: «Ése es mi secreto. Confórmate con que reconozca tu inteligencia y tu sensibilidad.»

Todo empezó más o menos así. ¡Cuántas veces recordé aquella noche!

El escritor no venía a casa muy a menudo y tampoco se veía mucho con mi marido. Pero yo advertía sus encuentros esporádicos con la misma intensidad que una mujer celosa detecta en un hombre los olores de un encuentro fugaz o el rastro del aroma del perfume femenino que se impregna en la piel del hombre tras un apretón de manos. Por supuesto tenía celos del escritor y, en los primeros tiempos, instaba a mi marido a que lo invitase a cenar. Pero entonces él se turbaba y evadía la cuestión.

—Lleva una vida bastante retirada —decía sin mirarme a los ojos—. Es un excéntrico, un escritor. Está trabajando.

Después supe que a veces se veían en secreto. Los vi por casualidad en un café y sentí en el acto una sensación enfermiza y cruel. En aquella calle sentí que me clavaban un puñal, una aguja bien afilada. Ellos no podían verme, estaban sentados en uno de los reservados del café, mi marido estaba hablando y ambos se reían. De nuevo la cara de mi marido me pareció extraña, por completo diferente de como era en casa, de como yo la conocía. Me alejé apresuradamente y sentí que palidecía. Se me había helado la sangre.

«¡Estás loca! —pensé—. ¿Qué quieres? Ese hombre es su amigo, un escritor famoso, un hombre especial, de gran inteligencia. No hay nada raro en que se vean de vez en cuando. ¿Qué esperas de ellos? ¿Por qué te late el corazón con tanta fuerza? ¿Temes que no te acepten en su juego, en uno de sus estrafalarios juegos? ¿Temes no ser bastante inteligente o culta para él? ¿Estás celosa?»

No tuve más remedio que reírme de mí misma. Pero los latidos furiosos de mi corazón no cesaban. Mi corazón palpitaba de forma irregular, como cuando esperaba a mi hijo y tuvieron que ingresarme en la clínica. Pero la taquicardia del embarazo, a pesar de su intensidad, era una sensación dulce y llena de felicidad.

Andaba por la calle todo lo deprisa que podía y sentía que me habían traicionado o que me habían dejado fuera de algo. Con la razón comprendía y admitía todo: mi marido no quería que yo viese a aquel hombre tan especial, sólo él tenía derecho a tratarlo por su amistad de juventud. De todas formas, mi marido era un hombre reservado. Incluso así, me sentí engañada y traicionada. Cuando mi marido volvió a casa, a la hora habitual, yo tenía aún palpitaciones.

—¿Dónde has estado? —pregunté cuando me besó la mano.

—¿Dónde? —dijo, y miró al vacío—. En ningún sitio. He venido directamente a casa.

—Mientes —respondí.

Me miró durante largo tiempo. Luego dijo con indiferencia, casi con desdén:

—Cierto. Se me había olvidado. Me encontré con Lázár por el camino. Fuimos a un café. ¿Ves? Se me había olvidado. ¿Acaso nos has visto en el café?

Parecía sincero, sereno y un poco sorprendido. Me avergoncé de mí misma.

—Perdóname —dije—. Me incomoda no saber nada de ese hombre. Creo que no es tu amigo de verdad. Ni el mío, no es nuestro amigo. Evítalo, olvídalo —supliqué.

Mi marido me miraba con curiosidad.

—¡Ah! —dijo mientras se limpiaba las gafas con mucho esmero, como siempre—. A Lázár no hay que evitarlo. Él nunca se toma confianzas.

Y no volvió a hablar de aquella persona.

Pero yo ya quería saberlo todo sobre Lázár. Leí sus libros; algunos de ellos los encontré en la biblioteca de mi marido, con curiosas dedicatorias escritas a mano. ¿Qué es lo que resultaba extraño en tales dedicatorias? Pues que eran tan... despiadadas... no, ésa no es la palabra, estaban cargadas de un sarcasmo especial. Como si el escritor despreciara no sólo a aquel a quien dedicaba el libro sino también a sus propios libros, y a sí mismo por escribirlos. Había algo humillante, amargo y triste en aquellas dedicatorias. Como si escribiera tras su nombre: «Sí, está bien, no puedo hacer otra cosa, pero yo no soy como tú.» Hasta entonces, yo veía a los escritores como una especie de sacerdotes de salón. ¡Y con qué seriedad se dirigía al mundo aquel hombre en sus libros! No entendía todo lo que escribía. Como si no se dignase contarme a mí, su lectora, todo lo que había que saber... Pero sobre eso ya habían escrito y hablado mucho los críticos y los lectores. Como a todas las personalidades célebres, a este escritor también había muchos que lo odiaban. Él nunca hablaba de sus libros, nunca hablaba de literatura. Sin embargo, todo lo demás le interesaba: una tarde subió a nuestra casa y tuve que explicarle cómo se preparaba el conejo adobado. ¿Dónde se ha visto algo así? Tuve que explicarle todo lo que sabía sobre los adobos, incluso interrogó a la cocinera. Luego estuvo hablando de las jirafas, dijo cosas muy interesantes. Podía hablar de cualquier tema, sabía mucho; pero nunca hablaba de literatura.

¿Que están todos un poco locos? Yo también pensé algo por el estilo. Pero luego comprendí que el asunto era más complejo de lo que había creído, como casi todo en la vida. No están locos, es que son infinitamente pudorosos.

Después, Lázár desapareció. Sólo leíamos sus libros y sus artículos. De vez en cuando se lo relacionaba con políticos o con mujeres famosas, pero de aquellos rumores nunca se sabía nada con certeza. Los políticos juraban que el famoso escritor se había afiliado a su partido, las mujeres afirmaban que habían conseguido conquistar y domar a la extraña fiera. Pero la fiera volvía a esconderse en su madriguera. Pasaron muchos años sin que supiéramos nada de él. ¿Qué estuvo haciendo durante ese tiempo? No lo sé. Vivía. Leía. Escribía. Puede que incluso hiciera magia. A propósito, quiero contarte una cosa.

• • •

Pasaron cinco años más. En total conviví ocho años con mi esposo. El pequeño llegó al tercer año. Sí, era un niño. Te mandé una fotografía. Era precioso, lo sé. Luego ya no te escribí más, ni a ti ni a nadie, sólo vivía para el bebé. Dejé a todos de lado, a los lejanos y a los cercanos. No se puede amar tanto, no se debe amar tanto a nadie, ni siquiera a los propios hijos. Todo amor supone un egoísmo desenfrenado. Pues sí, cuando nació el niño cesó nuestra correspondencia. Tú eras mi única amiga, pero ya ni siquiera te necesitaba a ti porque tenía al niño. Sí, durante los dos años que vivió el niño sentí la más absoluta felicidad, un delirio de serenidad y de aprensión. Sabía que el niño no viviría mucho tiempo. ¿Cómo lo sabía? Una sabe esas cosas. Una presiente todo su destino. Sabía que la felicidad, la bondad y la belleza que me daba ese niño no me correspondían. Sabía que iba a morir. No me regañes, por favor, no me condenes por lo que te estoy diciendo. Lo sé mejor que tú. Pero aquellos dos años fueron la felicidad.

Murió de escarlatina. Tres semanas después de su segundo cumpleaños, durante el otoño. Dime, ¿por qué se mueren los niños inocentes? ¿Has pensado alguna vez en eso? Yo mucho, muchas veces. Pero Dios no responde a este tipo de preguntas. No tengo otra cosa que hacer en la vida, así que pienso mucho en esto. Sí, incluso ahora. Mientras viva. Un dolor así nunca se supera. Ése es el único dolor verdadero: la muerte de un niño. Es el modelo por el que se miden todos los demás dolores. Tú no lo conoces, lo sé. Y como ves, no sé qué decirte, no sé si te envidio o te compadezco por no conocerlo. Creo que te compadezco.

Puede que todo hubiera resultado de otra manera si el niño no hubiese nacido. Y puede que todo fuera diferente ahora si el niño siguiese con vida. Puede ser... Porque un niño es el mayor de los milagros, la única presencia que puede dar sentido a la vida. Sin embargo, no debemos engañarnos. No creo que un niño pueda disipar como por ensalmo la tensión latente y las complicaciones irresolubles que existen entre dos personas. Pero no merece la pena hablar de ello. El niño nació un día, vivió dos años y luego murió. Yo seguí viviendo con mi esposo dos años más y después nos divorciamos.

Ahora sé con certeza que nos habríamos divorciado al tercer año de matrimonio de no ser por el niño. ¿Por qué? Porque entonces ya sabía que no podía vivir con mi esposo. Es el mayor dolor de la vida, amar a alguien y saber que no puedes vivir con él.

¿Por qué? Fue él quien me lo dijo un día, cuando lo instigué a que me dijera cuál era el problema entre nosotros:

—Me estás pidiendo que renuncie a mi dignidad como ser humano. Yo no puedo hacer eso. Prefiero morir.

Lo entendí enseguida.

—No te mueras. Prefiero que vivas y que sigas siendo un desconocido —respondí.

Porque él era una persona que cumplía todo lo que decía. No actuaba de inmediato, a veces pasaban años hasta que sus palabras se convertían en actos. Hay quien habla sólo por hablar, discute con ligereza de proyectos y posibilidades después de cenar y un momento después se olvida. Pero mi esposo era plenamente consecuente con sus palabras. Era como si en su interior estuviese encadenado a las palabras; una vez pronunciadas, no las soltaba. Si decía «prefiero morir», yo debía saber que efectivamente ese hombre no estaba dispuesto a entregarse a mí, que antes prefería morir. Ése era su carácter, su destino. A veces dejaba caer en medio de una conversación un par de palabras con las que expresaba un juicio severo sobre una persona o dejaba entrever un plan, y luego no volvía a mencionarlo más; sin embargo, al cabo de unos años, un buen día yo caía en la cuenta de que la persona criticada había desaparecido de nuestras vidas o de que el plan mencionado de paso se había convertido en realidad. Para el tercer año yo ya era consciente de la gravedad de los problemas que se interponían entre nosotros. Mi marido era atento y tierno, se puede decir incluso que me quería. No me engañaba, no conocía a otras mujeres, sólo a mí. Y sin embargo... Cuidado, no me mires ahora, creo que me estoy sonrojando... Sin embargo, yo sentía que no era su esposa sino... Sí, claro que me quería. Pero al mismo tiempo era como si soportara mi presencia en la casa, en su vida. Había en su comportamiento una indulgencia paciente, como si tuviese que resignarse al hecho de que yo también viviera allí, en la tercera habitación. Así eran las cosas.

Él conversaba conmigo de buena gana y con afecto, se quitaba las gafas, me escuchaba, me daba consejos, a veces incluso bromeaba. Íbamos al teatro, salíamos con otras personas y yo observaba cómo los escuchaba: con la cabeza echada hacia atrás, los brazos cruzados y una expresión algo recelosa, amablemente irónica, escéptica. Porque él no se entregaba por completo a nadie. Escuchaba con mucha atención, con seriedad y sentido del deber, y luego respondía; pero en su voz siempre había un matiz de compasión porque sabía que en todos los asuntos de los hombres también hay ineptitud, ansiedad, mentira e ignorancia, que no hay que creer todo lo que digan aunque lo hagan con buena intención. Por supuesto, él no podía decir nada de esto a sus interlocutores, así que se limitaba a escucharlos con una indiferencia benévola, con seriedad y recelo, y a sonreír moviendo la cabeza de vez en cuando, como diciendo: «Siga, siga. Yo sé lo que hay que saber.»

Antes me has preguntado si lo amaba. Sufrí mucho a su lado. Pero sé que lo amaba y también sé por qué. Lo amaba porque era triste y solitario, y nadie podía ayudarlo, ni siquiera yo. Pero ¡cuánto tiempo y sufrimiento fueron necesarios para que me diese cuenta y lo comprendiese! Durante mucho tiempo pensé que me despreciaba, que no tenía buena opinión de mí... pero había algo más en su comportamiento. Ese hombre, a sus cuarenta años, estaba tan solo como un eremita en el desierto. Llevábamos una vida lujosa en la metrópoli, teníamos muchos conocidos, mucha compañía. Pero estábamos solos.

Una vez lo vi distinto, sólo una vez, durante un instante. Fue cuando nació el niño y las enfermeras dejaron pasar a la habitación a ese hombre pálido, triste y solitario. Entró vacilando, como quien está viviendo un momento delicado, demasiado humano, y la situación lo avergüenza un poco. Se quedó indeciso delante de la cuna y luego se inclinó hacia delante con las manos en la espalda, tímido y prudente, como siempre. Yo estaba muy cansada, pero lo observaba con atención. Al inclinarse sobre la cuna, en aquel instante, la cara pálida se iluminó como por una luz interior. No dijo nada. Pasó mucho tiempo mirando al bebé, puede que veinte minutos, sin moverse. Después se acercó a mí, me puso la mano en la frente y se quedó así, de pie al lado de la cama, en silencio. No me miraba a mí, tenía la vista fija en la ventana. El pequeño había nacido en una brumosa madrugada de octubre. Mi marido estuvo un rato a mi lado, acariciándome la frente; tenía las manos muy calientes. Luego se puso a hablar con el médico como el que ha terminado un asunto y ya puede concentrarse en otro.

Pero ahora sé que en aquel momento, por primera y quizá por última vez en su vida, fue feliz.

Puede que incluso estuviera dispuesto a ceder un poco de ese secreto suyo que llamaba «la dignidad humana». Mientras el niño vivió él me hablaba en un tono distinto, con más confianza. Pero a pesar de todo sentía que aún no me había acogido por completo en su mundo, que luchaba consigo mismo intentando vencer esa fuerte resistencia interior, ese peculiar enredo de arrogancia, miedo, desprecio y desconfianza que le impedía ser como los demás. Por amor al niño habría estado dispuesto a hacer las paces con el mundo... por lo menos un poco. Al menos durante un tiempo. Mientras vivió el niño, observé con esperanza febril la manera en que aquel hombre luchaba contra su carácter. Luchaba consigo mismo como el domador con la fiera. Aquel hombre reservado, orgulloso y triste trataba de convertirse en alguien comunicativo, modesto y humilde. Por ejemplo, me traía pequeños regalos. Y a mí me entraban ganas de llorar. Porque, hasta entonces, el pudor siempre le había impedido regalarme pequeños detalles. En Navidades o en mis cumpleaños había recibido sin excepción algo ostentoso, carísimo, un viaje, una prenda de alta peletería, un coche nuevo, joyas... Lo que siempre me había faltado era precisamente eso, que volviera a casa por la noche con unas castañas asadas compradas por unos cuantos fillér. ¿Comprendes? O dulces o cualquier detalle, no sé. Pues de pronto traía cosas así. Me lo daba todo, tuve a los mejores médicos, la mejor habitación para el bebé; esta sortija también me la regaló entonces... sí, es muy valiosa... Y además, también lo vi regresar una noche a casa con un paquete envuelto en papel cebolla del que sacó —con una sonrisa tímida en los labios, sonrojado— un jerseicito y un gorrito de punto para el bebé. Dejó en la mesa la ropita de delicada factura y, excusándose con una sonrisa, salió a toda prisa de la habitación.

Créeme, en aquellos momentos se me saltaban las lágrimas de alegría y esperanza. Pero había otro sentimiento mezclado con todo aquello: el miedo. Temía que él no lo lograse, que no pudiera vencerse a sí mismo, que no resistiéramos juntos el niño, él y yo... Algo fallaba. Pero ¿qué? Yo iba a la iglesia y rezaba. Le pedía ayuda a Dios. Pero Dios sabe que sólo nosotros podemos ayudarnos.

Mantuvo su lucha interior mientras vivió el niño.

¿Ves?, ahora tú también te has puesto nerviosa. ¿Me preguntas qué problema había entre nosotros, qué tipo de persona era mi marido? Es una pregunta difícil, querida. Yo estuve ocho años devanándome los sesos con esa pregunta. Y desde el divorcio también me lo he preguntado en muchas ocasiones. A veces pienso que ya he encontrado la respuesta. Pero todas las teorías presentan dudas. Sólo puedo explicarte lo que yo percibía.

¿Que si me quería?... Pues sí, me quería. Pero creo que sólo ha querido de verdad a su padre y a su hijo.

Con su padre era atento y respetuoso. Lo visitaba una vez a la semana. Y mi suegra también comía con nosotros todas las semanas. Suegra, ¡qué mal suena! Aquella mujer, la madre de mi marido, era una de las personas más finas que he conocido. Cuando el marido murió y la rica y elegante señora se quedó sola en aquel piso tan grande, tuve miedo de que se acostumbrara a estar con nosotros. Todos tenemos prejuicios. Pero aquella señora era la personificación del tacto y la discreción. Se mudó a un piso más pequeño y se ocupaba de sus quehaceres diarios sin molestar a nadie, con mucha prudencia y cordura. No buscaba compasión ni misericordia. Naturalmente, sabía algo de su hijo que yo ignoraba. Las madres son las únicas que conocen la verdad. Sabía que su hijo era cariñoso, respetuoso y atento con ella, sólo que... ¿No la quería? Terrible sentencia. Pero podemos pronunciarla sin temor, pues con mi marido aprendí —en realidad lo aprendimos ambos de Lázár— que las palabras verdaderas tienen un poder creador y catártico. Entre madre e hijo jamás hubo discusiones o diferencias de opinión. «Querida madre», decía él; «querido hijo», contestaba ella. Siempre con un beso en la mano, siempre manteniendo una cortesía casi ritual. Jamás una palabra íntima. Nunca se quedaban solos en la misma habitación durante demasiado tiempo; siempre había uno que se levantaba y se iba con algún pretexto o llamaba a alguien para que los acompañara. Les daba miedo quedarse a solas porque en tal caso se verían obligados a hablar de un tema concreto que acarrearía una serie infinita de inconvenientes, de graves problemas, pues se desvelaría el terrible secreto sobre el que madre e hijo no podían hablar. Eso es lo que yo sentía. ¿Que si de verdad era así? Sí... Así era, efectivamente.

Me habría gustado que hicieran las paces. Pero ¿cómo, si no estaban enfadados? Algunas veces, con sumo cuidado, como si examinara una herida profunda, intentaba tocar el tema de su relación. Pero al mínimo intento ambos se alarmaban y cambiaban de conversación. ¿Qué podía decir? La acusación y la queja no encontraban ningún fundamento para manifestarse, no conseguían emerger bajo ninguna forma. ¿Acaso tenía alguna prueba de que madre e hijo se hubiesen fallado en algo? No, porque ambos «cumplían con su deber». Como si llevaran toda la vida intentando mantener una coartada. Celebrábamos meticulosamente todos los santos, los cumpleaños, las Navidades y otras pequeñas y grandes celebraciones del clan familiar. Ella recibía nuestro regalo y entregaba el suyo. Mi marido le besaba la mano y ella le besaba la frente. En las comidas o las cenas, ella ocupaba su lugar en la cabecera de la mesa y todos se dirigían a ella con mucho respeto y atención, le hablaban de temas familiares y de los acontecimientos mundiales poniendo mucho cuidado en no enzarzarse en polémicas y escuchaban las opiniones concretas, educadas y discretas de la madre; luego volvían a ocuparse de su plato y cambiaban de tema. Por desgracia, siempre cambiaban de tema...

¡Ay, aquellas comidas familiares! ¡Aquellos silencios en la conversación! ¡Aquel constante «cambiar de tema», aquella eterna y amable discreción! ¡No podía decirles que, entre la sopa y la carne, los cumpleaños y la Navidad, la juventud y la vejez, no hacían más que cambiar de tema! No podía decirles nada porque mi marido, conmigo, también hablaba de «otra cosa», yo también padecía el silencio y las reticencias que hacían sufrir a mi suegra; a veces llegué a pensar que ambas éramos culpables, tanto la madre como yo, de no estar a la altura de la situación, de no saber entenderlo, de no haber sido capaces de descubrir el secreto de su alma, de no haber cumplido con nuestro deber, con la única y verdadera misión de nuestras vidas. No sabíamos cómo comportarnos con ese hombre. Ella le había dado la vida, yo le había dado un hijo... ¿Acaso puede una mujer dar algo más grande a un hombre? ¿Dices que no? Yo no lo sé. Un día empecé a dudarlo. Y hoy, tú y yo nos hemos encontrado aquí, lo he visto a él y todo aquello ha vuelto a cobrar vida, y siento que tengo que contárselo a alguien, aunque sea porque es lo único que pienso en todo el día. Así que voy a contártelo. ¿No estás cansada? ¿Tienes media hora más? Escúchame, tal vez consiga contártelo todo.

Quizá sentía respeto por nosotras, y seguro que nos quería. Pero ni su madre ni yo supimos cómo tenerlo. Ése ha sido el gran fracaso de nuestras vidas.

¿Dices que en el amor ni se debe ni se puede «saber cómo comportarse»? Te equivocas, querida. Yo también pasé mucho tiempo pensando eso y gritaba al cielo la misma respuesta, la misma acusación. El amor existe o no existe. ¿Qué más hay que saber? ¿En qué se convierte el sentimiento humano cuando detrás de él se esconden la intención y la conciencia? ¿Sabes?, cuando uno se va haciendo viejo se da cuenta de que todo es diferente de lo que pensaba: hay que ser mañoso en todo, hay que aprenderlo todo, incluso a amar. Sí, no sacudas la cabeza, no sonrías. Somos humanos y todo lo que nos ocurre en la vida pasa por el filtro de la razón. Y a través de la razón se hacen soportables o insoportables nuestros sentimientos y nuestras pasiones. No basta con amar.

Pero no hablemos de esto. Lo sé y con eso me basta. Ya pagué un precio muy alto por ello. ¿Cuál fue el precio? Mi vida, querida, mi vida entera. El hecho de estar sentada contigo aquí, en el salón rojo de esta pastelería, y de que mi marido compre naranja escarchada para otra mujer. De todas formas, no me sorprende que ahora lleve naranja escarchada a casa. Siempre ha tenido un gusto bastante ordinario en todo.

¿Que quién? ¡Pues la otra! Me molesta tener que pronunciar su nombre. Esa con la que se casó después. ¿No sabías que había vuelto a casarse? Creía que la noticia había llegado incluso hasta ti, a Boston. Ya ves lo ingenuos que somos. Tendemos a creer que los asuntos propios, los verdaderos, son acontecimientos de relevancia mundial. Mientras ocurría todo esto, nuestro divorcio y el posterior matrimonio de mi marido, en el mundo se sucedían hechos de gran importancia, unos países se desmembraban y otros se preparaban para la guerra, hasta que un día la guerra estalló de verdad... Esto tampoco es muy sorprendente, incluso Lázár decía que cuando los hombres se preparan para algo con voluntad, tenacidad, previsión y cautela —por ejemplo, una guerra—, al final se confirma la predicción. Pero a mí no me habría sorprendido que en aquellos meses las portadas de los periódicos también hubieran informado con grandes titulares sobre mi propia guerra, mis conflictos, mis derrotas y mis victorias puntuales, y en general sobre todo lo que acaecía en el frente de mi vida en aquellos momentos. Pero ésa es otra historia. Cuando nació el niño, todo eso estaba lejos todavía.

Podría decirse que, durante los dos años que vivió el niño, mi marido firmó la paz conmigo y con el mundo. No una paz verdadera, sólo un armisticio, una tregua. Estaba a la espera, observando. Trataba de poner orden en su alma. Porque ese hombre tenía un alma pura. Ya te he dicho que era un hombre de verdad. Y además, resulta que era un caballero. No en el sentido melodramático, no como esos que van al casino y se retan a duelo o se suicidan de un disparo porque no pueden pagar las deudas que han contraído. Él ni siquiera jugaba a las cartas. Una vez dijo que los caballeros no juegan a las cartas porque sólo tienen derecho a poseer el dinero que se han ganado trabajando. En ese sentido era un caballero. Y, por lo tanto, se mostraba cortés y paciente con los más débiles, severo y correcto con sus iguales. Puesto que no conocía a nadie extraño a su rango, no reconocía ningún nivel social o humano por encima del suyo. Únicamente los artistas despertaban su admiración. Decía que, de entre los hijos de Dios, son ellos los que han elegido la tarea más ardua. No reconocía a nadie más como superior.

Y como era un caballero, cuando nació el niño trató de arrancar de su alma ese terrible distanciamiento que me hacía sufrir tanto y se esforzó por acercarse a mí y al niño de forma conmovedora. Como si un tigre decidiera de un día para otro seguir una dieta vegetariana y alistarse en el Ejército de Salvación. ¡Qué difícil es vivir!

A pesar de todo vivimos así durante dos años. No del todo bien, no éramos felices, pero con tranquilidad. Él debió de hacer un terrible esfuerzo durante aquellos dos años. Hace falta una fuerza sobrehumana para vivir contra la propia naturaleza. Le rechinaban los dientes del empeño que ponía en ser feliz. Pretendía sentirse liviano, confiado y sereno en medio del espasmo nervioso que padecía. ¡Pobrecillo! Tal vez no habría sufrido tanto si yo lo hubiera dejado libre en el plano afectivo y hubiera volcado todas mis pretensiones, toda mi necesidad de amor en el niño. Pero, mientras tanto, en mi interior también estaba pasando algo que aún no comprendía. Sólo quería a mi hijo a través de mi marido. Puede que por eso me castigase Dios. ¿Por qué me miras con los ojos desorbitados? ¿No me crees? ¿O te has asustado? Pues sí, querida, mi historia no es precisamente un cuento de hadas. Adoraba al niño, vivía sólo para él; durante aquellos dos años sentí por fin que mi vida tenía un sentido y un objetivo... Pero quería al niño por y para mi marido, ¿lo comprendes ahora? Quería que el niño lo atara a mí por completo, interiormente también. Es terrible decirlo, pero ahora sé que la criatura por la que lloraré toda mi vida no era más que un instrumento, una excusa para obligar a mi marido a amarme. No habría podido expresar esto con palabras aunque me hubiera pasado una noche entera en el confesonario. Pero él lo sabía, incluso sin palabras, y en secreto, en el fondo de mi corazón, yo también lo sabía; sin necesidad de las palabras justas, porque entonces aún no disponía de las palabras adecuadas para expresar los fenómenos de la vida. Las palabras justas llegan después y hay que pagar un alto precio por ellas. Por entonces, Lázár todavía era el único que las tenía. Un día me las dio con aparente desinterés, como quien ajusta un mecanismo o abre un cajón secreto. Pero entonces aún no sabíamos nada el uno del otro. Parecía que todo estaba en el más absoluto orden a nuestro alrededor. Por las mañanas, la niñera traía al bebé al salón vestido de azul y rosa, y lo acercaba a la mesa del desayuno. Mi marido hablaba conmigo y con el niño, luego montaba en el coche y se marchaba a la fábrica. Por la noche cenábamos fuera o recibíamos invitados, que se alegraban por nuestra felicidad, nuestro hermoso hogar, por la joven madre, el precioso bebé y el ambiente relajado. ¿Qué pensaban al marcharse? Creo que lo sé. Los más estúpidos sentían envidia. Los más inteligentes y sensibles dejaban escapar un suspiro de alivio cuando salían por la puerta de casa, pensando: «¡Por fin...!» En casa se servían platos deliciosos, se bebían exquisitos vinos de importación y la conversación era amable y sosegada. Pero faltaba algo, y el invitado no veía el momento de tomar la puerta. Mi suegra también llegaba ligeramente alarmada y se marchaba con la misma extraña presteza. Nosotros percibíamos todo eso, pero no éramos plenamente conscientes. Mi marido tal vez lo supiera, él sí... Aunque no podía hacer otra cosa: indefenso, con los dientes bien apretados, se veía obligado a ser feliz.

Interiormente, no lo dejé libre ni por un momento. Lo mantenía a mi lado por medio del niño, lo chantajeaba sin palabras con mi exigencia emocional. ¿Que si es posible que existan tales fuerzas entre las personas? Claro que sí, sólo existen fuerzas de ese tipo. Dedicaba al niño cada segundo de mi vida, pero sólo porque sabía que, mientras estuviera el niño, estaría él y sería sólo mío. Dios no perdona esas cosas. No se puede amar con segundas intenciones. No se puede amar con tanto crispamiento y delirio. ¿Quieres decir que sólo se puede amar así? Bueno, pues ésa era exactamente mi forma de amar.

Vivíamos gracias a la vida del niño y luchando el uno contra el otro. Luchábamos con pasión y en silencio, con una sonrisa en los labios, intercambiando cortesías. Pero un día ocurrió algo. Me cansé. Fue como si se me hubieran dormido los brazos y las piernas. Porque en aquellos años yo también había desperdiciado una ingente cantidad de energía, él no había sido el único en realizar un esfuerzo sobrehumano.

Me sentía agotada, como quien está a punto de caer enfermo. Fue a comienzos del otoño, hace ya muchos años. Era un otoño templado y dulce. El niño iba a cumplir dos años y empezaba a ser muy simpático, a mostrar su tierna y encantadora personalidad... Una noche, estábamos sentados en el jardín, con el niño ya acostado, cuando mi marido dijo:

—¿Quieres que vayamos a pasar unas semanas a Merano?

Dos años antes yo le había pedido a comienzos del otoño que fuésemos juntos a Merano. Soy supersticiosa y me gusta creer en ciertas charlatanerías, de modo que quería probar la famosa cura de uvas. En aquella ocasión él no había querido acompañarme y rechazó mi propuesta con una excusa cualquiera. Yo sabía que no le gustaba viajar conmigo porque temía la excesiva intimidad que surge al estar con alguien en un lugar desconocido, le daba miedo pasar unos días en la habitación de un hotel, conviviendo en tan estrecho contacto conmigo. En casa se interponía entre nosotros el piso, el trabajo, los amigos y el ritmo normal de nuestras vidas. No obstante, de repente quiso compensarme de alguna manera.

Viajamos a Merano. Mi suegra se mudó a nuestro piso para pasar esos días cuidando del pequeño, como es habitual.

Fue un viaje extraño. Una luna de miel, una despedida y una ocasión para conocernos mejor, pero también una experiencia humillante y mortificadora. Mi marido se esforzó por abrirse a mí. Porque una cosa es cierta, querida mía, vivir en su compañía nunca fue aburrido. Sufrí mucho, casi no vivo para contarlo, unas veces me sentía aniquilada y otras renacía en su compañía, pero nunca llegué a aburrirme, ni siquiera por un instante. Esto sólo lo digo de pasada. Bueno, pues un día viajamos a Merano.

Era un otoño dorado; buena vida, actividad social intensa, ambiente lujoso. Nos desplazábamos en automóvil; los árboles que dejábamos a los lados estaban cargados de frutos amarillos y el aire era denso, pesado, saturado de un aroma de confitura, como cuando las flores de un jardín empiezan a marchitarse. Los turistas eran ricos despreocupados que se diseminaban a la luz cálida y ambarina zumbando como avispas, en un continuo murmullo. Había americanos tumbados al sol, tostándose en la tibieza de aquellos días perfumados de mosto, señoras francesas estilizadas como libélulas, ingleses circunspectos. Entonces aún no habían desbaratado el mundo y por un momento Europa, la vida, todo resplandecía con una luz radiante. Pero a la vez había en el aire una especie de precipitación angustiosa, de avidez desatinada. La gente era consciente de su destino. Nosotros estábamos alojados en el mejor hotel, íbamos a las carreras, escuchábamos música... Ocupábamos dos habitaciones contiguas con vistas a la montaña.

¿Qué había en el fondo de aquellas seis semanas? ¿Qué expectativas? ¿Qué esperanzas?... Había una gran tranquilidad a nuestro alrededor. Mi marido se había llevado muchos libros; tenía una sensibilidad exquisita para la literatura, podía distinguir igual que Lázár las notas justas de las falsas, como un gran músico. Al atardecer nos sentábamos en el balcón y yo le leía poemas franceses, fragmentos de novelas inglesas, austera prosa alemana, Goethe y algunos pasajes de *Florian Geyer*, la obra de Hauptmann. Ese drama le encantaba. Había visto una representación en Berlín y conservaba un hermoso recuerdo de aquella experiencia. También le gustaba el *Danton* de Büchner. Y *Hamlet* y *Ricardo III*. También me pedía que le leyese los poemas que János Arany escribió en el ocaso de su vida, el ciclo de los *Őszikék*. Luego nos vestíamos y salíamos a cenar a los mejores restaurantes, donde nos esperaban el vino dulce italiano y el marisco.

Vivíamos un poco como los nuevos ricos, que quieren desquitarse de un solo golpe de las ocasiones perdidas probando todo lo que no han tenido en la vida, y escuchan a Beethoven mientras mastican un capón regado con champán francés. Pero también vivíamos un poco como quien se prepara para decir adiós. Los años anteriores a la guerra los pasamos en una atmósfera de despedida inconsciente de la vida a la que cada uno estaba acostumbrado. Eso decía mi marido, yo me limitaba a escuchar en silencio. Yo no estaba despidiéndome de Europa —somos mujeres, entre nosotras podemos admitir con total tranquilidad que no tenemos mucho que ver con esos conceptos abstractos— sino de un sentimiento del que, en el fondo, aún no había reunido las fuerzas para desprenderme. A veces me ahogaba la sensación de impotencia.

Una noche estábamos sentados en el balcón y, puesto que en Merano era la época de la cosecha, en la mesa había una fuente de cristal llena de uvas y de grandes manzanas amarillas. El aire era tan dulce, olía tanto a fruta que parecía que alguien se había dejado abierto en alguna parte un gran tarro de compota. Desde la planta baja nos llegaba el sonido de una orquesta de cámara francesa que interpretaba antiguas arias de ópera italiana. Mi marido había pedido Lacrima Christi, un vino cuyo color ambarino se apreciaba a través del cristal traslúcido de la botella. Todo, hasta la música, era un poco meloso, casi empalagoso, como la fruta pasada. Mi marido lo advirtió enseguida.

—Mañana volvemos a casa —dijo.

—Sí —respondí yo—, volvamos.

De pronto, con esa voz solitaria y profunda que siempre me emocionaba como el extraño y melancólico sonido de un instrumento ancestral, preguntó:

—Dime, Marika, ¿qué vamos a hacer ahora?

Claro que sabía de lo que estaba hablando. De nuestra vida. La noche estaba cuajada de estrellas. Miré el cielo, aquel firmamento de otoño italiano, y me estremecí. Sentí que había llegado el momento en que ya no tiene sentido seguir esforzándose y hay que decir la verdad. Tenía las manos y los pies helados, pero las palmas de las manos me sudaban a causa de los nervios.

—No lo sé, no lo sé —dije—. No puedo dejarte. No consigo imaginar mi vida sin ti.

—Sé que es algo muy difícil —respondió con calma—. Y no pretendo que lo hagas. Tal vez no sea el momento todavía. Tal vez nunca llegue ese momento. Pero en nuestra vida, también en este viaje, hay algo humillante, indecente. ¿Por qué no nos atrevemos a decirnos a la cara cuál es el problema que hay entre nosotros?

Por fin lo había planteado. Cerré los ojos, mareada, y lo escuché así, con los ojos cerrados. Sólo pude musitar:

—Pues dime de una vez cuál es el problema que hay entre nosotros.

Estuvo largo rato callado, reflexionando. Fumaba un cigarrillo tras otro. Entonces fumaba unos cigarrillos ingleses muy fuertes, de tabaco opiado, cuyo humo me mareaba un poco. Pero ese olor también le pertenecía, como la fragancia de heno del armario donde tenía su ropa interior; le gustaba que le aromatizaran toda la ropa con esa amarga esencia inglesa de heno. ¡Cuántos pequeños detalles forman a una persona! Al final, me dijo:

—En realidad, no necesito que me quieran.

—No puede ser —respondí temblando—. Eres un ser humano. Sin duda, tú también necesitas amor.

—Eso es lo que las mujeres no acaban de creer: ni quieren admitirlo ni pueden comprenderlo —declaró, como hablando a las estrellas—. Hay hombres que no necesitan amor, que pueden vivir perfectamente sin eso.

Hablaba sin el menor énfasis, con distancia, pero con mucha naturalidad. Yo sabía que estaba diciendo la verdad, como siempre. O al menos estaba convencido de que decía la verdad. Empecé a buscar la forma de llegar a un acuerdo:

—No puedes saberlo todo sobre ti mismo. Quizá simplemente te falte valor para aceptar un sentimiento. Hay que ser más modesto, más humilde.

Tiró el cigarrillo y se puso en pie. Era muy alto. Has notado lo alto que es, ¿no? Me sacaba una cabeza. Y en aquel momento lo vi agigantarse literalmente sobre mí. Se apoyó en la barandilla y, bajo el cielo estrellado de la noche extranjera, me pareció aún más imponente en su desdicha, con aquel secreto triste y extraño en el corazón que yo me moría por descubrir. Cruzó los brazos y dijo:

—¿Cuál es el sentido de la vida de una mujer? Es un sentimiento al que se entrega por completo, con todo su ser. Yo esto lo sé muy bien, pero únicamente con la razón. Porque yo no puedo entregarme a un sentimiento.

—¿Y el niño? —pregunté, ya en tono acusador.

—Se trata precisamente de eso —dijo en tono enérgico. La voz le temblaba de inquietud—. Por el niño estaría dispuesto a soportarlo todo. Quiero al niño. Y a través del niño te quiero a ti.

—Yo, en cambio... —empecé. Pero luego guardé silencio.

No me atrevía a decirle que yo incluso al niño lo quería sólo por él.

Estuvimos mucho tiempo hablando aquella noche, y también callando. A veces me viene a la cabeza con tanta viveza que creo recordar cada palabra que pronunciamos. También dijo esto:

—Una mujer no puede comprenderlo. Los hombres encuentran en su propio espíritu la fuerza suficiente para vivir. El resto son añadiduras, residuos. ¡El niño sí que es un verdadero milagro! Por él sí que puedo llegar a un compromiso. Hagamos un trato. Vamos a quedarnos juntos, pero quiéreme menos. Mejor quiere más al niño. —Y continuó con una voz extraña, como reprimida, casi amenazadora—. Déjame libre de tus vínculos interiores. Sabes que no te pido más, no tengo segundas intenciones ni planes secretos cuando digo esto. Pero no puedo vivir con esta tensión emocional. Hay hombres de naturaleza más femenina que necesitan precisamente eso, ser amados. Pero hay otro tipo de hombres que, como mucho, toleran el amor. Yo soy uno de ellos. Cualquier hombre verdadero es pudoroso, por si no lo sabías.

—¿Qué quieres? —pregunté, atormentada—. ¿Qué puedo hacer?...

—Quiero algún tipo de pacto —respondió—. Por el niño. Para que podamos permanecer juntos. Sabes muy bien lo que quiero —añadió, muy serio—. Tú eres la única que puede ayudarme. La única que puede aflojar estas ataduras. Si quisiera irme me iría. Pero no quiero alejarme de ti ni del niño. Pido algo más, tal vez un imposible. Pido que nos quedemos juntos, pero no tanto, no de una forma tan incondicional, a vida o muerte. Porque esto no lo aguanto. Lo siento por ti, pero no lo aguanto —dijo con mucho respeto.

En ese momento, yo hice una pregunta tonta:

—Entonces, ¿por qué te casaste conmigo?

Su respuesta fue terrible:

—Cuando me casé contigo lo sabía casi todo de mí. Pero no sabía lo suficiente de ti. Me casé contigo porque no sabía que me amaras tanto.

—¿Acaso es un pecado? —pregunté—. ¿Es un pecado tan grande amarte tanto?

Se echó a reír. Estaba de pie en la oscuridad, fumando y riendo discretamente. Era una risa triste, en absoluto cínica o despectiva.

—Es más que un pecado; es un error —respondió. Luego añadió en tono amistoso—: Esta frase no es mía. La dijo Talleyrand cuando se enteró de que Napoleón había mandado ejecutar al duque de Enghien. Ahora ya es una frase hecha, como supongo que sabrás.

Pero ¡qué me importaban a mí Napoleón y el duque de Enghien! Sabía con exactitud lo que quería decirme con todo aquello. Intenté reabrir las negociaciones.

—Mira —le dije—, a lo mejor todo esto en el fondo no es tan insoportable. Llegará la vejez. Y estará bien tener un nido donde calentarse cuando todo se vuelva frío a tu alrededor.

—Ése es justo el problema, que llegará la vejez —dijo en voz baja—. Detrás de todo también está la vejez, que avanza.

Tenía cuarenta y ocho años cuando pronunció esas palabras, pero parecía mucho más joven. Envejeció de golpe después de nuestro divorcio.

Aquella noche no hablamos más del tema. Ni al día siguiente, ni nunca más. Dos días más tarde volvimos a casa. Cuando llegamos, el niño ya estaba con fiebre. Murió una semana más tarde. Luego no volvimos a hablar de ningún asunto personal. Nos limitamos a vivir uno al lado del otro, esperando algo. Tal vez un milagro. Pero los milagros no existen.

Unas semanas después de la muerte del niño, al volver a casa del cementerio por la noche entré en la habitación del pequeño y mi marido estaba allí, de pie en la oscuridad.

—¿Qué haces aquí? —me preguntó en tono brusco.

Luego reaccionó y salió a toda prisa de la habitación.

—Perdóname —dijo de pasada desde el umbral.

Aquella habitación la había preparado él. Eligió cada detalle cuidadosamente y lo organizó todo, incluso la disposición de los muebles. Es cierto que durante la vida del niño no entraba muy a menudo y, cuando lo hacía, se quedaba en la puerta un poco incómodo, como si temiese la ridícula delicadeza de un momento sentimental. Pero todos los días pedía que le trajeran al niño a su habitación, y había que informarlo mañana y noche del estado de salud del niño, de cómo había dormido y cómo había comido. Después de la muerte del niño sólo volvió a entrar en su cuarto aquella vez. De todas formas la teníamos cerrada, la llave la guardé yo; durante tres años, hasta nuestro divorcio, no la abrimos nunca; se quedó todo tal como lo habíamos dejado cuando llevamos al niño a la clínica. Yo era la única que entraba de vez en cuando a limpiar y a... Vamos, que entraba a veces, cuando nadie me veía.

Durante las semanas siguientes al entierro estuve fuera de mí. Pero logré seguir arrastrándome con una energía delirante, que rayaba en la locura. No quería derrumbarme. Sabía que él estaba peor que yo, se encontraba al borde del colapso y, aunque lo negara, me necesitaba. En aquellos días ocurrió algo entre él y yo; o entre él y el mundo, no sabría decirlo con exactitud. Algo se quebró en su interior. Todo esto, por supuesto, sin pronunciar palabra, como sucede con las cosas más graves y dolorosas. Cuando uno habla, llora o grita todo resulta más fácil. En el entierro también estuvo sereno y taciturno. Y a mí me contagió su entereza. Seguimos el pequeño ataúd blanco y dorado con paso firme, en silencio y sin derramar una lágrima. ¿Sabes que después nunca, ni una sola vez, vino conmigo al cementerio a visitar la tumba del niño? A lo mejor iba solo, no lo sé.

Un día me dijo:

—Cuando uno empieza a llorar es que está intentando engañar al prójimo. En ese momento, el curso de los acontecimientos ya ha concluido. No creo en el llanto. El dolor no tiene lágrimas ni palabras.

¿Y qué pasó conmigo durante esas semanas? Ahora, a través de la distancia del tiempo transcurrido, podría decir que juré venganza. Pero ¿venganza contra quién? ¿Contra el destino? ¿Contra la gente? Son palabras necias. Al niño lo trataron los mejores médicos de la ciudad, como podrás imaginar. Ya sabes lo que se dice en estos casos, que «se hizo todo lo que era humanamente posible». Pero eso sólo son palabras. Para empezar, no se hizo todo lo humanamente posible. La gente tenía otras muchas preocupaciones durante los días en que el niño estuvo agonizando, y el más insignificante de sus problemas era más importante que salvar a mi hijo. Esto, por supuesto, aún no he podido perdonarlo. Pero también juré venganza de otro modo, no con la razón sino con los sentimientos. Me consumían las llamas heladas y salvajes de una extraña apatía y un desprecio feroz. No es cierto que el sufrimiento nos purifique y nos haga mejores, más sabios y comprensivos. Nos vuelve demasiado lúcidos, fríos e indiferentes. Cuando, por primera vez en la vida, comprendes de verdad lo que es el destino, adquieres una especie de serenidad, te sientes aliviado y terriblemente solo en el mundo. Durante aquellas semanas seguí yendo a confesarme, como había hecho siempre. Pero ¿qué podía confesar? ¿Cuál era mi pecado? ¿En qué había fallado? Me sentía el ser más inocente del mundo. Ahora ya no me siento así... El pecado no es sólo aquello que nos enseña el catecismo. No sólo es un pecado el que cometemos sino también el que nos gustaría cometer, pero no nos atrevemos a ejecutar. Cuando mi marido —por primera y última vez en la vida— me atacó con aquella voz áspera y cruda en la habitación del niño, comprendí que me consideraba culpable de no haber sido capaz de salvar a nuestro hijo.

Veo que te has quedado callada y no sabes ni dónde mirar, de tanto desasosiego. Piensas que sólo la desesperación y la sensibilidad exacerbada de un alma herida pueden llevar a tales exageraciones. Yo no consideré que su acusación fuese injusta ni por un instante. Tú dices que «hice todo lo posible». Pues sí, el juez de instrucción no podría arrestarme porque hice todo lo que, según la opinión general, se podía hacer. Estuve ocho días cuidándolo, sentada al lado de la cama, no me moví de la silla ni para dormir; fui yo quien llamó a otros médicos para pedir una segunda y una tercera opinión —sin importarme que se ofendieran— cuando los anteriores demostraron que no servían de ayuda. Sí, hice todo lo posible. Pero todo lo hice por la vida de mi marido, para que siguiera a mi lado y me amase, aunque fuese a través del niño... ¿Comprendes? Cuando rezaba por el niño, en realidad estaba rezando por mi marido. Su vida era la única que me importaba, la vida del niño sólo me importaba en relación con la suya. ¡Dices que es pecado! ¿Y qué es el pecado? ¡Yo ya sé lo que es el pecado! Hay que amar hasta el fondo y sujetar a la persona desde muy adentro, con todas las fuerzas. Pues todo eso se derrumbó cuando murió el niño. Y yo notaba que había perdido a mi marido porque él, sin palabras, me culpaba a mí. ¿Que es una acusación absurda e injusta?... No lo sé. Soy incapaz de hablar de esto.

La muerte de mi hijo me sumió en un cansancio infinito. Por supuesto, enseguida caí enferma yo también: una pulmonía que me obligó a guardar cama; luego me curé y enseguida sufrí una recaída. Arrastré la enfermedad durante meses. Estuve ingresada en un sanatorio. Mi marido me mandaba flores y me visitaba todos los días, a mediodía y por la tarde, al salir de la fábrica. La enfermera que me cuidaba tenía que darme de comer porque estaba muy débil. Sabía que todo eso no me serviría de nada, que mi marido no me perdonaría. Ni siquiera la enfermedad habría podido reconciliarnos. Seguía siendo tan amable y cariñoso como siempre... era de una formalidad espantosa. Cuando se iba, me echaba a llorar.

En aquella época mi suegra me visitaba a menudo. Un día de comienzos de primavera, cuando yo ya iba recuperando fuerzas, estaba sentada junto a mi cama ocupada en su labor de punto y callada, como siempre. De repente dejó las agujas, se quitó las gafas, me sonrió amigablemente y me dijo en tono confidencial:

—¿Qué buscas con la venganza, Marika?

—¿Por qué dice eso? —pregunté sonrojándome, alarmada—. ¿De qué venganza me habla?

—Cuando ardías por la fiebre no dejabas de repetir: «venganza, venganza». No hay necesidad de venganza, alma mía. Sólo hace falta paciencia.

La escuché con un nudo de emoción. Era la primera vez que prestaba atención a algo desde la muerte del niño. Luego empecé a decir:

—No se puede aguantar esto, madre. ¿Cuál es mi pecado? Sé que no soy inocente, pero no consigo comprender en qué he pecado. ¿Cuál ha sido mi error? ¿Es que no estoy hecha para él? ¿Debemos separarnos? Madre, si usted también cree que eso sería lo mejor, me separaré de él. Usted sabe que no tengo pensamiento ni sentimiento que no sea de él. Pero, si no puedo ayudarlo, prefiero el divorcio. Aconséjeme, madre.

Me miraba con una expresión muy seria, de perspicacia y tristeza.

—No te alteres, pequeña mía. Sabes que no tengo ningún consejo que darte. Hay que vivir, hay que soportar la vida.

—¡Vivir, vivir! —grité—. Yo no puedo seguir viviendo así, vegetando como un árbol. Sólo se puede vivir si se tiene una razón para ello. Lo conocí, me enamoré de él y mi vida cobró sentido de improviso. Pero luego todo fue haciéndose tan extraño... Tampoco puedo decir que él haya cambiado. No puedo decir que ahora me quiera menos que el primer año. Todavía me quiere, pero me guarda rencor.

Mi suegra callaba. Me escuchaba como si no aprobase lo que yo decía, aunque sin estar en total desacuerdo.

—¿No es así? —pregunté inquieta.

—Quizá dicho así no sea cierto —contestó con prudencia—. No creo que te guarde rencor. Mejor dicho, no creo que sea a ti a quien guarda rencor.

—Entonces, ¿a quién? —pregunté con vehemencia—. ¿Quién le ha hecho daño?

El rostro de la anciana dama, aquella mujer inteligente y sensible, se ensombreció aún más.

—Es difícil —respondió—. Es muy difícil responder a esa pregunta.

Apartó las agujas de hacer punto con un suspiro.

—¿Nunca te ha hablado de su juventud?

—Claro que sí —dije—, a veces. A su manera... Con una risa nerviosa, extraña, como quien se avergüenza de hablar de cosas personales. Me ha hablado de algunas personas, de varios amigos... Pero nunca me ha dicho que alguien le hubiera hecho daño.

—No, no se trata de eso —dijo mi suegra sin darle importancia, casi con indiferencia—. No es algo que se pueda definir en esos términos. Hacer daño... La vida puede hacernos daño de muchas formas.

—Lázár —dije—, el escritor, ¿usted lo conoce, madre? Puede que sea el único que sabe algo de él.

—Sí —afirmó mi suegra—. Hubo una época en que lo quería mucho. Ese hombre lo conoce. Pero no pierdas el tiempo hablando con Lázár. No es buena persona.

—Es curioso —dije—, yo tengo la misma sensación.

Ella empezó de nuevo a hacer punto y, con una sonrisa delicada, dijo como de pasada:

—Tranquilízate, niña. Aún duele todo demasiado. Pero, dentro de poco, la vida se encargará de arreglar milagrosamente lo que ahora te parece insoportable. Saldrás de aquí y volverás a casa, haréis un bonito viaje, después llegará otro niño...

—No creo —dije, con el corazón encogido por el mordisco de la desesperación—. Tengo un mal presentimiento.

Creo que se ha acabado algo. Dígame, ¿no es cierto que el nuestro es un matrimonio fracasado?

Sus ojos entornados me lanzaron una mirada punzante a través de las gafas.

—No creo que el vuestro sea un matrimonio fracasado —sentenció con frialdad.

—¡Qué extraño! —dije—. A veces me parece que es el peor del mundo. ¿Usted conoce alguno mejor?

—¿Mejor? —preguntó, sorprendida, y giró la cabeza como mirando a la lejanía—. Puede. No lo sé. La verdadera felicidad no se deja ver como tal. Pero seguro que conozco algunos peores. Por ejemplo...

Se quedó callada de golpe. Como si estuviese asustada y arrepentida de haber empezado a hablar. Pero yo ya no podía soltar la presa. Me incorporé en la cama, retiré la manta y pregunté con voz imperiosa:

—¿Por ejemplo...?

—Pues sí —dijo suspirando, y cogió de nuevo las agujas—. Lamento haberlo mencionado. Pero si te sirve de consuelo, puedo afirmar que mi matrimonio era peor que el vuestro. Porque yo no amaba a mi marido.

Lo dijo casi con indiferencia, con tanta calma como sólo las personas mayores —que se están despidiendo de la vida— pueden demostrar, pues ya conocen el verdadero sentido de las palabras y, por lo tanto, no tienen nada que temer y respetan la verdad por encima de las normas humanas. Palidecí ante tal confesión.

—No es posible —dije en tono ingenuo, visiblemente confusa—, vivían tan bien...

—No vivíamos mal —dijo en tono seco mientras volvía a concentrarse en su labor—. Yo aporté en dote la fábrica, como ya sabes. Él me quería. Siempre ocurre lo mismo: uno de los dos ama más que el otro. Pero es más fácil para el que ama. Tú amas a tu marido, por eso eres más afortunada, aunque a veces te haga sufrir. Yo me vi obligada a soportar un sentimiento que en el fondo no compartía. Eso es mucho más difícil. Lo soporté durante toda una vida y ya ves, aquí sigo. La vida nos ofrece esto y quien desea otra cosa vive en un estado de entusiasmo febril. Yo nunca he experimentado esa pasión. Pero tú lo tienes más fácil, créeme. Casi te envidio.

Reclinó la cabeza y me miró de lado.

—De todas formas, no creas que he sufrido. He vivido, como todo el mundo. Sólo te lo he contado porque estás intranquila y tienes fiebre. Ahora ya lo sabes. ¿Me preguntas si vuestro matrimonio es el peor? No lo creo. Es un matrimonio y punto —sentenció con voz tranquila y severa.

—Entonces, ¿nos aconseja que sigamos juntos? —pregunté y sentí miedo de su respuesta.

—Naturalmente —respondió—. Pero ¿qué te figuras que es el matrimonio? ¿Un estado de ánimo? ¿Un capricho? Es un sacramento, una ley de vida. Esa idea debes quitártela de la cabeza —dijo en un tono ofendido, casi hostil.

Se produjo un largo silencio. Yo miraba sus manos huesudas, sus dedos rápidos y ágiles, el dibujo que iba elaborando con las agujas. Observé el rostro tranquilo y pálido, de rasgos regulares, con su aureola de pelo blanco. No vi señales de sufrimiento en aquella cara. Si ha sufrido, pensé, ha conseguido cumplir la más difícil de las tareas de un ser humano: no se ha desmoronado, ha superado incluso con honor la prueba más dura de la vida. Quizá tampoco se pueda hacer mucho más. En comparación con eso, los deseos, las preocupaciones, todo lo demás no significa nada. Intenté concentrarme en estas consideraciones. Pero en el fondo sabía que no iba a resignarme.

—No sé qué hacer con su desdicha. Si no puede ser feliz conmigo que se vaya en busca de la otra —exclamé.

—¿Qué otra? —preguntó mi suegra examinando con mucha atención su labor, como si fuese lo más importante del mundo en aquel momento.

—La justa —dije secamente.

—¿Tú sabes algo? —preguntó en voz baja, sin mirarme.

En ese momento fui yo la más desconcertada. Siempre me había sentido inmadura ante ellos, madre e hijo, como si aún no estuviera iniciada en los secretos de la vida.

—¿Algo de qué? —pregunté con ansiedad—. ¿Qué debería saber?

—Pues eso —contestó mi suegra, insegura—, tú misma lo acabas de decir... lo de la justa.

—¿Entonces existe? ¿Vive en alguna parte? —dije casi a voz en grito.

Mi suegra se inclinó sobre su labor y bajó aún más la voz:

—Siempre hay una mujer justa que vive en alguna parte.

Luego se calló. Y no volvió a mencionar una sola palabra del asunto. Era igual que su hijo, había algo siniestro en ella.

Un par de días después me curé de golpe; probablemente a causa del susto que me produjo aquella conversación. Al principio no entendí bien las palabras de mi suegra. Parecía que no había motivos para sospechar algo concreto, había hablado en general, de manera metafórica. Pues claro que siempre existe la persona justa en alguna parte. Pero entonces, ¿quién soy yo?, me pregunté en un momento de lucidez. Y si no soy yo, ¿quién es la justa? ¿Dónde vive? ¿Cómo es? ¿Es más joven? ¿Es rubia?... ¿Qué sabe hacer? Me encontré presa de una inquietud terrible.

Hice todo lo que pude para recuperarme y volví a casa; encargué varios vestidos nuevos y comencé una actividad frenética, no hacía más que correr de una punta a otra de la ciudad: al peluquero, a jugar al tenis, a la piscina... En casa lo había encontrado todo en orden... en el tipo de orden que reina cuando alguien abandona definitivamente una casa. Alguien o algo... El estado de relativa felicidad en que había vivido y sufrido los últimos años, devorada por la angustia porque esa felicidad falsa me resultaba insoportable, se había evaporado, y de pronto comprendí que era lo máximo que iba a ofrecerme la vida. En el piso todo seguía en su sitio, pero las habitaciones parecían vacías, como si hubiera habido un embargo, como si un ujier hubiese mandado sacar, con mucho tacto y delicadeza, los muebles más valiosos. Desde luego, lo que da vida a una casa no son los muebles sino los sentimientos que animan a las personas que la habitan.

En aquella época, mi marido vivía ya tan lejos de mí como si se hubiera ido a vivir a otro país. No me habría sorprendido recibir un día desde la habitación de al lado una carta suya.

Antes, aunque con sumo cuidado, como si estuviese realizando algún experimento, hablaba a veces conmigo de la fábrica o de sus planes, y luego esperaba mi respuesta con la cabeza ladeada, como sometiéndome a examen. Sin embargo, tras mi regreso a casa ya no me hablaba de sus planes; parecía que ya no tuviera proyectos importantes en la vida. Tampoco invitaba a Lázár, pasó un año entero sin que lo viéramos, sólo leíamos sus libros y sus artículos.

Un día —lo recuerdo a la perfección, era una mañana de abril, el domingo 14 de abril—, estaba sentada en la galería leyendo un libro; en el jardín que se extendía frente a mí, las matas de euforbio empezaban a mostrar tímidamente sus flores amarillas. Entonces sentí que me estaba sucediendo algo. Adelante, ríete de mí. No pretendo interpretar el papel de Juana de Arco: no es que recibiera ningún mensaje divino, pero una voz fuerte y clara, tan clara como el sentimiento más vivo, me dijo que no podía seguir viviendo así porque no tenía ningún sentido, era una situación humillante, cruel e inhumana. Debía cambiar las cosas, obrar un milagro. Hay instantes en la vida en que lo ves todo claro, con absoluta lucidez: vuelves a descubrir energías y posibilidades escondidas, y comprendes por qué has sido tan cobarde o tan débil. Esos momentos constituyen puntos de inflexión en la vida. Llegan sin avisar, como la muerte o la conversión.

Un violento escalofrío me erizó el vello de todo el cuerpo. Empecé a temblar.

Me quedé mirando el jardín y los ojos se me llenaron de lágrimas. ¿En qué pensaba? En que era responsable de mi propio destino; todo dependía de mí. No puedes quedarte con los brazos cruzados esperando que el maná caiga del cielo, ni en la vida privada ni en tus relaciones personales. Entre mi marido y yo había algo que no iba bien. No sabía qué actitud tomar frente a él. Sentía que no era mío, que no quería ser del todo mío. Sabía que no había otra mujer en su vida. Yo era hermosa y joven, y lo amaba. Yo también tenía mis poderes, aquel hechicero de Lázár no era el único. Y pretendía utilizar todas mis artes mágicas.

Sentí una fuerza tan implacable que habría podido matar gracias a ella; o construir un mundo nuevo. Puede que sólo los hombres sean capaces de sentir hasta en lo más profundo de su ser una fuerza similar en los momentos cruciales de la vida. A las mujeres, sin embargo, nos asaltan las dudas, el pánico se adueña de nosotras.

Pero yo no quería echarme atrás. Aquel día, el domingo 14 de abril, unos meses después de la muerte del niño, tomé la única decisión realmente consciente de mi vida. Sí, no me mires con esos ojos abiertos como platos. Escúchame bien, quiero contártelo.

Decidí que iba a conquistar a mi marido.

¿Por qué no te ríes? No es gracioso, ¿verdad? A mí tampoco me lo parecía. Me encontraba aterrada ante la magnitud de la tarea. Del espanto, me faltaba incluso la respiración. Porque sentí también que esa tarea daba sentido a mi vida, que ya no podía dar marcha atrás ni confiar en el azar o en el tiempo, no podía quedarme esperando a ver qué pasaba. Ni siquiera podía resignarme al hecho de que, si no hubiera pasado nada, habría seguido viviendo como hasta entonces. Me daba cuenta de que yo había elegido aquella misión pero también que ella me había elegido a mí. Mi misión y yo éramos una sola cosa, nos habíamos aferrado la una a la otra a vida o muerte y no cederíamos hasta que ocurriera algo determinante.

O él vuelve a mí en cuerpo y alma, por completo, sin reservas ni sentimientos de vergüenza, o yo me alejo de su lado. Si me esconde algún secreto, lo desenterraré escarbando con mis propias uñas en la tierra si es preciso —como el perro con el hueso o el amante desesperado con su amada muerta— o presenciaré mi fracaso, en cuyo caso tendré que apartarme a un lado. Pero no voy a seguir así.

En definitiva, había decidido reconquistar a mi marido. Dicho así suena bastante sencillo. Pero tú eres mujer, sabes que es uno de los cometidos más difíciles de la vida. Sí, a veces pienso que es el más difícil.

Cuando un hombre se empecina en llevar algo a cabo aunque el mundo entero se interponga entre él y su proyecto, entre él y su voluntad, puedes estar segura de que consigue realizarlo... Y nuestro mundo es la persona a la que amamos. Cuando Napoleón, del que por cierto sigo sin saber mucho más aparte de que dominó el mundo por un tiempo y mandó ejecutar al duque de Enghien —y eso «fue más que un pecado; fue un error»; ¿te lo he dicho ya?—, en fin, que cuando Napoleón decidió conquistar Europa no se disponía a acometer una acción mucho más complicada que la que yo había decidido emprender aquel domingo ventoso de abril.

A lo mejor un explorador se siente así cuando decide marcharse a África o al Círculo Polar Ártico sin importarle ni las fieras ni las inclemencias del tiempo, para descubrir o averiguar algo que ninguna otra persona ha descubierto todavía, que nadie más en el mundo sabe... Sí, ésa debe de ser una empresa comparable a la de una mujer cuando se dispone a descubrir el secreto de un hombre. Bajará al mismísimo infierno con tal de desenterrar ese secreto. Pues eso fue lo que yo decidí.

O quizá fue la decisión la que se apoderó de mí... Eso no lo sé. En estos casos, uno actúa movido por una fuerza mayor. Así comienzan sus andares los sonámbulos, los zahoríes o los endemoniados en los pueblos, y ante ellos se apartan todos, el pueblo y la autoridad, con un desconcierto supersticioso porque ven en sus miradas algo con lo que es mejor no bromear, porque llevan una marca en la frente, tienen una peligrosa e irrepetible misión en la vida y no descansarán hasta cumplirla. Así aguardaba yo a mi marido el día en que lo supe y me decidí a actuar. Con ese sentimiento lo recibí cuando volvió al mediodía de su paseo dominical.

Había estado en Huvösvölgy con su perro, un sabueso color canela al que tenía mucho cariño y que siempre lo acompañaba en sus caminatas. Cuando entraron por la puerta del jardín yo estaba de pie en el primer escalón de la galería, inmóvil, con los brazos cruzados. La luz era muy intensa; el viento soplaba entre los árboles y revolvía mi cabello. Siempre recordaré aquel instante: había en derredor, en el paisaje, en el jardín y también en mi interior, una claridad fría, como la que hay en los fanáticos.

Perro y amo se detuvieron en seco y me miraron con cautela, como quien contempla un fenómeno natural y se queda por instinto estupefacto y en postura de defensa. «Venid —pensé con calma—, venid todos, seáis quienes seáis, mujeres desconocidas, amigos, recuerdos de la infancia, familia, todos los que pertenecéis a ese mundo extraño y hostil, venid si os atrevéis. Yo conseguiré arrebataros a este hombre.»

Así nos sentamos a comer. Después de la comida empezó a dolerme un poco la cabeza. Fui a mi dormitorio, me tumbé en la cama y permanecí en la penumbra del cuarto hasta que anocheció.

No soy escritor como Lázár, por eso no sé explicarte lo que me pasó aquella tarde, lo que estuve pensando, lo que rondó por mi cabeza... Lo único que tenía claro era que me había impuesto esa misión y no podía flaquear, debía cumplir lo que me había propuesto. Pero también era consciente de que no había nadie que pudiera ayudarme y no tenía ni idea de lo que debía hacer exactamente, de por dónde debía comenzar a actuar. ¿Comprendes? Había momentos en los que me sentía ridícula por haber decidido llevar a cabo una empresa tan arriesgada.

¿Cuál debe ser mi primer movimiento?, me preguntaba una y otra vez. Al fin y al cabo no podía escribir a las revistas para pedir consejo y firmar como «una mujer decepcionada». Conozco bien esas cartas y las previsibles respuestas de consuelo que animan a la mujer decepcionada a no tirar la toalla, pues es probable que su marido esté saturado de trabajo, así que lo mejor es que atienda aún mejor la casa y que utilice todas las noches ciertos polvos de arroz o cierto bálsamo para tener un cutis fresco y aterciopelado y hacer que su marido vuelva a enamorarse de ella. Pero la solución a mi problema no sería tan sencilla. No había polvos de arroz o bálsamo capaz de ayudarme, de eso estaba segura. Además, yo era el ama de casa perfecta; el orden que reinaba en nuestro hogar era perfecto. Y además, yo entonces era guapa, tal vez nunca he estado tan guapa como aquel año. Pero qué gansa que eres, pensé. Eres una gansa por pensar en esas tonterías. Se trata de algo muy distinto.

No podía acudir a adivinas o filósofos con mi pregunta, ni escribir a escritores famosos Tampoco era buena idea consultar a los amigos o a la familia la eterna y trivial cuestión de cómo seducir a un hombre, aunque para mí fuese de vital importancia; no podía preguntarle eso al mundo. Llegada la noche, mi dolor de cabeza se había convertido en una migraña en toda regla, lo que era cada vez más frecuente. Pero, como siempre, no dije nada a mi marido, me tomé dos pastillas y nos fuimos al teatro y luego a cenar.

Al día siguiente, lunes 15 de abril —¿ves con qué exactitud recuerdo aquellos días? Siempre es así cuando uno evoca situaciones de peligro extremo—, me levanté de madrugada y fui a una pequeña iglesia del barrio de Tabán que no pisaba desde hacía unos diez años. Casi siempre iba a la iglesia del barrio de la Reina Cristina donde contrajimos matrimonio. El conde István Széchenyi también había jurado fidelidad eterna a Crescence Seilern en esa iglesia. Por si no lo sabías, te lo cuento ahora: dicen que aquel matrimonio tampoco salió muy bien. Pero yo ya no me creo esas historias, la gente dice muchas tonterías.

La iglesia de Tabán estaba desierta esa hora. Dije al sacristán que quería confesarme y esperé sentada en uno de los solitarios bancos de la iglesia en penumbra hasta que apareció un sacerdote anciano al que no conocía, un viejo de rostro sombrío y pelo cano que se sentó en el confesonario y me indicó que me arrodillara junto a él. A aquel sacerdote desconocido, al que no había visto en mi vida y al que no volvería a ver nunca, se lo conté todo.

Me confesé con la franqueza de que somos capaces quizá sólo una vez en la vida. Le hablé de mí, del niño, de mi marido. Le dije que quería reconquistar su corazón, pero no sabía cómo, y por eso quería pedirle ayuda a Dios. Le conté que era una mujer decente, que en mis sueños sólo había espacio para mi marido. Le conté que no sabía si la culpa era mía o de él... En una palabra, se lo conté todo. No como te lo estoy contando a ti. Ahora ya no puedo contarlo todo, me daría vergüenza... Pero en la iglesia a oscuras, aquella mañana me abrí por completo a aquel sacerdote viejo y desconocido.

Estuve confesándome mucho tiempo. El sacerdote me escuchaba en silencio.

¿Has estado en Florencia? ¿Conoces esa escultura de Miguel Ángel..., ya sabes, ese maravilloso mármol de cuatro figuras que se encuentra en el Duomo? Espera, ¿cómo se llamaba? Ah, sí, la *Piedad*. El artista se representó a sí mismo en la escultura: el rostro de la figura principal del grupo es el del anciano Miguel Ángel. Una vez estuve en Florencia con mi marido, él fue quien me enseñó la escultura. Me dijo que ése era el semblante del hombre que ya no siente rabia ni deseo, un rostro en el que habían desaparecido las huellas de la pasión, que lo sabía todo y no quería nada, ni venganza ni clemencia, nada en absoluto. Mi marido me dijo delante de la escultura que así es como habría que ser, que esa santa indiferencia, esa soledad y esa sordera absolutas frente a la alegría y el dolor suponen la perfección del ser humano. Eso dijo. Mientras me confesaba, a veces levantaba la vista hacia el rostro del sacerdote y entre las lágrimas podía ver que su cara me recordaba de un modo increíble la faz de mármol de la figura masculina de la *Piedad*.

Permanecía inmóvil, con los ojos entornados y los brazos cruzados sobre el pecho. Escondía las manos entre los pliegues de la sobrepelliz. No me miraba, tenía la cabeza ligeramente inclinada hacia un lado y la mirada de miope fija en un punto lejano. Me escuchaba de una forma peculiar, parecía distraído. Como si ya hubiera escuchado todo aquello muchas veces. Como si supiera que lo que yo decía era algo superfluo, que no hay esperanza. Así me escuchaba. Pero escuchaba de veras, con todo su ser. Y su cara... Sí, su expresión era la del que ya sabe todo aquello que los seres humanos pueden llegar a revelar sobre el sufrimiento y la miseria, y también sabe algo más, algo que es indecible. Cuando terminé de hablar, él continuó callado un largo rato. Luego dijo:

—Hay que tener fe, hija mía.

—Pero si yo tengo fe, reverendo padre —dije en tono mecánico.

—No —replicó, y el rostro tranquilo, de expresión ausente, empezó a revivir; los ojos viscosos, de párpados pesados, centellearon por un instante—. Hay que tener fe de otro modo. No se rompa la cabeza con estratagemas absurdas. Hay que creer, solamente creer —murmuró.

Debía de ser muy viejo, se veía que hablar mucho lo agotaba.

Pensé que no quería o no podía decirme nada más, así que me quedé callada, esperando la penitencia y la absolución. Sentía que no teníamos más que decirnos. Pero después de un largo silencio, durante el cual se mantuvo inmóvil y con los ojos cerrados, como dormitando, de repente abrió los ojos y, mirando al frente, empezó a conversar con viveza.

Lo escuché con estupor. Nunca me habían hablado así, y menos en un confesonario. Se expresaba con tal sencillez y espontaneidad que parecía que no había una celosía entre nosotros, que estábamos charlando en un salón. Hablaba con franqueza, en un tono que no tenía nada de melifluo, y a veces emitía un leve suspiro, el tierno lamento de los ancianos. Hablaba con tanta naturalidad como si el mundo entero fuese la casa de Dios y todo lo humano formase parte de Él; delante del Señor no había necesidad de andarse con tanta ceremonia, de alzar la mirada al cielo y darse golpes en el pecho, bastaba con decir la verdad; pero, eso sí, toda la verdad.

Así me hablaba. ¿Hablar? No, hablar no es la palabra justa. Más que hablar conversaba a media voz, con afectuosa imparcialidad. Tenía un ligero acento eslavo. La última vez que había oído esa entonación fue de niña, en la comarca de Zemplén, en Eslovaquia.

—Querida hija mía —dijo—, me gustaría ayudarla. Una vez vino a mí una señora que amaba a un hombre, lo amaba tanto que lo mató. No lo mató con un cuchillo ni con veneno sino porque no le daba tregua, lo quería por entero para ella, ansiaba quitárselo al resto del mundo. Pelearon durante mucho tiempo, hasta que un día el hombre se cansó y murió. La mujer lo sabía. El hombre se había ido a causa del agotamiento, de tanto luchar. Hija mía, tiene que saber que existen numerosas fuerzas entre los seres humanos y que las personas se matan unas a otras de muchas formas. No basta con amar, hija mía. El amor puede transformarse en un gran egoísmo. Hay que amar con humildad y tener mucha fe. La vida entera sólo tiene sentido si está animada por la fe. Dios ha dado amor a las personas para que puedan convivir mejor y soportar el mundo. Pero quien ama sin humildad pone una gran carga sobre los hombros del otro. ¿Comprende, hija mía? —me preguntó con dulzura, como el viejo maestro que enseña el abecedario a los niños.

—Creo que lo comprendo —dije, un poco asustada.

—Un día lo comprenderá, pero sufrirá mucho. Las almas apasionadas son orgullosas, sufren muchísimo. Usted dice que quiere conquistar el corazón de su marido. También dice que su marido es una buena persona, que no es un voluble mujeriego sino un hombre decente, serio y honesto, pero tiene un secreto. ¿Y cuál puede ser ese secreto? Por eso se debate usted, querida hija, le gustaría averiguar de qué se trata. Pero ¿no sabe que Dios nos ha dado a cada uno nuestra propia alma? Un alma llena de secretos, como el universo. ¿Por qué quiere usted averiguar lo que Dios ha ocultado en un alma? Puede que aguantar esta situación sea la razón de su vida, su misión. Quizá acabaría usted hiriendo a su marido o incluso destruyéndolo si un día destapara su alma, si lo obligara a asumir una vida y unos sentimientos contra los que se protege. No se puede amar a la fuerza. La señora de la que le he hablado era joven y bella, como usted, e hizo toda clase de tonterías para recuperar el amor de su marido. Coqueteaba con otros hombres para darle celos, llevaba una vida frenética, se acicalaba y gastaba un dineral en ropas vistosas que le enviaban de Viena, como las mujeres desgraciadas que han perdido la fe y terminan por perder también el equilibrio emocional. Se lanzó a la vida social, asistía a las fiestas, a los cabarets, a cualquier sitio donde brillasen las luces y la gente se agolpase para evadirse del vacío de sus vidas, de la vanidad y las pasiones, para olvidar. ¡Cuánta desesperación hay en todo eso! —murmuró como para sus adentros—. No hay modo de olvidar.

Lo escuchaba con mucha atención, pero parecía no advertir mi presencia. Mascullaba con el tono de reproche típico de los viejos, como si estuviera en desacuerdo con el mundo entero. Dijo también:

—No, no hay modo de perderse en el olvido. Dios no permite que ahoguemos con pasiones las grandes cuestiones que nos plantea la vida. Dentro de usted tiene una fiebre, hija mía. La fiebre de la vanidad y el egoísmo. Puede que su marido sienta por usted algo distinto de lo que a usted le gustaría, puede que sólo sea un alma demasiado orgullosa o solitaria, un hombre que no sabe mostrar sus sentimientos, o tal vez no se atreve porque una vez lo humillaron y lo hirieron. Hay mucha gente herida en el mundo. No puedo absolver a su marido porque él tampoco sabe lo que es la humildad. Dos personas tan orgullosas pueden sufrir mucho si están juntas. Pero hay en su alma, hija mía, un ansia que raya en el pecado. Usted quiere privar a un hombre de su alma. Eso es lo que siempre quieren hacer todos los enamorados. Y eso es pecado.

—No sabía que fuera pecado —dije, y tal como estaba, genuflexa, empecé a temblar.

—Cometemos un pecado cada vez que no nos contentamos con lo que el mundo nos ofrece de forma espontánea, con lo que una persona nos da libremente, es pecado siempre que tendemos una mano ávida hasta el secreto de otra persona. ¿Por qué no intenta vivir de una forma más sumisa, con menos exigencias afectivas? El amor, el verdadero amor es paciente, querida hija. El amor es infinito y sabe esperar. Su empeño es una tarea imposible, inhumana. Quiere conquistar a su marido... a pesar de que Dios ya ha dispuesto su vida en la tierra. ¿No lo comprende?

—Sufro mucho, reverendo padre —dije temiendo que se me saltaran las lágrimas.

—Pues entonces sufra —contestó con voz apagada, casi con indiferencia. Y un poco después añadió—: ¿Por qué teme el sufrimiento? Es una llama que quemará su egoísmo y su orgullo. ¿Quién es feliz? ¿Y con qué derecho quiere usted ser feliz? ¿Está usted segura de que su amor y su deseo son tan desinteresados y de verdad merece la felicidad? Si fuese así no estaría aquí arrodillada sino viviendo dentro de los límites que la vida le ha asignado, cumpliendo con su deber, esperando las órdenes de la vida.

Alzó la vista y me miró por primera vez, con unos ojos brillantes, diminutos. Luego apartó la mirada enseguida y cerró los párpados. Después de un largo silencio, continuó:

—Dice que su marido está resentido con usted por la muerte del niño, ¿no es así?

—Eso es lo que siento —contesté.

—Sí —observó con expresión meditabunda—. Es posible.

Era evidente que la hipótesis no le causaba la menor sorpresa y que creía que todo era posible entre los seres humanos. Luego, con una voz tan apagada y tranquila como si estuviera haciéndome una pregunta sin importancia, soltó de pasada:

—¿Y usted nunca se ha acusado a sí misma?

Pronunció un «usted» con marcado acento eslavo, alargando las vocales. No sé por qué, pero en aquel momento casi me sirvió de consuelo aquella cadencia dialectal.

—¿Cómo quiere que le responda a eso, reverendo padre? ¿Quién puede responder a semejante pregunta?

—Mire, hija mía —dijo de pronto, con tanta amabilidad y franqueza que tuve deseos de besarle las manos. Hablaba con un fervor provinciano, como sólo los viejos sacerdotes de pueblo saben hablar a los feligreses—. No puedo comprender lo que hay en su alma si usted no me lo dice; lo que me ha confesado hasta ahora, hija, sólo son planes e intenciones. Pero el Señor me dice que no es toda la verdad. Una voz me susurra que usted está consumida por el remordimiento, por el niño o por otra cosa. Puede que me equivoque —añadió como en tono de disculpa y se calló, casi comiéndose la última sílaba. Se notaba que se había arrepentido de decir algo—. Aunque tiene su lado bueno que sea el sentimiento de culpa lo que la hiere —dijo después en voz baja, con timidez—, porque puede que algún día llegue a curarse.

—¿Qué debo hacer? —pregunté.

—Rezar —dijo sencillamente—. Y manténgase ocupada, no se abandone al ocio. Ésos son los preceptos de la fe. Yo no sabría sugerirle nada mejor. ¿Se arrepiente de sus pecados? —inquirió entonces de repente en tono mecánico, como cambiando de tema.

—Me arrepiento —contesté yo en el mismo tono inconsciente.

—Cinco Padrenuestros y cinco Avemarías —dijo—. Yo te absuelvo de tus pecados.

Y empezó a rezar. No quería saber nada más de mí.

Aquella misma mañana encontré en la cartera de mi marido la cinta morada. Aunque no lo creas, yo jamás había hurgado en su cartera o en sus bolsillos. Ni siquiera le robaba, por increíble que parezca. Me daba todo lo que le pedía, ¿para qué iba a robarle? Sé que muchas mujeres roban a sus maridos por necesidad o por capricho, sólo por demostrar que son capaces de todo. «Yo no voy a ser una fregona ingenua» se dicen, y hacen cosas que en realidad no quieren. Pues yo no soy así. No lo digo con presunción, es la verdad.

La única razón por la que miré en su cartera aquella mañana fue porque él llamó desde el trabajo para decirme que la había olvidado en casa y que iba a mandar al mozo a recogerla. Dirás que no es razón suficiente, pero es que había en su voz algo extraño, apremiante, casi nervioso. Al oírlo por teléfono me pareció inquieto. Noté en su entonación que ese pequeño olvido lo tenía preocupado, que era importante para él. Una cosa así se percibe, no con el oído sino con el corazón.

Era la misma cartera de piel de cocodrilo que has visto antes. Se la regalé yo... ¿Te lo he dicho ya? Y él la llevaba fielmente. Porque debo decirte algo: ese hombre era la imagen de la fidelidad. Me refiero a que no habría podido ser infiel aunque lo hubiera querido. Era fiel hasta con los objetos. Quería guardarlo, conservarlo todo. Ése era su lado burgués, el rostro noble de la burguesía. Quería conservar no sólo los objetos sino todo lo que fuera bello, amable, valioso, sensato... Ya sabes... Quería conservar las costumbres, los modos de vida, los muebles, los valores cristianos, los puentes, el mundo tal como lo habían construido las personas con infinito esfuerzo y dedicación, con su ingenio y su sufrimiento, con sus mentes brillantes y sus manos callosas. Para él todo tenía el mismo valor, amaba el mundo y quería protegerlo de algo. A todo esto los hombres lo llaman cultura. Las mujeres, entre nosotras, tal vez no debemos usar palabras tan grandilocuentes, basta con que guardemos silencio y escuchemos con aspecto inteligente sus discursos abarrotados de expresiones latinas. Nosotras conocemos la esencia. Ellos conocen los conceptos. A menudo, ambas cosas no coinciden.

La cartera de piel de cocodrilo todavía la conserva. La cuidaba con mimo porque era un objeto bello, de material noble, y porque se la había regalado yo. Cuando empezó a romperse la costura, hizo que la remendasen. Sí, era muy cuidadoso. Una vez dijo riéndose que él era el auténtico aventurero porque la aventura sólo puede existir si se está rodeado de orden y pulcritud. ¿Te sorprende? Sí, a mí también me sorprendía cuando decía esas cosas. Es muy difícil entender a un verdadero hombre, querida, porque tiene un alma.

¿Quieres un cigarrillo? Voy a encender uno porque estoy nerviosa. Ahora, al acordarme de la cinta morada, vuelvo a sentir el temblor y la agitación de entonces.

Como te dije, había algo raro en su voz ese día. No solía llamar a casa por cuestiones tan banales. Yo me ofrecí a llevársela, podía pasar por la fábrica a mediodía, si le convenía. Pero me lo agradeció y rechazó la oferta. Ponla en un sobre, dijo, enseguida llegará el mozo.

Fue entonces cuando registré la cartera. Escarbé en todos los compartimentos, era la primera vez que hacía algo así. La inspeccioné a fondo, como podrás imaginar.

En el compartimento exterior había dinero, el carnet de miembro del colegio de ingenieros, ocho sellos de diez fillér y cinco de veinte, el permiso de conducir y un abono del club de tenis con su fotografía. La fotografía se había tomado unos diez años antes, justo después de un corte de pelo, cuando los hombres se ven de pronto rejuvenecidos, casi como si acabaran de pasar el examen de bachillerato. Y había también un par de tarjetas de visita con su nombre, sin escudo de armas ni rango. Tenía mucho cuidado con esas cosas. No soportaba que en su ropa interior o en los objetos de plata apareciera ningún distintivo nobiliario. No despreciaba su título, pero prefería ocultarlo a los ojos del mundo. Decía que las personas sólo tenían un único rango: su carácter. A veces decía frases de este tipo con altanería y desprecio.

En los bolsillos exteriores de la cartera no hallé nada. Había un perfecto orden en ellos, igual que en sus armarios, sus cajones, sus notas y su vida. El orden reinaba a su alrededor y, por supuesto, en su cartera. Su alma era el único lugar donde el orden y la armonía quizá no fuesen perfectos... Parece ser que el orden exterior responde siempre a un deseo de ocultar un desorden interior. Pero en aquellos momentos yo no tenía tiempo para filosofar. Revolví en la cartera como un topo en la tierra blanda.

En el compartimento interior encontré la fotografía del niño. El pequeño sólo tenía ocho horas de vida en aquella fotografía. Nació con mucho pelo, ¿sabes?, pesó tres kilos ochocientos, y cuando se la tomaron dormía plácidamente con los puñitos apretados y en alto. Dime, ¿cuánto va a durar este dolor? ¿Toda la vida? Creo que sí.

Junto a la fotografía estaba la cinta morada.

La cogí, la palpé y por supuesto la olí. No tenía ningún perfume. Era una cinta vieja, de color morado oscuro. Solamente olía a piel de cocodrilo. La medí, tenía cuatro centímetros de largo y uno de ancho. Los cortes de tijera eran limpios, precisos.

Tuve que sentarme a causa del sobresalto.

Permanecí sentada con la cinta en las manos y con la sagrada determinación en el corazón de conquistar a mi marido igual que Napoleón quiso conquistar Inglaterra. Aquella cinta me dejó tan trastornada como si hubiera leído en el periódico de la mañana que la gendarmería había arrestado a mi marido en el barrio de Rákosszentmihály como autor de un asesinato cuyo móvil era el robo. Así debió de sentirse la esposa del vampiro de Düsseldorf cuando supo una noche que su marido había sido apresado porque resultaba que el hombre honrado, padre cariñoso y puntual pagador de impuestos que cada noche bajaba un rato a la taberna después de cenar, por el camino siempre destripaba a alguien. Algo así sentí yo en el momento en que vi y cogí la cinta morada.

Ahora pensarás que soy una histérica. No, querida, soy una mujer y, por ende, soy a la vez una piel roja y una detective profesional, una santa y una espía cuando se trata del hombre al que amo. No me avergüenzo de ello. Dios me hizo así. Ésa es mi misión en la vida.

La habitación me daba vueltas; tenía buenas razones para sentirme mareada, más de una. Para empezar, yo nunca había tenido nada que ver con aquella cinta morada, nunca. Una mujer sabe esas cosas. Ni en mi ropa ni en mis sombreros, en ningún sitio he tenido semejante adorno. De todas formas no solía llevar colores tan serios y fúnebres. Estaba segura, no valía la pena seguir insistiendo: aquella cinta no era mía; mi marido no la había cortado de ninguno de mis trajes o mis sombreros para llevarla en su cartera con devoción y reverencia. Por desgracia.

Había otro motivo para mi temblor de piernas y manos: la cinta no hacía juego conmigo pero tampoco con mi marido. Me refiero a que ese simple objeto, un trozo de tela al que un hombre como él tiene tanto aprecio que lo guarda durante años en su cartera y llama a casa totalmente alterado —porque no tengo que explicarte que era por la cinta por lo que había llamado, no podía tener una necesidad tan apremiante en la fábrica por la mañana a causa del dinero, las tarjetas de visita o el carnet del colegio de ingenieros—, era algo más que un mero recuerdo: era un objeto de culto. De hecho, era el cuerpo del delito. Por eso me sentía paralizada.

Es decir, mi marido tenía un recuerdo que era más importante que yo. Ése era el significado de la cinta morada.

Pero también podía significar otra cosa. La cinta no se había descolorido, sólo parecía un poco envejecida, de la forma peculiar en que envejecen los objetos de los muertos. Ya sabes, como los sombreros y los pañuelos que envejecen muy deprisa, casi de golpe, desde el momento en que fallece su dueño. Pierden el color, como una hoja arrancada del árbol empieza a perder el color de la vida, ese verde acuarela, en el mismo instante de ser arrancada. Parece que hubiera una corriente eléctrica que invade todo lo que pertenece a esa persona, como la luz solar que irradia sobre la Tierra.

Aquella cinta morada se encontraba al final de sus días, debía de haberla llevado alguien hacía muchísimo tiempo. Puede que esa persona ya estuviera muerta... O al menos, muerta para mi marido. Eso esperaba. La miraba, la olía, la frotaba entre los dedos, la interrogaba de todas las formas posibles... pero la cinta no soltaba su secreto. Callaba con obstinación, como callan todos los tercos objetos inútiles y mudos.

Pero a la vez parecía revelar algo tácitamente. Tenía un aire de superioridad y de malicia. Era como un trasgo burlón que sacara su morada y gangrenosa lengua para reírse y mofarse de mí. Decía: «Como ves, yo he estado en algún lugar detrás del aparente orden exterior. He estado y sigo estando. Yo soy el inframundo, el secreto, yo soy la verdad.» ¿Que si entendí lo que me decía? Me alteré tanto, sentí tal decepción y tal consternación, y a la vez ardía en mí tanta curiosidad y tanta rabia, que en ese instante me habría gustado salir corriendo a la calle para buscar a la mujer que en el pasado había llevado aquella cinta en su pelo o en su corsé. Ardía de inquietud y de cólera. Como ves, ahora también me enciendo al acordarme de la cinta morada. Espera, déjame los polvos, voy a arreglarme un poco.

Así, gracias, ya estoy mejor. Después llegó el mozo y yo volví a meter todo en la cartera: las tarjetas de visita, el carnet del colegio de ingenieros, el dinero y aquella cinta morada que era tan importante para mi marido que había llamado desde la fábrica en un estado de alteración total para decir que mandaba al mozo a buscarla. A continuación me quedé allí de pie, considerando mi firme decisión y con una ardiente cólera hirviendo en mi corazón, sin entender nada.

A decir verdad, algo sí que entendía.

Él no era un adolescente enamoradizo y aún menos un libertino senil y patético. Era un hombre y todas sus acciones poseían una razón y un sentido. Mi marido jamás habría llevado una cinta morada de mujer oculta en su cartera sin un motivo de peso; de aquello no me cabía ninguna duda, lo veía con una lucidez extrema, como si hubiera llegado a comprender por fin el secreto de mi propia vida.

Si a pesar de todo llevaba años guardando aquel guiñapo era porque a sus ojos tenía un enorme valor afectivo. Y en tal caso, la persona a la que había pertenecido era más importante que nadie para él.

Más importante que yo, por descontado. Porque mi fotografía no la llevaba en la cartera. A esto me responderías —lo veo en tu cara aunque estés callada— que no necesitaba llevar una fotografía mía, que ya me veía bastante todos los días, mañana, tarde y noche. Pero eso no era suficiente. Habría debido tener la necesidad de verme cuando no estaba a mi lado. Y si cogía algo de su cartera, tenía que ser mi foto lo que viera y no extrañas cintas moradas. ¿No es verdad? Qué menos. Sentí que un fuego ardía en mi interior; era como si alguien hubiera lanzado por descuido una cerilla, provocando el incendio de una casa. Porque, hubiera lo que hubiese tras la fachada de nuestra vida, entre nosotros todo se mantenía unido por fuertes lazos, habíamos construido una casa sólida, bien proyectada, espaciosa y con un tejado robusto... Y sobre aquel tejado había caído una diminuta llama morada.

Mi marido no volvió a casa para comer. Aquella noche teníamos una velada de gala. Me arreglé mucho, quería estar bella a toda costa. Me puse un vestido de noche de seda blanca que era absolutamente soberbio, majestuoso, como un juramento. Pasé más de dos horas sentada en la peluquería aquella tarde, y eso no fue todo; también estuve en el centro, entré en una mercería y compré un ramito de lazos morados, una de esas fruslerías que imitaban un ramo de violetas y que aquel año estaban de moda; las mujeres los llevaban prendidos en cualquier parte de la ropa. Aquel ramito, cuyo color era idéntico al de la cinta que mi marido llevaba en la cartera, lo prendí en el escote de mi vestido blanco. Me vestí con tanto esmero aquella noche como una estrella de cine para el gran estreno. Cuando llegó mi marido yo ya estaba esperándolo con la capa puesta. Llegaba tarde. Por una vez era yo la que lo esperaba con paciencia.

Se cambió en un momento y salimos. En el coche ninguno de los dos habló. Vi que estaba cansado, que tenía la cabeza en otra parte. El corazón me latía con fuerza, pero a la vez sentía una calma asombrosa. Sólo sabía que aquella noche se decidiría mi destino. Iba sentada a su lado con corrección, perfumada y mortalmente tranquila, con mi espléndido peinado, mi capa de zorro azul, mi vestido de seda blanco y el ramito morado encima del corazón. Nos dirigíamos a una mansión señorial; en la entrada nos esperaba un criado de librea y los camareros nos recibieron en el vestíbulo. Mi marido, al quitarse el abrigo y entregárselo a un criado, me vio reflejada en el espejo y me sonrió.

Estaba tan bella aquella noche que hasta él se dio cuenta.

Se quitó el abrigo de entretiempo y se arregló la pajarita en el espejo con un gesto suyo, distraído, apresurado y un poco molesto, como si se sintiese irritado por la presencia impaciente y sombría del lacayo; parecía uno de esos hombres que no se preocupan demasiado por su indumentaria, pero se arreglan continuamente la pajarita del traje de noche porque siempre se tuerce. Me sonrió en el espejo con galantería y ternura, como diciendo «sí, lo sé, eres muy bella, tal vez la más bella, pero, por desgracia, eso no cambia nada. Se trata de otra cosa».

Pero no le arranqué una sola palabra. Seguí devanándome los sesos, preguntándome si era más bella que la otra, la de la cinta que mi marido atesoraba. Luego entramos en el enorme salón donde se habían congregado los invitados, hombres ilustres, políticos, algunos de los principales dirigentes del país, señores elegantes y mujeres famosas, bellas, que conversaban entre ellas como si todas pertenecieran a una única y gran familia, y la una entendía lo que la otra dejaba caer apenas con veladas alusiones, como si todas fueran iniciadas... Pero ¿iniciadas en qué? Pues en esa fina red de complicidad que es el mundo refinado, corrupto y excitante, sofocante y soberbio, desesperado y frío de la vida social. Era un salón imponente, con columnas de mármol granate. Los sirvientes con medias blancas y calzones hasta las rodillas se deslizaban entre los invitados ofreciendo en bandejas de cristal cócteles de colores, brebajes tóxicos de alta graduación alcohólica. Yo me limité a mojar los labios en una de las venenosas pócimas de intenso color, pues no tolero el alcohol, enseguida empieza a darme vueltas todo. Y en cualquier caso no necesitaba sustancias excitantes aquella noche.

Sentía una tensión irracional, una euforia infantil, casi ridícula, porque me parecía que debía superar una dura prueba impuesta por el destino y que todas las miradas, las de aquellas mujeres hermosas, fascinantes y aquellos hombres inteligentes y poderosos, estaban puestas en mí... Yo sonreía con mucha cordialidad, como si fuese una archiduquesa del siglo dieciocho, con la cara empolvada y postizos en el cabello, entreteniendo a los invitados en un *cercle*. Y efectivamente, aquella noche yo era el centro de atención... Cuando te sientes tan viva es inevitable que tu fuerza vital se proyecte sobre los que te rodean y nadie pueda sustraerse a tu encanto. De golpe me vi de pie en el centro del salón, entre las columnas de mármol granate, rodeada de hombres y mujeres que me hacían cumplidos, y cada una de mis frases suscitaba aprobación.

Aquella noche poseía una asombrosa seguridad en mí misma. Sí, tenía éxito... ¿Qué es el éxito? Voluntad, parece ser, una voluntad demencial que abrasa todo y a todos los que se le acercan. Y todo eso simplemente porque yo debía averiguar si existía alguien que una vez hubiera llevado una cinta morada en su ropa o en su sombrero y que fuese para mi marido quizá más importante que yo.

Aquella noche no volví a probar un cóctel. Más tarde, durante la cena, me bebí media copa de un áspero champán francés. Y sin embargo me sentía un poco embriagada... con una embriaguez especial, que te deja sobrio y frío.

Mientras esperábamos que sirvieran la cena, en el salón se habían formado pequeños grupos, como en un escenario. Mi marido se encontraba en la puerta de la biblioteca conversando con un pianista. A veces notaba su mirada, sabía que me observaba con cierta aprensión, no conseguía entender mi éxito, tan inexplicable y repentino; se alegraba por mí y a la vez se sentía inquieto. Me miraba desorientado y yo disfrutaba con orgullo de su confusión. Estaba segura de lo que hacía, sabía que aquélla era mi noche.

Ésos son los momentos más especiales de la vida. De pronto se abren las puertas del mundo y todos los ojos se fijan en ti. Aquella noche no me habría sorprendido si alguien me hubiera pedido la mano. Debes saber que en aquel ambiente, es decir, en el gran mundo de la alta sociedad y la buena vida, yo nunca me sentí a gusto. Mi marido me introdujo en él, pero yo siempre sufría cierto miedo escénico, me movía entre la gente con tanto cuidado como en el carrusel del parque Városliget... no había un momento en que no tuviese miedo de resbalar y caerme. Pasaban los años y yo seguía siendo en sociedad demasiado prudente y ceremoniosa, o demasiado natural... era fría, directa, asustadiza o impulsiva, pero nunca era yo misma. Me sentía siempre paralizada por el miedo. Pero aquella noche algo había disuelto por completo mi tensión. Lo veía todo como a través de una neblina, las luces, los rostros de la gente... No me habría sorprendido que de vez en cuando me aplaudieran.

De pronto noté que alguien me miraba con insistencia. Me di la vuelta despacio para descubrir la fuente de aquella mirada tan intensa que casi me rozaba la nuca. Era Lázár; estaba junto a una columna hablando con la anfitriona, pero con la mirada fija en mí. Llevábamos un año sin vernos.

Cuando los criados abrieron las grandes puertas de espejo y nos dirigimos en solemne cortejo hacia el comedor claroscuro iluminado sólo por cirios, Lázár se acercó a mí.

—¿Qué le ocurre esta noche? —me preguntó en un susurro, casi con reverencia.

—¿Por qué? —pregunté yo con la voz un poco ronca; estaba mareada a causa del éxito.

—Algo le está pasando —dijo—. Verá, ahora casi me avergüenzo de haberla recibido aquella noche con esa broma de mal gusto. ¿Todavía lo recuerda?

—Lo recuerdo —dije—. Pero no tiene de qué avergonzarse, a los hombres grandes les gusta jugar.

—¿Está enamorada de alguien? —preguntó en tono tranquilo y serio, mirándome a los ojos.

—Sí —dije, con la misma calma y decisión—, de mi esposo.

Estábamos en la entrada del comedor. Me miró de arriba abajo y en voz baja, con gran compasión, dijo:

—Pobre.

Me ofreció su brazo y me acompañó a la mesa.

Precisamente él era uno de mis compañeros de mesa. Al otro lado tenía a un noble anciano que no tenía la menor idea de quién era yo y trataba de halagarme con cumplidos propios del siglo dieciocho. A la izquierda de Lázár se sentó la esposa de un célebre diplomático, que sólo hablaba francés. La cocina también era de inspiración francesa. Entre cucharada y cucharada, y cuando no estaba ocupado en conversar con la dama francófona, Lázár se inclinaba hacia mí y, en voz muy baja, sólo para mis oídos, pero con mucha naturalidad y sin preámbulos, como si siguiéramos una discusión iniciada hacía mucho tiempo, me decía:

—¿Y qué intenciones tiene?

Yo estaba afanándome con el pollo y la compota. Inclinada sobre el plato, con el cuchillo y el tenedor en la mano, contesté con una sonrisa, como si respondiera a una pregunta trivial e inocente de las que se utilizan en sociedad:

—He decidido conquistarlo y recuperarlo.

—Imposible —dijo—. Él nunca se ha alejado de su lado. Por eso es imposible. Se puede recuperar a alguien que es infiel. Se puede recuperar a alguien que se ha ido. Pero a alguien que ni siquiera ha llegado verdadera y definitivamente... No, eso es imposible.

—Entonces, ¿por qué se casó conmigo? —pregunté.

—Porque de otro modo se habría destruido.

—¿Por qué?

—Por un sentimiento que era más fuerte que él y le era indigno.

—¿El sentimiento —pregunté con calma, con la cabeza alta pero en voz baja, para que no pudiese oírme nadie más— que lo ataba a la mujer de la cinta morada?

—¿Sabe usted algo? —inquirió levantando de golpe la cabeza.

—Sólo sé lo que necesito saber de momento —respondí con sinceridad.

—¿Quién le ha hablado de eso? ¿Péter?

—No —dije—. Pero se termina sabiendo todo sobre la persona amada.

—Eso es cierto —respondió con gravedad.

—¿Y usted? —pregunté entonces, y me sorprendió que no me temblara la voz—. ¿Usted conoce a la mujer de la cinta morada?

—¿Yo…? —murmuró de mal humor, e inclinó la cabeza calva sobre el plato—. Sí, la conozco.

—¿La ve a menudo?

—Muy pocas veces. Casi nunca —respondió con la vista perdida en el infinito—. Hace mucho que no la veo.

Empezó a dar golpecitos nerviosos en la mesa con sus dedos largos y huesudos. La esposa del diplomático le preguntó algo en francés y yo atendí al viejo conde, que —sabe Dios por qué— de pronto decidió entretenerme recitando un proverbio chino. Pero en aquel momento yo no estaba muy predispuesta a escuchar historias orientales. Sirvieron champán y fruta. Cuando me acercaba a los labios el cáliz de reflejos rosados y mi vecino el conde intentaba desenredarse de su complicada telaraña de cuentos chinos, Lázár se inclinó hacia mí de nuevo.

—¿Por qué lleva ese ramo de lazos morados esta noche?

—¿Se ha dado cuenta? —pregunté mientras arrancaba una uva del racimo.

—En cuanto entraron por la puerta.

—¿Usted cree que Péter también lo habrá notado?

—Tenga cuidado —dijo con expresión severa—. Lo que está haciendo es muy peligroso.

Lanzamos a Péter una mirada conjunta, como dos conspiradores. Había algo fantasmagórico en el enorme comedor iluminado por la luz trémula de las velas, en el murmullo apagado de las voces, en el contenido y sobre todo en el tono de nuestras palabras. Yo estaba sentada muy derecha, inmóvil, con la vista al frente y una sonrisa en los labios, como si me divirtieran los excelentes chistes y las curiosas historias de mis compañeros de mesa. Y desde luego, lo que oía era muy interesante. Nunca en mi vida, ni antes ni después de aquella noche, he oído nada más interesante que las palabras de Lázár.

Cuando nos levantamos de la mesa se nos acercó Péter.

—Te has reído mucho durante la cena —dijo—. Estás pálida. ¿Quieres que salgamos al jardín?

—No —contesté—. No me pasa nada. Es la falta de iluminación.

—Venga conmigo al invernadero —dijo Lázár—. Allí también nos darán una taza de café.

—Llevadme con vosotros —dijo Péter, bromeando pero intranquilo—. Yo también tengo ganas de reír.

—No —dije yo. Y Lázár insistió:

—No. Hoy no jugamos al juego de la última vez. Jugamos sólo dos y tú estás excluido. Vuelve con tus condesas.

En ese momento mi marido se percató de mi ramito de lazos morados. Entornó sus ojos miopes y se inclinó hacia mí involuntariamente, como si estuviera observando algo que lo confundía. Entonces Lázár me cogió del brazo y me llevó fuera. Desde el umbral del invernadero miré hacia atrás. Mi marido seguía allí, en la puerta del comedor, entre el tumulto de gente que dejaba la mesa, y nos seguía con su corta vista. Parecía tan triste y perdido, había tanta desesperación en su mirada que tuve que detenerme y mirar atrás. Creí que se me partía el corazón. Puede que nunca lo haya amado tanto como en aquel momento.

• • •

Lázár y yo nos sentamos en el invernadero... ¿Te estoy aburriendo con esta historia? Dímelo. De todas formas, no te aburriré mucho más tiempo. ¿Sabes?, después de aquella noche todo sucedió muy deprisa, como en un sueño.

En el invernadero hacía el calor húmedo, pegajoso y fragante de la jungla. Nos sentamos debajo de una palmera; a través de las puertas abiertas entraba la brillante luz de los salones. De algún rincón lejano de la tercera sala nos llegaba el sonido de una música voluptuosa y tranquila; los invitados bailaban. En otra sala jugaban a las cartas. Era una fiesta esplendorosa, opulenta y sin alma, como todo en aquella mansión.

Lázár estaba fumando en silencio y observando a los bailarines. Hacía un año que no lo veía y en ese momento me parecía tan extraño... Percibía en él la misma soledad del que vive en el Polo Norte. Soledad y calma, una calma llena de tristeza. De pronto comprendí que ese hombre ya no quería nada, ni felicidad ni éxito; sí, puede que ya no quisiera ni escribir, sólo conocer y comprender el mundo, sólo quería la verdad. Era calvo y siempre parecía un poco aburrido, aunque muy educado. Pero también recordaba a un monje budista que observara el mundo con sus ojos rasgados e indescifrables.

Cuando terminamos el café dijo:

—¿No tiene miedo de la sinceridad?

—No tengo miedo de nada —respondí.

—Escúcheme —dijo con dureza y resolución—. Nadie tiene derecho a entrometerse en la vida de los demás. Ni siquiera yo. Pero Péter es mi amigo... y no sólo en el sentido superficial de la palabra, tan manido. Yo me intereso por muy pocas personas. Su marido custodia el secreto y el recuerdo mágico de nuestra juventud. Así que le diré algo. Lo que voy a decir sonará un poco dramático...

Yo estaba sentada derecha, pálida como una estatua de mármol blanco, la soberana bondadosa de un Estado minúsculo.

—Dígamelo —le rogué.

—Para expresarme con sencillez, diré: ¡las manos fuera!

—Desde luego, se ha expresado con mucha sencillez —dije—, pero no lo comprendo. ¿Las manos fuera de qué?

—De Péter, de la cinta morada y de quien la llevaba. ¿Lo comprende ahora? Se lo digo sin pudor, como en las películas. Manténgase alejada. No sabe dónde se mete. La herida que usted quiere tocar se estaba cerrando, empezaba a sanar, ya se había formado una fina membrana protectora. Llevo cinco años observándolos, viendo el proceso de regeneración. Y ahora quiere usted meter los dedos en esa llaga. Se lo advierto: si vuelve a abrirla, si la desgarra con una uña provocará una hemorragia... Y puede que algo o alguien muera desangrado.

—¿Tan peligroso es? —pregunté, mirando las parejas que bailaban.

—Eso creo —dijo con aire cauteloso y reflexivo—. Creo que es muy peligroso.

—Entonces hay que hacerlo —dije.

Mi voz sufrió una especie de temblor ronco... Me cogió la mano.

—Sopórtelo —dijo con voz muy cálida, casi suplicante.

—No —dije yo—. No tengo intención de soportarlo. Llevo cinco años engañada. Mi destino es peor que el de la mujer cuyo marido es infiel, veleidoso y seductor. Llevo cinco años luchando contra una enemiga que no tiene cara y sin embargo vive entre nosotros, invade la casa como un espectro. Ya estoy harta. No puedo luchar contra un sentimiento. Prefiero que mi rival sea de carne y hueso a que sea un espejismo... Usted mismo dijo una vez que la realidad siempre es más sencilla de lo que cuentan.

—Más sencilla sí —dijo con voz tranquilizadora—, pero infinitamente más peligrosa.

—Pues que sea peligrosa —dije—. ¿Qué puede ser peor que lo que ya estoy viviendo? Peor que estar junto a un hombre que no me pertenece, que guarda un recuerdo y me utiliza para tratar de librarse de él porque ese recuerdo, ese sentimiento, ese deseo no son dignos de él... Usted mismo lo ha dicho antes, ¿no es cierto? Pues que tenga el valor de afrontar ese deseo indigno y de sufrir las consecuencias. Que se rebaje a su nivel, que renuncie a su rango, a su dignidad.

—Imposible —dijo con la voz rota por la emoción—. Perecería.

—Pero a este paso terminaremos igualmente por perecer —dije con mucha calma—. Ya pereció el niño. Ahora yo me comporto como una sonámbula. Me dirijo sin dudarlo a algún lugar en el filo que separa la vida de la muerte. No me moleste, no me grite porque caeré al vacío... Si puede, ayúdeme. Yo me casé con un hombre porque lo amaba. Creía que él me amaba a mí... Llevo cinco años viviendo con una persona que no me entrega por completo su corazón. Lo he intentado todo para hacerlo mío. Me he esforzado en entenderlo. He tratado de calmarme con las explicaciones más inverosímiles. Es un hombre, me decía; es orgulloso, me decía también; es de familia burguesa, es un solitario. Pero no eran más que excusas. Luego intenté atarlo a mí con el más fuerte de los vínculos humanos, un hijo. Y no lo conseguí. ¿Por qué? ¿Lo sabe usted? ¿Es culpa del destino? ¿O de algo más? Usted es el escritor, el sabio, el cómplice, el testigo presencial de la vida de Péter. ¿Ahora por qué calla? A veces pienso que usted tuvo bastante que ver en lo que pasó. Tiene poder sobre el alma de Péter.

—Lo tenía —dijo—. Pero tuve que compartir ese poder con otra persona. Compártalo usted también. Puede que así todos se salven —añadió tímidamente, con expresión amilanada.

Nunca había visto titubear tanto a ese hombre solitario y resuelto. El monje budista había dado paso a un hombre normal y corriente que habría preferido salir huyendo para no tener que responder a preguntas tan embarazosas. Pero yo ya no podía dejarlo tranquilo.

—Usted sabe mejor que nadie que el amor no se puede compartir —dije.

—Eso es un tópico —respondió de mal humor, y encendió otro cigarrillo—. Todo es posible. Precisamente en el amor todo es posible.

—¿Qué me quedará de la vida si comparto al hombre al que amo? —Lo pregunté con tanta pasión que me asustó el sonido de mi voz—. ¿Una casa? ¿Una posición social? ¿Alguien con quien almorzar y cenar, y que a veces me obsequia con un poco de ternura, del mismo modo en que se da una aspirina en medio vaso de agua a un enfermo que sufre y se lamenta? ¿Cree que existe una situación más humillante e inhumana que esta media vida con alguien? ¡Yo necesito a un hombre, un hombre entero! —dije casi gritando.

Le hablé con desesperación y a la vez en un tono un poco teatral. La pasión siempre tiene un toque melodramático.

Alguien estaba cruzando el invernadero en aquel preciso momento, un oficial. Se detuvo, miró hacia atrás alarmado y luego apretó el paso moviendo la cabeza.

Sentí vergüenza. En tono más bajo, como pidiendo perdón, proseguí:

—Un hombre al que no tenga que compartir con nadie. ¿Tan imposible es eso?

—No —dijo mirando la palmera con atención—. Pero es muy peligroso.

—Y esta vida, nuestra vida tal como es ahora, ¿acaso no es peligrosa? ¿Qué cree? Es mortalmente peligrosa —dije con decisión, y al hacerlo palidecí porque sentí que era verdad.

—Precisamente ésa es una de las características de la vida —respondió con frialdad y educación, como quien se siente de nuevo en su elemento, como quien vuelve del mundo abrasador de las pasiones al ambiente más frío y tranquilo de los pensamientos y los conceptos bien definidos, donde encuentra palabras adecuadas, familiares—. Su principal característica es la de ser mortalmente peligrosa. Pero dentro del peligro se puede vivir de muchas maneras. Hay quien vive como si caminase siempre por terreno llano, con un bastón de paseo en una mano, y hay quien vive como si continuamente tuviera que lanzarse de cabeza al océano Atlántico. Hay que sobrevivir a los peligros —añadió con seriedad—, ése es el más difícil, a veces el mayor de los heroísmos.

En el invernadero gorgoteaba una pequeña fuente. Nos quedamos escuchando la melodía cálida y vivaz del agua, que se mezclaba con los ritmos salvajes y crepitantes de la música moderna.

—Ni siquiera sé con qué o con quién debo compartirlo —dije tras un silencio prolongado—. ¿Con una persona o con un recuerdo?

—Eso es indiferente —dijo encogiéndose de hombros—. Ya es más un recuerdo que un ser vivo. Ya no quiere nada. Pero...

—Pero existe —dije.

—Sí —respondió.

Me puse de pie.

—Entonces hay que acabar con ella —dije, y empecé a buscar mis guantes.

—¿Con ella? ¿Con esa persona? —preguntó y muy despacio, con desgana, se levantó también.

—Con esa persona, con el recuerdo, con esta vida... ¿Puede guiarme hasta esa mujer?

—No lo haré —dijo. Empezamos a caminar lentamente hacia los bailarines.

—Entonces la encontraré yo sola —declaré—. En esta ciudad viven un millón de personas y en el país, muchos millones más. La única pista que tengo es esa cinta morada. No he visto su fotografía, no sé su nombre. Y sin embargo me siento tan segura como el zahorí, que encuentra agua en una llanura desértica, o el buscador de minerales, que se para en seco durante su paseo porque siente bajo sus pies los metales preciosos, profundamente enterrados... Sé con la misma seguridad que voy a encontrar a ese fantasma o esa persona de carne y hueso que me impide ser feliz. ¿Acaso no me cree?

Se encogió de hombros y me observó durante un rato con mirada inquisidora y triste.

—Es posible —dijo—. En general, creo que las personas pueden hacer cualquier cosa cuando liberan sus instintos. Tanto lo malo como lo maravilloso... Sí creo que usted pueda encontrar entre millones y millones de personas a ese alguien que responderá a su llamada como un receptor de onda corta al emisor. No hay nada mágico en ello, ocurre siempre que entran en contacto sentimientos muy fuertes... Pero ¿qué cree que pasará después?

—¿Después? —pregunté sorprendida—. La situación se aclarará. Tengo que verla, tengo que observarla atentamente... Y si de verdad es ella...

—¿Ella, quién? —preguntó con impaciencia.

—Pues ella —respondí con la misma irritación—. La otra, la rival. Si de verdad es ella la mujer por la que mi marido no puede ser feliz, si ella es la que impide a mi marido ser del todo mío porque está encadenado a un deseo, a un recuerdo, a un espejismo sentimental o lo que sea... Entonces los abandonaré a su suerte.

—¿Aunque eso resulte fatal para Péter?

—Que tenga el valor de soportarlo —dije con rabia—, si ése es su destino.

Estábamos ya en el umbral del gran salón. Lázár añadió:

—Él ha hecho todo lo posible para soportarlo. Usted no sabe el esfuerzo que ha tenido que realizar este hombre durante los últimos años. Se podrían mover montañas con la fuerza que ha empleado en sofocar ese recuerdo. Creo que no me equivoco. A veces me dejaba asombrado. Ha intentado llevar a cabo lo más difícil que una persona puede hacer en la vida. ¿Sabe lo que ha hecho? Ha intentado hacerse indiferente a los sentimientos mediante la razón, que es como intentar convencer con palabras y argumentos a un paquete de dinamita de que no explote.

—No —dije aturdida—. Eso es imposible.

—Prácticamente imposible —dijo en tono serio y tranquilo—. Y aun así él lo ha intentado. ¿Por qué? Para salvar su alma. Para salvar su autoestima, sin la cual un hombre no puede vivir. Y lo hizo también por usted y, más adelante, con las fuerzas que le quedaban, por el niño. Porque a usted también la quiere, espero que eso lo sepa.

—Lo sé —dije—. De otro modo no lucharía así por él. Pero su amor no es absoluto, incondicional. Alguien se interpone entre nosotros. O lo echo o me voy yo. ¿Tan fuerte y tan temible es la mujer de la cinta morada?

—Si la encuentra —dijo, y miró hacia delante con los ojos entornados, cansados— se sorprenderá. La realidad puede ser mucho más sencilla de lo que uno imagina, más trivial, ordinaria, grotesca y peligrosa.

—¿Y usted no va a decirme su nombre de ningún modo?

Guardó silencio. Se notaba en sus ojos y en su voz que estaba indeciso y nervioso.

—¿Le gusta ir a casa de su suegra? —preguntó de improviso.

—¿A casa de mi suegra? —pregunté, profundamente sorprendida—. Sí, claro que me gusta. Pero ¿qué tiene que ver ella con todo esto?

—Recuerde que ésa también es la casa de Péter —declaró, un poco incómodo—. Si uno quiere investigar a alguien debe empezar por buscar pistas en su propia casa... La vida, desde ahí arriba, organiza a veces las cosas con la banalidad de una novela negra. Ya sabe, los policías buscan alguna prueba del crimen, inspeccionan febrilmente bajo el revestimiento de las paredes con agujas y, mientras tanto, la carta que buscan está allí mismo, debajo de sus narices, en el escritorio de la víctima. Nunca cae uno en lo más obvio.

—Entonces, ¿debo pedir consejo a la madre de Péter sobre el asunto de la mujer de la cinta morada? —pregunté, cada vez más desconcertada.

—Yo sólo digo —respondió con cautela, sin mirarme a los ojos— que antes de aventurarse en el ancho mundo en busca del secreto de Péter eche un vistazo a su segundo hogar, la casa de su suegra. Estoy seguro de que encontrará algo que la guíe por el buen camino. La casa de los padres siempre forma parte del escenario del crimen, pues guarda las pruebas más importantes de la vida de cada uno.

—Gracias —dije—. Mañana iré a casa de mi suegra y echaré un vistazo... Lo que no comprendo es qué o a quién debo buscar allí.

—Usted lo ha querido así —dijo, como quien se quiere deshacer de toda responsabilidad.

La música se hizo cada vez más ruidosa y nosotros entramos en el salón y avanzamos entre los bailarines. Varios hombres me dirigieron la palabra y al cabo de un rato mi marido me cogió del brazo y me sacó de allí. Fuimos directos a casa. Eso fue lo que pasó la noche del lunes 15 de abril, en el quinto año de nuestro matrimonio.

Aquella noche dormí profundamente. Mi alma se había oscurecido, como si la hubiese atravesado una sacudida eléctrica que hubiese provocado un cortocircuito. Cuando me desperté y salí al jardín —era una de esas mañanas de primavera templadas, con siroco, y hacía varios días que nos servían el desayuno en el jardín—, mi marido ya se había marchado. Desayuné sola y sin apetito un té sin azúcar. No probé bocado.

Había varios periódicos matutinos encima de la mesa. Eché un vistazo a los titulares de uno de ellos. Acababa de desaparecer del mapa un pequeño Estado. Traté de imaginar lo que sentirían los habitantes de aquella nación extranjera al despertar esa mañana y comprobar que sus vidas, sus costumbres, todo aquello en lo que creían y sobre lo que habían jurado, de pronto ya no valía nada, había desaparecido, y en ese momento empezaba algo totalmente nuevo, quizá mejor o quizá peor, en cualquier caso algo tan radicalmente distinto como si el país que siempre habían considerado su hogar se hubiera hundido en el fondo del océano y tuvieran que acostumbrarse enseguida a vivir bajo el agua. Me quedé pensando en eso y, sobre todo, en lo que yo quería hacer. ¿Qué clase de orden había recibido, qué mensaje me llegaba del cielo? ¿Cuál era el sentido de la inquietud perenne de mi corazón? ¿Qué significaban mis problemas, mis ofensas y mis penas en comparación con la infelicidad de millones de seres humanos que habían descubierto esa mañana que habían perdido el regalo más preciado de la vida: la patria, esa íntima y dulce sensación de pertenencia y de orden familiar? Pero pasé las páginas distraídamente, no podía concentrar mi atención en las noticias que hacían temblar el mundo. Me preguntaba si tenía derecho a preocuparme por mí misma, por mi propia vida de una manera tan obsesiva, con tanta vehemencia. En medio de la miseria y la desgracia de millones de personas, ¿cómo podía sufrir porque mi marido no era mío por completo? ¿Qué importaba el secreto de su vida y mi infelicidad personal frente a los secretos y trastornos del mundo? ¿Con qué derecho indagaba en este o en otros secretos de un mundo ya de por sí bastante salvaje, aterrador y misterioso? Pero son cuestiones fútiles, ¿sabes? Una mujer no puede sentir como suyos todos los problemas universales. Luego pensé que tal vez tenía razón el viejo sacerdote. Quizá era cierto que mi fe no era lo bastante profunda ni yo, lo bastante humilde... Quizá había cierta soberbia en mi desafortunada empresa, en mi decisión enloquecida, y esa misión detectivesca con la que pretendía desenterrar de la jungla del mundo el secreto de mi marido, la persona de la cinta morada, era indigna de un ser humano, de una mujer, de una buena cristiana. Quizá... Pero había demasiados quizá rondando por mi cabeza en esos momentos. No puedo explicarlo bien.

El té se quedó frío. El sol hacía brillar el jardín, los pájaros comenzaban a inquietarse y a gorjear en los árboles, había llegado la primavera. Me acordé de que a Lázár no le gustaba la primavera, decía que esa estación llena de fermentos y efluvios agrava la acidez estomacal y altera el equilibrio intelectual y emocional... Eso decía. De pronto, mi pensamiento voló hasta la conversación que habíamos mantenido hacía sólo unas horas, durante la noche, en aquella mansión altiva y gélida, envueltos en el sonido de la música y el rumor de la fuente, en el denso olor a jungla del invernadero. Lo recordaba como si lo hubiera leído en alguna parte.

A veces, en los momentos más trágicos de la vida, nos encontramos de improviso más allá del dolor y de la desesperación, y nos volvemos extrañamente sobrios, indiferentes, casi de buen humor. ¿Nunca te ha pasado? Por ejemplo, cuando están enterrando a tu ser más querido y empiezas a pensar que en casa alguien se ha podido dejar la nevera abierta y el perro se comerá todo el asado frío reservado para los invitados al duelo. Y en ese instante, justo en el momento en que los cantos se elevan en torno al féretro, te pones a dar instrucciones, entre susurros y en calma total, para solucionar el asunto de la nevera. Porque los seres humanos somos así, vivimos entre extremos, entre orillas infinitamente alejadas. Yo permanecía sentada bajo la luz y el calor del sol como si estuviese pensando en una desgracia ajena, analizaba con frialdad y calma todo lo que había pasado. Recordaba cada palabra de Lázár, pero aquellas palabras ya no me afectaban. La tensión del día anterior se había disipado. Pensaba en aquella fiesta como si no hubiera sido yo la que había estado sentada en el invernadero con el escritor. Incluso la cinta morada me parecía de repente un simple cotilleo. Al fin y al cabo, lo que para mí suponía el sentido y el destino de mi vida podía ser para otros un tema de conversación a la hora del té o durante la cena:

«¿Conocéis a los señores X? Sí, el de la fábrica y su esposa. Los que viven en Rózsadomb. Pues no están bien. La mujer se ha enterado de que él ama a otra. Imagínate, encontró una cinta morada en su cartera y a partir de ahí lo descubrió todo... Sí, van a divorciarse.» También se podía hablar así de lo que nos había pasado a mi marido y a mí. ¡Cuántas veces había oído charlas similares durante alguna reunión social, sin poner demasiada atención en lo que se decía! Podía ocurrir que mi marido, la mujer de la cinta morada y yo también nos convirtiéramos en poco tiempo en un asunto de cotilleo social.

Cerré los ojos, me recliné en la silla y, como las pitonisas de feria, traté de imaginarme el rostro de la mujer de la cinta morada.

Porque aquel rostro tenía que vivir en algún lugar, en la calle de al lado o en algún rincón del universo. ¿Qué sabía de ella? ¿Qué se puede saber de una persona? Después de cinco años viviendo con mi marido creía que lo conocía a la perfección, cada costumbre, cada gesto: cuando se lavaba las manos antes de sentarse a la mesa, deprisa, sin mirarse siquiera en el espejo, cuando se peinaba con una sola mano, o cuando alguna vez sonreía con gesto de aburrimiento y desinterés, y luego no quería revelarme en qué estaba pensando. Y sabía mucho más, conocía íntimamente su persona, en cuerpo y alma, con una intimidad sobrecogedora y vulgar, conmovedora y deprimente, encantadora y aburrida. Y puesto que sabía todo eso, creía que lo conocía. Y un día me di cuenta de que en realidad no sabía nada de él... Sí, sabía menos que Lázár, aquel extraño decepcionado y agrio que ejercía un fuerte poder sobre el alma de mi marido. ¿Qué clase de poder? Poder humano. Distinto del mío, más fuerte que el poder femenino. No podría explicártelo, pero lo sentía siempre que los veía juntos. No obstante, ese hombre me había dicho también que no tenía más remedio que compartir su poder con la mujer de la cinta morada... Y por más que se estuvieran produciendo hechos grandiosos y terribles en el mundo, en vano me acusaba yo de egoísmo y falta de humildad, y en vano comparaba mis penas con las del mundo, con los golpes aciagos del destino de millones de personas, porque sabía que no podía hacer otra cosa que ponerme en marcha, aventurarme por las calles de la ciudad con egoísmo y mezquindad, cegada, obsesionada, en busca de una mujer con la que tenía un asunto que resolver. Tenía que verla, tenía que oír su voz, mirarla a los ojos, observar su piel, su frente, sus manos. Lázár me había dicho —y en aquel momento, sentada con los ojos cerrados bajo el sol, volví a oír su voz como si estuviera sentado frente a mí y me invadió otra vez el ambiente embriagador e inverosímil de la fiesta, la música, la conversación—, me había dicho que la realidad era peligrosa, pero a la vez mucho más ordinaria y trivial de lo que imaginaba. ¿Cómo podía ser dicha realidad «ordinaria»? ¿Qué quería decir con eso?

En todo caso me había mostrado el camino que debía tomar, me había sugerido por dónde debía empezar a buscar. Decidí pasar esa misma mañana por la casa de mi suegra y hablar con ella del tema abiertamente.

Me sentía acalorada. Volvía a tener la sensación de encontrarme en medio de una corriente de aire caliente y seco.

Traté de apagar el fuego que me abrasaba el alma con pensamientos sobrios y agudos. Porque sentía la misma oleada de sangre caliente en la cabeza que cuando descubrí —hacía una eternidad, el día anterior a esa hora— el compartimento secreto de la cartera de mi marido. Lázár me dijo que no tocase nada, que esperase. ¿No estaría sufriendo alucinaciones? Quizá el cuerpo del delito, la cinta morada, no tenía tanto significado como yo imaginaba. ¿O quizá estaba Lázár jugando de nuevo a uno de sus incomprensibles juegos, como la noche que lo conocí, hacía varios años? Quizá la vida no era para él más que un juego peculiar y macabro, un experimento en el que jugar con ingenio, igual que un científico juega con ácidos y sustancias químicas peligrosas sin importarle que un día el mundo entero pueda saltar en pedazos. En su mirada, en aquella mirada cruelmente objetiva, plácida, indiferente, había un brillo frío pero cargado de infinita curiosidad cuando me propuso que fuera a casa de mi suegra para buscar «en el lugar de los hechos» el secreto de Péter... Y sin embargo, yo sabía que él no estaba jugando, que había dicho la verdad. Sabía que me encontraba en verdadero peligro... como esos días en que uno preferiría no levantarse de la cama, ya sabes... Cuando el cielo, las estrellas, todo lo que te rodea te habla, todo lo que ocurre parece referirse precisamente a ti. No, la cinta morada y lo que había detrás, en casa de mi suegra o donde fuese, no eran fantasmas: eran la pura realidad.

La cocinera salió al jardín para entregarme el cuaderno de gastos; hicimos las cuentas de la casa y decidimos el almuerzo y la cena.

En aquella época mi marido ganaba mucho dinero y me lo entregaba sin contarlo siquiera. Yo disponía de un talonario, podía gastar cuanto quería aunque, por supuesto, tenía mucho cuidado de comprar sólo lo imprescindible, sobre todo en aquel tiempo. Pero «lo imprescindible» es un concepto tan amplio... Tuve que reconocer que en aquel momento eran «imprescindibles» cosas que unos años antes me habrían parecido lujos inalcanzables. La tienda de ultramarinos más cara de la ciudad nos entregaba a domicilio el pescado y las aves que encargábamos por teléfono, sin molestarnos en verlos. Al mercado hacía años que no iba, ni con la cocinera ni sola. No sabía con exactitud cuánto costaba la fruta fresca o las verduras, simplemente exigía al personal que todo fuese de la mejor calidad, lo más caro posible... Mi sentido de la realidad se había distorsionado en unos años. Aquella mañana, mientras sujetaba el cuaderno en el que la cocinera, una ladrona insaciable, escribía obviamente las cifras que le venían en gana, reparé por primera vez en mucho tiempo en que todo lo que en ese momento me hacía sufrir y desesperarme sólo era tan importante a causa del embrujo cruel y maléfico del dinero. Pensé que si hubiese sido más pobre me habría preocupado menos por mi marido, por mí misma y por las cintas moradas que aparecen aquí o allá. La pobreza y la enfermedad cambian de forma sorprendente el valor de los sentimientos y de las complicaciones emocionales. Pero yo no era pobre ni estaba enferma, al menos en el sentido médico de la palabra... De modo que anuncié a la cocinera:

—Para cenar harán pollo frío con mayonesa. Pero que usen sólo pechugas. Y cogollos de lechuga para acompañar.

Luego entré en la casa para vestirme y salir al vasto mundo a buscar a la mujer de la cinta morada. Ésa era mi misión. No la había planeado, yo no lo había querido así. En aquel momento sólo obedecía un mandato.

Caminaba por la calle bajo el sol y desde luego que no tenía ni idea de adónde me dirigía ni a quién buscaba. Tenía que ir a casa de mi suegra, eso era todo lo que sabía. Pero a la vez no tenía la menor duda de que encontraría a la persona que buscaba. Lo que no imaginaba era que Lázár, con una sola palabra, con su última frase, había dirigido los acontecimientos hacia el camino justo y que yo encontraría enseguida lo que buscaba y, con un solo gesto de la mano, le arrancaría el secreto a la confusión del mundo.

Sin embargo, no me sorprendí cuando la encontré. Encontrar, qué palabra tan banal... En realidad, durante aquellos días yo tampoco era más que un títere, un instrumento, un actor más de un destino que estaba a punto de cumplirse. Cada vez que lo recuerdo me mareo y experimento un profundo sentimiento de humildad porque los acontecimientos se manifestaron según un orden prodigioso, se sucedieron con tanta precisión y rapidez que todo cuadró a la perfección. Parecía que alguien había dirigido la escenificación: todo sucedió con un ritmo incomprensible y tranquilizador... Sí, en aquellos días fue cuando de verdad aprendí a creer. Ya sabes, como les sucede a los hombres de poca fe durante una tempestad en el mar... Fue entonces cuando descubrí que tras el aparente caos del mundo se escondía un orden interno lógico y maravilloso, como en la música. La situación, en definitiva nuestro destino, de pronto había madurado. Y todo lo que había en su interior se derramó de improviso y se mostró en su plenitud, como una planta tropical de frutos venenosos que florece al madurar su empalagosa y malsana belleza. Yo era una mera espectadora de lo que ocurría. Pero aún creía que actuaba. Subí a un autobús y fui a casa de mi suegra, como me había ordenado Lázár.

Pensaba que sólo iba a echar un vistazo, a hacer una visita prudente. Pensaba que disfrutaría de un instante de descanso en el aire puro de una vida sencilla, que podría recuperarme un poco de las experiencias sofocantes y tortuosas que ocupaban mi vida, y que tal vez le contaría lo que había descubierto, lloraría un poco, le pediría apoyo y consuelo... Si ella sabía algo del pasado de Péter, me lo contaría. Eso imaginaba. Mientras iba sentada en el autobús, pensaba en la casa de mi suegra como en un balneario de montaña al que llegaba tras cruzar un pantano cenagoso y humeante. Y con ese ánimo toqué el timbre de su puerta.

Vivía en el centro, en la segunda planta de un edificio centenario. Allí hasta las escaleras olían a agua de lavanda inglesa, como un armario de ropa interior. Mientras esperaba el ascensor me invadió un refrescante olor a lavanda y sentí la nostalgia indescriptible de una vida más serena, más fresca, más limpia, menos herida por las pasiones. Al subir en el ascensor se me llenaron los ojos de lágrimas. Seguía sin saber que me estaba manipulando la fuerza que había dispuesto todo lo que ocurría. Llamé y me abrió el ama de llaves.

—¡Qué pena! —dijo al reconocerme—. La ilustre señora no está en casa.

Me cogió la mano y me la besó con un experto ademán de sirvienta.

—Déjelo —dije, pero ya era tarde—. Déjelo, Judit. La esperaré.

Miré sonriendo su cara franca, serena, orgullosa. Aquella mujer, Judit, llevaba al servicio de mi suegra más de quince años. Pertenecía a una familia de campesinos del otro lado del Danubio y entró al servicio de mis suegros como doméstica cuando aún vivían en la casa grande. Llegó a la casa de muy joven, debía de tener unos quince años. Al morir su marido, mi suegra decidió dejar la casa grande y se mudó al piso del centro, y la chica, que para entonces ya era una solterona de más de treinta años, ascendió a ama de llaves.

Estábamos de pie en la entrada, casi a oscuras. Judit encendió la luz y en ese momento empecé a tiritar como una hoja al viento. Me temblaban las piernas, la sangre no me llegaba a la cabeza, pero conseguí mantenerme erguida. El ama de llaves llevaba aquella mañana un vestido tirolés, una blusa con corpiño y una falda de colores con delantal, ropa de trabajo barata; tenía la cabeza cubierta con un pañuelo blanco; estaba limpiando cuando llegué. Y de su cuello blanco, venoso y grueso de campesina pendía una cinta morada que sujetaba un amuleto, uno de esos medallones baratos que se venden en los mercadillos.

Extendí la mano sin pensar y de un solo movimiento le arranqué del cuello la cinta y el colgante. El medallón cayó al suelo y se abrió. ¿Sabes qué fue lo más curioso? Que Judit no intentó recogerlo. Se quedó de pie, muy derecha y esbelta, cruzó los brazos sobre el pecho lenta y tranquilamente, y me observó sin moverse desde las alturas mientras yo me agachaba para recoger el medallón, lo miraba y reconocía las dos fotografías del interior. Ambas eran de mi marido. Una era una toma muy antigua, de hacía dieciséis años. Mi marido tenía entonces veintiséis años y Judit, quince. La otra era del año anterior, mi marido la había encargado supuestamente para regalársela en Navidad a su madre.

Estuvimos un largo rato frente a frente, sin movernos.

—Por favor —dijo al fin. Su voz sonó educada, casi como la de una persona que ha visto mundo—. No nos quedemos aquí. Venga, pase a mi cuarto.

Abrió la puerta de su habitación y con un gesto ceremonioso me invitó a pasar. Entré sin pronunciar palabra. Ella cerró la puerta y, con un gesto seguro, dio la vuelta a la llave.

Nunca había estado en su cuarto. ¿Para qué iba a entrar allí? Aunque no lo creas, hasta aquel momento jamás había mirado a aquella mujer a la cara de verdad.

Y entonces la miré.

En el centro de la habitación había una mesa pintada de blanco con dos sillas. Me sentía débil, temía que iba a marearme, así que me acerqué despacio a una de las sillas y me senté. Judit se quedó de pie junto a la puerta cerrada con llave, tranquila y resuelta, con los brazos cruzados, como si quisiera impedir que alguien entrara y nos interrumpiera.

Miré alrededor con mucha atención, como si me sobrara el tiempo y supiera que allí, en el «lugar de los hechos», cada detalle era importante; me acordé vagamente de esta expresión porque la había usado Lázár y porque leía cada día en el periódico que la policía había inspeccionado el lugar de los hechos tras la detención del sospechoso... Miraba a mi alrededor como si en aquel lugar, o en uno parecido, hubiera ocurrido algo hacía mucho tiempo, en los albores de la vida... y de pronto era yo el juez instructor, el testigo y tal vez la víctima. Judit no dijo nada, no me interrumpió, entendía a la perfección que para mí cada detalle de aquel cuarto era muy importante.

Pero no vi nada sorprendente. El mobiliario de la habitación no era ni pobre ni especialmente confortable, parecía la celda para huéspedes de un convento, preparada para recibir a visitantes seglares de cierta alcurnia. ¿Sabes lo que había en aquella habitación, en la cama de bronce, los muebles blancos, las cortinas inmaculadas, la rústica estera de rayas, la imagen de la Virgen y el rosario colgados sobre la cama, la maceta con una planta en la mesilla de noche y los artículos de tocador ordenados en la repisa de cristal del lavabo, muy humildes pero cuidadosamente seleccionados? Había renuncia. En aquel cuarto se respiraba el aire de la renuncia voluntaria... En cuanto lo sentí ya no hubo lugar para la rabia en mi corazón, sólo quedó tristeza y un miedo inmenso.

Minuto a minuto sentí, percibí, observé lo que se escondía tras los objetos: un destino, una vida. Lo digo en serio, de pronto empecé a tener miedo. Volvía a oír con claridad la voz ronca y triste de Lázár al predecir que me sorprendería lo sencilla, trivial y a la vez peligrosa que sería la realidad. Pues sí, todo aquello era bastante trivial. Y a la vez terrible. Espera, quiero contártelo por orden.

Antes te he dicho que sentí un aire de renuncia en el cuarto. No obstante, también sentí cierto aire de intriga, de ultraje. No creas que era una madriguera de esas en las que se cobijan las criadas pobres de Pest, que son como pajares urbanos. Era una habitación cómoda y limpia; por otra parte, en casa de mi suegra no se podía concebir que un cuarto de servicio no fuese así. También te he dicho que hay cuartos de este tipo en los conventos, que son como celdas en las que el huésped no sólo vive, duerme y se asea, sino también se ve obligado a ocuparse de su alma. Los objetos y hasta el ambiente nos recuerdan una orden estricta que viene de arriba... No había ni rastro de olor a perfumes, agua de colonia o jabones aromatizados. En el borde del lavabo había un pedazo de sencillo jabón de fregar. Y enjuague bucal, un cepillo de dientes, un peine y un cepillo para el cabello. También vi una cajita de polvos de arroz y un pequeño trozo de gamuza para el cutis. Ésas eran todas las pertenencias frívolas de aquella mujer. Lo observé todo al detalle.

En la mesilla de noche había una fotografía de grupo enmarcada. Dos niñas, dos muchachitos con cara de pícaros —uno de ellos, con uniforme militar— y una pareja de ancianos con expresión alarmada y vestidos con el traje de los domingos. Era su familia en alguna parte del otro lado del Danubio. También había candelillas frescas en un vaso de agua.

Sobre la mesa, en una cesta de costura, había unas medias en buen estado y un ejemplar atrasado de una revista de viajes; en la portada a color se veía el mar rizado y un grupo de niños jugando en la arena de la playa. La revista estaba arrugada, las hojas tenían las esquinas dobladas, se notaba que la habían hojeado cientos de veces. Y en la puerta, colgado de una percha, un vestido de trabajo negro con delantal blanco. Eso fue todo lo que vi en su cuarto.

No obstante, en todos aquellos objetos cotidianos había una lúcida disciplina. Se notaba enseguida que allí vivía una persona que no necesitaba que le enseñaran a mantener el orden; ella misma se disciplinaba, se educaba. Ya sabes con qué suelen abarrotar sus cuartos las criadas. Con objetos imposibles, con todo lo que la vida pone a su alcance: corazones de mazapán, postales a todo color, raídos almohadones rescatados de la basura, adornos miserables; todos los desechos llegan a su mundo desde el otro, el mundo de los patronos. Una vez tuve una doncella que guardaba mis cajas gastadas de polvo de arroz y los frascos vacíos de perfume que yo tiraba, coleccionaba aquellos trastos como los ricos coleccionan tabaqueras de rapé, esculturas góticas o cuadros de los impresionistas franceses. En su mundo, esos objetos suplen y representan todo lo que supone belleza y arte. Porque no se puede vivir sólo de la realidad, de lo práctico... También hace falta en la vida algo superfluo, llamativo y brillante, algo bello, aunque sea de una belleza barata. La mayoría de las personas no pueden vivir sin el deslumbramiento de la belleza. Hace falta algo, aunque sea una postal de seis fillér, con una puesta de sol en tonos dorados y rojos o un amanecer en el claro de un bosque. Todos somos así. Incluso los pobres.

Pero la que estaba de pie frente a mí en el cuarto cerrado con llave no era de esa clase.

La mujer que vivía en aquella habitación había renunciado de forma consciente y deliberada a todas las pequeñas comodidades, a los lujos baratos, a los brillos mediocres. Se notaba que rechazaba con inexorable rigor las sobras que el mundo le ofrecía. Sí, había rigor en aquel cuarto. No había lugar en él para la ensoñación o para la pereza, para estar tirado sin hacer nada. Lo habitaba una mujer que vivía como si hubiese hecho un voto. Pero aquel voto, aquella mujer, aquel cuarto no inspiraban simpatía. Por eso estaba tan asustada.

No era el cuarto de la típica doncella coqueta que lleva las medias de seda y la ropa desechada de su señora, usa en secreto los ungüentos franceses de la señorita y provoca al señor con picardía. La mujer que tenía delante no era una vampiresa disfrazada de doméstica, una amante llegada del infierno o una sirena seductora de las que suele haber en los hogares burgueses infectos y corruptos. No, aquella mujer no era la amante de mi marido aunque llevara sus fotografías al cuello en un medallón colgado de una cinta morada. ¿Sabes cómo era aquella mujer? Te diré lo que sentí: era antipática, pero estaba a mi altura. Era una mujer igual de entusiasta, sentimental, fuerte, sensible y sufridora que yo y que todos los seres humanos que se precien. Me quedé sentada en la silla con el amuleto y la cinta morada en las manos sin poder articular palabra.

Ella tampoco dijo nada. No mostraba el menor rastro de alteración. Se mantenía completamente erguida, igual que yo. Era ancha de hombros; no era esbelta, ni siquiera delgada, pero estaba bien proporcionada. Si la noche anterior hubiera entrado en el salón repleto de hombres ilustres y mujeres hermosas, todos la habrían seguido con la mirada preguntándose quién sería aquella mujer, convencidos de que se trataba de alguien importante... Tenía el porte y la altura propios de una princesa. Yo he visto a más de una princesa y ninguna tenía su porte. Ella sí lo tenía. Y había algo más en sus ojos, en su cara y a su alrededor, en los objetos, el mobiliario y el ambiente de su cuarto: algo que me llenaba de terror. Antes te he dicho que era la renuncia voluntaria. Pero detrás de esa renuncia se acurrucaba una tensa espera. Estaba preparada. Lo quería todo o nada. Disponibilidad. Un instinto en alerta que no bajaba la guardia desde hacía años, incluso décadas. Una mirada atenta que no se cansaba. Una renuncia que no era altruista ni humilde sino soberbia, altanera. ¿Por qué dicen siempre que las clases más ricas son altaneras? Yo he conocido a condes y a princesas, y ninguno era presuntuoso. Más bien parecían inseguros, con un poco de cargo de conciencia, como todos los grandes señores... Pero aquella campesina que me sostenía la mirada de manera desafiante no era humilde ni se sentía culpable. Su mirada era fría, brillante... como la hoja de un cuchillo de caza. Aparte de eso mostró un respeto y una educación perfectos. No dijo nada, no hizo nada, no movió ni un músculo. Era una mujer y estaba viviendo el momento más importante de su vida. Lo vivía en cuerpo y alma, con todo su ser y su destino.

El cuarto de invitados de un convento, ¿no he dicho eso? Pues sí. Pero también parecía una jaula, el encierro de una fiera. En aquella jaula o en una similar vivía, se movía y daba vueltas sin descanso desde hacía dieciséis años una fiera sutil llamada pasión y espera. De pronto yo había entrado en la jaula y estábamos observándonos mutuamente. No, aquella mujer no necesitaba ninguna baratija que la corrompiera, que la compensara. Ella lo quería todo, toda la vida, el destino, con todos los peligros que ello podía conllevar. Y además sabía esperar. Es muy buena esperando, reconocí, y me recorrió un escalofrío.

Yo seguía sentada con el amuleto y la cinta morada en mi regazo. Estaba paralizada.

—Por favor —dijo al fin—, devuélvame esa fotografía.

Y al ver que no me movía, añadió:

—Una de las dos; la del año pasado se la puede quedar si usted quiere. Pero la otra es mía.

Lo dijo con voz firme, a modo de sentencia, como una patrona que se sabe con derecho a hablar. Sí, la otra fotografía se había tomado dieciséis años antes, cuando yo aún no conocía a Péter. Pero ella ya lo conocía entonces mejor tal vez de lo que yo jamás llegaría a conocerlo. Miré las fotografías una vez más y devolví el medallón sin decir nada.

Ella también las observó detenidamente, como si quisiera comprobar que no habían sufrido daño alguno. Se acercó a la ventana, se inclinó y sacó de debajo de la cama un viejo y gastado bolso de viaje; del cajón de la mesita de noche extrajo una pequeña llave, abrió la maleta raída y puso el amuleto bajo llave. Todo esto lo hizo despacio, sin inquietarse, como quien sabe que no tiene ninguna prisa. Yo observaba cada uno de sus movimientos con atención. Por mi mente pasó la idea de que un momento antes, cuando me había pedido el amuleto, no me había llamado «señora».

Sentí algo más en aquel momento. Ahora, después de tanto tiempo, lo veo con mayor claridad. Fue una sensación que me invadió por completo y me decía que no había nada extraordinario en lo que me estaba pasando. Como si lo hubiera sabido todo de antemano. Por supuesto, me habría sorprendido mucho si Lázár me hubiera dicho sin rodeos la noche anterior que la mujer de la cinta morada que yo buscaba con desesperación vivía muy cerca de mí, en el piso de mi suegra, y que la había visto miles de veces, incluso había hablado con ella; y que, cuando saliese a buscar por el mundo como una posesa a la única enemiga de mi vida, mi primer viaje me conduciría directamente hasta ella... No, si la noche anterior alguien me lo hubiese pronosticado, le habría pedido con delicadeza que hablásemos de otro tema porque no me gusta bromear con los asuntos serios de la vida. Pero como todo había ocurrido de una forma tan sencilla no estaba asombrada. El orden de los hechos no me sorprendió. La persona, tampoco. Lo único que había sabido de Judit a lo largo de los años era que existía y que era «una muchacha excelente», el sostén de mi suegra, casi un miembro de la familia y un milagro de obediencia y disciplina, una criatura muy bien domesticada. Pero entonces sentí que en realidad siempre había sabido algo más de ella: lo había sabido todo. No con palabras o con la razón sino con los sentimientos, con mi destino; lo había sabido todo de ella y de mí durante los años en que las únicas palabras que le había dirigido eran «buenos días», «¿están los señores en casa?» o «un vaso de agua, por favor». Lo sabía todo, quizá por eso no la miré nunca a la cara. Probablemente tenía miedo de su cara. Había una mujer que vivía en la otra orilla de la vida, que hacía su trabajo, esperaba y envejecía, igual que yo... Y yo vivía en la orilla contraria sin saber por qué era imperfecta e inaguantable mi vida, de dónde provenía esa radiación oscura y malvada que invadía mis días y mis noches, esa sensación de que «hay algo que no funciona». No sabía nada de mi marido ni de Judit. Pero hay momentos en la vida en que comprendemos que lo absurdo, lo imposible y lo inconcebible son en realidad tan ordinarios como sencillos. De pronto vemos con claridad todo el entramado de la vida: desaparecen entre bastidores personas que creíamos importantes y del fondo en sombras emergen otras de las que no sabíamos nada, pero en cuanto aparecen sabemos que estábamos esperándolas, y ellas a nosotros, en un destino común...

En conjunto, el asunto resultó exactamente como Lázár lo había definido: trivial.

Una campesina guarda en un amuleto colgado del cuello dos fotografías de mi marido. Tenía quince años cuando llegó de su pueblo natal a la gran ciudad, a una casa señorial y, obviamente, se enamoró del señorito. El tiempo ha pasado, el señorito ha madurado y se ha casado. Se ven muy de vez en cuando, pero ya no tienen nada que ver el uno con el otro. El abismo de la diferencia de clases entre la muchacha y el hombre se hace cada vez más profundo. Pasan los años y el tiempo va dejando su huella en ambos. El hombre comienza a envejecer. La muchacha es ya casi una solterona. No se ha casado... ¿Por qué no se ha casado?

Como si hubiera estado pensando en voz alta, la mujer respondió a mi pregunta.

—Me marcho de aquí. Lo siento por la señora porque ya es una anciana, pero me voy.

—¿Adónde, Juditka? —No me costó pronunciar ese diminutivo cariñoso.

—A servir a otra casa —dijo—. Lejos de la capital.

—¿No podría volver a casa? —pregunté mirando la fotografía de su familia.

Ella se encogió de hombros.

—Son pobres —dijo con voz apagada, sin el menor énfasis.

La palabra resonó durante un instante en la habitación con un eco siniestro. Como si en el fondo fuese ésa la única verdad. Parecía que casi podíamos seguir la palabra con la mirada, como una piedra que hubieran arrojado a la habitación por la ventana: yo con curiosidad, ella con objetiva indiferencia. Conocía muy bien aquella palabra.

—No creo... —dije por fin—. No creo que eso sirva de ayuda. ¿Por qué razón tendría que irse? Aquí nadie le hará daño. Y además, ¿por qué se ha quedado hasta ahora? ¿Lo ve? —dije, como si hubiera encontrado el argumento perfecto para disuadirla—, si se ha quedado hasta ahora puede seguir viviendo aquí. No ha pasado nada.

—No —replicó—, me voy.

Hablábamos en voz baja: dos mujeres entendiéndose con medias palabras.

—¿Por qué?

—Porque ahora se va a enterar.

—¿Quién?

—Pues él.

—¿Mi marido?

—Sí.

—¿Hasta ahora no lo sabía?

—Lo sabía —contestó—, pero ya lo ha olvidado.

—¿Está segura?

—Sí.

—¿Y quién se lo va a decir, si ya lo ha olvidado? —pregunté.

—La señora —dijo claramente.

Apreté el puño contra mi pecho.

—¡Pero niña mía! —exclamé—, ¿de qué está hablando? Está delirando. ¿Por qué cree que yo se lo contaría? Además, ¿qué podría decirle?

Nos mirábamos a la cara sin turbación, sin disimular la curiosidad, con avidez y pasión, como si, después de tantos años bajando la mirada, ya no nos hartáramos de mirarnos. Sabíamos que nunca nos habíamos atrevido a mirarnos a la cara abiertamente y sin cobardía. Desviábamos la mirada, cambiábamos de tema. Vivíamos cada una en su sitio. Pero ambas guardábamos un secreto en nuestro corazón que daba sentido a nuestra vida. Y acabábamos de revelarlo.

¿Cómo era su cara? Tal vez pueda describirla. Pero antes voy a beber un poco de agua, tengo la garganta seca. Camarera, por favor, un vaso de agua. Gracias. Mira, están empezando a apagar las luces. Pero casi he terminado. Otro cigarrillo, ¿quieres?

Tenía la frente ancha y despejada, el rostro cándido, la mirada franca y el cabello negrísimo, de reflejos azulados, con la raya en medio y recogido en un moño. La nariz era pequeña y chata, de tipo eslavo. Tenía la piel lisa y los rasgos bien definidos; recordaba el rostro de María arrodillada ante el pesebre pintado en el retablo de una iglesia de pueblo por un maestro anónimo, uno de esos pintores ambulantes. Era un rostro orgulloso, muy pálido. El cabello de azabache enmarcaba esa blancura como... no sé, las comparaciones no se me dan bien. ¿Qué podría decir? Eso es cosa de Lázár. Pero él no diría nada, se limitaría a sonreír porque desprecia las comparaciones. Sólo le gustan los hechos, las oraciones simples.

Me ceñiré a los hechos, si es que no te aburres.

Tenía un rostro orgulloso, el hermoso rostro de una campesina... ¿Por qué campesina? Porque a sus facciones les faltaba ese aire de complicación que caracteriza indudablemente los rostros burgueses, esa tensión amarga y resentida. Era una cara natural e implacable a la que no era posible arrancar una sonrisa con un piropo fácil o un halago insulso. Tenía impresos recuerdos muy antiguos. Puede que ni siquiera fuesen recuerdos personales... Lo que guardaba aquella cara eran las huellas de toda una estirpe. Los ojos y la boca vivían dos vidas separadas. Los ojos negrísimos tenían los mismos brillos azulados del cabello. Una vez vi un puma en el zoológico de Dresde. Tenía los ojos como ella.

Aquellos ojos me miraban fijamente, como mira alguien que se está ahogando a la persona de la orilla, que puede ser su salvador o su verdugo. Yo también tengo ojos de gata, cálidos, castaños... y sé que en aquel momento también centelleaban, como dos enormes reflectores que iluminan el cielo antes de un ataque aéreo. Pero lo más temible era su boca. Tierna e indignada. La boca de una fiera noble que se ha acostumbrado a no comer carne. Y sus dientes, níveos y fuertes. Porque era una mujer fuerte, proporcionada y musculosa. En aquel momento pareció que una sombra negra se cernía sobre el rostro inmaculado. Pero no se lamentó. Habló con el mismo tono bajo, sosegado y confidencial, que no era el de una criada sino el de la otra mujer.

—Esto —dijo—, lo de las fotos. Ahora se va a enterar. Yo me voy —repitió con terquedad, un poco trastornada.

—¿Es posible que hasta ahora no lo supiera?

—Ah —dijo—, hace mucho que ya no me mira.

—¿Usted siempre lleva el medallón?

—No siempre —respondió—. Sólo cuando estoy sola.

—¿Cuando está sirviendo y él está aquí... tampoco lo lleva? —pregunté con intimidad.

—No —respondió en el mismo tono—. Porque no quiero que se acuerde.

—¿Por qué? —pregunté.

—Porque no —respondió, y sus negrísimos ojos desorbitados se perdieron en el infinito como si estuviese mirando en un pozo sin fondo, en un pasado muy lejano—. Para qué recordárselo si ya lo ha olvidado.

Con voz débil y suplicante pregunté:

—¿Qué, Judit?... ¿Qué tenía que olvidar?

—Nada —contestó en tono seco y duro.

—¿Ha sido su amante? Dígamelo.

—No he sido su amante —declaró en voz alta y clara. Parecía que estaba formulando una acusación.

Nos quedamos en silencio. Su declaración no admitía discusión; sabía que estaba diciendo la verdad. Y al mismo tiempo... No me lo eches en cara, no me juzgues mal... Me aliviaba saberlo, pero una voz interior angustiada y secreta me decía: «Por desgracia está diciendo la verdad... Con lo sencillo que habría sido todo...»

—Entonces, ¿qué ha sido usted para él? —la interrogué.

Se encogió de hombros, profundamente turbada. Luego su rostro se iluminó de rabia y desesperación, como un paisaje muerto al resplandor de un rayo.

—¿La señora mantendrá el secreto? —preguntó en tono amenazador, con voz áspera y ronca.

—¿Qué secreto?

—Si se lo cuento, ¿lo mantendrá?

La miré a los ojos. Sabía que tendría que mantener mi promesa. Ella me mataría si la engañaba.

—Si me dice la verdad ahora, callaré —dije por fin.

—Júremelo —ordenó con el semblante ensombrecido, desconfiando. Se acercó a la cama, descolgó el rosario de la pared y me lo dio—. ¿Lo jura?

—Lo juro.

—¿Que nunca le va a contar a su señor esposo lo que Judit Áldozó le dijo?

—Nunca —dije—. Lo juro.

Veo que no acabas de comprender todo esto. Si lo pienso bien, yo tampoco lo comprendo del todo. Pero entonces me pareció todo tan natural, tan sencillo... Estaba de pie en el cuarto de la criada de mi suegra, jurando a una sirvienta que nunca revelaría a mi esposo lo que iba a oír. ¿Una cosa así te parece natural? Yo creo que sí.

Hice el juramento.

—Está bien —dijo ella, y pareció tranquilizarse—. Entonces se lo cuento.

Su voz denotaba cansancio. Volvió a colgar el rosario en la pared y a continuación dio un par de vueltas a la habitación con pasos ligeros y largos... sí, igual que un puma enjaulado. Luego se apoyó en el armario y me pareció muy alta, mucho más alta que yo. Inclinó la cabeza hacia atrás y se quedó mirando el techo con los brazos cruzados.

—¿Cómo ha sabido que...? —preguntó con desconfianza y desprecio; hablaba como una camarera, con todo el acento de una campesina.

—Lo he sabido y punto —respondí en el mismo tono.

—¿Se lo ha dicho él?

En ese «él» había complicidad y confidencialidad, pero también una inmensa veneración. Era evidente que aún desconfiaba de mí, sospechaba que detrás de mis palabras había alguna complicada intriga, temía que quisiera enredarla. Tenía la actitud indecisa del culpable ante el investigador que lleva el caso o el juez de instrucción: en el último momento, cuando «las pruebas irrefutables» lo ponen en evidencia, se derrumba y quiere confesarlo todo, pero al final vuelve a echarse atrás... Teme que el juez lo engañe: quizá no sabe nada, quizá sólo está fingiendo que sabe la verdad... y pretende arrancarle la confesión con alguna maniobra inesperada, sonsacarle toda la verdad mediante una falsa indulgencia. Y al mismo tiempo, sabe que no puede seguir callando. Es un proceso irreversible del alma: ahora ya es él mismo el que quiere confesar.

—Está bien, la creo —dijo, y cerró por un momento los ojos—. Siendo así, se lo digo —añadió, dando un profundo suspiro—. Él me quería por esposa.

—Sí —dije yo, como si fuese lo más natural del mundo—. ¿Cuándo fue eso?

—Hace doce años, en diciembre. Y también más tarde. Durante dos años más.

—¿Y cuántos años tenía usted entonces?

—Dieciocho recién cumplidos.

Entonces mi marido tenía casi el doble. Enseguida le pregunté en tono amigable:

—¿No tiene alguna fotografía de aquella época?

—¿De él? —preguntó, sorprendida—. Sí, ya la ha visto antes.

—No —dije—. De usted, Judit.

—Ah, ya entiendo —dijo con un dejo áspero y grosero—. Pues resulta que sí.

Abrió el cajón de la mesita y sacó un cuadernillo con tapas de cartón, ya sabes, uno de esos del colegio en los que anotábamos en las clases de francés palabras nuevas tomadas de los cuentos de La Fontaine... Se puso a rebuscar entre las páginas del cuaderno, donde había estampas de santos, recortes de periódicos... Me levanté y me acerqué a ella para mirar por encima de su hombro mientras pasaba las páginas.

En el cuaderno tenía estampas de san Antonio de Padua y de san José, pero todo lo demás, de forma directa o indirecta, estaba relacionado con mi marido. Había recortado de los periódicos los anuncios publicitarios de la fábrica de mi marido. También guardaba la factura de un sombrero de copa enviado por algún fabricante del centro, la esquela de mi suegro, que informaba de su fallecimiento, y la tarjeta que anunciaba nuestro compromiso, impresa en papel de barba.

Iba pasando las páginas con indiferencia, casi con aburrimiento, como si estuviese más que harta de verlas, pero no pudiera desprenderse de ellas. Entonces me fijé por primera vez en sus manos: unas manos robustas, de dedos largos y huesos fuertes, con las uñas cuidadosamente recortadas, pero sin la maestría de la manicura. Cogió una fotografía y me la acercó con dos dedos.

—Ésta es —dijo, esbozando apenas una sonrisa algo amarga.

Era un retrato de Judit Áldozó a los dieciocho años, cuando mi marido quería casarse con ella. Habían tomado la fotografía en un estudio del centro; el autor había dedicado a su clientela pequeñoburguesa en el reverso de su obra, grabada con letras doradas, una invitación a inmortalizar fielmente todos los acontecimientos felices de la familia. La fotografía era un trabajo poco original, bastante artificioso y con una pose prefijada: unas barras de hierro invisibles forzaban a la muchacha a girar la cabeza en una dirección determinada y fijar en un punto indefinido una mirada vidriosa y perdida. Judit llevaba dos largas trenzas enrolladas en la cabeza, como la emperatriz Elizabeth. Su rostro de campesina orgullosa y asustada parecía querer pedir auxilio en aquella foto.

—Devuélvamela —dijo luego bruscamente; me quitó la fotografía de las manos y volvió a deslizarla entre las hojas del cuadernillo como quien oculta un asunto privado de la mirada de los curiosos—. Ésa era yo —dijo—. Entonces llevaba ya tres años en la casa. Él nunca había hablado conmigo. Una vez me preguntó si sabía leer. Respondí que sí y él dijo: «está bien». Pero nunca me trajo ningún libro. Nunca hablábamos.

—Entonces, ¿qué había entre los dos? —pregunté.

—Nada —respondió, encogiéndose de hombros—. Sólo eso.

—¿Usted lo sabía?

—Una sabe esas cosas.

—Eso es cierto —dije con un suspiro—. ¿Y luego?

—Hacia el final del tercer año... —Continuó hablando despacio, mascullando, con la cabeza echada hacia atrás, apoyada en el armario; miraba el vacío con la misma mirada vidriosa y un poco asustada que tenía en la fotografía que acababa de enseñarme—. En la víspera de Navidad, vino a hablarme. Yo estaba en el salón, era media tarde. Me habló mucho. Estaba muy nervioso. Yo lo escuché.

—Sí —dije yo, tragando saliva.

—Sí —repitió ella antes de continuar—. Me dijo que sabía que era algo muy complicado. Y que no quería que fuese su amante. Quería que nos fuésemos a vivir al extranjero. A Italia. —Al decir esto su rostro convulsionado y tenso se suavizó visiblemente, empezó a sonreír con ojos brillantes, como si comprendiera a la perfección el significado de aquella palabra maravillosa, como si fuera lo máximo que se puede decir o esperar en la vida.

Y ambas, de forma involuntaria, miramos hacia la portada de la desgastada revista de viajes que yacía sobre la mesa, que mostraba la playa bañada en las olas del mar y unos niños jugando en la arena... eso era todo lo que había obtenido de Italia.

—¿Y usted no quiso?

—No —dijo, y su cara se ensombreció.

—¿Por qué?

—Porque no —espetó. Luego añadió en un tono un poco más vacilante—: Tenía miedo.

—¿De qué?

—De todo —respondió, encogiéndose de hombros.

—¿De que él fuese un señor y usted, una criada?

—De eso también —dijo dócilmente, y me miró casi con gratitud, como agradecida por haber dicho en su lugar lo que ella no se atrevía a confesar—. Siempre he tenido miedo. Pero de otras cosas también. Sentía que aquello no estaba bien. Él estaba demasiado por encima de mí —concluyó, sacudiendo la cabeza.

—¿Tenía miedo de la señora?

—¿De ella? No... —dijo, y sonrió de nuevo. Estaba claro que me consideraba un poco corta de genio, alguien desorientado por completo en lo que se refiere a los verdaderos secretos de la vida. Entonces empezó a hablarme con la sencillez que se suele emplear con los niños pequeños—. De ella no tenía miedo porque ella lo sabía.

—¿La señora...?

—Sí.

—¿Quién más lo sabía?

—Sólo ella y su amigo, el escritor.

—¿Lázár?

—Sí.

—¿Y él habló con usted de esto?

—¿El escritor? Sí... Estuve en su casa.

—¿Por qué?

—Porque él lo quiso así... El marido de la señora.

La puntualización fue evasiva, pero a la vez sarcástica y despiadada. Estaba diciendo: «Para mí él es quien es. Para ti sólo es tu marido.»

—Pues claro... —dije—. En resumidas cuentas, lo sabían dos personas: mi suegra y el escritor. ¿Y qué decía el escritor?

Volvió a encogerse de hombros.

—No dijo nada —dijo—. Solo me invitó a sentarme y luego me observó en silencio, sin abrir la boca.

—¿Mucho tiempo?

—Bastante. Él... —y lo dijo de nuevo con ese peculiar acento— quería que hablara conmigo, que me viera. Que me convenciera. Pero no dijo nada... Había muchos libros en la habitación. Yo nunca había visto tantos libros... No se sentó, se quedó de pie, apoyado en la chimenea. Lo único que hizo fue mirarme y fumar un cigarrillo detrás de otro. Se quedó mirándome hasta que se hizo de noche. Y entonces fue cuando habló.

—¿Qué le dijo? —pregunté. Podía imaginar sin esfuerzo la escena: Lázár y Judit Áldozó en el estudio del escritor, que se iba quedando en penumbra, luchando sin palabras «entre muchos libros» por el alma de mi marido.

—No me dijo nada. Sólo me preguntó cuánta tierra teníamos.

—¿Y cuánta tienen?

—Ocho hectáreas.

—¿Dónde?

—En Zala.

—¿Y Lázár qué dijo?

—Dijo que era poco. Porque éramos cuatro para compartirlo.

—Sí —dije muy deprisa, confundida. No entiendo de esas cosas, pero hasta yo sabía que aquello era poco—. ¿Y luego?

—Luego llamó al criado y dijo: «Puede marcharse, Judit Áldozó.» No dijo ni una palabra más. Pero entonces yo ya sabía que no iba a pasar nada.

—¿Porque él no lo iba a permitir?

—Él y el mundo entero. Pero también por otra cosa. Porque yo no quería. ¡Era una enfermedad! —dijo entonces, dando un puñetazo sobre la mesa. De repente no la reconocía. Era como si aquel cuerpo estuviera a punto de estallar. Sus miembros se estremecieron como electrizados. Tenía la fuerza de una catarata. Habló en voz baja, pero parecía que gritaba—. Todo aquello era como una enfermedad... Luego dejé de comer, pasé un año tomando sólo un poco de té. Pero, por favor, no piense usted que ayunaba por él —añadió atropelladamente, llevándose la mano al corazón.

—¿Qué quiere decir? —pregunté con profunda sorpresa—. ¿Qué significa eso de ayunar por él?

—En el pueblo lo hacían antiguamente —dijo bajando la mirada, como si no fuese del todo apropiado revelar a un extraño los secretos tribales—. Uno deja de hablar y de comer hasta que la otra persona lo hace.

—¿Hace el qué?

—Lo que uno quiere.

—¿Y funciona?

Se encogió de hombros.

—Sí, funciona. Pero es pecado.

—Sí —concluí, pues sabía a ciencia cierta que, dijera Judit lo que dijera, en secreto ayunaba por mi marido—. Pero ¿usted no cometió ese pecado?

—No, yo no —dijo deprisa, sacudiendo la cabeza y sonrojándose; era como una confesión—. Porque entonces yo ya no quería nada. Porque todo aquello era para mí igual que una enfermedad. No dormía, incluso me salió un sarpullido en la cara y en los muslos. Y tuve fiebre durante mucho tiempo. La señora cuidó de mí.

—¿Y ella qué decía?

—Nada —dijo en voz muy baja, como en una ensoñación, y su voz se emocionó—. Lloraba. Pero no dijo nada. Cuando estaba con fiebre, me daba agua azucarada y medicinas con una cuchara. Una vez me dio un beso —dijo, y miró al frente con ternura, como si ése fuera el recuerdo más entrañable de su vida.

—¿Cuándo? —pregunté.

—Cuando el señor se marchó de viaje.

—¿Adónde?

—Al extranjero —dijo sencillamente—. Estuvo de viaje cuatro años.

Me quedé callada. Mi marido había pasado cuatro años entre Londres, París, el norte de Europa y varias ciudades italianas. Tenía treinta y seis años cuando regresó y se hizo cargo de la fábrica. A veces me contaba historias sobre aquella época: la llamaba «sus años nómadas»... Pero nunca me dijo que el motivo que lo había mantenido alejado de casa durante cuatro años fuese Judit Áldozó.

—Y entonces, antes de irse de viaje, ¿hablaron alguna otra vez?

—No —dijo—. Porque entonces yo ya estaba curada. En realidad, sólo hablamos una vez, la tarde de Nochebuena. Fue entonces cuando me regaló el medallón con la foto y la cinta morada. Y de la cinta cortó un trozo. Estaba dentro de una cajita —añadió en tono serio, explicativo, como si cada detalle cambiara en algo el significado del obsequio o como si fuese de vital importancia que el amuleto que mi marido regaló a Judit Áldozó fuera en una cajita... Y en aquel momento yo también sentí que cada detalle era muy importante.

—¿La otra fotografía también se la dio él?

—¿Esa en la que está más viejo? No —dijo, y volvió a bajar la mirada—. Ésa la compré.

—¿Dónde?

—En el estudio del fotógrafo. Me costó un pengő —contestó.

—Entiendo. ¿Le regaló algo más?

—¿Algo más? —preguntó, sorprendida—. Ah, sí. Una vez me trajo naranja escarchada.

—¿Le gusta?

De nuevo bajó la mirada. Era evidente que se avergonzaba de esa pequeña debilidad.

—Sí —dijo—. Pero no me la comí... —añadió, como justificándose—. ¿Quiere que se la enseñe? La tengo ahí, en una bolsa de papel.

Y ya estaba girándose hacia el armario muy dispuesta, como quien defiende una coartada, cuando alargué la mano para detenerla.

—No, déjelo, Judit —dije—. La creo. ¿Y qué pasó después?

—Nada —contestó en tono relajado y continuo con palabras sencillas, como si estuviese contando un cuento—. Él se marchó y yo me curé. La señora me mandó a casa tres meses. Era verano. Recogimos la cosecha. Pero de todas formas recibí el salario completo —añadió con expresión complacida—. Luego volví. Él estuvo lejos mucho tiempo. Cuatro años. Yo también me calmé. Él también volvió, pero ya no vivía con nosotros. No volvimos a hablar. Nunca me escribió. Sí, fue una enfermedad —repitió con voz seria, sabia, como si llevara mucho tiempo discutiendo consigo misma e intentara demostrarse una vez más que tenía razón.

—¿Y luego se acabó? —pregunté.

—Sí, se acabó. Él se casó. Nació el pequeño. Después murió. Lloré y lo sentí mucho por la señora.

—Sí, sí. Déjelo —dije con aprensión, intentando pasar por alto el cortés pésame—. Dígame, Judit, ¿nunca, nunca más volvieron a hablar?

—Nunca —contestó, mirándome a los ojos.

—Sobre eso, ¿nunca?

—Ni sobre eso ni sobre nada —respondió con severidad.

Sabía que era la pura verdad, que ambos podrían poner la mano en el fuego. Aquellos dos no mentían. Empecé a sentirme mareada, el terror me estaba provocando náuseas. No podía haberme dado una noticia peor: nunca más habían vuelto a hablarse. Llevaban doce años callados, así de simple. Y, mientras tanto, ella llevaba al cuello la fotografía de él en un medallón y él atesoraba el trozo de cinta cortada del medallón en el compartimento secreto de su cartera. Y él se había casado, me había tomado a mí por esposa, pero cada vez que llegaba a casa por la noche, en realidad no volvía a mí porque había otra esperándolo. Eso era todo. Mis manos y mis pies se quedaron helados. Tenía frío.

—Respóndame a otra cosa —le pedí—. Como ve, no quiero que me lo jure. Lo que yo he jurado lo mantendré: no diré nada a mi marido. Pero dígame ahora la verdad, Judit: ¿está arrepentida?

—¿De qué?

—De no haberse casado con él.

Con los brazos cruzados se acercó a la ventana y miró el lúgubre patio interior de la casa del centro histórico. Después de un largo silencio, sin volverse, dijo:

—Sí.

Aquella palabra se abatió entre nosotras como una granada o una bomba de relojería, que no estalla enseguida. En silencio escuchamos los latidos de nuestros corazones y el tictac de aquella bomba invisible. La cuenta atrás duró mucho tiempo... hicieron falta otros dos años para que por fin estallase.

Oímos ruido en el vestíbulo; era mi suegra, que ya había regresado. Judit se acercó de puntillas a la puerta y con mucho cuidado, sin hacer ruido, con una habilidad digna de ladrones, giró la llave en la cerradura. La puerta se abrió y en el umbral apareció mi suegra con su abrigo de piel y su sombrero, recién llegada de la calle.

—¿Tú aquí? —preguntó, y palideció visiblemente.

—Estábamos charlando un poco, madre —respondí mientras me levantaba.

Nos quedamos allí de pie mi suegra, Judit y yo, las tres mujeres de su vida, como las tres Parcas de un cuadro viviente. Justo en ese instante pensé en eso y me eché a reír de puro nerviosismo, pero enseguida se me quitaron las ganas de reír al ver que mi suegra, muy pálida, cruzaba el umbral de la habitación, se sentaba en el borde de la cama de Judit, se cubría el rostro con las manos enguantadas y empezaba a llorar en silencio, agitando los hombros convulsivamente.

—No llore —dijo Judit—. Ha jurado que no dirá nada.

Y me miró de la cabeza a los pies despacio y con mucha atención antes de salir de la habitación.

• • •

Después de comer llamé a Lázár. No estaba en casa, contestó el criado. A las cuatro y media sonó el teléfono: era Lázár, que llamaba desde algún punto de la ciudad. Estuvo un largo rato callado, como si hablara desde muy lejos, desde otra galaxia, o como si mi petición —quería hablar con él y, además, de inmediato— requiriese una profunda reflexión.

—¿Quiere que vaya a su casa? —preguntó por fin, en un tono bastante malhumorado.

Pero no era la mejor solución porque mi marido podía llegar en cualquier momento. Tampoco quería citarme con él en un café o una pastelería. Al final, propuso de mala gana:

—Si lo desea, volveré a mi casa y la esperaré allí.

Acepté gustosamente la invitación. Lo cierto es que no pensaba en nada. Durante aquellos días y, sobre todo, durante las horas siguientes a la conversación en casa de mi suegra, me encontraba en un estado de ánimo totalmente inusitado, como si me moviera sin descanso por los suburbios más peligrosos de la vida, a mitad de camino entre la penitenciaría y el sanatorio, en un mundo diferente que no se regía por las reglas de los salones y los pisos del centro. Acudí a casa de Lázár como el que se presenta en la comisaría de policía o en la sala de urgencias de un hospital en un momento crítico de la vida... El temblor de la mano al tocar el timbre de su puerta fue lo único que me recordó que andaba por caminos poco conocidos y tal vez no del todo correctos.

Abrió la puerta, me besó la mano y, sin pronunciar palabra, me guió hasta una estancia muy amplia.

Vivía en el quinto piso de un edificio de reciente construcción a orillas del Danubio. Todo era nuevo, cómodo y moderno en aquella casa. Lo único pasado de moda era el mobiliario del piso, antiguo y provinciano. Miré alrededor y me quedé profundamente sorprendida. Me sentía confusa y agitada; sin embargo, empecé a fijarme en los detalles de la decoración, porque a veces las personas somos así de paradójicas. Creo que incluso cuando nos llevan al patíbulo nos fijamos en los detalles más banales, como un pájaro posado en una rama o una fea verruga en la barbilla del procurador que está leyendo la sentencia de muerte. Aquel piso... Me parecía que me había equivocado de puerta al tocar el timbre. En secreto, en lo más profundo de mi alma, yo había tratado de imaginar cientos de veces el piso de Lázár; qué sé yo, me lo esperaba lleno de muebles indios, o como un tipi, con muchísimos libros y con las cabelleras cortadas de competidores y de mujeres hermosas. Pero no vi nada parecido. Sólo vi los típicos muebles de cerezo del siglo pasado adornados con bordados blancos, de los que puedes encontrar en el recibidor de una casa provinciana, ya sabes, silloncitos incomodísimos con el respaldo en forma de laúd, vitrinas abarrotadas de baratijas pequeñoburguesas, como cristalería de Marienbad o cerámica de Holics... El salón se parecía al de un abogado de honorarios modestos recién llegado del pueblo que aún no hubiera tenido modo de renovar el mobiliario, aportado por su señora como dote. Pero allí no había huella de ninguna señora y, que yo supiera, Lázár era rico.

A mí no me invitó a pasar a la habitación con «muchos libros» donde había recibido a Judit. Me trató con la cortesía y la atención tortuosa de un médico durante la primera consulta de un paciente. Me pidió que me sentara; por supuesto, no me ofreció nada. Todo el tiempo mantuvo la misma actitud de prudencia atenta y reservada, como el que ya ha vivido situaciones similares y sabe que este tipo de conversaciones no vale para nada, que no hay esperanza, o como el médico que sabe que no existe medicina eficaz para el paciente pues su enfermedad es incurable, pero a pesar de ello escucha sus quejas, asiente con la cabeza y prescribe algunos polvos o algún jarabe... ¿Qué sabía? Simplemente, que en los asuntos del corazón no hay consejo que valga. Yo también lo percibía vagamente y, mientras estaba sentada frente a él, sentí con desilusión que el viaje había sido inútil. No hay ningún «consejo» que de verdad sirva de algo en la vida. Ocurre lo que tiene que ocurrir y eso es todo.

—¿La encontró? —me preguntó sin rodeos.

—Sí —respondí, porque con aquel hombre no era preciso andarse con rodeos.

—¿Ya está más tranquila?

—No mucho. Precisamente he venido a preguntarle qué va a suceder ahora.

—No puedo contestar a eso —dijo con calma—. Puede que no ocurra nada. Si mal no recuerdo, le dije que era mejor que no hurgara en la herida. Ya estaba casi coagulada, o cicatrizada, por usar una expresión médica. Pero claro, usted ha metido los dedos y la ha abierto un poco.

No me sorprendió que usara símiles médicos. De hecho, yo me sentía como una paciente en la sala de espera de la consulta de un médico. ¿Sabes?, no había nada «literario» en aquel lugar, nada que se pareciese a la imagen que podemos crearnos del piso de un gran escritor... ¡Era todo tan burgués, incluso pequeñoburgués, tan humilde y ordenado! Lázár se percató de mi mirada curiosa —normalmente me sentía incómoda cuando estaba sentada frente a él porque no se le escapaba nada y tenía la sensación de que tarde o temprano pondría las cartas sobre la mesa y escribiría todo lo que sabía sobre las personas que nos cruzábamos en su vida—, y me dijo con mucha calma:

—Necesito esta armonía burguesa. La vida interior de las personas ya es bastante aventurada y tormentosa. De cara al exterior es mejor vivir como un funcionario del registro de la propiedad. El orden es una necesidad vital, de otro modo no podría concentrarme...

No explicó en qué no podría concentrarse de otro modo; es probable que se refiriese a todo, a la vida en su conjunto, al mundo exterior y al mundo secreto en el que ondean al viento las cintas moradas.

—Tuve que jurar que no diría nada a mi esposo —dije.

—Ya —contestó—. Lo va a saber de todos modos.

—¿De quién?

—De usted. Algo así no se puede ocultar. No callamos o hablamos sólo con la boca sino también con el alma. Su marido lo sabrá todo muy pronto... —Se quedó callado un momento y luego preguntó en actitud seca, casi maleducada—: ¿Qué desea de mí?

—Quiero una respuesta sincera y exacta —respondí con calma, y me sorprendió la precisión y la claridad de mis palabras—. Usted tenía razón, ha estallado algo. No sé si ha estallado por mi culpa o ha sido una casualidad, pero eso ya no importa. Además, no creo en las casualidades. Mi matrimonio no ha salido bien. He luchado como una posesa, he sacrificado mi vida. No sabía cuál era mi pecado... Ahora he encontrado una pista, unos indicios, he hablado con alguien que afirma haber tenido con mi marido un vínculo más fuerte que yo.

Él se apoyó en la mesa en silencio, fumando.

—Lázár, ¿de verdad cree usted que esa mujer ha dejado una huella tan profunda en el corazón y en el alma de mi marido? ¿Es posible algo así? ¿Qué es el amor?

—Por favor —dijo amablemente, con una pizca de burla—, yo sólo soy un escritor, un hombre. No puedo responder a preguntas tan difíciles.

—¿Cree que es posible que un amor se ensanche tanto en el alma que después no permita amar a nadie más?

—Tal vez —respondió con cautela, muy concienzudamente, como el buen médico que ha visto muchas cosas y no quiere hacer un diagnóstico precipitado—. ¿Lo he oído alguna vez? Sí... ¿A menudo? No.

—¿Qué ocurre en el alma cuando nos enamoramos? —pregunté, como una colegiala.

—En el alma no ocurre nada —dijo en tono didáctico—. Los sentimientos no se manifiestan en el alma. Siguen otro camino. Pero pueden atravesar el alma como el río desbordado atraviesa las zonas inundadas.

—¿Y una persona inteligente y sensata puede detener esa inundación?

—Querida señora —dijo con expresión animosa—, ésa es una pregunta muy interesante. Yo le he dado muchas vueltas. Tengo que responder que hasta cierto punto es posible. Quiero decir que... la razón no puede iniciar ni detener los sentimientos. Pero puede disciplinarlos. Los sentimientos, cuando se vuelven peligrosos para uno mismo y para los demás, se pueden enjaular.

—¿Como un puma? —pregunté sin querer.

—Como un puma —confirmó, y se encogió de hombros—. En la jaula, el pobre sentimiento empieza dando vueltas, rugiendo, enseñando los dientes, mordiendo los barrotes... pero termina agotado y al final envejece, se le caen el pelo y los dientes, se vuelve manso y triste. Eso se puede hacer... Lo he visto. Gracias a la razón, los sentimientos se pueden amansar y domesticar. Pero, claro —dijo con prudencia—, no es bueno abrir la puerta de la jaula antes de tiempo. Porque el puma escaparía y, si aún no está domado del todo, podría causar graves problemas.

—Sea más claro —le pedí.

—Ya no puedo ser más claro —replicó con paciencia—. Usted quiere que yo le diga si se pueden aniquilar los sentimientos con la ayuda de la razón. La respuesta es un no rotundo. Pero, si le sirve de consuelo, puedo decirle que a veces, en los casos más afortunados, los sentimientos se pueden domar y mortificar. Míreme a mí. Yo he sobrevivido.

No puedo describir lo que sentí en aquel momento: sólo sé que no era capaz de mirarlo a los ojos. De pronto me acordé de la noche en que lo conocí y me sonrojé al recordar el juego extraño... Me sentí tan confusa como una adolescente. Él tampoco me miraba, estaba de pie frente a mí, apoyado en la mesa con los brazos cruzados, mirando por la ventana como si quisiera estudiar la fachada de la casa de enfrente. Aquel estado de turbación mutua duró un buen rato. Fue uno de los momentos más incómodos de mi vida.

—Usted, en aquella época —balbuceé de forma atropellada, como si intentase de repente cambiar de tema—, ¿no aconsejó a Péter que contrajera matrimonio con esa muchacha?

—Puse todo mi empeño en impedir que se casara con ella —dijo—. En aquella época yo aún tenía cierto poder sobre él.

—¿Ahora ya no lo tiene?

—No, no lo tengo.

—¿Ahora es ella la que tiene más poder?

—¿Ella? —preguntó e inclinó la cabeza hacia atrás, moviendo los labios en silencio como si estuviera calculando mentalmente los valores de las relaciones de poder—. Creo que sí.

—¿Mi suegra la ayudó, entonces?

Él meneó la cabeza muy serio, como quien evoca un recuerdo desagradable.

—No mucho.

—¿Está insinuando —pregunté, indignada— que esa buena mujer, esa señora orgullosa, noble y distinguida aprobaba semejante locura?

—Yo no insinúo nada —dijo prudentemente—. Sólo sé que esa señora orgullosa, noble y distinguida ha pasado toda su larga vida en una frialdad y una austeridad tan absolutas que cualquiera diría que ha vivido en una cámara frigorífica más que en una casa. Las personas que son tan frías notan antes que los demás que alguien está buscando un poco de calor.

—¿Y usted por qué no permitió que Péter... como usted dice... encontrase un poco de calor apoyando su extravagante atracción?

—Porque no me gustan las situaciones tan tórridas —respondió con paciencia, de nuevo en ese tono marcadamente didáctico—. Corre uno el riesgo de asarse vivo.

—¿Tan peligrosa cree que es Judit?

—¿La persona? Es difícil decirlo... La situación que se habría generado, sí, muy peligrosa.

—Y la situación que se ha generado después, ¿es menos peligrosa? —pregunté, poniendo mucho cuidado en mantener la voz baja y medir mis palabras.

—Al menos, se atiene a las reglas —dijo.

Eso no lo comprendí. Me quedé callada, mirándolo.

—Señora —dijo—, usted no creería lo chapado a la antigua, conservador y respetuoso con las leyes que soy. Tal vez nosotros, los escritores, somos los únicos que aún sentimos verdadero respeto por las leyes. El burgués es un ser más aventurero, sí, mucho más rebelde de lo que se piensa en general. No es una casualidad que los abanderados de todas las grandes revoluciones hayan sido precisamente burgueses descarriados. Pero los escritores no podemos permitirnos el lujo de ser rebeldes. Somos los guardianes. Es mucho más difícil conservar que crear o destruir. No puedo permitir que la gente se rebele contra las leyes que están impresas en los libros y en los corazones. Tengo que asegurarme de estar ahí, en ese mundo en que todos quieren destruir lo antiguo y crear algo nuevo, para salvaguardar las convenciones no escritas entre las personas, cuyo sentido último es el orden y la armonía de la sociedad. Vivo rodeado de cazadores furtivos y yo soy el guardabosques. Mi situación es peligrosa... ¡Un mundo nuevo! —exclamó, con un desdén tan decepcionado y amargo que no pude evitar quedarme mirándolo con los ojos desorbitados—. Como si la gente fuese capaz de renovarse y cambiar…

—¿Por eso no permitió que Péter se casara con Judit?

—No, es evidente que no sólo por eso. Péter es un burgués. Un burgués muy valioso... Quedan pocos como él. Él custodia una cultura que es para mí de vital importancia. Una vez me dijo en broma que yo era su testigo... Respondí en el mismo tono lúdico, pero tal vez más en serio de lo que habría podido parecer, que debía cuidar de él por puro interés profesional, porque tenía que salvarlo a él, al lector. Y por supuesto, no me refería a la tirada de mis libros sino a esas pocas almas en las que todavía pervive el sentido de la responsabilidad de mi mundo. Escribo para ellos... Sin ellos, mi trabajo no tendría ningún sentido. Péter es uno de esos pocos. No quedan muchos, ni aquí ni en el resto del mundo... Los demás no me interesan. Pero no fue ésta la verdadera razón o, mejor dicho, no fue la única razón. Sólo quería protegerlo de ella porque lo quería. No me gusta entregarme a los sentimientos... pero el sentimiento de la amistad es mucho más complicado y delicado que el amor. Es el sentimiento humano más fuerte... es realmente desinteresado. Las mujeres no lo conocen.

—¿De qué tenía miedo? ¿Por qué quería proteger a Péter de esa mujer? —insistí. Escuchaba cada palabra con atención y, sin embargo, tenía la clara sensación de que evitaba responder a mis preguntas.

—Porque no me gustan los héroes sentimentales —dijo al fin con resignación, como quien se da cuenta de que no tiene más remedio que decir la verdad—. Para empezar, me gusta ver todo y a todos en el sitio que les corresponde en la vida. Y no sólo me asustaba la diferencia de clases. Las mujeres aprenden deprisa, compensan en un instante siglos de atraso en la evolución... No dudo que al lado de Péter esa mujer habría aprendido las lecciones con la velocidad de un rayo y se habría comportado anoche en la fiesta de forma tan impecable y adecuada como usted o como yo... Las mujeres, por regla general, están muy por encima de los hombres de su misma clase en lo que a gustos y comportamientos se refiere. Pero, a pesar de todo, Péter se habría sentido un héroe, un héroe de la mañana a la noche, por cargar frente a su mundo con una situación que es muy humana y absolutamente legítima a los ojos de Dios, pero a pesar de eso sigue siendo una carga. Y había algo más. Esa mujer... Esa mujer nunca perdonó a Péter su condición de burgués.

—No puedo creerlo —dije titubeando.

—Lo sé con seguridad —respondió en tono severo—, pero eso no es determinante: porque lo que estaba en juego en esta historia era el destino de un sentimiento. ¿Qué significaba ese sentimiento para Péter? ¿Qué deseos, qué emociones? Lo ignoro... Pero asistí al terremoto en su momento más peligroso. Todo lo que había en el alma de un ser humano se tambaleaba: la clase a la que pertenecía, los fundamentos sobre los que había construido su existencia y las formas que conllevaban. Y ese estilo de vida no es sólo una cuestión personal. Si un hombre que conserva y representa el significado de una cultura se hunde, se hundirá con él parte de un mundo en el que merece la pena vivir... Yo observé a conciencia a aquella mujer. El problema no era la diferencia de clases. De hecho, quizá lo mejor que puede pasar en el mundo es que los hijos de clases distintas se mezclen en el torbellino de una gran pasión... No, en la personalidad de aquella mujer había algo que yo percibía con intensidad y que me mantenía intranquilo, algo hacia cuyos brazos me daba miedo empujar a Péter. Como una voluntad salvaje, una energía bárbara... ¿Usted no lo ha notado?

Sus ojos soñolientos y cansados se iluminaron de pronto cuando se giró hacia mí. Prosiguió vacilando, como buscando las palabras adecuadas:

—Hay personas que consiguen, con una fuerza misteriosa, primitiva y salvaje, absorber toda la vida de su entorno, como ciertas plantas trepadoras de la jungla que extraen de los grandes árboles que las rodean la humedad y los nutrientes del suelo. Está en su naturaleza, es su peculiaridad. No son malas, simplemente son así... Con una persona malvada se puede hablar, incluso es posible calmar su rabia, disolver en su alma lo que le causa sufrimiento y la empuja a vengarse de los demás o de la vida. Ésos son los más afortunados. Y luego están los otros, los que parecen plantas trepadoras, que no tienen malas intenciones, pero abrazan con una sed obstinada y mortal lo que encuentran a su alrededor y lo vacían de su fuerza vital. Su destino es bárbaro y primitivo. Rara vez son hombres... Entre las mujeres es más frecuente. Emanan una fuerza capaz de anular incluso las conciencias más resistentes, como Péter. ¿No la ha sentido al hablar con ella? Es como el siroco, o como una vorágine.

—Yo sólo he hablado con una mujer —dije suspirando—. Una mujer que posee una gran fuerza.

—Bueno, es cierto, las mujeres tienen otro modo de percibirse unas a otras —dijo afablemente—. Yo respeto esa fuerza y la temo. Y ahora, empiece usted a demostrar un poco de respeto por Péter. Trate de imaginar la resistencia que ha debido oponer durante todos estos años, la fuerza que ha necesitado para desprenderse del abrazo de ese peligroso e invisible poder. Porque ésa lo quiere todo, ¿sabe? Ésa no se conforma con el *backstreet*, el pisito de dos habitaciones en una calleja apartada, con el zorro plateado y las vacaciones de tres semanas de vez en cuando, en secreto, con el amante... Ésa lo quiere todo porque no es una mujer falsa, es una mujer de verdad. ¿No lo ha notado?

—Sí —dije—. Prefiere ayunar por él.

—¿Que prefiere qué? —preguntó. Esta vez le tocaba a él sorprenderse.

—Ayunar por él —repetí—. Me lo dijo ella. Es una artimaña cruel y estúpida. Alguien deja de comer, ayuna hasta que consigue lo que quiere de otra persona.

—¿Eso dijo? —preguntó, estirando las palabras—. En Oriente hacen algo parecido. Es una forma de dominio de la voluntad ajena. —Soltó una risa nerviosa, irritada—. Pues claro, Judit pertenece a la especie más peligrosa. Porque hay mujeres a las que se puede llevar a cenar a restaurantes de lujo donde sirven marisco y champán; ésas son inofensivas. Y luego están las que prefieren ayunar... Ésas son las peligrosas. Pero sigo pensando que no debió usted remover el asunto. Estaba empezando a cansarse... Hace años que la vi por última vez y entonces sentí que los astros ya giraban en sentido contrario sobre el destino de ustedes, que todo el asunto empezaba a estancarse y a cubrirse de moho... Porque en la vida no sólo hay inundaciones y fuerzas bárbaras... Hay otras cosas. También reina en el mundo la ley de la inercia. Respétela.

—Yo no respeto nada —dije—, porque no quiero vivir así. No sé nada de Judit, no soy capaz de juzgar lo que significó para mi marido ni lo que puede significar ahora, ni lo peligrosa que puede llegar a ser... No creo que haya pasiones que se pasen toda la vida reprimidas, ardiendo en el alma de una persona como un fuego subterráneo o el incendio de una mina... Puede que existan; pero estoy convencida de que semejantes llamas termina por apagarlas la vida misma. ¿No lo cree así?

—Sí, sí —dijo, demasiado deprisa, mirando la punta incandescente de su cigarrillo.

—Veo que no es de la misma opinión —proseguí—. Bueno, quizá esté equivocada. Quizá hay sentimientos más fuertes que la propia vida, que la razón, que el tiempo. ¿Pueden abrasarlo, quemarlo todo? Tal vez... Pero, entonces, que sean fuertes de verdad. Que no se agazapen en el alma, que exploten libremente. No me gusta tener que construir una casa para mi familia a los pies del Estrómboli. Quiero paz, tranquilidad. Por eso no me arrepiento de lo que ha pasado. Mi vida así es un completo fracaso, es insoportable. Yo también soy fuerte, también sé esperar y querer, no sólo Judit Áldozó, y sin necesidad de ayunar por nada ni por nadie, cenando pollo frío con mayonesa y ensalada... Este duelo mudo tiene que acabar. Sólo acudo a usted porque ha sido uno de los padrinos del duelo. ¿Cree que Péter aún tiene algo que ver con esa mujer?

—Sí —dijo llanamente.

—Entonces no hay nada que lo ate del todo a mí —dije con calma, en voz alta—. Pues que haga algo, que se case con ella o que no se case, que se arruine la vida con ella o que sea feliz, pero que encuentre la paz. Yo no quiero esta vida, así no. Le he jurado a esa mujer que callaría ante Péter y mantendré mi juramento. Pero no tendría nada en contra de que usted, alguna vez... en los próximos días... con cautela, o incluso sin tanta cautela... empiece a hablar con él. ¿Lo hará?

—Si así lo desea... —asintió con desgana.

—Le estaría muy agradecida —dije mientras me levantaba y empezaba a ponerme los guantes—. Intuyo que le gustaría preguntarme qué será de mí... La respuesta es que cargaré con las consecuencias de mi elección. No me gustan los dramas silenciosos que duran décadas, con enemigos invisibles, cargados de tensiones agotadas y exangües. Si ha de ser un drama, que sea fragoroso, que tenga gritos, peleas, muertos, que se oigan tantos aplausos como silbidos. Quiero saber quién soy y lo que vale mi intervención en este drama. Si he fracasado, me iré. Luego, que suceda lo que tenga que suceder, el destino de Péter y Judit ya no será cosa mía.

—No es cierto —dijo con calma.

—Claro que sí. Es precisamente lo que pienso hacer. Si él no ha sabido tomar una decisión en doce años, la tomaré yo por él en mucho menos tiempo. Si él no sabe encontrar a la mujer justa, la encontraré yo por él.

—¿Y quién es? —preguntó entonces con repentino interés, con una atención viva y lúcida que nunca había demostrado hasta entonces. Parecía que había escuchado una expresión particularmente extraña o divertida—. ¿A quién quiere encontrar?

—Ya se lo he dicho... —respondí, y me sentí un poco desconcertada—. ¿Por qué me mira con esa sonrisa incrédula? Mi suegra me dijo una vez que siempre existe la persona justa en algún lugar. Puede que sea Judit o que sea yo, o quizá sea otra. Pero la pienso encontrar si él no lo hace.

—Sí —dijo.

Bajó la mirada hasta la alfombra con la actitud de quien no tiene ganas de discutir. Luego me acompañó a la puerta sin decir nada. Me besó la mano, todavía con aquella sonrisa extraña. Abrió la puerta con gesto lento y realizó una profunda inclinación.

Bueno, tenemos que pagar, que aquí están cerrando de verdad. Camarera, ¿me cobra dos tés y dos helados de pistacho? No, querida, hoy te invito yo. No protestes. Y no te aflijas por mí. Estamos a final de mes, pero esta humilde invitación no me arruinará. Llevo una vida independiente, no tengo que preocuparme por nada, recibo puntualmente la pensión de mantenimiento el día uno de cada mes, y es bastante más dinero del que necesito. Vaya, que no me va tan mal.

Pero piensas que mi vida no tiene sentido, ¿verdad? Eso no es cierto. Hay muchas cosas en la vida. Hace un rato, cuando venía hacia aquí para verte, iba por una calle del centro y de pronto ha empezado a nevar. ¡He sentido una alegría tan pura y hermosa! La primera nevada... Antes no era capaz de disfrutar de la vida de esta forma. Tenía otras cosas que hacer, mi interés estaba en otro lado. Estaba tan concentrada en un hombre que no me quedaba tiempo para ocuparme del mundo. Luego perdí al hombre y a cambio hallé el mundo. ¿Un canje poco ventajoso, dices? No lo sé... Quizá tengas razón.

No me queda mucho que contar. El resto de la historia ya lo conoces. Me divorcié de mi marido y vivo sola. Él también vivió solo durante un tiempo y luego se casó con Judit. Pero ésa es otra historia.

Claro que todo aquello no pasó tan deprisa como había imaginado en casa de Lázár. Después de aquella conversación conviví dos años más con mi marido. Parece que en la vida todo ocurre al ritmo de un cronómetro invisible: no se puede «decidir» nada ni siquiera un segundo antes de que las cosas y las situaciones hayan decidido por sí mismas... Actuar de cualquier otra forma es insensato, forzado, inhumano, puede que hasta inmoral. La vida se encarga de tomar las decisiones de una forma maravillosa y sorprendente... y entonces todo resulta sencillo y natural.

Salí del piso de Lázár, volví a casa y no dije ni una palabra de Judit a mi marido. El pobre ya lo sabía todo, aunque seguía sin saber lo más importante. Y yo no podía decírselo porque entonces tampoco lo sabía, no lo supe hasta mucho tiempo después... Sólo lo sabía Lázár. Sí, y en el momento de la despedida, cuando se encerró en aquel extraño silencio, estaba pensando en eso. Pero él tampoco dijo nada porque lo más importante no se puede decir, cada uno tiene que aprenderlo por su cuenta.

¿Que qué es lo más importante? Mira... no quiero hacerte daño. Me parece que estás un poco enamorada de ese profesor sueco, ¿verdad? Está bien, no me digas nada. Pero permíteme que yo también calle porque no quiero estropear un sentimiento tan hermoso, tan grande. No quiero herirte.

No sé cuándo habló Lázár con mi marido, si lo hizo al día siguiente o semanas más tarde, y tampoco sé lo que hablaron... Pero todo ocurrió exactamente como Lázár había predicho. Mi marido lo supo todo, supo que yo había encontrado la cinta morada y a la persona que la llevaba, y que había hablado con Judit, quien en efecto se marchó de casa de mi suegra a primeros del mes siguiente. Durante los dos años siguientes nadie supo nada de ella. Mi marido contrató a unos detectives privados para que la buscaran, pero luego se cansó, cayó enfermo y dejó de buscarla. ¿Sabes lo que hizo mi marido durante los dos años en que Judit Áldozó estuvo desaparecida?

Esperar.

Yo no había imaginado que alguien pudiese esperar de ese modo. Es como estar condenado a trabajos forzados, como picar piedra en la galería de una mina. Esperaba con un esfuerzo y una disciplina enormes, con convicción y desesperación absolutas. Y para entonces ya no podía ayudarlo nadie, ni siquiera yo... Si tengo que confesar la verdad en mi lecho de muerte, diré que ya ni siquiera quería ayudarlo. Mi corazón se había contagiado de su amargura y su desesperanza. Contemplé el esfuerzo tremendo que hizo durante dos años, la muda pelea que mantuvo con algo o con alguien... Él seguía sonriente, silencioso y cortés, pero cada vez más pálido y taciturno... Sus gestos eran los de alguien que mira en vano cada mañana el buzón del correo, los del adicto a un narcótico que, al estirar la mano hacia la redoma, advierte que está vacía y la mano se detiene en el aire... El movimiento de la cabeza cuando suena el teléfono. La sacudida de hombros cuando llaman a la puerta. La ojeada de rastreador en el patio de butacas de un teatro o en el salón de un restaurante. La mirada del que busca algo eternamente. Vivimos así dos años. Y a Judit Áldozó se la había tragado la tierra.

Más tarde supimos que se había marchado al extranjero: trabajaba de criada en la casa de un médico de Liverpool. En aquellos años, los criados húngaros eran muy apreciados en Inglaterra.

Ni su familia ni mi suegra sabían nada de ella. En aquellos dos años yo fui mucho a su casa, pasaba con ella las tardes enteras. Su salud había empeorado, pobre mujer, sufrió una trombosis que la mantuvo meses enteros en la cama, sin poder moverse. Y yo siempre estaba a su lado. Llegué a quererla mucho. Conversábamos, leíamos o hacíamos punto, sentadas una junto a otra; se podría decir que unimos fuerzas, como las mujeres de antaño cuando los hombres a los que amaban se marchaban a la guerra. Yo sabía que, en aquella batalla, a mi marido le habían asignado una posición muy peligrosa... podía sucumbir en cualquier momento. Y mi suegra también lo sabía. Pero no podíamos ayudarlo. En la vida de toda persona llega un momento en que se queda sola y nadie puede ayudarla. Para mi marido había llegado ese momento: se había quedado solo, vivía en una situación un poco peligrosa —o tal vez peligrosísima—, y se dedicaba a esperar.

Nosotras, mi suegra y yo, pasábamos a su lado de puntillas, haciendo punto, como las monjas de la caridad que trabajan como enfermeras. Hablábamos de otra cosa, muchas veces tranquila y abiertamente. No sé si fue por un extraño pudor o por una cuestión de tacto, pero mi suegra nunca volvió a mencionar el tema. La mañana en que se sentó frente a nosotras en el cuarto de la criada y se echó a llorar hicimos un pacto tácito para ayudarnos en lo que pudiéramos; hablar de lo que había pasado no era ni necesario ni útil. De mi marido hablábamos como si fuese un enfermo muy querido y simpático cuya salud es precaria, pero que no corre peligro de muerte inminente... Ya sabes, en esas condiciones se puede vivir muchos años... Nuestra labor se limitaba a ahuecarle la almohada bajo la cabeza, abrirle los tarros de compota y entretenerlo con las noticias de acontecimientos internacionales. Y, en efecto, mi marido y yo vivimos aquellos dos años de forma tranquila y silenciosa, en casa, sin salir mucho a reuniones de sociedad. Mi marido había empezado a romper los lazos que lo unían al mundo y a la gente. A lo largo de aquellos dos años, con tacto y delicadeza, fue retirándose de la sociedad a la que pertenecía, pero de un modo que no ofendiese a nadie. Poco a poco nos alejamos de todos y nos quedamos solos. No era tan malo como te imaginas... Pasábamos cinco noches a la semana en casa, escuchando música o leyendo. Lázár no volvió a visitarnos. Él también se marchó al extranjero, pasó varios años en Roma.

Así era nuestra vida. Los tres estábamos esperando algo: mi suegra, la muerte; mi marido, a Judit, y yo, a que la muerte o Judit o cualquier hecho inesperado irrumpiera un día en mi vida y me enseñara por fin qué iba a ser de mí y a quién pertenecía... Quieres saber por qué no abandoné a mi marido, cómo se puede vivir con alguien que espera a otra persona, que aguza el oído cada vez que llaman a la puerta, que evita a la gente y rompe los vínculos con su mundo, que ha convertido un viejo sentimiento en una enfermedad y está obsesionado por una espera delirante. Desde luego, no es fácil. No es precisamente agradable. Pero yo era su esposa y no podía abandonarlo porque tenía problemas, estaba en una situación peligrosa. Era su esposa y había jurado ante el altar que estaría con él y seguiría a su lado en lo bueno y en lo malo, mientras él lo quisiera, mientras me necesitase. Y entonces me necesitaba. Si se hubiera quedado solo durante aquellos dos años no habría sobrevivido. Así que vivíamos esperando alguna señal, divina o humana; esperando a que volviera Judit Áldozó.

Desde el momento en que supo que ella había dejado la ciudad y se había marchado a Inglaterra —aunque nadie, ni siquiera su familia conocía su paradero—, mi marido enfermó de verdad de aquella espera incierta, que es quizá el mayor sufrimiento que existe. Sé lo que se siente... Más tarde, cuando nos divorciamos, yo también lo estuve esperando así durante un tiempo, tal vez un año. ¿Sabes?, como cuando te despiertas en mitad de la noche y sientes que te falta la respiración, como un asmático falto de aire que estira la mano en la oscuridad buscando otra mano. No logras entender que el otro ya no está a tu lado, ni siquiera en la casa vecina o en el mismo barrio. En vano pasearás por la calle, pues no se cruzará contigo. El teléfono se convierte en un trasto inútil, la prensa está llena de noticias superfluas sobre hechos banales, por ejemplo, que ha estallado una guerra mundial o que han destruido un barrio entero en alguna capital europea de millones de habitantes... Te cuentan lo que ocurre en el mundo y, tras escuchar con educada atención, dices con aire distraído: «¿De verdad?... No me diga... Muy interesante», o bien: «¡Eso es estremecedor!», pero no sientes absolutamente nada. En una hermosa novela española, un libro inteligente y triste —ya no recuerdo al autor, tenía un nombre de torero, larguísimo, con muchos nombres de pila—, leí que esa especie de hechizo, ese estado de ánimo de los enamorados en eterna espera del amor ausente tiene algo en común con el desvarío de los hipnotizados; y que sus miradas son como las de los enfermos que empiezan a despertar de su delirio y levantan con esfuerzo los párpados hinchados. No ven nada más que un rostro, no oyen más que un nombre.

Pero un día se despiertan.

Como yo.

Miran a su alrededor, se frotan los ojos. Ya no ven ese rostro... mejor dicho, siguen viéndolo, pero más difuminado. Ven el campanario de una iglesia, un bosque, un cuadro, un libro, las caras de otras personas, toman conciencia de la magnitud del universo... Es una sensación extraña. Lo que ayer te parecía insoportable, te dolía tanto que te partía el corazón, hoy ya no te hace daño. Te sientas en un banco y estás tranquilo. Te pasan por la cabeza cosas como «pollo relleno» o «los maestros cantores de Nüremberg». O «hay que comprar una bombilla para la lámpara de la mesita». Eso es la realidad, y todo lo que la compone es igual de importante. Ayer todo eso resultaba improbable, volátil, incomprensible: la realidad era totalmente distinta. Ayer ansiabas venganza, o quizá redención, querías que llamara, que te necesitara desesperadamente o que lo encerraran en la cárcel y lo ejecutaran. ¿Sabes?, mientras sientas eso, el otro se sentirá feliz y se mantendrá alejado. Aún tiene poder sobre ti. Mientras clames venganza, el otro se frotará las manos porque la venganza es un deseo, una especie de yugo. Pero llega un día en que despiertas, te frotas los ojos, bostezas y, de pronto, te das cuenta de que ya no quieres nada. Ni siquiera te inmutas cuando lo ves por la calle. Si llama por teléfono respondes, como debe ser. Si quiere verte, y la cita es inevitable, bueno, adelante. Y todo eso lo haces con ánimo tranquilo y sincero, ¿sabes? Ya no queda nada del dolor, de la convulsión, del delirio. ¿Qué ha pasado? No lo comprendes. ¿Ya no anhelas venganza?... Y entonces te das cuenta de que ésa es la verdadera venganza, la única, la perfecta: ya no quieres saber nada de él, no le deseas nada malo ni nada bueno, ya no puede hacerte sufrir. Antiguamente los hombres, en este caso, escribían una carta a sus amadas que siempre tenía el mismo encabezamiento: «Estimada señora»... Eso lo decía todo. Decía: «ya no puedes hacerme daño». En tales circunstancias, la mujer inteligente se echa a llorar. O quizá no. El hombre inteligente manda un buen regalo, un ramo de rosas... o la renta vitalicia. ¿Por qué no? Ahora es posible porque ya no duele.

Así fue como sucedieron las cosas. Un día me desperté y comencé a caminar, a vivir.

Pero mi marido, el pobre, no despertó. Ni siquiera sé si se curará algún día. A veces rezo por él.

Así pasaron dos años. ¿Que qué hacíamos? Vivíamos. Mi marido se despidió del mundo, de su grupo de amigos, del género humano sin decir una palabra, como un estafador que se prepara en secreto para huir al extranjero mientras sigue desempeñando con diligencia sus labores diarias. El extranjero era ella, la otra, la mujer justa. Esperábamos. No vivíamos mal, en realidad nos llevamos muy bien durante esos dos años... A veces, en la mesa o mientras leíamos, lo miraba a escondidas, como los padres y los amigos suelen mirar al enfermo y, aunque en su interior están horrorizados porque ven en él la huella de la enfermedad, sonríen con ternura y exclaman alegremente: «Hoy tienes mejor color.» Esperábamos a Judit Áldozó, que se había marchado de la ciudad sin dejar huella, la mujerzuela... Porque sabía que eso era lo peor que podía hacer... ¿No crees? Puede que no fuese una mujerzuela... Al fin y al cabo ella también pagó un precio, también luchó, también es una mujer. Sentirá algo también... ¿no? Consuélame, porque a estas alturas me gustaría creer que es así. Esperó doce años y luego se marchó a Inglaterra. Y aprendió inglés, y a sentarse a la mesa, y vio el mar. Y un día regresó con setenta libras, como supe después, con una falda escocesa y un perfume de Atkinson. Y fue entonces cuando él y yo nos divorciamos.

Se me partió el corazón. Durante un año creí que no lo soportaría. Pero desperté una hermosa mañana y descubrí algo... sí, lo más importante, eso que uno sólo puede aprender por sí mismo...

¿Quieres que te lo diga?

¿No te dolerá?

¿Podrás soportarlo?

Pues sí, yo lo soporté. Pero no me gusta contárselo a nadie, no me gusta privar a la gente de sus ideales, de la fe depositada en una preciosa invención que es la fuente de mucho sufrimiento y a la vez de mucho esplendor: hechos heroicos, obras de arte, prodigiosas hazañas del ingenio humano... Ahora tú estás en ese mismo estado de ánimo, lo sé. ¿Aun así quieres que te lo cuente?

De acuerdo. Pero luego no me guardes rencor. Mira, querida, el Señor me castigó duramente y, al mismo tiempo, quiso premiarme imbuyéndome de este conocimiento y ayudándome a soportarlo sin sucumbir. ¿Que qué descubrí? Descubrí, querida mía, que la persona justa no existe.

Un día desperté, me incorporé en la cama y sonreí. Ya no sentía dolor. Y de golpe comprendí que la persona justa no existe. Ni en el cielo ni en la tierra, ni en ningún otro lugar. Simplemente hay personas, y en cada una hay una pizca de la persona justa, pero ninguna tiene todo lo que esperamos y deseamos. Ninguna reúne todos los requisitos, no existe esa figura única, particular, maravillosa e insustituible que nos hará felices. Sólo hay personas. Y en cada una hay siempre un poco de todo, es a la vez escoria y un rayo de luz... Lázár lo sabía cuando se despidió de mí en la puerta de su casa en silencio y con aquella sonrisa misteriosa porque yo había dicho que encontraría a la mujer justa para mi marido. Él sabía que no existe... Pero no dijo nada, y luego se fue a Roma a escribir uno de sus libros. Al final, los escritores siempre hacen lo mismo.

Mi marido no era escritor, el pobre. Era un burgués y un artista sin arte. Eso le hacía sufrir mucho. Y cuando un día apareció Judit, que para él era la mujer justa, oliendo a perfume de Atkinson y contestando al teléfono «*hello*» con acento inglés... entonces fue cuando nos divorciamos. Fue una separación difícil. Te lo digo muy en serio, me llevé hasta el piano.

No se casó con ella enseguida sino seis meses después. ¿Cómo viven? Creo que bien. Ya lo has visto antes, le ha comprado naranja escarchada.

Sin embargo, está envejeciendo. No mucho, pero de una forma muy melancólica. ¿Qué piensas, lo sabe ya? Temo que cuando lo descubra será demasiado tarde, se le habrá pasado la vida...

Oye, que aquí están cerrando realmente.

¿Cómo? ¿Quieres saber por qué me he puesto a llorar cuando lo he visto? Si es cierto que el hombre justo no existe, que todo ha terminado y que estoy completamente curada, ¿por qué he tenido que empolvarme la nariz al comprobar que aún conserva esa cartera marrón de piel de cocodrilo? Espera que lo piense. Creo que puedo responder. Empecé a empolvarme la nariz porque estaba alterada, porque sin duda es cierto que no existe la persona justa y que las ilusiones se desvanecen, pero yo lo amo, y eso es distinto. Cuando uno ama a alguien siempre se le sobresalta el corazón al verlo o al oír algo sobre él. En resumen, creo que todo pasa, menos el amor. Aunque eso no tiene ningún sentido práctico.

Un beso, querida. El martes que viene podemos vernos aquí mismo si quieres. Ha sido una charla tan agradable... ¿A las seis y cuarto te viene bien? Mucho más tarde no. Yo seguro que a esa hora ya estaré aquí.

Segunda Parte

¡Eh, fíjate en esa mujer! Junto a las puertas giratorias. ¿La rubia del sombrero redondo? No, la alta, la del abrigo de visón. Sí, esa morena que no lleva sombrero. Está subiendo a un coche. La ayuda a subir un tipo corpulento, ¿verdad?

Hace un momento estaban sentados allí, en la mesa del rincón. Me fijé en ellos en cuanto entraron, pero no quise decirte nada; creo que ellos ni siquiera me han visto. Ahora que se han ido puedo contártelo: ése era el hombre con el que tuve aquel estúpido y patético duelo.

¿Por la mujer? Claro que sí, fue por ella.

O quizá no está tan claro. En aquel momento tenía ganas de matar a alguien, no necesariamente a ese tipo bajito y corpulento. Él no me importaba en absoluto, pero estaba a mano en aquel preciso instante.

¿Que si puedo decirte quién es la mujer? Claro que sí, viejo amigo. Esa mujer fue mi esposa, mi segunda esposa. Nos divorciamos hace tres años. Justo después del duelo.

¿Quieres que pidamos otra botella de vino *kéknyelu*? Pasada la medianoche, este café se vuelve de improviso un tanto frío y desolado. No venía por aquí desde que era estudiante, en época de carnavales. En aquel tiempo era muy famoso, acudían incluso las mujeres, vistosas y alegres como abigarrados pájaros nocturnos. Después, no he vuelto a poner los pies aquí durante décadas. En los años transcurridos el local ha cambiado mucho, el ambiente es más cursi, y la clientela también es diferente. Ahora viene por aquí la alta sociedad, la gente bien, como suele decirse. Desde luego, no sabía que mi ex mujer viniera a este sitio.

¡Qué buen vino! Es verde pálido, como el lago Balaton antes de una tormenta. ¡Salud!

¿Quieres que te lo cuente? Si te apetece...

A lo mejor no me viene tan mal contárselo a alguien, al menos por una vez.

¿Tú llegaste a conocer a mi primera mujer? No, claro, tú estabas en Perú, trabajando en la construcción de la vía del ferrocarril. Tuviste suerte, fuiste a parar a un mundo vasto y salvaje justo después de terminar los estudios. Lo confieso, a veces te envidiaba. Si yo también hubiera escuchado entonces la llamada de ese mundo, probablemente sería hoy un hombre más feliz. Pero me quedé aquí, guardando algo... Un día me cansé y ya no guardo nada. ¿Que qué guardaba? ¿La fábrica? ¿Un *modus vivendi*? Pues no lo sé. Tenía un amigo, Lázár, el escritor, ¿lo conoces? ¿Ni siquiera te suena? ¡Dichoso tú, que vivías en Perú! Yo lo conocía muy bien. Durante un tiempo creí que era mi amigo. Él afirmaba que yo era el guardián, el depositario de un estilo de vida en extinción: un burgués. Por eso me había quedado en casa, decía él. Pero eso tampoco es seguro.

Lo único seguro son los hechos, la realidad... Todas nuestras explicaciones de los acontecimientos están viciadas por un irremediable halo literario. Debes saber que ya no soy un gran amigo de la literatura. Hubo un tiempo en el que leía mucho, todo lo que caía en mis manos. Me temo que es precisamente la mala literatura la que nos llena la cabeza de sentimientos falsos, tanto a los hombres como a las mujeres. Gran parte de las tragedias artificiales de la humanidad se deben a los mensajes solapados de ciertos libros, que terminan influyendo en la vida de las personas. La autocompasión, las mentiras sentimentales y las complicaciones artificiosas son, en su mayoría, consecuencia de las enseñanzas de la mala literatura, mejor dicho, de la literatura simplemente deshonesta. En un periódico publican una entrega de una novela embaucadora y al pasar la página ya puedes leer las consecuencias en la sección de sucesos: la tragedia de la joven modista que ha bebido lejía porque el carpintero la ha abandonado o el accidente de la señora del consejero del gobierno que ha ingerido veronal porque el famoso actor no acudió a la cita. ¿Por qué me miras con esa expresión de alarma? Me preguntas qué detesto más, la literatura o ese trágico malentendido llamado amor, o simplemente el género humano. Es una pregunta difícil... No detesto nada ni a nadie, no tengo derecho a hacerlo. Pero en lo que me resta de vida yo también quiero entregarme a una pasión. La pasión por la verdad. No voy a tolerar que sigan mintiéndome, ni la literatura ni las mujeres; y no me permitiré en caso alguno mentirme a mí mismo.

Ahora dices que soy un hombre herido, lleno de resentimiento. Alguien me ha hecho daño. Quizá esa mujer, mi segunda esposa. O quizá la primera. Algo ha salido mal. Me he quedado solo, he sufrido grandes traumas emocionales. Estoy lleno de ira. No creo ni en las mujeres, ni en el amor, ni en el género humano. Piensas que soy ridículo, que soy un pobre desgraciado. Quieres llamar mi atención con delicadeza hacia el hecho de que, además de la pasión y la felicidad, existen otros vínculos entre las personas. También están el afecto, la paciencia, la compasión, el perdón. Me acusas de no haber sido bastante valiente o paciente con las personas que he ido encontrando en mi camino; y ni siquiera ahora, que ya me he convertido en un lobo solitario, tengo el valor de reconocer que la culpa ha sido sólo mía. Viejo amigo, esas acusaciones ya las he escuchado y analizado. Ni en el potro de tortura podría alguien ser más sincero de lo que he sido yo conmigo mismo. He estudiado con detenimiento cada vida a la que he podido acercarme, he curioseado por las ventanas en existencias ajenas a mí sin ningún pudor o reserva, he sido un investigador escrupuloso. Yo también creía que era culpa mía. Intentaba achacarlo a la avaricia, al egoísmo o a la lujuria, después a los obstáculos sociales, a la ordenación del mundo... ¿Y todo para explicar qué? Pues el fracaso. La soledad en la que tarde o temprano se precipita cada ser humano, como un caminante nocturno en una zanja. ¿No comprendes que para los hombres no hay salvación? Tenemos que vivir solos y pagar por todo el precio justo, tenemos que callar y soportar la soledad, nuestro carácter, la dura disciplina que la vida nos impone.

¿La familia? Veo en tus ojos que vas a preguntarme si no creo que la familia represente el sentido último de la vida humana, la realización de una armonía superior, por encima del individuo. El hombre no vive para ser feliz. El hombre está en el mundo para mantener a su familia y educar a sus hijos como personas honradas, y no debe esperar a cambio ni gratitud ni felicidad. Voy a serte sincero: mi respuesta es que tienes razón. No creo que la familia dé la felicidad; nada puede hacernos felices. Pero tener una familia constituye una responsabilidad tan grande frente a nosotros mismos y frente al mundo que por ella merece la pena soportar los problemas incomprensibles y los sufrimientos inútiles de la vida. No creo en las «familias felices». Pero he visto ciertas situaciones de armonía, de concordia entre los seres humanos, en las que cada uno vivía un poco a pesar de los demás, por sí mismo, y sin embargo, en conjunto, la familia vivía un poco para todos, incluso cuando varios miembros luchaban entre sí con una voracidad canina. Familia... qué gran palabra. Sí, quizá la familia sea uno de los objetivos de la vida.

Pero no resuelve nada. Y de todas formas, yo ni siquiera puedo decir que haya tenido una familia de verdad.

He observado largamente, he escuchado a los siniestros predicadores de nuestro tiempo, que argumentan que la soledad es un mal burgués. Apelan a la comunidad, esa magnífica unión que acoge y eleva al individuo y de pronto da sentido a su vida, porque no sólo vivimos para nosotros mismos o para nuestra familia más próxima sino también para un ideal sublime: la comunidad. He analizado a fondo sus acusaciones. No en su elucubración teórica sino en el día a día. He observado la vida de los llamados «pobres» —al fin y al cabo, ellos constituyen la comunidad más amplia—, y he podido comprobar que, efectivamente, la conciencia de pertenecer a la misma cofradía, por ejemplo, al sindicato de la industria metalúrgica o a la unión de pensionistas de los trabajadores independientes, y de tener representantes en el Parlamento que hablan y firman en su nombre, les proporciona una fuerza vital plena e incandescente. Es lógico que les entusiasme la idea de que hay millones de obreros del metal y de trabajadores independientes en la tierra que quieren una vida mejor, más humana, y de que su condición en este mundo consigue a veces mejorar un poco, aunque sea a costa de choques cruentos y encendidas negociaciones... El sueldo máximo ya no es ciento ochenta pengős sino doscientos diez... Y se agarran a esa miseria. El que está abajo consigue alegría de todo lo que suavice la penuria de su vida. Pero tampoco encontré esa sensación de alegría y de fuerza vital en los que, por oficio o por vocación, viven bajo la égida de las «grandes comunidades». Sólo encontré a personas ofendidas, tristes, insatisfechas, hastiadas, llenas de inquina, resignadas o desequilibradas que peleaban con astucia e ingenio, tenaces luchadores que creían que poco a poco, con el tiempo y al compás de una serie de eventos inesperados, la condición humana podrá mejorar realmente. Es bueno saberlo. Pero este conocimiento no disuelve la soledad. No es cierto que los burgueses sean los únicos que se sienten solos. Un peón de la región del Tibisco puede estar tan solo como un dentista de Amberes.

Después he leído, aunque ya lo pensaba, que tal vez se trate de la soledad que acarrea la civilización.

Es como si el fuego del entusiasmo se hubiera apagado en toda la tierra. A veces, por un segundo, reviven las brasas en algún lugar. En el fondo del corazón humano yacen aún los recuerdos de un mundo feliz, soleado y juguetón donde el deber era a la vez diversión y el esfuerzo era agradable y sensato. Quizá los griegos... sí, ellos quizá fueron felices... Se mataban entre ellos igual que mataban a los extranjeros, contra los que se enfrentaban en guerras sanguinarias e interminables y, sin embargo, poseían ese jovial y desbordante sentido de la comunidad, pues eran cultos en el sentido más profundo, más inculto de la palabra; todos eran cultos, hasta un alfarero... En cambio, nosotros no vivimos en una auténtica cultura, lo nuestro es una civilización de masas, anodina, mecanizada y enigmática. Todos se llevan su parte, pero a ninguno le proporciona verdadera felicidad. Con voluntad, todos pueden tomar un baño caliente, si de verdad quieren pueden contemplar cuadros, escuchar música, conversar con alguien que está en otro continente; las leyes de la era moderna protegen los derechos e intereses tanto de los pobres como de los ricos... Pero ¡fíjate en sus caras! ¡Cuánta desconfianza, tensión, inseguridad y hostilidad hay en las caras descompuestas de las personas vayas donde vayas, en comunidades grandes y pequeñas, en el mundo entero! Toda esa tensión se debe a la soledad. La soledad se puede explicar y todos los argumentos son válidos, la pena es que ninguno consigue acertar la causa... Conozco a madres de seis hijos con la misma expresión de soledad y desconfianza, y a solterones burgueses que ni siquiera pueden evitar el gesto de quitarse un guante con tanta meticulosidad como si su vida no fuera más que una cadena de movimientos forzados. Y cuanto más se empeñen los políticos y los profetas en construir comunidades cada vez más artificiales en el seno del mundo humano, cuanto más se eduque a los niños en ese sentido forzado de comunidad, tanto más despiadada será la soledad de las almas. ¿No lo crees? Yo estoy seguro. Y no me canso de hablar de ello.

Si tuviera una profesión que me permitiera dirigirme a la gente... ya sabes, si fuera un sacerdote, un artista, un escritor... les imploraría que se convirtiesen a la felicidad. Que olvidasen la soledad, que la hicieran desaparecer. A lo mejor no es sólo una utopía, ni una cuestión social. Quizá se trata de una educación distinta, de un despertar de las conciencias. Hoy en día la mirada de las personas es tan vidriosa como si deambulasen en estado de hipnosis. Vidriosa y desconfiada... Pero, en fin, no tengo una profesión de esa clase.

No obstante, una vez contemplé un rostro que carecía de esa hostilidad convulsiva, ese aire insatisfecho y suspicaz, una cara cuya mirada no era letárgica ni sonámbula.

Y tú también la has visto antes. Aunque lo que has visto no es más que una máscara para la interpretación de un papel. Hace veinte años, cuando la vi por primera vez, esa cara era franca y radiante, tan llena de expectación como debió de serlo en los albores de la vida, cuando aún no había bebido del pozo de la sabiduría y no conocía el dolor ni el miedo. Luego, poco a poco, esa cara se fue ensombreciendo. Los ojos empezaron a observarlo todo con atención y la boca de labios tiernos y entreabiertos se cerró en una contracción. Se llama Judit Áldozó. Era una campesina. Tenía poco más de quince años cuando entró a servir en la casa de mis padres. No tuvimos ninguna relación. Dices que ése fue mi error... No lo creo. Uno puede decir cosas así, pero la vida no tolera esa sabiduría barata. Seguramente no fue una casualidad que yo no tuviera ninguna relación con esa campesina con la que después me habría de casar.

Pero ella fue mi segunda mujer. Te gustaría que te hablase de la primera... Pues amigo, ésa sí que era una criatura espléndida. Inteligente, honrada, guapa, culta. Como ves, hablo de ella como en un anuncio por palabras. O como Otelo, cuando se dispone a matar a Desdémona: «¡Y qué manos tan hábiles para la labor! ¡Qué voz para el canto! Es capaz de amansar las fieras.»

¿Debo añadir que además era amante de la música y de la naturaleza? Porque puedo decirlo con la mano en el pecho. En los anuncios matrimoniales de los periódicos locales, los guardabosques jubilados suelen describir de este modo a las hermanas menores que tienen un pequeño defecto físico. Pero ella, la primera, no tenía ni un solo defecto. Era joven, hermosa y sensible... ¿Que cuál era el problema, entonces? ¿Por qué no podía vivir con ella? ¿Qué es lo que faltaba? ¿El goce físico? No, mentiría si dijera eso. Tuve al menos tantos momentos buenos en la cama con ella como con cualquier otra mujer, con las profesionales, las grandes campeonas de los juegos del amor. No creo en los donjuanes, creo que no es lícito vivir con varias mujeres a la vez. Habría que hacer de un único cuerpo el instrumento del que extraer todas las melodías. A veces siento lástima por las personas que corren tratando de acapararlo todo con tanta desesperación e insensatez... A uno le entran ganas de darles un palmetazo en los dedos y decirles: «¡Las manos quietas! ¡Dejad de toquetearlo todo! ¡Quedaos sentados con educación! ¡En fila! ¡Cada uno tendrá lo que le corresponde!» De verdad, son como niños indisciplinados. No saben que, a veces, vivir con calma es sólo cuestión de paciencia, porque la armonía que buscan con tanta ansiedad —y que erróneamente llaman felicidad— deriva de unos pocos y sencillos trucos... Dime, ¿por qué no se enseña nada sobre la relación entre hombres y mujeres en los colegios? Lo digo muy en serio, no estoy bromeando. En el fondo, es igual de importante que la geografía de nuestro país o las reglas básicas de la conversación. Influye en la serenidad de la persona en la misma medida al menos que la educación o el aprendizaje de la ortografía. La idea no tiene nada de frívola... Pienso que, a su debido tiempo, personas sensatas, poetas o médicos, deberían hablar con los jóvenes sobre las alegrías de la convivencia entre hombres y mujeres... No me estoy refiriendo a la «vida conyugal» sino a la alegría, la paciencia, la modestia, la satisfacción. Lo que quizá más desprecio de los hombres es esa cobardía, la ruindad con que ocultan a sí mismos y al mundo el secreto de sus vidas.

No me malinterpretes. A mí tampoco me gusta ese exhibicionismo desenfrenado, no soporto a la gente que se abandona a morbosas confidencias íntimas. Pero me gusta la verdad. Por supuesto, la mayoría de las veces la gente prefiere callarla porque sólo los enfermos, los fanfarrones y los hombres afeminados disfrutan contando sus propios secretos. Pero callar la verdad siempre es mejor que contar mentiras. Por desgracia, en lo referente a mi experiencia, nunca he oído más que mentiras.

¿Me preguntas cómo se llega a la verdad, a la curación, a la capacidad de disfrutar? Te lo diré, amigo mío. Te lo diré en dos palabras. Humildad y conocimiento de uno mismo. Ése es todo el secreto.

La palabra humildad quizá sea demasiado importante. Para alcanzarla hay que saber perdonar, estar en gracia, y ése es un estado de ánimo excepcional. En la vida diaria basta con que seamos modestos y nos esforcemos en conocer nuestros verdaderos deseos e inclinaciones, y en admitirlos sin sentir vergüenza. Y en conciliar nuestras aspiraciones con las posibilidades que nos ofrece el mundo.

Veo que sonríes. Piensas que si de verdad es tan sencillo, si es suficiente con unas cuantas instrucciones de uso de la vida, ¿cómo es que yo no he podido seguirlas? De hecho, lo he intentado en serio con dos mujeres, y he arriesgado la vida en ello. Reconozco que he tenido mis ángeles de la guarda. Sin embargo, he fracasado con ambas, me he quedado solo. Ha sido todo en vano: el conocimiento de mí mismo, la humildad, las grandes promesas. He fracasado y ahora estoy aquí, dándote un sermón... Eso es lo que piensas, ¿no?

Entonces tendré que contarte cómo era la primera y por qué fracasó. Ella era perfecta. No puedo decir que no la quisiera. Sólo tenía un pequeño defecto, que además no era culpa suya. No pienses en ningún desequilibrio mental. Simplemente era burguesa, la pobre, era una mujer burguesa. No me malinterpretes, yo también soy un burgués. Soy consciente de ello, conozco bien los errores y los pecados de mi clase y los acepto, asumo toda la responsabilidad de la clase y el destino burgueses. No me gustan los revolucionarios de salón. Uno debe permanecer fiel a aquellos a los que está unido por origen y por educación, con los que comparte el interés y la memoria. Todo lo que tengo se lo debo a la burguesía, mi educación, mi forma de vida, mis necesidades, incluso los instantes más puros y luminosos de mi vida: los grandes momentos de la noble participación en la cultura. Ahora, muchos dicen que la clase burguesa se está extinguiendo, que ha cumplido su función y que ya no es capaz de mantener el papel de guía que ha desempeñado en los últimos siglos. Yo no entiendo de esas cosas. Pero tengo la sensación de que estamos precipitándonos al enterrar la burguesía con tanta impaciencia; seguro que a esta clase aún le queda un poco de fuerza; quizá en el futuro tenga todavía un papel que desempeñar, tal vez sea precisamente la burguesía la que tienda un puente entre la revolución y el orden... Cuando digo que mi primera esposa era una burguesa no pretendo acusar a nadie, me limito a definir cierta disposición de ánimo. Yo también soy irremediablemente burgués. Soy fiel a la clase a la que pertenezco. Y la protejo cuando la atacan. Pero no la defiendo a ciegas ni con soberbia. Quiero tener una visión clara del destino que me ha caído en suerte y, para ello, debo conocer nuestros pecados, debo saber si es cierto que la burguesía sufre una enfermedad que la está degenerando. Por supuesto, de estos temas nunca hablé con mi esposa.

¿Cuál era el problema? Espera un momento. Para empezar que, al pertenecer yo a la burguesía, conocía a la perfección todos sus ritos.

Yo era rico, mientras que la familia de mi mujer era pobre. Pero la burguesía no es una cuestión de dinero. Sí, he notado que los burgueses más pobres, los más desposeídos, son los que conservan y defienden con mayor ahínco la forma de vida y las costumbres de la burguesía. El hombre rico nunca puede aferrarse con una determinación tan patética a las costumbres sociales, al orden burgués, a los buenos modales y a las reverencias, a todo lo que en cada instante representa para los pequeñoburgueses la confirmación de su pertenencia a una clase, igual que el director de una oficina de contabilidad registra con precisión en qué medida corresponde el crecimiento de la renta a un aumento de la calidad de la vivienda y a una modificación de las costumbres y los preceptos de la vida social... El hombre rico tiende a ser delicadamente aventurero, a ponerse una barba postiza y escapar por una escala de cuerda —sólo durante una temporada— de la elegante pero aburrida prisión que suponen las posesiones terrenales. En secreto estoy convencido de que el hombre rico se aburre desde que se levanta hasta que se acuesta. Pero el burgués que sólo tiene su rango, el que no es rico, defiende el orden al que pertenece y sus ideales con el heroísmo pedante de un cruzado. El pequeñoburgués es ceremonioso. Lo necesita, está obligado a demostrar algo durante toda su vida.

Mi esposa fue educada con esmero. Había estudiado varias lenguas extranjeras, podía distinguir a la perfección la buena música de las composiciones mediocres, la auténtica literatura de los folletines baratos; conocía la razón de la belleza de un cuadro de Botticelli y lo que quería expresar Miguel Ángel con la *Piedad*. Aunque, para serte sincero, estas cosas más bien las aprendió de mí... durante viajes, lecturas, conversaciones íntimas... Debido al tipo de educación que recibió en la escuela y en la casa paterna, para ella la cultura estaba asociada al recuerdo de severas lecciones. Yo intenté disolver la ansiedad y la rigidez con la que guardaba los datos en su mente y transformar las reminiscencias de áridas lecciones en experiencias reales y placenteras. No fue fácil. Tenía un oído excelente, en todos los sentidos: con su aguda percepción captó que yo estaba tratando de educarla y se ofendió. ¡Hay tantas formas de ofender a una persona! Esas pequeñas diferencias... Uno sabe algo porque ha nacido con más suerte y ha tenido ocasión de echar un vistazo a ese precioso secreto que es la cultura, la verdadera cultura... mientras que el otro sólo se ha aprendido bien la lección. Eso también ocurre. Cuando al fin lo aprendemos todo, ya nos ha pasado la vida por encima.

Para el pequeñoburgués, viejo amigo, la cultura y lo que ella conlleva no son experiencias sino un conjunto de datos. Y luego está la capa superior de la burguesía: los artistas, los creadores. Yo pertenecía a ese estrato. No lo digo con soberbia sino con tristeza. Porque yo, en el fondo, no he creado nada. Me faltaba algo... No sé... Según Lázár, el Espíritu Santo. Pero nunca quiso explicármelo mejor.

¿Cuál era el problema con mi primera mujer? Rencor, vanidad. Es lo que suele haber en el fondo de todas las miserias y las desgracias humanas. Y soberbia. Y miedo, porque la vanidad no les permite atreverse a aceptar el regalo del amor. Hace falta mucho valor para dejarse amar sin reservas. Un valor que es casi heroísmo. La mayoría de la gente no puede dar ni recibir amor porque es cobarde y orgullosa, porque tiene miedo al fracaso. Le da vergüenza entregarse a otra persona y más aún rendirse a ella porque teme que descubra su secreto... el triste secreto de cada ser humano: que necesita mucha ternura, que no puede vivir sin amor. Creo que ésa es la verdad. O al menos eso he creído durante mucho tiempo, aunque ya no lo afirmo tan categóricamente porque estoy envejeciendo y me siento fracasado. ¿Que en qué he fracasado? Te lo estoy diciendo, en eso, precisamente en eso. No fui lo bastante valiente para la mujer que me amaba, no supe aceptar su cariño, me daba vergüenza, incluso la despreciaba un poco por ser diferente de mí, una burguesita de gustos y ritmos vitales distintos de los míos; y además temía por mí, por mi orgullo, temía entregarme al noble y complejo chantaje con el que se me exigía el don del amor. En aquellos tiempos no sabía lo que sé hoy... que no hay nada de lo que avergonzarse en la vida excepto de la cobardía, que hace que uno no sea capaz de dar sentimientos o no se atreva a aceptarlos. Es casi una cuestión de honestidad, de honor. Y yo creo en el honor. No se puede vivir con deshonor.

¡A tu salud! Me gusta este vino, aunque tiene un fondo dulce. Últimamente me he acostumbrado a abrir una botella por las noches. Toma fuego, amigo.

En resumen, el problema con mi primera mujer era que teníamos ritmos vitales completamente distintos. El pequeño burgués siempre es algo rígido y asustadizo, padece una especie de afectación y de resentimiento, sobre todo si lo sacas de su hogar, de su ambiente. No conozco otra clase social cuyos hijos anden por el mundo con más desconfianza. De aquella mujer, de la primera, quizá habría podido tener todo lo que una mujer puede dar a un hombre si ella hubiera tenido un poco más de suerte naciendo en una clase social más alta o más baja, más libre en definitiva. ¿Sabes?, ella lo hacía todo a la perfección. Sabía qué flores poner en otoño y en primavera en el antiguo jarrón florentino, se vestía con un gusto impecable, en sociedad jamás tuve de ella un motivo de vergüenza, siempre contestaba de la forma adecuada; nuestra casa era un modelo de orden, el servicio se ocupaba de sus quehaceres sin hacer ruido porque así se lo había enseñado mi esposa. Era como vivir en una escuela de modales. Pero vivíamos igual en el otro plano de la vida, en esa selva de cascadas torrenciales que es el lado auténtico de la vida. No me refiero sólo en la cama... aunque la cama también es una selva y una cascada torrencial, es el recuerdo de algo primigenio e imprescindible, de una experiencia cuyo sentido y cuyo contenido coinciden con los de la propia vida. Si a este ambiente primigenio le quitamos las hierbas y lo podamos para transformarlo en una especie de jardín inglés, el resultado será muy hermoso, ordenado y atractivo, con flores de aroma agradable, llamativos árboles y arbustos ornamentales, fuentes de agua tintineante y de mil reflejos, pero la selva y la cascada, a las que siempre querremos regresar, habrán desaparecido para siempre.

Es un papel muy duro, el del burgués. Quizá no exista nadie que pague un precio tan alto por su cultura como el burgués. Y, como ocurre con todos los papeles realmente heroicos, hay que pagar el precio completo, y el precio consiste en el valor, el valor de ser feliz. Para el artista, la cultura supone una experiencia de vida. Para el burgués, la cultura es el milagro de la domesticación. Supongo que de esto no hablaríais mucho por allí, en el dichoso y lejano Perú, que se fermenta en la amplia variedad de formas de vida primitivas. Pero yo vivía en Rózsadomb, el barrio alto de Budapest. Siempre hay que tener en cuenta las condiciones del clima en que se habita.

Luego pasaron muchas cosas que no puedo contarte. Esa mujer vive todavía, y vive sola. La veo de vez en cuando. No nos vemos porque sigue enamorada de mí. ¿Sabes?, ella no era de esas a las que, después del divorcio, mandas puntualmente la pensión de mantenimiento el primero de cada mes y regalas un abrigo de piel o una joya por Navidad y por su cumpleaños, y con eso ya has cumplido tus obligaciones. Ella todavía me quiere y nunca querrá a otro. No me guarda rencor porque entre personas que se han querido de verdad no puede haber nunca verdadero odio. Puede haber rabia o deseo de venganza; pero odio de verdad, ese odio tenaz y calculador que espera únicamente el momento de desencadenarse... no, eso es imposible. Ella sigue viva, puede que ya ni me espere. Está viva y muere lentamente. Muere de una forma educada, delicada, tranquila, burguesa. Muere porque no puede darle a su vida un sentido nuevo, porque no puede vivir con la sensación de no tener a nadie que la necesite, porque es imposible vivir sin la certeza de que en el mundo hay una persona para la que se es imprescindible. Probablemente no lo sepa y piense que ya ha hecho las paces con el mundo. Una vez estuve con una mujer, fue una aventura de una noche después de una fiesta; ella era una antigua amiga de mi ex mujer que había regresado hacía poco de América; me encontré con ella una noche de carnaval y ella subió a mi piso antes de que yo tuviera tiempo de invitarla. Por la mañana me contó que una vez Marika le había hablado de mí. Ya sabes lo diligentes que son las amigas... así que me lo contó todo. Se metió en la cama con el ex marido de su amiga y a la mañana siguiente me contó que ella, en la época del colegio, siempre había envidiado a Marika; también me contó que una vez me había visto en una pastelería del centro; estaban las dos sentadas a una mesita y yo entré a comprar naranja escarchada para mi segunda esposa y a la hora de pagar saqué una cartera marrón de piel de cocodrilo, la misma que me había regalado mi primera mujer cuando cumplí cuarenta años. Ya no la llevo, no me mires con esa sonrisa escéptica. Eso fue lo que pasó. Las dos mujeres, la primera y su amiga, lo habían hablado todo. Y la primera le había dicho a la amiga más o menos que me quería mucho, que casi se muere cuando nos separamos, pero que luego se tranquilizó porque se dio cuenta de que yo no era el hombre justo, mejor dicho, que ni siquiera yo era el hombre justo o, mejor aún, que no existe la persona justa. Eso me contó la amiga por la mañana, en mi cama. La desprecié un poco porque ella lo sabía todo y a pesar de eso se había arrojado a mis brazos; en las cuestiones amorosas no tengo en mucha estima la solidaridad de las mujeres, y a ésa, como ya la despreciaba un poco, decidí ponerla en la puerta con educación y delicadeza. Sentí que se lo debía a la primera. Luego estuve mucho tiempo pensando en esto. Y con el paso de los años me he dado cuenta de que Marika había mentido. No es cierto que no exista la persona justa. Para ella yo fui esa persona, la única. Yo nunca he tenido a nadie que fuese tan importante para mí, ni ella, ni la segunda, ni las demás. Pero entonces no era todavía consciente de esto. Es increíble lo mucho que uno tarda en aprender la lección.

En fin, de la primera no sabría qué más contarte.

Ya no me pongo triste ni siento remordimientos cuando pienso en ella. Sé que la maté un poco; la matamos un poco yo, la vida, la casualidad y también la muerte del niño... así es como nos mata la vida. Lo que lees en la prensa no es más que un montón de exageraciones grotescas, una chapuza propia de ineptos. La vida crea situaciones mucho más enrevesadas. Y es terriblemente derrochadora. No puede ocuparse de las Marikas... sólo puede atender al grupo, a todas las Marikas, las Judits y los Péters en conjunto, porque es en la totalidad donde expresa y comunica algo. Es un descubrimiento banal, pero lleva mucho tiempo darse cuenta y aceptarlo. Poco a poco, después de mucho pensarlo, se fueron esfumando de mi corazón todos los sentimientos y todas las emociones. No quedó más que el sentido de la responsabilidad. Eso es todo lo que al final le queda a un hombre de cualquier experiencia. Nos movemos entre los vivos y los muertos y debemos dar cuenta de nuestras acciones... No podemos ayudar a nadie. Pero yo quería hablarte de la segunda. Sí, de la que ha salido antes en compañía del señor corpulento.

¿Quién era? Desde luego, viejo amigo, no era una burguesa. Era una plebeya, una proletaria.

¿Te lo cuento? De acuerdo, atiende bien. Quiero contarte la verdad.

La segunda era una criada. Tenía quince años cuando la conocí. Servía en nuestra casa como doméstica. No quiero aburrirte con amores de adolescentes, te contaré el principio y el final. Lo que pasó en medio quizá no lo tengo claro ni yo.

Todo empezó porque en mi casa nadie se atrevía a querer a nadie. Mi padre y mi madre vivían un matrimonio «ideal», es decir, monstruoso. Jamás levantaban la voz. «Querida,

¿qué deseas hacer?», «Cariño, ¿en qué puedo ayudarte?». Así vivían. No es que vivieran mal, pero desde luego no vivían bien. Mi padre era arrogante y vanidoso. Mi madre era una burguesa en el sentido más profundo de la palabra: sentido de la responsabilidad y autocontrol. Vivieron y murieron, se amaron, me trajeron al mundo y me educaron como si fueran los sacerdotes y los creyentes de alguna religión. En nuestra casa todo se producía según un ritual preciso: el desayuno, la cena, la vida social, la relación entre padres e hijos; creo que incluso su amor —o lo que ellos llamaban amor— formaba parte de algún ritual religioso, trascendental. Parecía que siempre tenían que estar rindiendo cuentas de algo. Vivíamos según unos planes estrictamente preestablecidos. Hemos visto grandes naciones proyectar planes quinquenales en beneficio de la prosperidad de la raza y del progreso de la nación, planes que luego llevan a cabo de modo implacable, caiga quien caiga, sin que a nadie le importe la opinión de los ciudadanos. Porque el objetivo de estos planes a largo plazo no es la felicidad o el bienestar del individuo sino el desarrollo de la nación, de la gran comunidad. Pues nosotros vivíamos igual en casa, aunque no según planes quinquenales sino a cuarenta o cincuenta años vista, sin reparar en nuestra felicidad o en la de los demás familiares. Porque las ceremonias, el trabajo, los noviazgos, la muerte, todo tenía un sentido más profundo: el mantenimiento y la prosperidad de la familia y del orden burgués.

Si repaso mis recuerdos infantiles, en todos encuentro esa sombría y penosa determinación. Estábamos condenados a trabajos forzados, a una tarea refinada, despiadada y cínica. Teníamos que guardar algo cada día, teníamos que demostrar con cada una de nuestras acciones que éramos de una clase determinada, que éramos los burgueses, los guardianes. Cumplíamos una misión importante: estar a la altura de nuestro rango y dar ejemplo de buenas maneras sin ceder a los instintos ni rendirnos a los plebeyos; no debíamos caer en la duda o dar rienda suelta a la búsqueda de la felicidad personal... ¿Me preguntas si se trata de un comportamiento consciente? Pues no puedo decir que mi padre o mi madre diesen los domingos durante la comida familiar discursos previamente programados en los que revelasen el proyecto familiar previsto para los cincuenta años siguientes. Pero tampoco puedo decir que nos limitásemos a someternos a simples obligaciones impuestas por las circunstancias o por nuestros orígenes. Éramos plenamente conscientes de que la vida nos había confiado una ardua tarea. Había que salvar no sólo la casa, el elegante estilo de vida, los bonos y la fábrica, sino también un modo de actuar que contenía el sentido y la obligación más profundos de nuestras vidas: la resistencia frente a las fuerzas plebeyas del mundo, que intentaban sin descanso contaminar nuestras conciencias e incitarnos a la inmoralidad. La resistencia con la que debíamos vencer cualquier amago de sublevación, no sólo en el mundo sino también en nosotros mismos. Todo parecía peligroso o suscitaba la sospecha. Velábamos por el funcionamiento imperturbable de la delicada y cruel estructura social también en casa, con nuestra manera de juzgar los fenómenos mundiales, de realizar nuestros deseos, de disciplinar nuestros instintos. Ser burgués requiere un esfuerzo constante. Me refiero a la estirpe de los creadores y los guardianes, no a los pequeñoburgueses arribistas que sólo aspiran a una vida mejor y más cómoda. Nosotros no deseábamos más dinero o más comodidades. En el fondo de nuestro comportamiento y de nuestras costumbres había una especie de abnegación consciente. Nos sentíamos un poco como monjes de una orden pagana y mundana obedeciendo el voto y las reglas de nuestra hermandad: habíamos jurado custodiar sus secretos y preceptos en un momento histórico en el que todo lo que a los seres humanos le era más sagrado corría peligro. Con ese ánimo nos sentábamos a comer, íbamos una vez a la semana al teatro nacional o a la ópera, o recibíamos a nuestros invitados, otros burgueses que acudían vestidos de oscuro, se sentaban en el salón o a la mesa del comedor, rebosante de cubertería de plata de ley y porcelana fina, y mientras degustaban platos exquisitos a la luz de las velas mantenían conversaciones que no podían ser más banales e inútiles; pero incluso los diálogos estériles tenían un sentido profundo. Era como hablar en latín entre los bárbaros. Más allá de las frases de cortesía, de los intercambios de ideas insípidas e indolentes, de los tópicos y los discursos frívolos, los burgueses se reunían para celebrar una ceremonia, para urdir una noble conjura, y hablando en clave —porque siempre hablaban de otra cosa— renovaban su juramento y se demostraban que seguían defendiendo de los ataques subversivos el secreto y el pacto que los unía. Vivíamos así. Y entre nosotros también estábamos siempre intentando demostrarnos algo. A los diez años yo ya era tan consciente de mi papel, tan discreto, observador y disciplinado como el gerente de un gran banco.

Veo que estás sorprendido. Tú no has conocido este mundo. Tienes una mente creadora, en tu familia eres el primero en emprender ese viaje, el primero que ha escalado un peldaño de la escala social... En ti sólo hay ambición. Y en mí, sólo recuerdos, tradiciones y obligaciones. Quizá ni siquiera comprendes lo que estoy diciendo. Perdóname.

Te lo contaré lo mejor que pueda.

Nuestra casa siempre estaba un poco en penumbra. Era una hermosa construcción rodeada de jardín que continuamente remodelaban y embellecían. Yo tenía un cuarto para mí solo en el piso de arriba, aunque siempre estaba rodeado de educadores e institutrices, que dormían en las habitaciones contiguas. Creo que nunca estuve completamente solo durante mi infancia y mi adolescencia. En casa me domesticaron igual que más tarde hicieron en el colegio. Querían domar al animal salvaje que había en mí, al ser humano, para que me convirtiera en un buen burgués que realizase un papel intachable en el espectáculo. Quizá sea ésa la razón por la que siempre he buscado la soledad con una sombría obstinación. Ahora vivo solo, hace tiempo que ni siquiera tengo criado. Sólo sube a mi piso una asistenta de cuando en cuando, mientras yo estoy fuera, para sacar de mi cuarto los desperdicios de la vida. Por fin estoy sin nadie alrededor que me controle, que me observe, que vigile todo lo que hago... ¿Sabes?, también hay grandes alegrías y desquites en la vida. Llegan tarde y bajo formas inesperadas y grotescas, pero llegan. Cuando me quedé solo en el piso, después de vivir la juventud en la casa paterna y pasar por dos matrimonios y dos divorcios, sentí por fin el triste alivio de haber alcanzado mi objetivo, de haber logrado lo que quería. Me ocurrió como al condenado a cadena perpetua que de repente queda libre porque ha recibido el indulto gracias a su buen comportamiento... y por primera vez en décadas duerme sin miedo a que el celador lo espíe por la mirilla de la celda en su ronda nocturna... La vida también regala alegrías de este tipo. Hay que pagar un precio muy alto, pero al final nos las concede.

Alegría, por supuesto, no es la palabra más adecuada... Un buen día te despiertas tranquilo. Ya no deseas la felicidad, pero tampoco te sientes endurecido ni traicionado. Un día ves con claridad que lo has tenido todo, castigos y recompensas, en la medida que te correspondía. Y que no has logrado nada cuando has sido demasiado cobarde o simplemente no has sido lo bastante heroico... Eso es todo. No es alegría lo que sientes, es resignación, comprensión y serenidad. Eso al final también llega. Pero hay que pagarlo a un precio muy alto.

Como te dije, en casa de mis padres interpretábamos casi a conciencia el papel de los burgueses. Si pienso en mi infancia, veo cuartos en penumbra con muebles grandiosos dispuestos como en un museo. En aquella casa siempre estaban limpiando. A veces con mucho estruendo, con artefactos eléctricos, ventanas abiertas de par en par y especialistas llamados a propósito, y otras veces sin el menor ruido, casi de forma invisible. Pero parecía que cualquiera que entrase en la habitación, ya fuese un criado o un miembro de la familia, se ocupaba de inmediato en ordenar algo, soplar el polvo de la tapa del piano, alisar alguna arruga o arreglar los volantes de las cortinas. Cuidábamos de la casa constantemente, como si los muebles, las cortinas, los cuadros y las costumbres formasen en conjunto un objeto de exposición, obra de arte y museo a la vez, algo que había que proteger, restaurar y limpiar sin falta, de modo que andábamos de puntillas por las salas porque no era de buena educación pasar entre los sagrados y valiosos objetos de arte allí expuestos, parloteando como si nada. En las ventanas había cortinas dobles que absorbían los rayos del sol incluso en verano. Los techos eran tan altos que las lámparas de ocho brazos esparcían por la habitación una luz difusa en la que se desdibujaban los contornos. Junto a la pared había vitrinas atestadas de objetos, delante de las cuales el servicio pasaba con devoción, pero nadie cogía nunca nada de su interior para observarlo de cerca. Había tazas de porcelana de Altwien con los bordes dorados, jarrones chinos, miniaturas grabadas en hueso, retratos de damas y caballeros totalmente desconocidos, abanicos de marfil que jamás habían regalado a nadie un soplo de aire y figurillas de oro, plata y bronce, jarrones, animales, platos de exposición. En un armario estaba guardada «la plata» como si se tratase de la mismísima Arca de la Alianza y los rollos sagrados. La plata jamás la usábamos en los días corrientes, igual que las servilletas de damasco o la porcelana fina: lo conservábamos todo, siguiendo las leyes secretas de la casa, para un evento improbable, incluso difícil de imaginar, en el que hubiese que poner la mesa para veinticuatro invitados... Pero nunca hizo falta poner la mesa para veinticuatro comensales. Por supuesto que recibíamos invitados de vez en cuando; entonces se daba la orden de sacar «la plata», la mantelería de damasco, la cristalería y la vajilla de porcelana, y la comida o la cena transcurrían según un ritual escrupuloso y cuidado cuya verdadera finalidad no era la comida o la conversación sino el simple cumplimiento de una complicada tarea: no cometer ningún error en la conversación y no romper un plato o un vaso...

Esto lo sabes tú también, seguro que has tenido experiencias similares; pero te hablo del sentimiento constante que me inundaba en casa de mis padres durante mi infancia e incluso ya de adulto. Sí, llegaban invitados a cenar o de visita y nosotros, al vivir, también la «usábamos», pero por encima de los ritos diarios la casa tenía una función y un sentido más profundos e importantes: en nuestro corazón, la defendíamos como una ciudadela fronteriza.

Conservo un recuerdo imborrable del despacho de mi padre. Era una habitación alargada, una auténtica sala. Las puertas estaban cubiertas con pesadas telas orientales. De las paredes colgaban cuadros de diferentes géneros, pinturas valiosas en marcos dorados donde se representaban bosques nunca vistos, puertos orientales, hombres desconocidos de siglos pasados, la mayoría con grandes barbas y trajes negros. En un rincón había un escritorio gigantesco, uno de esos bufetes que llamaban «diplomáticos», de tres metros de largo y metro y medio de ancho, cargado de objetos: un globo terráqueo, un candelabro de cobre, un tintero de estaño, una carpeta de cuero veneciano y toda suerte de artilugios dispuestos como si fueran objetos religiosos. En el rincón opuesto, unos pesados sillones de piel alrededor de una mesa redonda. En la repisa de la chimenea se embestían dos toros de bronce. Encima de las librerías también había figuras de bronce, águilas, caballos y un tigre de medio metro de altura en posición de salto. Y a lo largo de la pared, los libros en sus vitrinas, unos cuatro mil o cinco mil volúmenes, no lo sé con exactitud. Una de las estanterías estaba enteramente ocupada por la literatura; luego estaban los libros religiosos, los de filosofía, los de ciencias sociales, las obras de los filósofos ingleses encuadernadas en tela azul y colecciones completas de los más disparatados temas compradas directamente a un representante.

Aquellos libros, en realidad, nunca los había leído nadie. Mi padre prefería los periódicos y los relatos de viajes. Mi madre leía mucho, pero sólo novelas alemanas. Los libreros nos enviaban periódicamente las novedades, que se iban acumulando en las repisas hasta que el criado pedía a mi padre las llaves para ordenar las vitrinas. Porque estaban cerradas con llave, supuestamente para proteger los libros. En realidad pretendían impedir su lectura, evitar el peligro de que a alguien se le ocurriese abrirlos y descubriese los contenidos secretos y nocivos que escondían.

A aquella sala la llamaban «el estudio de padre», aunque en aquella habitación no había estudiado ni trabajado nadie desde tiempos inmemoriales y mucho menos mi padre. Él trabajaba en la fábrica y pasaba las tardes en el círculo con otros industriales y capitalistas jugando a las cartas en silencio, leyendo el periódico o discutiendo sobre negocios y política. Mi padre era sin duda un hombre inteligente y dotado de gran sentido práctico. Fue él quien transformó el taller de mi abuelo materno en una gran fábrica, bajo su mando creció y se convirtió en uno de los primeros centros industriales del país. Para alcanzar ese objetivo necesitó mucha fuerza, astucia, implacabilidad y previsión, en resumen, todo lo que un hombre necesita para decidir, sentado en su despacho de la planta superior, con su olfato y su experiencia, lo que deben hacer los empleados en las demás oficinas y salas de la empresa. En nuestra fábrica, esa habitación la ocupó mi padre durante cuarenta años. Estaba en el sitio justo para él, todos lo respetaban y lo temían, en el mundo de la industria lo nombraban con reverencia. Sin duda, su capacidad para los negocios y su concepción del dinero, el trabajo, el beneficio y la propiedad eran exactamente lo que sus compañeros de trabajo y su familia esperaban de él. Tenía un espíritu creativo, es decir, no era un capitalista arisco y cicatero que se sienta sobre su dinero y explota a sus trabajadores, sino un talento emprendedor que valoraba el trabajo y la aptitud, por eso pagaba mejor al que tenía talento que al operario obtuso que sólo obedecía órdenes. Y esto constituía otra alianza: mi padre, la fábrica y el círculo; lo que en casa era una ceremonia, en la fábrica y en el mundo exterior asumía la forma de un pacto más secreto y más rudo. El círculo, del que mi padre era socio fundador, sólo admitía a millonarios... a doscientos, para ser exactos, ni uno más. Cuando alguno de los miembros fallecía, los demás buscaban a un millonario que fuese adecuado para ocupar el puesto del difunto; y lo hacían con el celo y los escrúpulos con que se elige a los nuevos miembros de la Academia Francesa o con que los monjes tibetanos buscan al nuevo Dalai Lama entre los recién nacidos del altiplano del Tíbet. Tanto la elección como la invitación se llevaban a cabo con la mayor reserva. Aunque algunos de los doscientos millonarios no tenían títulos nobiliarios, todos ellos eran conscientes de que formaban una alianza quizá más poderosa que un ministerio. Representaban el otro poder, la autoridad invisible con la que a menudo los poderes oficiales se veían obligados a negociar y llegar a acuerdos. Mi padre era uno de ellos.

En casa lo sabíamos muy bien. Cada vez que entraba en el estudio de mi padre me sentía cohibido, me quedaba frente al escritorio diplomático —en el que nadie había trabajado desde el principio de los tiempos, a excepción del criado que cada mañana quitaba el polvo y reordenaba los valiosos objetos de papelería y de anticuario—, mirando con los ojos desorbitados los retratos de los desconocidos de largas barbas y pensando que quizá aquellos hombres de miradas severas y penetrantes, en su día también formaron parte de sociedades elitistas de doscientos miembros, como mi padre y sus amigos del círculo; dominaban por completo bosques, minas y talleres, y gracias a un acuerdo tácito entre la vida y el tiempo, a un eterno pacto de sangre, sabían que eran más fuertes y poderosos que los demás. Pensaba con una mezcla de orgullo y angustia que mi padre pertenecía a una clase destinada a detentar el poder eternamente. Alimentaba una angustiosa ambición: ocupar en un futuro el lugar de mi padre en aquel círculo ilustre. He tardado cincuenta años en comprender que yo no era uno de ellos: el año pasado decidí por fin salir del círculo de los doscientos, donde me habían admitido a la muerte de mi padre; me liberé de las obligaciones que aún tenía en la fábrica y «me retiré de la actividad comercial», como se suele decir. Pero, naturalmente, en aquellos tiempos no podía saberlo, así que me quedaba atónito en aquel santuario, deletreando los títulos de libros que nadie abría nunca con la vaga sospecha de que detrás de las formas rígidas y los oropeles solemnes ocurría algo casi imperceptible, regulado por normas estrictas, que probablemente era necesario porque siempre había sido así y siempre lo sería. Pero cabía la posibilidad de que no todo lo que ocurría fuera perfectamente reglamentario... algo debía de ir mal si nadie quería hablar de ello... En cuanto la conversación, en casa o en sociedad, derivaba hacia temas como el trabajo, el dinero, la fábrica o el círculo de los doscientos, mi padre y sus amigos se quedaban extrañamente mudos, miraban hacia delante muy serios y cambiaban de tema. Era una frontera, ¿sabes?, una especie de barrera invisible... Pues claro que lo sabes. Pero ya que he empezado te lo cuento, quiero contártelo todo, hasta el final.

Por supuesto, no puedo afirmar que nuestra vida fuese adusta y carente de afecto. Los acontecimientos familiares, por ejemplo, los celebrábamos con regularidad y los preparábamos con celo y esmero. Teníamos cuatro o cinco fiestas al año tan importantes como la Nochebuena, días que no estaban marcados con tinta roja en el calendario sino en la agenda no escrita de la familia y que tenían mayor importancia aún que la Pascua o la Navidad. Aunque no me he expresado bien, porque, en efecto, teníamos un calendario familiar escrito, un libro encuadernado en piel en el que se anotaban los nacimientos, las peticiones de mano, las bodas, los fallecimientos escrupulosamente, quizá con más cuidado del que son capaces los empleados del registro civil al apuntar los nombres de los ciudadanos. La tarea de mantener en orden y actualizar aquel libro —la agenda o el libro de oro familiar, llámalo como quieras— estaba reservada para el cabeza de familia. Lo había comprado hacía ciento veinte años mi bisabuelo, que fue, con su pelliza bordada de galones, el primer miembro ilustre de la familia, el que sentó las bases de la fortuna de la dinastía: el molinero de Alföld. Él fue el que escribió, *In nomine Dei*, el nombre de la familia en aquel libro forrado en piel negra y de hojas de pergamino con los bordes dorados. Se llamaba Johannes II, molinero y fundador. Él fue también el que obtuvo el título nobiliario.

Una vez yo también abrí aquel libro para escribir algo, una sola vez en mi vida, cuando nació mi hijo. Nunca olvidaré aquel día. Era un soleado día de octubre. Yo volví del sanatorio feliz y preocupado a la vez, en ese estado de indefensión que sólo se siente una vez en la vida, cuando nace tu primer hijo... Mi padre entonces ya no vivía. Entré en el estudio, en el que yo trabajaba con la misma frecuencia que mi padre, y busqué el libro en el primer cajón del escritorio. Desabroché la hebilla, lo abrí, cogí una pluma y escribí con cuidada caligrafía «Matthias I», seguido del día y de la hora. Fue un momento glorioso, una auténtica ceremonia. ¡Cuánta vanidad, cuánta mediocridad hay en cualquier sentimiento humano! Sentí que la familia se perpetuaba, que todo cobraba sentido de improviso: la fábrica, los muebles, los cuadros que colgaban de las paredes y el dinero en el banco. Mi hijo ocuparía mi lugar en la casa, en la fábrica, en el círculo de los doscientos... Pero al final no fue así. ¿Sabes?, he pensado mucho en esto. No estoy seguro de que un hijo, un heredero pueda resolver las crisis existenciales de un individuo. Debería ser así, pero la vida no entiende de leyes. Dejémoslo... ¿De qué estábamos hablando? Ah, sí, de Judit Áldozó.

Te estaba contando lo de mi familia. Así fue mi niñez. Sé que las hay peores. Pero todo es relativo.

Celebrábamos todas las fiestas, sobre todo las familiares. Teníamos el Cumpleaños de Padre, el Santo de Madre y otras sacrosantas celebraciones que incluían obsequios, música, opíparos banquetes, felicitaciones, brindis y velas flameantes. Mis institutrices me vestían aquellos días con diligencia: un traje de marinero de terciopelo azul y corbatín a juego, ya sabes, como el Pequeño Lord. Todo esto era absolutamente obligatorio, como en el servicio militar. El Cumpleaños de Padre era, obviamente, la fiesta principal. Tenía que memorizar poemas para la ocasión, los habitantes de la casa se reunían en el salón vestidos de gala y con los ojos brillantes, los criados besaban con fingido embeleso la mano de mi padre en señal de gratitud, no sé por qué... Probablemente, porque ellos eran criados y mi padre no. En cualquier caso, hacían fila para besarle la mano. Y a continuación, un gran banquete, de almuerzo o de cena. Se rescataban del baúl de los tesoros familiares la vajilla más hermosa y las rarezas de plata. Para celebrar el Cumpleaños de Padre con el debido respeto al pudiente e influyente cabeza de familia, llegaban los parientes; por supuesto, devorados por la envidia. Nosotros éramos los más ricos y poderosos de la familia. Los parientes pobres recibían con regularidad la suma de dinero que mi padre había fijado para cada uno como cuota mensual, un verdadero sueldo vitalicio, una renta, pero entre ellos siempre se quejaban en secreto porque les parecía poco. A una anciana, la tía Mária, le parecía tan exigua la cantidad que mi padre le enviaba por pura misericordia que en las fiestas familiares se negaba siempre a entrar en el comedor y sentarse a la suntuosa mesa familiar. «Estaré muy bien en la cocina», decía. «Sólo tomaré un poco de café en la cocina.» Teníamos que arrastrarla hasta el comedor y sentarla a la cabecera de la mesa. Es tremendamente difícil orientarse entre los deseos y las exigencias de los parientes pobres. En realidad es imposible. Quizá haga falta grandeza, una extraordinaria grandeza de espíritu para sobrellevar el éxito de un pariente cercano.

La mayoría de las personas son incapaces de hacerlo. Pero es de necios enojarse al ver que los miembros de una familia se vuelven contra el más acaudalado, tejiendo a su alrededor un pacto sutil que los une en el rencor, la aversión y el sarcasmo. Porque siempre hay alguien en la familia que destaca por su riqueza, su fama o su influencia y los demás, el resto del clan, lo detestan por ello y tratan de expoliarlo. Mi padre lo sabía, por eso les daba lo que consideraba justo y aguantaba su desprecio con indiferencia. Mi padre era un hombre muy fuerte. El dinero no lo volvió sentimental ni le daba remordimientos. Sabía exactamente cuánto merecía cada uno y no les daba más. Ni siquiera en lo referente a los sentimientos. Sus frases preferidas eran: «le corresponde» y «no le corresponde». Meditaba largamente cada decisión, pero una vez pronunciada la oración quedaba grabada en piedra, se mantenía tan firme como si dictase una sentencia en el Tribunal Supremo. No admitía discusión. Seguro que él también se sentía solo, debió de renunciar a muchos deseos y pasiones en aras de la familia. Y a pesar de su renuncia siguió siendo fuerte, no perdió el equilibrio. «No le corresponde», decía a veces tras un largo silencio cuando mi madre o un familiar le exponía una petición en interés de algún miembro de la familia tras muchos rodeos y largas negociaciones. No, mi padre no era tacaño. Conocía bien a las personas y sabía lo que era el dinero, eso es todo.

¡A tu salud!

Es un vino magnífico, viejo amigo. ¡Cuánto espíritu, cuánta fuerza hay en este néctar! Tiene la edad justa, seis años. Para los vinos y los perros es la edad perfecta. Un vino blanco a los diecisiete años se muere, pierde el color y el aroma, se vuelve tan inerte como la botella de cristal que lo contiene. Esto lo he aprendido hace poco de un viñero de Badacsony. No te dejes impresionar si un esnob te invita a beber un vino muy viejo. Todas estas cosas hay que aprenderlas.

¿Dónde me había quedado? Ah, sí, el dinero...

Dime, ¿por qué escriben los escritores sobre el dinero de una forma tan superficial? Luego pasan a escribir sobre el amor, la grandeza, el destino o la sociedad, pero del dinero no dicen casi nada, como si fuese algo accesorio, un trozo de papel de estraza que el guardarropa pone en los bolsillos de los actores porque es necesario para el desarrollo de la acción. En la vida real hay muchas más tensiones generadas por el dinero de lo que nos gusta admitir. Y no me refiero a la riqueza y la pobreza como conceptos teóricos, sino al dinero, ese material cotidiano y extraño, infinitamente peligroso, a esa sustancia que es más explosiva que la dinamita, a esos dieciocho pengős o trescientos cincuenta pengős que hemos ganado o que no hemos podido embolsarnos, que hemos ofrecido o negado a alguien, o a nosotros mismos... De eso, los escritores no hablan nunca. Sin embargo, las tensiones diarias surgen y se acumulan en torno a sumas irrisorias; las conspiraciones triviales, las intrigas, las traiciones, los pequeños actos de heroísmo, las renuncias y los sacrificios pueden convertirse en tragedias a causa de trescientos pengős si no se encarga la vida de ponerles solución. La literatura trata el tema de la riqueza como si fuera una especie de confabulación. Y lo es, en el sentido más profundo de la palabra... Pero lo que cuenta de verdad, tanto en la riqueza como en la pobreza, es la relación que cada uno tiene con el dinero, el oportunismo o el heroísmo de los individuos respecto al dinero; es decir, no hablo del Dinero con mayúsculas sino de las sumas concretas que se manejan por la mañana, por la tarde o por la noche. Mi padre era rico; por lo tanto, respetaba el dinero. Deliberaba igual para gastar un pengő que para gastar cien mil. Una vez dijo de un conocido que no le merecía ningún respeto porque a los cuarenta años seguía sin dinero.

Aquella afirmación me sobrecogió. Me parecía injusta y despiadada.

—Pobre —dije, saliendo en su defensa—. No es culpa suya.

—No —replicó mi padre con severidad—. Claro que es culpa suya. No está lisiado ni enfermo. Si a los cuarenta años todavía no ha hecho el dinero que en sus circunstancias podría haber ganado, es que es un cobarde, un vago o un inútil. En cualquiera de los casos, no merece mi respeto.

Fíjate, yo ya he cumplido los cincuenta. Me estoy haciendo viejo. Duermo mal, paso la mitad de las noches en vela, mirando el techo en la oscuridad con los ojos bien abiertos, tan inmóvil que a veces me parece que soy un aprendiz de muerto que practica para llegar a ser un buen difunto. Creo que conozco bien la realidad... ¿Para qué me iba a engañar? Ya no le debo nada a nadie. Sólo tengo una obligación conmigo mismo: buscar siempre la verdad. Creo que mi padre tenía razón. De jóvenes no podemos comprenderlo. Cuando era un muchacho opinaba que mi padre era un capitalista cruel y severo cuyo único dios era la riqueza, un ser injusto que valoraba a las personas por su capacidad para ganar dinero. Yo despreciaba esa concepción del mundo, la consideraba mezquina e inhumana. Pero luego, con el paso del tiempo todo se aprende, el amor, el afecto, el heroísmo, la cobardía, la sinceridad, incluso el dinero. Ahora comprendo a mi padre y no puedo condenarlo por aquel juicio tan duro. Comprendo por qué despreciaba a quien, sin estar enfermo o lisiado, a los cuarenta era demasiado vago, cobarde, inútil para conseguir dinero. Naturalmente no me refiero a cifras enormes, para eso hace falta un golpe de suerte, un ingenio excepcional o un egoísmo feroz; hablo de un poco de dinero, lo que razonablemente pueda ganar cualquiera teniendo en cuenta sus posibilidades y pretensiones; y eso sólo lo dejan escapar los débiles o los cobardes. No me gustan las almas sensibles que ante tales acusaciones se enfadan con el mundo cruel y egoísta que no les ha permitido a ellos también vivir sus últimos días en una bonita casa, para que puedan pasear por su jardín en los atardeceres de verano con su regadera en las manos, sus zapatillas y su sombrero de paja, como corresponde al pequeño propietario reposado y satisfecho que, al final de su larga vida de trabajo, puede por fin descansar en los laureles del ahorro y el esfuerzo. La vida es siempre cruel con todo el mundo. Lo que da, antes o después termina por quitarlo, o al menos lo intenta. El verdadero heroísmo de cada individuo consiste precisamente en luchar para proteger sus intereses y los de su familia. No me gustan los patéticos victimistas que acusan a los demás, a los mohínos y cicateros capitalistas, a los empresarios crueles y a la competitividad cruda y salvaje de haberles impedido transformar sus sueños en un poco de calderilla. Que sean más fuertes si es necesario, o más inclementes. Ésa era la moral de mi padre. Por eso no apreciaba a los pobres. Es decir, no a la masa de los desamparados sino a los individuos que no han sido bastante fuertes o aptos para sobresalir del destino de la muchedumbre.

Es un punto de vista bastante cínico, dices. Yo pensé lo mismo durante mucho tiempo.

Pero ahora ya no. Ya no emito ningún tipo de juicio. Me limito a vivir y a reflexionar, es todo lo que puedo hacer. La verdad es que en toda mi vida no he conseguido por mis propios medios ni una mísera moneda. Simplemente he conservado lo que mi padre y mis antepasados me legaron. Aunque tampoco es fácil conservar el dinero, porque la propiedad se ve expuesta al ataque constante de fuerzas descomunales. En ocasiones, he tenido que luchar contra enemigos visibles e invisibles con la misma vehemencia y sobriedad de mis antepasados, los que conquistaron aquello que yo defendía. Pero yo no era un creador porque en realidad nunca he sabido qué hacer con el dinero. Yo pertenecía a la penúltima generación, la que ya sólo quiere conservar lo que recibió como una cuestión de honor.

A veces mi padre también hablaba del dinero de los pobres. Porque él no valoraba la riqueza en términos numéricos. Decía que si un obrero no especializado, después de trabajar en la fábrica durante años y años, consigue al final de su vida laboral ser el propietario de una pequeña finca con una casita en la que vivir y un huerto de cuyos frutos ir tirando es un héroe más grande que cualquier general. Admiraba la increíble fuerza de voluntad con la que algunos pobres —que cuentan únicamente con su buena salud y su inteligencia, que tienen unas posibilidades tan dolorosamente escasas— consiguen apropiarse de una parte de los beneficios del mundo al cabo de toda una vida de esfuerzos salvajes y tenaces, y pueden plantar los pies en un trocito de tierra donde logran levantar una casa y ponerle techo. Mi padre alimentaba un profundo respeto por esa gente. Por lo demás, no respetaba nada ni a nadie en el mundo. «Es un inepto», decía mientras se encogía de hombros cuando le describían la triste suerte de algún pobre infeliz. Era otra de la frases que usaba a menudo. La pronunciaba con una fuerza aniquiladora.

Yo en el fondo era un avaro. Y lo sigo siendo. Como cualquiera que no pueda crear ni conseguir un patrimonio nuevo y tenga por única misión conservar lo que ha recibido. Mi padre no era avaro, simplemente respetaba el dinero; lo ganaba, lo acumulaba y llegado el momento también lo gastaba con serenidad y desenvoltura. Una vez lo vi firmando un cheque millonario con un gesto tan decidido y simple como si estuviera entregando la propina a un camarero. Fue cuando se incendió la fábrica; el seguro no lo cubrió porque la causa del incendio había sido una negligencia, y mi padre tuvo que decidir entre reconstruir la fábrica y acabar de una vez con todo para vivir en paz y tranquilidad de los intereses generados por su fortuna. En aquellos momentos, mi padre ya no era un hombre joven: tenía más de sesenta años, un motivo más para no reconstruir la fábrica. No necesitaba trabajar, habría podido pasar el resto de su vida sin preocupaciones, paseando, leyendo y observando el mundo. Pero no lo dudó un instante: llegó a un acuerdo con los constructores y con los ingenieros extranjeros, luego firmó el cheque y, con un movimiento simple, entregó todo su dinero al ingeniero que iba a construir la nueva empresa. Y tenía razón. Mi padre murió a los dos años, pero la fábrica sigue ahí, en plena actividad, desarrollando un trabajo útil. Es lo máximo que se puede conseguir en la vida: dejar algo que sea útil para el mundo y para las personas.

Sí, pero todo eso no es de gran ayuda para el individuo, dirías tú... Ya lo sé, estás pensando en la soledad. En esa soledad intensa, profunda, que rodea a cualquier ser humano de espíritu creativo igual que el aire envuelve la Tierra. Pues sí, quien debe cumplir una misión siempre está solo. Pero no estoy seguro de que esa soledad sea motivo de sufrimiento. Yo siempre he sufrido más por el contacto con las personas, por la vida social que por la verdadera soledad. Hasta cierto momento en nuestra vida, la soledad nos parece un castigo, nos sentimos como el niño al que dejan solo en un cuarto oscuro mientras los adultos conversan y se divierten en la habitación de al lado. Pero un día nosotros también nos hacemos adultos y descubrimos que, en la vida, la soledad, la verdadera, la elegida conscientemente, no es un castigo, ni siquiera es una forma enfermiza y resentida de aislamiento, sino el único estado digno del ser humano. Y entonces ya no es tan difícil soportarla. Es como vivir en un gran espacio donde siempre respiras un aire limpio.

Pues así era mi padre y nuestro mundo, el mundo del dinero, el trabajo, el orden, el universo del burgués. Como si la casa y la fábrica estuvieran dispuestas para la vida eterna. Como si las ceremonias del trabajo y de la vida estuviesen programadas más allá de la vida misma. En casa siempre había un gran silencio. Yo también me acostumbré pronto a imitar ese silencio: quien habla mucho tiene algo que esconder; en cambio, quien calla con coherencia está convencido de algo. Eso también lo aprendí de mi padre. Pero, de niño, sus lecciones me hacían sufrir. Me parecía que faltaba algo en nuestras vidas. El amor, dices... El amor sacrificado... Es tan fácil decirlo. La experiencia me enseñó después que el amor mal interpretado o erróneamente exigido causa más víctimas que la lejía, el automóvil y el cáncer de pulmón juntos. Las personas se matan con el amor como a través de una emanación invisible y letal. Exigen cada vez más amor, quieren para ellos toda la ternura del mundo. Desean sentimientos completos, totales, pretenden extraer de su entorno toda la fuerza vital con la avidez de ciertas plantas gigantescas que absorben sin piedad de los acuíferos y los mantillos de su alrededor toda la humedad, la fuerza, el aroma y la luz. El amor es un egoísmo sin control. No sé si hay muchos seres que sean capaces de soportar la tiranía del amor sin sufrir heridas mortales. Mira a tu alrededor, mira por las ventanas de las casas, mira los ojos de la gente, escucha sus lamentos: en todas partes encontrarás la misma tensión desesperada. No pueden soportar la exigencia de amor que hay en el aire. Por un tiempo lo aguantan, llegan a acuerdos; pero luego se cansan. Y entonces llegan los ardores de estómago. La úlcera. La diabetes. Los problemas cardíacos. La muerte.

¿Acaso has visto alguna vez armonía o paz?... Una vez, dices, en Perú. Bueno, puede que en Perú sí. Pero aquí, en casa, en estas latitudes templadas esa hermosa flor no puede florecer en todo su esplendor. A veces abre sus pétalos, pero enseguida se marchita. A lo mejor es que no tolera el ambiente de la civilización. Lázár decía que la civilización de la máquina también produce en serie la soledad humana. También decía que san Pafnucio en el desierto, en lo alto de la columna, con el pelo sucio de excrementos de pájaros, no estaba tan solo como los habitantes de una gran ciudad un domingo por la tarde, perdidos entre la multitud de los cafés o de los cines. Él también estaba solo, pero a conciencia, como los monjes de clausura. Una vez, cuando alguien intentó acercarse a él, se fue enseguida de viaje. Tal vez esto lo sepa yo mejor que él o que la persona que intentó acercarse a él. Pero es un asunto privado, no tengo derecho a hablarte de eso.

Como estaba diciendo, en nuestra casa reinaba esa soledad majestuosa, lúgubre y solemne. El sentido de soledad de mi infancia regresa a mí en ocasiones como los vestigios de un sueño triste e inquietante... Ya sabes, esos sueños angustiosos que uno tiene antes de presentarse a un examen. En casa, cuando era un niño, nosotros también nos preparábamos de continuo para superar algún examen peligroso y sobrecogedor. El examen consistía en ser, en todo y para todo, unos buenos burgueses. No hacíamos otra cosa que repetir como loros la lección que habíamos aprendido de memoria. Cada día, el examen comenzaba de nuevo. Había una tensión constante en nuestros gestos y en nuestras palabras, incluso en nuestros sueños. Nos envolvía una soledad que percibía todo el que ponía los pies en casa, aunque sólo fuera un momento, como los recaderos. En aquellas habitaciones sombrías, con las cortinas echadas, la infancia y la adolescencia pasaron en un estado de espera eterna. A los dieciocho años ya estaba harto de tanta soledad y tanta espera angustiosa. Quería conocer algo que no fuese del todo reglamentario. Pero tuvo que pasar mucho tiempo hasta entonces.

En aquella soledad ingresó un día Judit Áldozó.

Te doy fuego. ¿Tú cómo llevas la pelea con el tabaco? Yo no he conseguido dejarlo, ya he desistido. No, del tabaco no, de la pelea. Un día tendré que rendir cuentas por esto también. Tienes que preguntarte si merece la pena vivir cinco o diez años más sin el tabaco o si te conviene dejarte llevar por este vicio vergonzoso y mezquino que termina por matarte, pero que hasta que lo hace llena tu vida de una extraña sustancia que al mismo tiempo relaja y estimula el sistema nervioso. Al pasar la barrera de los cincuenta, ésta se convierte en una de las preguntas más serias de la vida. Yo ya he dado mi respuesta con los espasmos de la arteria coronaria y con la decisión asumida de continuar así hasta la muerte. Jamás renunciaré a este veneno amargo de mis dedos porque no merece la pena. ¿Dices que no es tan difícil dejarlo? Claro que no es tan difícil... Yo también lo hice en más de una ocasión, cuando merecía la pena. Pero estaba todo el día con el pensamiento fijo en el cigarrillo que no había encendido. Un día hay que mirar al diablo a los ojos y resignarse a su debilidad, aceptar que si necesita sustancias narcóticas debe pagar el precio completo por ellas. Entonces todo es más fácil. Cuando digo esto, la gente contesta: «Te falta valor.» Y yo respondo: «Puede que no sea un héroe, pero tampoco soy un cobarde porque tengo el valor de vivir mis propias pasiones.»

Eso pienso yo.

Ahora me miras con escepticismo. Imagino que quieres preguntarme si de verdad he tenido siempre, en todos los terrenos, la valentía de vivir plenamente todas mis pasiones... ¿Con Judit, por ejemplo? Pues sí, amigo mío. Y lo he demostrado. He pagado mi parte, he pasado por caja, como dicen aquí, en los cafés de la avenida. He pagado con la tranquilidad de mi vida y la de otra persona. Más no se puede hacer. Y ahora me preguntarás si valió la pena... ¡Es una pregunta retórica! No se pueden juzgar las elecciones fundamentales de la vida en términos tan comerciales. No es cuestión de que merezca o no la pena sino de que uno se vea obligado a hacer algo porque así lo ordena su destino o las circunstancias, o su temperamento, o sus glándulas hormonales... es probable que estos factores actúen en conjunto... y entonces uno supera su cobardía y actúa. Y eso es lo único que cuenta. El resto es pura teoría.

¿Te cuento lo que ocurrió cuando Judit Áldozó entró una mañana por la puerta de aquella casa oscura y lujosa? Llegó con un hato en la mano, como las muchachas pobres en los cuentos populares. Los cuentos populares suelen ser bastante exactos. Al volver de la pista de tenis me detuve un momento en el recibidor; estaba muy acalorado, de modo que tiré la raqueta sobre una silla y me disponía a quitarme el jersey cuando advertí que en la penumbra, delante del baúl gótico, había una desconocida. Le pregunté qué quería.

Pero no me respondió. Era evidente que se sentía muy incómoda. Entonces pensé que la intimidaba la novedad de la situación, confundí su emoción con la inhibición propia de las criadas. Después supe que lo que la había emocionado no había sido la suntuosidad de la casa ni la llegada repentina del hijo de los señores sino algo distinto: nuestro encuentro. Se había encontrado conmigo, yo la había mirado y entonces había ocurrido algo. Naturalmente, en aquel momento yo también sentí que algo estaba pasando, pero no de una forma tan íntima como ella. Las mujeres, las mujeres fuertes e instintivas como ella, perciben los momentos importantes y decisivos mejor que los hombres, que tendemos a malinterpretar las señales y a no reparar en los encuentros significativos, o a explicarlos por otras causas. Esa mujer supo al instante que había conocido al hombre que iba a marcar su existencia. Yo también lo sabía... Pero estaba hablándote de otra cosa.

Como no respondió a mi pregunta me quedé callado, un poco ofendido, con cierto aire de superioridad. Por un momento estuvimos en silencio, de pie en el recibidor, mirándonos cara a cara.

Nos observábamos con gran atención, como ocurre solamente cuando se observa un fenómeno extraño. No estaba examinando a la nueva criada. Miraba boquiabierto a la mujer que, de alguna forma, por razones inescrutables y en condiciones imposibles, iba a desempeñar en mi vida un papel fundamental. ¿Se saben estas cosas? Por supuesto que sí. No con la razón sino con la intuición: se perciben como una señal del destino. Mientras tanto, uno piensa también en otras cosas, distraídamente. Imagínate por un momento lo absurdo de la situación. Imagina que en aquel preciso instante se acercase alguien a mí y me dijera que aquélla era la mujer con la que me casaría algún día, pero que antes pasarían otras muchas cosas, yo me casaría con otra mujer que me daría un hijo y la mujer que estaba de pie en el pasillo se marcharía al extranjero; y cuando regresara varios años después, yo me divorciaría de mi primera esposa para desposarla a ella; ¡yo, el burgués sofisticado, el señor rico y mimado, desposar a aquella criadita que apretaba un fardo entre las manos y me miraba con el mismo interés aprensivo que yo a ella! La observaba atentamente, como si por primera vez en mi vida estuviera viendo algo que de verdad mereciese la pena... Pues sí, todo eso habría parecido bastante improbable en aquel momento. Si me lo hubiera predicho alguien, lo habría mirado con sorpresa e incredulidad. Pero ahora, después de varias décadas, me gustaría responder a la pregunta que tantas veces me he formulado: ¿sabía en aquel momento que todo ocurriría de ese modo? Y en general, ¿reconocemos los grandes encuentros? ¿Podemos ser realmente conscientes de estar viviendo momentos decisivos? ¿Es posible que un día entre alguien en la habitación y uno piense al instante: es ella, la mujer justa, la verdadera, igual que en las novelas?... No puedo responder a esa pregunta. Sólo puedo cerrar los ojos y recordar. Sí, aquel día ocurrió algo. ¿Una corriente eléctrica? ¿Una radiación? ¿Un contacto misterioso?... Palabras y más palabras. Pero no hay duda de que las personas expresan sus sentimientos y pensamientos no sólo con palabras, pues existe otro tipo de contacto entre ellas, otro tipo de comunicación. Onda corta, lo llamarían ahora. Se supone que, en el fondo, el instinto no es más que una longitud de onda corta. No lo sé... No quiero engañar a nadie, ni a ti ni a mí mismo. Así que sólo te diré que, en el momento en que vi a Judit Áldozó por primera vez, no pude dar un solo paso y, por absurda que fuera la situación, me quedé allí quieto, frente a la criada, y estuvimos observándonos durante un largo rato.

—¿Cómo se llama? —le pregunté al final.

Al decirme su nombre me sonó tan familiar... Ese apellido era como un ofrecimiento, como una ofrenda sagrada, solemne: la palabra Áldozó tiene mucho que ver con la comunión y el sacrificio. Y su nombre de pila, Judit, era un nombre bíblico. Como si la muchacha hubiera llegado del pasado, de un mundo de simplicidad e intensidad bíblicas, de la otra vida, la eterna, la verdadera. Como si no acabase de llegar del pueblo sino de una dimensión más profunda de la existencia. No me preocupaba mucho si era o no correcto lo que iba a hacer; me acerqué a la puerta y encendí la luz para verla mejor. Ni siquiera le sorprendió mi gesto brusco y repentino. Servicial y dócilmente —pero no como una criada sino como una mujer que, sin necesidad de palabras, obedece al único hombre que tiene derecho a darle órdenes—, se puso de lado y volvió el rostro hacia la luz para que pudiese verla bien. Como diciendo: «Aquí estoy, mírame bien, soy así. Lo sé, soy hermosa. Mírame con calma, no tengas prisa. Ésta es la cara que recordarás para siempre, hasta en tu lecho de muerte.» Se quedó quieta y tranquila a la luz de la lámpara, con el hato entre las manos, silenciosa y obediente como la modelo ante el pintor.

Y yo la miré.

No sé si antes has podido verla... Te avisé demasiado tarde. Sólo has visto su silueta. Es tan alta como yo. Alta y bien proporcionada, ni gorda ni flaca, está igual que a los dieciséis años, cuando la vi por primera vez. Nunca ha ganado ni perdido peso. ¿Sabes?, esas cosas están reguladas por fuerzas interiores, por equilibrios misteriosos. Su organismo ardía siempre a la misma temperatura. La miré a los ojos y al ver tanta belleza parpadeé instintivamente, como quien ha vivido mucho tiempo en la oscuridad y de pronto puede volver la vista hacia la luz. Tú no has podido ver su cara y, de todas formas, hace ya un tiempo que siempre lleva puesta una máscara, la máscara de la alta sociedad, con pestañas postizas, coloretes y polvos de arroz, con rasgos falsos y artificiales, con el contorno de los labios y los ojos delineado artísticamente. Pero entonces, en la turbación del primer encuentro, su rostro era todavía fresco y puro, tal como había llegado al mundo, como recién salido del taller de un pintor. Aún se notaban las pinceladas del Creador. Su cara tenía forma de corazón. Era muy armoniosa, cada línea estaba en perfecto equilibrio con las demás. Y en eso reside la belleza. Tenía ojos negros, de un negro muy peculiar, ¿sabes?, como si tuviese reflejos azules. Su pelo era del mismo color, negro azulado. Y se notaba que su cuerpo era armonioso y seguro de sí mismo. Por eso estaba allí, delante de mí, tan serena y consciente de sí misma. Había surgido del anonimato, de las profundidades de lo ignoto, de la muchedumbre, y traía algo extraordinario, la armonía, la seguridad y la belleza. Naturalmente, yo percibí todo esto de forma bastante confusa. Ella ya no era una niña, pero todavía no era del todo una mujer. Su cuerpo se había desarrollado, pero su espíritu estaba empezando a despertar. Nunca he vuelto a ver a una mujer que estuviera tan segura de su cuerpo, de la fuerza de su cuerpo, como Judit.

Llevaba ropa barata que pretendía imitar la moda urbana, y zapatos negros de tacón bajo. Todo lo había elegido con esmero y pudor, como se viste cualquier muchacha campesina para ir a la ciudad, pues no quiere desmerecer al estar junto a otras señoritas. Miré sus manos. Esperaba encontrar en ella algo que me disgustara. Probablemente buscaba unas manos toscas y enrojecidas por las labores del campo. Pero sus manos eran pálidas y alargadas. Aquellas manos no habían sido maltratadas por el trabajo. Más tarde supe que en casa la habían mimado mucho, su madre nunca la obligó a realizar trabajos pesados.

Ella estaba tranquila, dejando que yo la observara bajo la intensa luz. Me miraba a los ojos con una mirada franca y atenta. En su actitud no había provocación ni coquetería. No era una de esas ramerillas que en cuanto llegan a la ciudad intentan insinuarse con coquetería a los señores o centran su interés en el señorito de la casa. No, ella era una mujer que mira a los ojos a un hombre porque siente que hay algo entre ellos. Aunque no se dejó arrastrar demasiado por ese sentimiento, ni entonces ni nunca. Nuestra relación jamás se transformó en una obsesión para ella. Cuando yo ya no podía vivir sin ella, cuando ya había perdido el apetito y el sueño, y hasta la capacidad de trabajar, cuando dominó mis sueños y se metió bajo mi piel y mis nervios como un veneno letal, ella siguió tranquila y conscientemente segura de sí misma, podía decidir sin condicionamientos si se quedaba o se iba... ¿Crees que no me amaba? Yo también lo pensé durante un tiempo. Pero no quiero ser demasiado severo con ella. Me quería, pero de otra forma, más terrenal, más desencantada, más prudente. Sólo se trataba de eso.

Porque ella era una proletaria. Y yo, un burgués. Eso es lo que quiero explicarte.

¿Que qué pasó después?... Nada, viejo amigo. Cosas de este tipo, como la pasión que me hacía esclavo de Judit Áldozó, no «suceden» como en una novela o una obra de teatro. Los acontecimientos decisivos en la vida maduran en el tiempo, es decir, muy poco a poco. No tienen una auténtica trama. Uno vive... y ése es todo el enredo que hay en los hechos más importantes de su vida. No puedo decir que Judit Áldozó llegara un día a nuestra casa y al día siguiente, o seis meses después, ocurriera esto o lo otro. Tampoco puedo decir que desde el instante en que la vi cayera preso de una ardiente pasión que me impidiera comer y dormir. No pasaba los días fantaseando sobre una campesina desconocida que vivía bajo mi mismo techo, entraba todos los días en mi habitación, se comportaba siempre del mismo modo, respondiendo a mis preguntas, viviendo y creciendo como un árbol, una campesina que, con sus recursos sencillos y sorprendentes, me comunicaba algo esencial: que ella también vivía sobre la tierra... Era todo cierto, pero nunca sucedía nada que se pudiese definir como un acontecimiento. Y fue así durante mucho tiempo.

Sin embargo, debo admitir que recuerdo aquella primera época con una emoción especial. La muchacha no tenía un puesto importante en la casa, yo rara vez la veía. Mi madre la estaba instruyendo como doncella, pero aún no le permitían acercarse a la mesa para servir porque ignoraba todo lo relacionado con los ritos familiares. Se limitaba a seguir al criado durante la limpieza, igual que el payaso de circo que va siguiendo e imitando a otro artista. A veces nos cruzábamos en las escaleras o en el salón, y de cuando en cuando se acercaba a mi habitación, me saludaba desde el umbral y me transmitía un recado. Debes saber que cuando Judit llegó a la casa yo tenía más de treinta años y, en buena medida, era mi propio dueño y señor. Era socio de la fábrica y mi padre, aunque con mucha cautela, había empezado ya a dirigirme hacia la independencia. Tenía un buen sueldo, pero no me había ido de casa. Vivía en dos habitaciones del piso superior. Aquella parte de la casa tenía entrada propia. Por las tardes, si no tenía compromisos en la ciudad, cenaba con mis padres. Te cuento todo esto para que veas que no tenía muchas ocasiones de encontrarme con la muchacha. Pero desde que puso los pies en la casa, desde el momento en que la vi en el recibidor, cada vez que nos encontrábamos se creaba entre nosotros una tensión que no se podía malinterpretar.

Ella siempre me miraba a los ojos. Como si tuviese algo que preguntarme.

No era la típica criada provocadora, no jugaba a ser la ingenua pueblerina que baja púdicamente la mirada cuando se cruza con el señorito. No se sonrojaba, no se hacía la remilgada. Cuando nos encontrábamos se detenía, como si alguien la hubiera tocado. Permanecía en la misma postura que la primera vez, cuando encendí la luz para verla mejor y ella giró la cabeza dócilmente. Me miraba a los ojos de una forma tan peculiar... ni invitando ni desafiando, sino seria, muy seria, con los ojos bien abiertos, como si me estuviese preguntando algo. Siempre me miraba con aquella mirada abierta e inquisitiva. Siempre la misma pregunta. Lázár dijo una vez que era la pregunta de la creación; parece que en el fondo de la conciencia de toda criatura hay una pregunta que suena más o menos así: «¿por qué?», y eso mismo preguntaba Judit. ¿Por qué estoy viva, qué sentido tiene todo esto? Lo curioso era que me lo preguntara a mí.

Y claro, como era tremendamente hermosa, de una belleza majestuosa, virginal y salvajemente plena, un perfecto ejemplar de la creación divina que la naturaleza logra dibujar y moldear con tanta perfección una sola vez, su hermosura empezó a influir en el ambiente de la casa y en nuestras vidas como un fondo musical sordo y continuo. Seguramente la belleza es una energía, una fuerza como el calor, la luz o la voluntad humana. Empiezo a pensar que la belleza es también una cuestión de voluntad; por supuesto, no me refiero a la voluntad de recurrir a tratamientos cosméticos, no tengo en mucha estima la belleza producida por medios artificiales, pues me recuerda las técnicas de embalsamamiento. No, detrás de la belleza, que al fin y al cabo está compuesta de un material frágil y perecedero, se agita siempre la llama de una fuerte voluntad. Sólo gracias a sus glándulas y su corazón, a su razón, sus instintos y su carácter, en resumen, a su energía moral y física, consigue una persona mantener la armonía, el equilibrio de una afortunada y maravillosa fórmula química cuyo efecto último es la belleza.

Veo en tu mirada de hombre que vas a hacerme una pregunta de hombre, sensata e impúdica al mismo tiempo: ¿y cuál era el problema? ¿No habría sido más fácil en un caso como éste obedecer al impulso de la sangre y a los instintos naturales? Porque cualquier hombre de treinta años sabe lo que hay que hacer. Sabe que no hay mujer a la que no pueda llevarse a la cama, sobre todo si está libre, si no hay otro que ocupe su corazón y su mente, y si entre ellos no hay impedimentos físicos, se gustan y además tienen ocasión de encontrarse... Ésa es la realidad. Y yo la conocía bien y la había aprovechado ampliamente. Como cualquier otro hombre de mi edad, que además tiene un aspecto nada lamentable y para colmo es adinerado, yo me aprovechaba de los ofrecimientos de las mujeres, nunca los rechazaba. Alrededor de un hombre pudiente hay el mismo ajetreo de pretendientes que en torno a una mujer atractiva. El individuo es lo de menos: en todas las grandes ciudades europeas habitan más mujeres que hombres y las mujeres se sienten solas, desean un poco de ternura, amor y diversión. Después de todo, yo no era deforme ni estúpido, vivía en un ambiente refinado y de mí se sabía que era rico, de modo que vivía como habría vivido cualquiera en mi situación. Estaba convencido de que, pasadas las primeras semanas de confusión y timidez, me habría bastado una sola palabra dulce para amansar y seducir el corazón de Judit Áldozó. Pero esa palabra no llegué a pronunciarla nunca. La posibilidad de profundizar en nuestra relación —si se puede llamar así a la presencia de una joven criada en la casa de mis padres— empezó a resultarme sospechosa, arriesgada, incomprensible y excitante cuando me di cuenta de que no quería a aquella mujer como amante, no quería llevármela a la cama como a todas las anteriores, no quería comprar y consumir cincuenta kilos de carne de primerísima calidad. ¿Qué quería, entonces? Tardé mucho en comprenderlo... No la molestaba porque esperaba algo de ella. Y no una aventura... Lo que quería era la respuesta a una pregunta que había inundado mi existencia.

Mientras tanto seguíamos viviendo según las reglas. Por supuesto, pensé en sacar a aquella niña de la casa, educarla, crear con ella una relación sana, comprarle un piso, convertirla en mi concubina y más adelante vivir con ella. Aunque debo admitir que todo eso se me ocurrió mucho más adelante, varios años después, cuando era demasiado tarde porque ella ya conocía su fuerza, sabía lo que estaba haciendo, era más fuerte. Entonces huí de ella. Pero durante los primeros años lo único que sentía era que algo pasaba en casa. Cuando volvía por las noches me recibía un profundo silencio, orden y silencio, como en un monasterio. Subía a mis habitaciones, donde el criado había dejado todo escrupulosamente preparado para la noche, el zumo de naranja en un termo para mantenerlo fresco, los cigarrillos y mi lectura. En la mesa siempre había muchas flores, y mis ropas, libros y objetos de arte siempre estaban ordenados. Me quedaba quieto en el cuarto caldeado y escuchaba. Por supuesto, no pensaba con regularidad en la muchacha; sabía que ella estaba cerca, durmiendo en algún cuarto del servicio, pero no pensaba en ella de manera obsesiva. Pasó un año, luego otro y yo sólo sentía que la casa había cobrado sentido. Sólo sabía que Judit Áldozó vivía allí y que era muy hermosa, aunque eso lo sabían todos: tuvieron que despedir al criado, y después también a la cocinera, una mujer mayor que estaba muy sola, se enamoró de Judit y no encontró otro modo de expresar su amor que volverse malhumorada y peleona, pero de eso nadie hablaba. Tal vez sólo mi madre conocía la verdad, pero ella callaba. Más tarde reflexioné mucho sobre su silencio. Mi madre era una mujer instintiva y experimentada, lo comprendía todo, incluso sin necesidad de palabras. Todos ignoraban quién era el amor secreto del criado y de la cocinera salvo mi madre, que con toda seguridad no era muy experta en cuestiones amorosas y probablemente nunca había leído nada sobre deseos tan ambiguos como la pasión sin esperanza de la cocinera por Judit... Pero sabía la verdad. Era ya mayor y no se asustaba de nada. Sabía que la presencia de Judit en la casa era peligrosa y no sólo para el criado o la cocinera... era peligrosa para todos sus habitantes. Por mi padre ya no se preocupaba porque para entonces era un anciano y estaba enfermo, y además mis padres no se amaban. Pero a mí sí me quería mi madre; más tarde me pregunté por qué no había alejado a tiempo aquel peligro de la casa si lo sabía todo... He tenido que llegar a estas alturas de mi vida para comprenderlo finalmente.

Acércate un poco. Mi madre deseaba aquel peligro para mí.

Quizá era porque temía que yo fuese víctima de un peligro mayor... ¿Sabes cuál? ¿No lo adivinas? La soledad, esa terrible soledad en la que se habían consumido sus vidas, las vidas típicas de una clase social triunfante, acomodada y ceremoniosa. En la existencia de las personas puede verificarse un proceso que es alarmante, angustioso, peor que cualquier otra cosa... el progresivo aislamiento del mundo. El proceso de convertirse en máquinas. En casa reina un orden severo, en el trabajo rige un orden aún más rígido, y en torno a ellos, un orden social absolutamente estricto; incluso su diversión, sus inclinaciones y sus vidas amorosas se desarrollan según un orden. Saben por adelantado a qué hora deben vestirse, desayunar, trabajar, amar, divertirse y dedicarse a la cultura. Están rodeados de un orden maníaco. Y en ese orden descomunal, poco a poco se va congelando la vida a su alrededor, como si, durante una expedición que se dirigiera a lugares lejanos y frondosos, de pronto el océano y la tierra se cubrieran de hielo y todos sus planes y objetivos cayeran miserablemente en el frío y la quietud. ¿Y qué es la muerte sino frío y quietud? Es un proceso lento pero inexorable. Un día, la vida familiar se coagula. Todo se vuelve importante, se concentran en cada detalle, pero pierden de vista el conjunto, la vida misma... Se visten con tanto esmero por la mañana y por la noche como si al ponerse la bata tuvieran la intención de celebrar algún rito solemne y sagrado, un entierro o una boda, o de asistir al pronunciamiento del fallo de un juez. Van a fiestas, reciben invitados, pero detrás de todo se esconde la soledad. Y mientras la esperanza se mantenga viva en sus corazones y en sus almas, detrás de tanta soledad, la vida será soportable. Seguirán viviendo... como buenamente puedan, sin la dignidad del ser humano, pero vivirán. Por la mañana tendrá sentido darle cuerda al mecanismo para que funcione hasta la noche.

Porque mantienen la esperanza durante mucho tiempo. A las personas les cuesta mucho hacerse a la idea de que no hay esperanza, de que están solas, letal y desesperadamente solas. Muy pocos soportan la idea de que no hay remedio para la soledad de la existencia. La mayoría alimenta esperanzas, se agarra a lo que puede, busca refugio en las relaciones humanas, pero a sus intentos de fuga de la cárcel de la soledad no les pone verdadera pasión ni entrega, y entonces se refugia en mil ocupaciones falsas, trabaja de sol a sol o viaja sin parar, o compra una casa grande, o los favores de mujeres con las que no tiene nada que ver, o empieza una colección de abanicos, piedras preciosas o insectos raros... Pero no sirve de nada. Y mientras se afanan en todas esas maniobras son plenamente conscientes de que no sirven de nada. Y sin embargo siguen esperando, aunque ni siquiera saben qué esperan... Ya tienen claro que el dinero en cantidades cada vez más copiosas, la colección de insectos cada vez más completa, la nueva amante, el encuentro interesante, la velada perfecta y el aún más aplaudido *garden party* no sirven de nada... Por eso, en su tortura y su angustia, intentan por todos los medios mantener el orden. Cada momento de vigilia lo dedican a organizar su vida. Siempre tienen un «encargo» que hacer, unos documentos que tramitar, una reunión, una cita amorosa... ¡Cualquier cosa con tal de no quedarse solos ni un momento! ¡Con tal de no ver ni por un instante esa soledad! ¡Rápido, unas personas! ¡O unos perros! ¡O tapices! ¡O acciones, o esculturas góticas, o amantes! Rápido, antes de que se descubra...

Así viven muchos. Y nosotros también vivíamos así. Nos vestíamos con extremo cuidado. A los cincuenta años, mi padre ponía la misma atención en su vestimenta que un pastor protestante o un sacerdote católico antes de los oficios. Su ayudante de cámara, que conocía al dedillo sus costumbres, antes del alba ya había preparado —con la diligencia de un sacristán— el traje, los zapatos y la corbata; y mi padre, que desde luego no era un hombre vanidoso ni había dado nunca gran importancia a su aspecto físico, empezó de pronto a cuidarse con meticulosidad maniática de que su ropa de señor maduro estuviese siempre impecable: nunca una mota de polvo en el abrigo o una arruga en el pantalón, la camisa siempre inmaculada y bien planchada, nunca una corbata gastada... sí, como un sacerdote que se prepara para una ceremonia. Y después de vestirse empezaban los demás rituales del día: el desayuno y la lectura del periódico y del correo, mientras el coche esperaba fuera del garaje; a continuación, el despacho, los empleados y los socios que pasaban a informar o a saludar, el círculo y la vida social... y él siempre tenso, atento, como si hubiera alguien observándolo todo el tiempo y tuviera que rendir cuentas por la noche de todos sus actos sacramentales. Eso era lo que mi madre temía. Porque detrás de un orden tan severo —la ritualización de la vestimenta, las colecciones de tapices y las tardes en el círculo, la vida social y las visitas de cortesía— empezaban a asomar los horrores de la soledad, como los glaciares en los mares templados. ¿Sabes?, en el ámbito de ciertos reglamentos sociales, de determinadas costumbres, la soledad empieza a manifestarse a la edad correspondiente, igual que aparece la enfermedad en un organismo desgastado. Pero no ocurre de la noche a la mañana; las auténticas crisis vitales, las enfermedades, las rupturas, las relaciones marcadas por el destino no llegan en un momento concreto, no se establecen ni se anuncian, y los implicados ni siquiera advierten lo que ocurre. Cuando nos damos cuenta de los sucesos decisivos, la mayoría de las veces ya han pasado y no nos queda más remedio que aceptarlo y salir corriendo a avisar a un abogado, a un médico o a un cura. Porque la soledad también es una especie de enfermedad, mejor dicho, un estado en el que nos acomodamos, una condición que transforma al hombre en un animal disecado en una vitrina. Mejor aún, la enfermedad es el proceso previo a la soledad, que yo comparo con un congelamiento progresivo. Ése era el peligro que mi madre temía para mí.

Ya te lo he dicho, nuestra vida se va mecanizando. Todo se enfría. Las habitaciones en las que vives siguen estando a la misma temperatura, tu cuerpo se mantiene a treinta y seis grados y medio, y tu pulso sigue a ochenta pulsaciones por minuto, tu dinero está en el banco o invertido en la empresa familiar. Una vez a la semana vas al teatro o a la ópera, preferentemente a salas donde representen comedias ligeras. En el restaurante pides comida ligera y mezclas el vino con agua mineral porque has aprendido bien la lección y sigues todas las reglas para llevar una vida sana. Hasta aquí, ningún problema. Tu médico de cabecera, siempre que sea un hombre avisado y no un auténtico médico —las dos cosas no son lo mismo—, después de la revisión semestral te estrechará la mano con satisfacción. Pero si tu médico es auténtico, es decir, inimitable e inevitablemente médico, como el pelícano no es más que un pelícano y el general es un general aunque no esté luchando en una guerra sino manejando una sierra de marquetería o resolviendo un crucigrama, entonces no se quedará tranquilo tras la revisión semestral, no te estrechará la mano satisfecho porque es inútil que el corazón, los pulmones, el hígado y los riñones funcionen de modo satisfactorio: es tu vida lo que no funciona bien. Él ya advierte el enfriamiento causado por la soledad, como los delicados instrumentos de navegación de un transatlántico detectan en el aire tórrido y fragante de las zonas ecuatoriales el peligro que se acerca por el océano azulado, la muerte blanca, el glaciar. No se me ocurre otro símil, por eso repito lo del glaciar... Aunque también podría decir —es posible que a Lázár se le ocurrieran otras comparaciones— que el frío de la soledad es como el que se siente en verano en las casas cuyos habitantes se han marchado de vacaciones: huele a alcanfor por todas partes, las alfombras y las pieles están envueltas en papel de periódico y, aunque fuera es verano y hace un calor abrasador, detrás de las persianas los muebles abandonados y las habitaciones sombrías han absorbido esa fría tristeza que hasta los objetos inanimados perciben: la melancolía que perciben, absorben e irradian todas las personas y las cosas que se han quedado solas.

Y nos quedamos solos porque somos engreídos y no tenemos el valor de aceptar el regalo un poco intimidatorio del amor. Porque consideramos que nuestro papel en la sociedad es más importante que la experiencia del amor. Porque somos orgullosos. Todo burgués es orgulloso si es un verdadero burgués. Y no me refiero a los burgueses de tres al cuarto que sólo llevan ese título en virtud de su dinero o porque han ascendido de cualquier modo en la escala social. Ésos son unos paletos. Hablo de los verdaderos burgueses, ya sean creadores o conservadores. Es en ellos donde un día empieza a cristalizar la soledad. Y entonces empiezan a tener frío, se vuelven hieráticos y majestuosos, como los nobles objetos de arte, los jarrones chinos o las mesas renacentistas. Se vuelven solemnes, empiezan a coleccionar títulos estúpidos y condecoraciones inútiles, hacen todo lo que está en sus manos para conseguir que los llamen Ilustrísimo o Su Excelencia, o pierden su tiempo en procedimientos tortuosos para que los nombren vicepresidentes o incluso presidentes de algo, aunque sea presidentes honoríficos... Es la soledad, que actúa de ese modo. Las personas felices no tienen títulos, no hacen distinciones de rango, no reconocen ni pretenden ningún papel inútil en el seno de la sociedad.

Por eso mi madre se preocupaba por mí. Quizá fuera ése el motivo de que tolerase la presencia de Judit Áldozó en la casa, aun cuando ya se pudiera sentir el aura de peligro que emanaba su persona. Como te he dicho, no ocurrió nada... Casi podría decir que por desgracia no ocurrió nada. Y entre tanto pasaron tres años. Hasta que una noche, justo la Nochebuena... Al salir de la fábrica, antes de volver a casa había subido al piso de mi última querida, la cantante, que aquella tarde estaba sola en el piso acogedor, bonito y aburrido que yo le había puesto, y le había entregado mi regalo de Navidad, que era tan bonito y aburrido como mi querida, la cantante, y todas las queridas y los pisos y los regalos con los que yo ya había perdido el tiempo hasta entonces. Luego volví a casa porque era Nochebuena y la familia se reuniría allí para cenar. Y entonces ocurrió. Entré en el salón y vi el árbol de Navidad, decorado y reluciente, dispuesto ya sobre el piano; el resto de la sala se hallaba en penumbra y sólo estaba Judit, arrodillada delante de la chimenea.

Era la tarde de Nochebuena y yo, en la casa de mis padres, me sentía muy solo e incómodo en las horas previas a la cena. Y al mismo tiempo sabía que eso sería así siempre, toda mi vida, a menos que ocurriese un milagro. Ya sabes, en Navidad todo el mundo cree un poco en los milagros, porque al fin y al cabo las fiestas existen porque no se puede vivir sin milagros. Por supuesto, a aquella tarde la habían precedido muchas tardes, mañanas y noches, muchos días en que había visto a Judit sin sentir nada fuera de lo normal. Si uno vive a orillas del mar no piensa muy a menudo que es posible llegar a la India a través de sus aguas o que un bañista puede perder la vida en ellas. La mayor parte del tiempo simplemente vive, se da un baño o lee un libro en la playa. Pero aquella tarde entré en el cuarto en penumbra y me quedé mirando a Judit. Ella llevaba el uniforme negro de doncella, y yo un uniforme gris, un traje de joven empresario, y me disponía a subir a mi cuarto para vestirme de gala; pero me detuve en la sala a oscuras, observé el árbol decorado y la figura femenina arrodillada y, de golpe, comprendí lo que había pasado en aquellos tres años. Comprendí que los grandes acontecimientos ocurren en absoluto silencio, por la fuerza de la inercia, y que detrás de los acontecimientos visibles y perceptibles hay otra cosa, un monstruo adormecido en algún lugar del mundo, detrás de los montes y de los mares, ese monstruo perezoso y torpe que se esconde en el corazón de todos nosotros y que rara vez se despereza e intenta agarrar algo. Y eso también forma parte de ti, tú también eres ese monstruo. En la vida diaria, como en la música o en las matemáticas, hay un orden que en cierto modo es poético... ¿No lo comprendes? Eso era lo que yo sentía. Ya te he dicho que era un artista, aunque por desgracia nunca conseguí encontrar mi forma de arte.

La muchacha, que estaba colocando la leña en la chimenea, sintió que yo estaba detrás de ella, observándola, pero no se movió, no se volvió hacia mí, se quedó arrodillada, con el cuerpo inclinado hacia delante, en esa postura que resulta tan sensual. Cuando una mujer se arrodilla y se inclina hacia delante, aunque esté trabajando, se convierte en un fenómeno erótico. Al pensarlo me eché a reír, pero no era una risa frívola, me reía porque aquella idea me había puesto de buen humor. Sentí alegría al comprobar que incluso en los grandes momentos, en los segundos decisivos y críticos, debemos ajustar cuentas con una especie de burda humanidad, de ruda torpeza que existe en nosotros y en la forma de relacionarnos con los demás; incluso las grandes pasiones, los sentimientos más fervientes dependen de gestos y posturas similares a éstos, de la visión de una mujer arrodillada en una sala en penumbra. Esas cosas son ridículas, patéticas. Pero la sensualidad, esa gran fuerza que renueva el mundo, el fenómeno sublime del que es esclavo todo ser vivo, arranca en el fondo de movimientos y poses bastante ridículos. Eso también lo pensé en aquel instante. Y por supuesto pensé que deseaba aquel cuerpo; había en esa idea algo como una convulsa fatalidad, y también algo abyecto y despreciable, pero la realidad era que lo deseaba. Y deseaba no sólo el cuerpo que se mostraba ante mí en aquella postura tan vulgar sino también lo que el destino escondía detrás de ese cuerpo, sus sentimientos y sus secretos. Y puesto que me había relacionado con muchas mujeres, como cualquier joven de mi edad, rico y en general ocioso, sabía que el erotismo no resuelve la tensión entre hombres y mujeres ni de modo definitivo ni a largo plazo; que los momentos de sensualidad nacen por sí mismos y de la misma manera se disuelven en la nada, la costumbre y la indiferencia. Aquel hermoso cuerpo, las nalgas compactas, la esbelta cintura, los anchos pero proporcionados hombros, el delicado cuello, ligeramente inclinado, la nuca cubierta de una pelusa castaña, las pantorrillas carnosas pero bien torneadas... en resumen, aquel cuerpo femenino no era el más bello del mundo, yo mismo había conocido y arrastrado hasta mi cama cuerpos más armoniosos, bellos y excitantes, pero en aquel momento no era ésa la cuestión. Y también conocía el movimiento ondulatorio que empuja continuamente al ser humano entre la satisfacción y el deseo, entre la sed y el hastío, en una oscilación que atrae y repugna a la naturaleza humana sin darle paz ni solución. Todo esto lo sabía, aunque no con la certeza con que lo sé ahora que me acerco a la vejez. Quizá entonces todavía alimentaba una esperanza en el fondo de mi corazón, esperaba que existiese un cuerpo, un único cuerpo capaz de acoplarse en perfecta armonía a otro cuerpo para aplacar la sed del deseo y el hastío de la satisfacción en una especie de manso reposo, en ese sueño que los hombres suelen llamar felicidad. En la vida real no existe, pero yo entonces no lo sabía.

En la vida real sólo a veces la tensión del deseo, la excitación, no va seguida de una fase de introversión, de ese profundo abatimiento que aparece una vez satisfecho el deseo. Desde luego, también hay hombres que se comportan como cerdos, para los que todo es absolutamente indiferente, que ponen el deseo y la satisfacción en el mismo plano. Quizá sean los únicos que de verdad se sienten saciados. Pero yo no deseo esa clase de saciedad. Como te he dicho, en aquella época no lo sabía con certeza; quizá tenía esperanza en algo, pero sin duda me despreciaba un poco a mí mismo y, en una situación tan grotesca como aquélla, me reí de mis propios sentimientos. Había muchas cosas que todavía no sabía, por ejemplo que cuando un ser humano obedece a la ley de su cuerpo y de su alma nunca es ridículo.

Entonces le dije algo. Ya no me acuerdo de las palabras concretas, pero la situación aparece con perfecta nitidez en mi mente, casi como si alguien la hubiera filmado con una cámara casera; la veo como una de esas películas familiares en las que los tiernos padres inmortalizan algunos momentos de la luna de miel o de los primeros pasos del pequeño... Judit se levantó despacio, sacó un pañuelo del bolsillo de su delantal y se limpió las manos sucias del tizón y el serrín de la corteza de los troncos. De inmediato empezamos a conversar, a media voz y con celeridad, temíamos que entrase alguien en la habitación y nos sorprendiese como a dos conspiradores o, mejor aún, como al ladrón y su cómplice... Ahora quiero decirte algo. Quiero hablarte con toda sinceridad. Y enseguida comprenderás que no es nada fácil...

Porque lo que estoy contándote no es un simple asunto de faldas, viejo amigo, no es una banal historia de mujeres, la clásica aventura galante. Mi historia es más desapacible y amarga, y sólo puedo considerarla mía porque resulta que yo era uno de los protagonistas... En realidad, en aquel momento actuaban entre la muchacha y yo fuerzas más poderosas que nosotros, que luchaban a través de nuestros destinos. Como te he dicho, hablábamos en voz baja. Esto, al fin y al cabo, era natural: yo era el señorito y ella, la criada; conversábamos en tono confidencial en la casa en que prestaba servicio, hablábamos de temas íntimos y serios, pero en cualquier momento podía entrar alguien, mi madre u otra persona, por ejemplo el criado, que sentía celos de Judit... En resumen, la situación requería cautela, debíamos hablar en voz baja. Naturalmente, ella también sentía que en aquel momento y en aquel lugar sólo podíamos susurrar.

Pero yo, además, sentía otra cosa. Desde el primer instante de la conversación sentí que allí había algo más que un hombre hablando a una mujer que le gustaba y a la que quería conseguir para su disfrute. Y tampoco me parecía tan importante que yo estuviera enamorado de aquella mujer joven, guapa y bien formada, que estuviera loco por ella, que la líbido me subiera la sangre a la cabeza y que para conseguirla estuviera dispuesto a arrasar el mundo entero, a llevármela de allí, a hacerla mi mujer. Todo eso resulta bastante aburrido. Les ocurre a todos los hombres y más de una vez en la vida. El hambre de los sentidos puede ser tan desgarradora y cruel como la del estómago. No, el motivo por el que susurrábamos era otro... ¿Sabes?, antes nunca había sentido que fuese necesaria tanta precaución. Porque hablaba no sólo en defensa de mis intereses sino también en contra del interés de otra u otras personas... por eso hablaba en voz baja. Se trataba de una cuestión muy seria, mucho más seria que la novela galante del señorito y la criada guapa. Porque cuando aquella mujer se levantó y comenzó a limpiarse las manos mientras me miraba a la cara con descaro, como suele decirse, con los ojos bien abiertos y prestando toda su atención —ya estaba vestida para servir la mesa, llevaba un vestido negro con delantal y cofia blancos, exactamente igual que una ridícula criada de opereta—, yo sentí que la unión que le estaba proponiendo era no sólo el medio para satisfacer un deseo sino, sobre todo, una alianza en contra de algo o de alguien. Y ella sintió lo mismo. Fuimos al grano enseguida, sin preámbulos, del mismo modo en que hablan dos conspiradores en las habitaciones de un palacio real. O en un despacho importante de un ministerio, donde se guardan documentos de gran relevancia y papeles secretos, y uno de los conspiradores tiene allí su empleo mientras el otro está sólo de visita, y por fin encuentran dos minutos libres para discutir su plan entre susurros, fingiendo que hablan de otra cosa; ambos están muy alterados, pero uno simula que sigue con su trabajo y el otro, que sólo pasaba por allí y ha entrado un momento a preguntar algo... No tienen mucho tiempo. En cualquier momento puede entrar el director o un empleado suspicaz y, si los ven juntos, empezarán a levantar sospechas. Por la misma razón hablamos nosotros de lo esencial desde el primer momento, mientras Judit echaba de cuando en cuando una mirada al fuego porque los gruesos troncos estaban húmedos y les costaba prender. Volvió a arrodillarse frente a la chimenea y cogió el fuelle para avivar el fuego; yo me arrodillé a su lado, coloqué bien los morillos y la ayudé a atizar el fuego. Y mientras tanto no dejaba de hablar.

¿Que qué le decía? Espera un momento, que enciendo otro cigarrillo... No, ahora ya no importa, en momentos así no cuento los cigarrillos. De todas formas, estas cosas ya me traen sin cuidado.

Pero en aquel momento yo sentía que todo era muy importante, lo que yo decía y lo que pasara después. No tenía tiempo para cortejarla ni para andar con discursos zalameros. Todo eso estaba de sobra. Le dije que quería vivir con ella. Mi anuncio no la sorprendió. Me escuchó con calma, observando el fuego. Luego me miró a los ojos con expresión muy seria, pero sin mostrar la menor sorpresa. Ahora tengo la sensación de que en aquellos momentos estaba evaluándome, midiendo mis fuerzas, como examina una campesina a un pretendiente que presume de poder levantar tanto y cuanto peso, un saco lleno de trigo o algo por el estilo. Ella también me estaba examinando, pero no inspeccionaba mis músculos sino mi alma. Al pensarlo ahora tengo la impresión de que me escrutaba con una mirada algo irónica, con manso y silencioso sarcasmo. Como si dijera: «Tú no eres tan fuerte. Te va a hacer falta mucha fuerza para vivir conmigo, amigo mío. Te vas a deslomar.» Eso decía su mirada. Yo lo percibía y hablaba aún más bajo y más rápido. Le dije que sería muy difícil porque mi padre nunca daría su bendición a ese matrimonio y era probable que encontrásemos otros obstáculos. Por ejemplo, dije, podía suceder que a causa de ese matrimonio yo me sintiera muy incómodo frente a mi familia y frente al mundo, porque no es cierto que se pueda obviar por completo el mundo al que se pertenece y del que se ha recibido tanto. Y era probable además que esa incomodidad y ese sentimiento negativo inicial acabaran corrompiendo nuestra relación. Ya había visto antes situaciones similares, tenía algunos conocidos que se habían casado con personas de clases sociales inferiores y aquellos matrimonios siempre acababan en desgracia.

Ese tipo de estupideces le decía. Naturalmente, lo decía muy en serio, no hablaba así por cobardía, no estaba buscando excusas. Y ella entendió que yo estaba siendo sincero, me miraba muy seria y asentía con la cabeza. Casi parecía que quería animarme a seguir encontrando argumentos que probasen al instante lo absurda que resultaba la idea, que me permitiesen convencerla de que toda esa historia era una pura locura. Y en efecto, yo busqué los argumentos. Ella no habló, no dijo ni una palabra o, para ser exacto, sólo habló al final y muy brevemente. Me dejó hablar a mí. Ni yo mismo comprendo cómo pudo suceder, pero estuve hora y media hablando con ella delante de la chimenea, ella todo el tiempo de rodillas y yo sentado en la poltrona inglesa de piel, mirando al fuego y hablando, y no entró nadie en la habitación, nadie vino a molestarnos. Hay una ordenación invisible en la vida: cuando la situación requiere que se lleve a cabo algo determinado, las circunstancias se convierten en cómplices, sí, e incluso el lugar y los objetos, y las personas cercanas se ponen en connivencia inconsciente con la situación. No nos molestó nadie. Ya se había hecho de noche, mi padre había regresado, a Judit la estarían esperando en el comedor, donde se disponían a colocar los platos y los cubiertos para la cena, y en la casa ya estaban todos vestidos para la ocasión, pero nadie nos molestó. Tiempo después comprendí que eso tampoco había sido tan prodigioso. Cuando quiere crear algo, la vida realiza escenificaciones perfectas.

Durante aquella hora y media tuve por primera vez en mi vida la sensación de que podía hablar de verdad con una persona. Quería vivir con ella. No podía casarme con ella, aunque ni yo mismo estaba seguro de eso todavía, dije. En cualquier caso, teníamos que vivir juntos. Le pregunté si recordaba nuestro primer encuentro, cuando ella acababa de llegar a la casa. No respondió, sólo asintió con la cabeza. Estaba muy hermosa en aquella media luz, arrodillada delante del fuego, envuelta en la luz escarlata, con su pelo tan brillante, con su cabeza y su delicado cuello un poco inclinados, girados hacia mí, y el atizador entre las manos. Me parecía muy bella y muy familiar. Le dije que abandonase la casa, que se despidiera con cualquier excusa, por ejemplo que tenía que volver a su casa, y que me esperara en alguna parte; al cabo de unos días, yo tendría zanjados mis asuntos y podríamos marcharnos juntos de viaje, a Italia, y quedarnos allí el tiempo que quisiéramos, años quizá. Le pregunté si le gustaría ver Italia. En silencio y muy seriamente negó con la cabeza. Es probable que no entendiese la pregunta, pues tuvo el mismo efecto sobre ella que si le hubiera preguntado si le apetecía conocer a Enrique IV. No me entendía. Pero escuchaba con atención. Miraba hacia el fuego, arrodillada y con la espalda erguida, como un penitente, tan cerca de mí que sólo tenía que alargar la mano para tocarla. Y lo hice, cogí su mano, pero ella la retiró; sin coquetería, no parecía ofendida, tuvo una reacción espontánea, sencilla, como cuando una persona, durante una conversación, corrige con un leve movimiento o con una interrupción momentánea y muy discreta un gazapo de su interlocutor. Entonces me di cuenta de que aquella mujer, a su modo, también era elegante. La materia humana de la que estaba hecha era noble. Eso me sorprendió, pero a la vez lo encontré en cierto modo natural. Entonces ya sabía que no son sólo el rango y el nacimiento lo que hacen nobles a las personas sino también el carácter y la inteligencia. Ella estaba arrodillada ante la chimenea, envuelta en la luz rojiza del fuego, y parecía una princesa esbelta y plena de naturalidad, ni arrogante ni humilde, sin la menor huella de desconcierto o de apuro, como si aquella conversación fuese lo más normal del mundo. Y dominando toda la escena, el árbol de Navidad. Después siempre me entraba la risa al acordarme de aquel árbol, aunque debo admitir que era una risa un tanto amarga. Y Judit, bajo el árbol, como un enigmático y curioso regalo.

Puesto que ella no respondía, al final dejé de hablar yo también. No había contestado cuando le había preguntado si quería vivir conmigo ni cuando le había propuesto que nos fuéramos a vivir a Italia. Y como no se me ocurría nada más y ya había llegado tan lejos al hablar con ella, hice como el comprador que intenta regatear con un vendedor obstinado: al principio ofrece poco dinero y luego, al ver que el otro no da su brazo a torcer, que no puede regatear, acaba ofreciendo el precio completo; hice con ella exactamente lo mismo: le pregunté si quería ser mi esposa…

Aquella pregunta sí la contestó.

No de inmediato, es cierto. Antes se comportó de forma peculiar. Me miró con rabia, casi con odio. Vi que su cuerpo se estremecía por la cólera, como presa de una especie de convulsiones. Empezó a temblar; estaba de rodillas junto a mí y no dejaba de temblar. Colgó el atizador en su sitio, al lado del fuelle, y cruzó los brazos sobre el pecho. Parecía una joven pupila a la que el maestro ha castigado a estar de rodillas. Su mirada lúgubre y atormentada estaba fija en las llamas. Luego se incorporó, se alisó el vestido y dijo:

—No.

—¿Por qué? —pregunté.

—Porque usted es un cobarde —dijo, y me repasó lentamente con la mirada, de arriba abajo. Después salió de la habitación.

¡Salud! En resumidas cuentas, así empezó todo. Después bajé a la calle; los comercios ya estaban cerrando, la gente se apresuraba de regreso a casa cargada de paquetes con regalos. Entré en una pequeña relojería donde también vendían algo de bisutería. Compré un colgante de oro, ya sabes, uno de esos medallones baratos en los que las mujeres guardan los retratos de sus familiares difuntos o de sus enamorados vivos. En mi cartera hallé un carnet con fotografía que caducaba el último día del año, arranqué el retrato, lo coloqué en el medallón y le pedí al vendedor que me lo envolviera como regalo. Cuando llegué a casa, Judit vino a abrirme la puerta y yo de inmediato le solté el paquete en las manos. Poco después me fui de viaje y estuve años fuera de casa; no supe hasta mucho tiempo después que ella había llevado el medallón colgado de una cinta morada desde el primer momento y que sólo se lo quitaba para lavarse o para cambiar la cinta cuando se desgastaba.

El resto de la Nochebuena transcurrió como si aquella misma tarde no hubiéramos abordado cuestiones tan trascendentales. Judit sirvió la cena junto con el criado y al día siguiente hizo la limpieza de mi cuarto, como de costumbre. Naturalmente, yo era consciente de que la tarde anterior había estado fuera de mí. Lo sabía igual que los locos mientras se golpean la cabeza contra la pared, luchan contra sus cuidadores o se sacan las muelas por la noche con un clavo oxidado... Sí, mientras hacen todas esas atrocidades echando espuma por la boca saben que cometen contra su cuerpo actos tremendamente indignos, dañinos y vergonzosos para ellos mismos y para la sociedad. Lo saben y no sólo al final, cuando el ataque ha remitido, sino también en los momentos en que llevan a cabo esas acciones demenciales y dolorosas. Claro que sí, aquella tarde, delante de la chimenea, yo sabía que todo cuanto estaba diciendo y planeando era una perfecta insensatez, que había imaginado soluciones absurdas e indignas de mí y de mi posición. Después siempre he considerado ese momento un instante de arrebato, una crisis nerviosa en la que se pierde el control de la voluntad, y los sentidos y los impulsos empiezan a actuar por su cuenta mientras el poder juicioso que domina el alma queda paralizado. Sin duda aquella tarde, bajo el árbol de Navidad, sufrí la única crisis nerviosa verdadera de toda mi vida. Judit también lo sabía, por eso me escuchó con tanta atención, con la expresión de quien empieza a notar en un miembro de la familia los síntomas de un colapso nervioso. Por supuesto, ella sabía algo más: conocía las causas de aquel ataque. Si aquel día me hubiera escuchado cualquier otra persona, de la familia o ajena a ella, habría mandado que llamasen a un médico urgentemente.

Aquello me sorprendió a mí también porque hasta entonces siempre había actuado y después seguí actuando con una gran premeditación. Tal vez incluso con demasiada. Quizá le ha faltado siempre a mi forma de actuar precisamente eso que llaman impulsividad o espontaneidad. Nunca he actuado de inmediato, llevado sólo por la inspiración o por ideas improvisadas, jamás he hecho nada porque me apeteciera o porque las circunstancias fueran favorables. En la fábrica y en los negocios tenía fama de ser un hombre prudente, que deliberaba mucho antes de tomar una decisión. De modo que el único arrebato de mi vida me sorprendió a mí más que a nadie porque, mientras hablaba, sabía que era una locura, que nada saldría según mis planes y que tendría que actuar de otra forma, con más astucia o prudencia, o quizá con más prepotencia. ¿Sabes?, hasta entonces siempre había actuado en el amor según la regla del *cash and carry*, como los americanos cuando van a la guerra: paga y llévatelo a casa... No era una actitud muy elegante, pero en esencia era un sano egoísmo. En cambio, en aquellos momentos no estaba pagando y llevándome lo que quería sino sólo pagándolo y, además, estaba suplicando, alargándome en explicaciones absurdas y metiéndome en una situación que era básicamente humillante.

Pero para el delirio no hay explicación. Tarde o temprano irrumpe en todas las vidas... y quizá sea muy pobre la existencia que no se ha visto arrastrada al menos una vez por la tormenta del delirio, la vida que no ha sufrido las sacudidas de un terremoto hasta en sus cimientos o la fuerza de un tornado, que arranca las tejas con un rugido y que revuelve en un momento todo lo que la razón y el carácter han mantenido en orden hasta entonces. A mí me pasó... ¿Me preguntas si me arrepiento? No, no siento el menor arrepentimiento. Pero tampoco puedo decir que aquellos minutos recojan el sentido de mi vida. Simplemente sucedió, igual que una enfermedad; y cuando uno se recupera de una enfermedad tan grave y repentina, lo más inteligente es irse de viaje, al extranjero a ser posible. Eso mismo hice yo. Los viajes de este tipo son obviamente una huida. Pero antes de marcharme, para estar completamente seguro de lo que hacía, rogué a Lázár, mi amigo el escritor, que recibiera a la muchacha, que la viera y hablara con ella. Y pedí a Judit que fuera a ver a Lázár. Ahora sé que ella tenía razón, que yo era un cobarde y por eso me comporté así. ¿Sabes?, fue como mandarla al médico para que la examinara, a ver si estaba sana... Al fin y al cabo, había llegado prácticamente de la calle, de algún rincón perdido del mundo.

Cuando se lo pedí me escuchó con una expresión de inmensa compasión. Pero no protestó, fue a ver a Lázár tal como le había indicado, muda y seguro que ofendida, pensando: «Está bien, si quieres iré al médico y soportaré el reconocimiento.»

Lázár, sí. Nuestra relación era bastante particular. Éramos coetáneos, habíamos sido compañeros en el colegio. Tenía treinta y cinco años cuando le llegó la fama; hasta entonces nadie había oído hablar de él. Escribía en revistas de poca difusión y futuro incierto artículos breves y extraños que siempre me daban la impresión de que el autor quería burlarse del lector, de que despreciaba profundamente la invención de la imprenta en su conjunto, la escritura, la edición, al lector y a los críticos. Pero nunca escribió ni una palabra de la que se pudiera deducir que, en efecto, pensaba así. ¿Sobre qué escribía? Sobre el mar o sobre un libro antiguo, o sobre cierto personaje, siempre muy brevemente, en dos o tres páginas de alguna revista con una tirada de unos cientos de ejemplares, como mucho mil. Sus textos eran absolutamente crípticos, como si utilizara el lenguaje de una tribu desconocida para describir sus observaciones sobre el mundo y sobre lo que hay detrás del mundo. Y esa tribu se estaba extinguiendo —eso sentía yo al leer sus primeros escritos—, por lo tanto, eran muy pocos en el mundo los que hablaban aquel dialecto, la lengua materna de la escritura de Lázár. Aparte de eso, escribía y hablaba un húngaro bello y reservado, limpio y claro; decía que todos los días leía al poeta János Arany, por la mañana y por la noche, como quien se lava los dientes... Pero sus escritos seguían recordando más bien ese otro dialecto suyo.

Luego se hizo famoso de repente. ¿Cómo? No se puede explicar. Fueron muchos los que le dieron la mano, primero en los salones, luego en las tertulias y más tarde en los diarios; al final, te topabas con su nombre en todas partes. En un momento dado empezaron a imitarlo, y revistas y diarios se llenaron de artículos y otros textos supuestamente firmados por Lázár; él no los escribía, pero era su inspirador. Hasta el gran público se interesaba por él, aunque nadie comprendía la razón, pues a sus escritos les faltaba todo lo que pudiese divertir, arrullar, tranquilizar o satisfacer a las personas. Casi parecía que no tenía en cuenta al lector, pero eso también se lo perdonaron. Al cabo de unos años estaba situado entre los primeros de esa peculiar carrera que era la parte más mundana del movimiento intelectual del país. Sus textos fueron estudiados e interpretados en las escuelas superiores como si fueran antiguos escritos orientales. La fama no lo cambió en absoluto. Una vez, cuando estaba en la cumbre del éxito, le pregunté qué sentía, si no le molestaba tanta algarabía, en la que por supuesto también había gritos de censura y acusaciones fundadas o infundadas, dictadas por el odio o por la envidia, aunque tanto guirigay al final se emborronaba y del conjunto sólo sobresalía con claridad su nombre, como el sonido del primer violín en una orquesta. Él escuchó mi pregunta con atención y se quedó pensando un poco antes de decir muy seriamente: «Es la venganza del escritor.» Y no añadió nada más.

Yo sabía algo de él que el resto del mundo ignoraba: le gustaba jugar. Jugaba con todo: con las personas, con las situaciones, con los libros e incluso con el misterioso fenómeno que solemos llamar literatura. Un día le reproché su comportamiento y me respondió encogiéndose de hombros que el arte, en su esencia más profunda y secreta, en el corazón y en el alma de cada artista, no es más que una manifestación de su instinto de juego. «¿Y la literatura? —pregunté entonces—. La literatura es algo más que arte, la literatura es una respuesta, un comportamiento ético...» Él escuchó con expresión sombría y amable, como siempre que yo sacaba el tema de su profesión, y luego contestó que sí, que eso era cierto, pero el instinto que alimenta esa actitud moral es un instinto lúdico y, por otra parte, el sentido último de la literatura —al igual que el de la religión— es la forma, y lo que es forma también es arte. En otras palabras, evadió la pregunta. El gran público y los críticos no podían saber que aquel hombre jugaba con el mismo empeño y seriedad con un gatito que perseguía un ovillo que con una cuestión filosófica o moral; con la misma seriedad y, por lo tanto, con la misma libertad interior, concentrándose por completo en el fenómeno o en la idea, pero sin entregar su corazón jamás. Él era el compañero de juegos por antonomasia. Nadie lo sabía... Y también fue el testigo de mi vida, eso lo habíamos hablado abiertamente muchas veces. ¿Sabes?, cada persona tiene a alguien, en el proceso misterioso y terrible de la vida, que es su abogado defensor, su acusador, su vigilante, su juez y al mismo tiempo su cómplice. Esa persona es su testigo. Es el único que te conoce de verdad, por completo. Todo lo que haces también lo haces en cierto modo para él y cuando tienes éxito te preguntas: «¿Se lo creerá?»... El testigo pasa toda la vida en el fondo de la escena. Es un compañero de juegos bastante incómodo. Pero no puedes —ni quieres tal vez— librarte de él.

En mi vida ese testigo era Lázár, el escritor. Con él jugué a todos los juegos de la juventud y de la edad adulta, juegos extravagantes e incomprensibles para los demás. Éramos los únicos que conocíamos un secreto que, por otra parte, nos incumbía a ambos: aunque el mundo nos considerase hombres adultos, un industrial serio y un escritor famoso, aunque fuésemos para las mujeres hombres excitantes, melancólicos o apasionados, en realidad lo mejor que conservábamos de la vida era ese caprichoso, audaz y cruel deseo de jugar con el que distorsionábamos y a la vez embellecíamos, el uno para el otro, la solemne ficción de la vida.

Cuando nos veíamos, nos entendíamos al vuelo, sin necesidad de intercambiar palabras o señas secretas, como los cómplices de un delito, y empezábamos a jugar.

Teníamos muchos juegos. Estaba el del señor Kovács, te lo explico para que entiendas lo que había entre nosotros. Teníamos que jugar en sociedad, cuando estuviéramos entre otros señores y señoras Kovács, y sin previo aviso, para que ellos no pudieran percibir nada ni sospechar del juego. ¿Qué le dice un señor Kovács a otro señor Kovács si el tema de conversación es la crisis del gobierno o el desbordamiento del Danubio, que se ha llevado por delante varios pueblos, o el divorcio de la famosa actriz, o el político de renombre, del que se ha sabido que obtuvo su fortuna a costa de las arcas públicas, o incluso el paladín de la moral, que se ha suicidado en una casa de citas? Pues el señor Kovács, en esos casos, refunfuña. A continuación dice: «Así va el mundo, señor mío.» Y acto seguido suelta un tópico colosal, del estilo de «una de las características del agua es que es húmeda». O bien, «una de las propiedades del pie humano es que se moja cuando uno lo mete en el agua». O dice: «o todo o nada, no lo dude». Desde que el mundo es mundo, todos los señores y las señoras Kovács hablan así. Cuando el tren parte, ellos dicen: «ha partido». Y si el tren se detiene en Füzesabony, ellos, en un tono compungido y solemne, declaran: «Füzesabony.» Y siempre tienen razón. Quizá la vida es tan inconcebiblemente canalla y desesperada porque los tópicos son inefables, y sólo el artista y el genio se atreven a mandar los tópicos al infierno, a descubrir en los lugares comunes lo que está muerto o es antinatural y a demostrar que detrás de las verdades respetables y dogmáticas de los señores Kovács se esconde siempre otra verdad a la que le importa un bledo Füzesabony y que no se sorprende cuando la policía secreta encuentra al alto cargo, célebre por su puritanismo, colgando del pomo de la ventana de una casa de citas vestido con una combinación rosa. El juego del señor Kovács nos salía a la perfección, los otros señores Kovács no sospechaban nada y siempre picaban. Si el señor Kovács hablaba de política, Lázár o yo respondíamos sin titubear: «Esto es así, señores: uno tiene razón, pero el otro tampoco se equivoca. Hay que escucharlos a todos, señores.» Luego estaba el juego de «en nuestros tiempos», que era igual de divertido. Porque, en nuestros tiempos, el azúcar era más azucarado, el agua era más acuosa y el aire, más airoso; las mujeres no iban corriendo a retozar en los brazos de sus amantes sino que se pasaban todo el día lavando la ropa en el río y, cuando se ponía el sol, seguían lavando un rato más. Y los hombres, a la vista de un fajo de billetes, no sentían el ardiente deseo de apropiárselo sino que lo rechazaban diciendo: «Por favor, llévense de aquí ese dinero. Que lo repartan entre los pobres.» Así eran los hombres y las mujeres en nuestros tiempos, no lo dude.

Lázár y yo jugábamos a muchos juegos. Fue a él a quien envié a Judit Áldozó antes de irme de viaje para que la viera. Sí, como si fuera un médico.

Judit fue a verlo por la tarde; él y yo teníamos una cita aquella noche. «Bueno —me dijo—, ya está hecho. ¿Ahora qué quieres?» Lo escuché con cierto recelo. Temí que estuviera jugando de nuevo. Estábamos sentados en un café del centro, igual que tú y yo ahora. Le daba vueltas a la boquilla de su cigarrillo —siempre fumaba en largas boquillas porque padecía nicotismo, y se divertía imaginando planes e inventos extravagantes para librar a la humanidad de los efectos nocivos de ese veneno— y me miraba con tal seriedad y atención que empecé a sospechar. Temía que quisiera tomarme el pelo, improvisar un nuevo juego: iba a fingir que se tomaba muy en serio el asunto para luego reírse en mi cara, como tantas otras veces, y demostrarme que nada es importante ni serio porque todo es un asunto del señor Kovács; que sólo los pequeñoburgueses creen que el universo gira a su alrededor y que los astros se alinean en función de su destino. Sabía que él me consideraba un burgués, aunque no en el sentido peyorativo de la palabra, como está ahora de moda; no, él admitía que ser burgués implicaba también mucho esfuerzo y no despreciaba mis orígenes, mis modales o mis convicciones; además, sentía gran estima por muchos burgueses; pero me consideraba irremediablemente burgués; creía que en mi condición había una especie de desesperación. Decía que el burgués siempre estaba huyendo. Pero sobre Judit Áldozó no quiso pronunciarse. Se puso a hablar de otras cosas con cortesía y determinación.

Después pensé mucho en aquella conversación. ¿Sabes?, la recordaba del mismo modo en que un enfermo, al descubrir por fin la verdad sobre su estado, y el nombre y la naturaleza de su mal, recuerda la tarde en que fue a ver por primera vez al reputado médico. Recuerda que el docto profesor lo examinó minuciosa y detenidamente con la ayuda de todo tipo de instrumentos, y luego, con muy buenos modales, cambió de tema: le preguntó si no le apetecía hacer un viaje, si había visto la última comedia de éxito o si sabía algo nuevo de varios amigos comunes. Pero ni la menor alusión a lo que el paciente quería oír. Al fin y al cabo había ido a verlo y se había sometido a las molestias y la tensión de las pruebas porque quería saber con certeza lo que le sucedía. En general ignoramos el origen de nuestros males, sentimos ligeras molestias, sólo pequeños indicios de un malestar general, pero una sensación angustiosa nos advierte que no todo está en orden en nuestro organismo y en su ritmo vital; tal vez mantenemos la esperanza de que un buen día se arregle todo por sí solo, pero al mismo tiempo sospechamos vaga pero inconfundiblemente que el doctor ya conoce la verdad, aunque no pueda decírnoslo. Por eso no nos queda más remedio que esperar, hasta que por medio de los síntomas, las señales de alarma y los tratamientos a los que nos hemos sometido llegamos a comprender la verdad que el sabio médico se ve obligado a ocultar. Y mientras tanto, ambos lo saben todo: el paciente sabe que está muy enfermo y el médico también lo sabe, y sabe además que el enfermo sospecha la verdad sobre su enfermedad y que sabe que el médico se la oculta. Pero ninguno puede hacer nada, hay que esperar hasta que la enfermedad hable por sí misma. Y entonces habrá que intervenir como sea.

Ése era mi estado de ánimo mientras escuchaba a Lázár aquella noche, después de que viera a Judit. Estuvo hablando de varios temas: de Roma, de un nuevo libro, de la relación entre las estaciones del año y la literatura. Luego se puso en pie, me estrechó la mano y se fue. Entonces comprendí que no había sido un juego. Se me aceleró el corazón, me puse muy nervioso. Sentí que Lázár me había abandonado a mi suerte y tendría que arreglármelas solo. En aquel momento fue cuando empecé a respetar un poco a la mujer que había producido semejante efecto en Lázár. Empecé a respetarla y a temerla... Al cabo de un par de días me marché de viaje.

Luego pasaron los años. De aquella época tengo un recuerdo muy vago. ¿Sabes?, fue una especie de entreacto. No quiero aburrirte con evocaciones de aquellos tiempos.

Estuve cuatro años viajando por toda Europa. Mi padre ignoraba el verdadero sentido de mi peregrinación. Mi madre probablemente sabía la verdad, pero callaba. Yo, durante bastante tiempo, no percibí nada fuera de lo normal. Era joven y, como suele decirse, el mundo era mío.

Entonces aún reinaba la paz... aunque no se pudiera hablar de una paz verdadera. Era el tiempo de transición entre dos guerras. Las fronteras no se habían abierto del todo, pero los trenes ya sólo se detenían durante un breve lapso ante las barreras fronterizas. Los hombres, movidos por un optimismo asombroso y una inconsciencia dichosa, pedían préstamos a largo plazo —y no sólo los hombres sino también los países—, y lo que era aún más asombroso, no sólo los pedían sino que además se los concedían, y construían casas grandes y pequeñas, y en general se comportaban como si una época dolorosa y atroz de la vida de la humanidad hubiera llegado definitivamente a su fin y comenzara una nueva era en la que todo volvería a estar en su lugar, en la que de nuevo se podrían hacer planes, tener hijos, mirar hacia el futuro y ocuparse de todos los asuntos agradables y un poco superfluos del ámbito individual. Yo emprendí mi viaje en aquel tiempo entre dos guerras. No puedo afirmar que la sensación con la que inicié el camino y que cruzó conmigo los puestos fronterizos fuese la de absoluta seguridad. En Europa, en aquel breve período de transición entre las dos guerras, todos nos movíamos con cierta desconfianza, como si alguna vez hubiésemos sido víctimas de un atraco: tanto individuos como naciones procurábamos demostrar cordialidad, parecer abiertos y magnánimos, pero en secreto —por si acaso— guardábamos un revólver en el bolsillo de los pantalones y, de vez en cuando, alarmados, nos llevábamos una mano temblorosa al bolsillo interior de la chaqueta para buscar la cartera, justo a la altura del corazón. Es probable que no sólo temiéramos por nuestra cartera sino también por nuestro corazón y nuestra conciencia. No obstante, se podía viajar de nuevo...

En todas partes se estaban construyendo casas, barrios, ciudades nuevas, sí, incluso países nuevos. Primero fui hacia el norte, luego hacia el sur y, por último, hacia el oeste. Al final alargué mis estancias en las ciudades de la Europa occidental durante varios años. Allí volví a encontrar las cosas que me gustaban y en las que creía; ya sabes, como cuando aprendes una lengua en la escuela y luego vas al país en el que se habla el idioma que tú has aprendido en los libros. En Occidente viví rodeado de verdaderos burgueses, que desde luego no consideraban que ser burgués fuese un papel o una contraseña, y tampoco una responsabilidad, sino que simplemente vivían en su condición como vivían en la casa heredada de sus antepasados, que era un poco angosta, falta de luz y anticuada, pero que seguía siendo la mejor que conocían y, por lo tanto, no merecía la pena derribarla para construir una nueva en su lugar. Como mucho, se dedicaban con cierta indolencia a reformar su estilo de vida por aquí y por allá. Nosotros, en cambio, aún seguíamos construyendo esa casa, el hogar de la burguesía húngara; a medio camino entre los palacios y los tugurios edificábamos una existencia más holgada, más cómoda, en la que todos pudiéramos sentirnos más a gusto. Incluyendo a Judit Áldozó. Y quizá a mí mismo.

En aquellos años pensaba muy poco en Judit. Al principio, cuando alguna vez me acordaba de ella, era como el recuerdo de un estado febril crítico. Sí, una vez había estado enfermo y había hablado en mi delirio con los ojos cerrados. Al percibir la soledad, que empezaba a inundar mi vida con sus gélidas olas, había sentido miedo y había buscado refugio en una persona que parecía capaz de ahuyentar ese temor con su sonrisa y su energía. Eso era lo que yo recordaba. Pero luego, el mundo se había abierto ante mis ojos y resultó muy interesante. Vi de todo, estatuas, turbinas de vapor, personas solitarias que disfrutaban de la melodía de un verso, sistemas económicos que prometían una distribución de los bienes equitativa y generosa, gigantescas metrópolis, cumbres de montañas, hermosas fuentes de piedra medievales en el centro de plazas principales bordeadas de plátanos en las villas alemanas, torres de catedrales, playas de arena dorada asomadas a océano azul y, en la orilla del mar, cuerpos desnudos de mujeres. Vi el mundo. Y por supuesto, el recuerdo de Judit

Áldozó no podía competir con el mundo... Mejor dicho, yo entonces no sabía que en esa carrera la relación de fuerzas no estaba equilibrada. Judit no era más que una sombra en comparación con la realidad del mundo; en aquellos años, la vida me mostró todas sus maravillas y me prometió un destino grandioso: después de abandonar los bastidores tristes y mezquinos de mi casa y despojarme de los disfraces que mi papel me imponía, podía finalmente sumergirme en nuevas dimensiones de la existencia. Y la vida también me ofreció mujeres, de todas clases, en cantidades ingentes, todas las mujeres del mundo, flamencas castañas de mirada lánguida y ardiente, francesas de ojos brillantes y alemanas sumisas... sí, de todas clases. Yo vivía en el mundo, era un hombre y las mujeres revoloteaban a mi alrededor, me enviaban notas e invitaciones, tanto las frívolas como las decentes, y unas ofrecían una unión para toda la vida y otras, la salvaje embriaguez de una aventura ocasional, o bien una relación clandestina que no podía durar siempre, pero tampoco acabar en un instante, algo como una larga e intrigante amistad.

Mujeres. ¿Te has fijado en el tono indeciso y desconfiado con el que los hombres pronuncian esa palabra? Como si hablasen de una tribu rebelde, que está controlada pero no del todo rendida, siempre dispuesta a la revuelta, conquistada pero no sometida. Y además, ¿qué significa ese concepto en la vida diaria? Mujeres... ¿Qué esperamos de ellas? ¿Hijos? ¿Ayuda? ¿Paz? ¿Alegría?... ¿Todo? ¿Nada? ¿Momentos? El hombre vive, desea, se prepara para un encuentro, copula; luego se casa y experimenta junto a una mujer el amor, el nacimiento y la muerte; luego se vuelve a mirar unas pantorrillas en la calle, pierde la cabeza por una espléndida melena o por el beso ardiente de unos labios; y mientras yace en alcobas burguesas o en camas chirriantes de mugrientas habitaciones por horas en hostalillos de callejuelas secundarias, siente que está satisfecho, y a lo mejor se muestra magníficamente generoso con alguna mujer. Los enamorados lloran y se prometen eterna fidelidad, juran permanecer siempre juntos, ayudarse y apoyarse; vivirán en la cima de una montaña o en una metrópoli... Pero luego pasa el tiempo, un año, tres años, un par de semanas —¿te has fijado que el amor, como la muerte, tiene un tiempo que no se puede medir con el reloj ni con el calendario?—, y sus grandes proyectos fracasan, o no tienen el éxito esperado. Y entonces se separan, llenos de rencor o de indiferencia, y recuperan la esperanza y empiezan de nuevo a buscar otro compañero. O, si ya están demasiado cansados para empezar otra vez y permanecen juntos, se roban mutuamente la fuerza y las ganas de vivir, se ponen enfermos; se van matando el uno al otro y al final se mueren. Y quién sabe si en el postrer momento, cuando cierran los ojos, entienden por fin lo que querían del otro. Y quizá resulta que sólo estaban obedeciendo ciegamente una ley superior, una orden que renueva el mundo de manera constante con el aliento del amor y necesita hombres y mujeres que se apareen para perpetuar la especie... ¿Y eso es todo? Y mientras tanto ellos, pobres, ¿qué esperanza personal mantenían? ¿Qué daban al otro y qué recibían? ¿Qué misterioso equilibrio es ése? Y el sentimiento que empuja a un hombre hasta una mujer, ¿de verdad está dirigido a la persona? ¿Su objeto no será el deseo mismo, que a veces toma forma corpórea por un tiempo? Y sin embargo, ese estado de agitación artificial en el que vivimos no pudo ser el objetivo de la naturaleza cuando creó al hombre y decidió poner a su lado a la mujer porque vio que la soledad no era buena.

Echa un vistazo al mundo, verás esa atracción artificial que lo impregna todo: la literatura y los cuadros, los escenarios y las calles... Entra en un teatro y verás: en el patio de butacas hay hombres y mujeres sentados; en el escenario, otros hombres y otras mujeres gesticulan, hablan, intercambian juramentos, y el público tose, carraspea y susurra... pero en el momento en que se oyen frases como «te amo» o «te deseo», o cualquiera parecida que se refiera al amor, la posesión o la separación, la felicidad o la infelicidad, se cierne sobre la platea un silencio sepulcral y cientos de personas contienen el aliento. Y con esos medios, manipulando hábilmente los sentimientos, los escritores consiguen mantener al público pegado a las butacas. Y vayas donde vayas verás una agitación artificial, perfumes, trapos de vivos colores, pieles caras, cuerpos semidesnudos, medias transparentes, cosas que en realidad son absolutamente superfluas, y no es que las mujeres se cubran mucho en invierno, porque quieren enseñar las rodillas enfundadas en finísimas medias de seda, pero en verano, en la playa, lo único que llevan son unos minúsculos trozos de tela que apenas cubren las partes íntimas, porque así es más misteriosa y excitante su feminidad; y los coloretes, la pintura roja en las uñas de los pies, las sombras azules en los párpados, las melenas teñidas de rubio platino, la porquería que se untan en la piel y los adornos con que se acicalan... ¡todo eso es malsano!

¿Sabes?, yo rondaba los cincuenta cuando por fin comprendí a Tolstói. ¿Has leído la *Sonata a Kreutzer*, su obra maestra? En ella hablaba de los celos, quizá porque él mismo era de carácter tortuosamente sensual y celoso, pero eso no es lo esencial. Los celos no son más que una forma innoble y miserable de orgullo. Sí, también conozco ese sentimiento... lo conozco bien. Casi me mata. Pero ya no soy celoso, ¿comprendes? ¿Me crees? Mírame a la cara. No, viejo amigo, ya no soy celoso porque he conseguido superar el orgullo, aunque a costa de un esfuerzo enorme. Tolstói estaba convencido de que existía un remedio y reservó para las mujeres un destino casi animal: traer hijos al mundo y vestir todas como monjas. Una solución monstruosa y enfermiza. Aunque la solución que convierte a la mujer en un llamativo objeto de decoración, en una obra de arte cargada de sensualidad, también es inhumana y morbosa. ¿Cómo voy a respetar a alguien, cómo voy a entregarle mis sentimientos y mis pensamientos a una persona que desde que se levanta hasta que se acuesta no hace más que cambiarse de ropa y emperifollarse para resultar más atractiva? Ella dice que con sus plumas, sus pieles y sus fragancias no pretende gustar a nadie más que a mí... pero no es cierto. Quiere gustar a todos, quiere que su presencia suscite una intensa y persistente excitación en el sistema nervioso de todos los individuos de sexo masculino. Vivimos así. En cines, teatros, calles, cafés, restaurantes, playas, montañas... en todas partes notarás esa agitación malsana. ¿Tú crees que la naturaleza necesita todo eso? ¡Ni mucho menos! Eso sólo lo necesita un sistema productivo y un ordenamiento social en el que la mujer se considera a sí misma una mercancía.

Sí, tienes razón, yo tampoco conozco un orden social y productivo que sea mejor... Todos los experimentos con los que han intentado sustituirlo han fracasado. La verdad es que en este sistema la mujer siempre está en venta, algunas veces de forma deliberada, pero las más, de modo inconsciente, lo reconozco. No digo que todas las mujeres se sientan y se traten a sí mismas como objetos de cambio... pero no creo que las excepciones puedan desmentir la regla general. Tampoco pretendo acusar a las mujeres, ellas no pueden hacer otra cosa. A veces es muy triste asistir a esa continua actitud de ofrecimiento, a ese pavoneo estúpido y coqueto que esconde una profunda amargura, sobre todo cuando la mujer sabe lo difícil que es su situación, pues hay otras más bellas, más excitantes y más baratas... La competencia ha llegado a ser terrible: en la mayoría de las ciudades europeas viven más mujeres que hombres y ellas no tienen acceso a las profesiones liberales, así que, ¿qué pueden hacer las pobres con su triste y humana existencia femenina? Pues ofrecerse. Algunas de forma virtuosa, púdica, bajando la mirada, como delicadas y trémulas nomeolvides, aunque al revés, porque en secreto ellas tiemblan al pensar que nunca las tocaremos... y otras, más conscientes, yendo a diario a la guerra con paso firme, como los soldados de las legiones romanas, que sabían que luchaban contra los bárbaros por la defensa del imperio... No, amigo mío, no tenemos derecho a juzgar a las mujeres con severidad. Sólo podemos compadecerlas. Aunque quizá no es por ellas por quienes debemos sentir compasión sino por nosotros mismos, por los hombres, que somos incapaces de solucionar esta crisis latente y tortuosa en el gran mercado de la civilización. Vayas donde vayas y mires donde mires, sólo encontrarás abierta provocación. Y detrás de todas las miserias humanas está siempre el dinero, si no siempre al menos en el noventa y nueve por ciento de los casos. Esto no lo mencionó el pío y sabio escritor cuando pronunció su iracunda acusación en la *Sonata a Kreutzer*...

Hablaba de los celos. Criticaba a las mujeres, desaprobaba la moda, la música, las tentaciones de la vida en sociedad. Lo que nunca dijo es que ningún orden social o productivo puede darnos la paz espiritual y somos nosotros los únicos que podemos conquistarla. ¿Cómo? Venciendo el orgullo y el deseo. ¿Y eso es posible? No se sabe. Tal vez cuando pasan los años. Con el tiempo los deseos no mueren, pero se disipa la angustia, la avidez furiosa, se agotan la desesperada excitación y la náusea que inundan el deseo y la satisfacción. Sí, uno se cansa. Yo casi me alegro de que la vejez esté llamando a mi puerta. A veces no veo la hora de que lleguen los días lluviosos en que me sentaré ante la chimenea junto a una botella de vino tinto y un libro viejo que trate de antiguos deseos y desengaños...

Pero en aquella época aún era joven. Mi viaje duró cuatro años. Me despertaba con el pelo empapado, en los brazos de mujeres diferentes, en dormitorios de ciudades extrañas. Aprendí cuanto pude de mi profesión. Admiré las maravillas del mundo. No, no pensaba en Judit Áldozó. O al menos no mucho, no de forma consciente... Pensaba en ella como cuando estamos en el extranjero y nos acordamos de las calles, las casas y las personas de nuestro país, de todo lo que se ha quedado en el hogar, de lo que hemos dejado atrás, que emerge del pozo dorado de la memoria como si ya estuviera un poco muerto. Recordaba una hora de ansia febril; yo me sentía solo, era un burgués, y en mi soledad apareció una belleza joven y salvaje; hablé con ella... y luego me olvidé de todo. Viajé, pasaron los años nómadas y volví a casa. No había pasado nada.

Lo único que había pasado mientras tanto era que Judit seguía esperándome.

Esto, naturalmente, no me lo dijo cuando regresé a casa y volvimos a vernos. Se acercó a mí para que le entregara el abrigo, el sombrero y los guantes con una sonrisa cortés y reservada, como correspondía al servicio cuando el señorito regresaba al hogar, una sonrisa propia de criados. Y yo la saludé también como correspondía, con una sonrisa imperturbable. Me faltó poco para hacerle una carantoña en la mejilla con aire paternal y bonachón... La familia estaba esperándome. Judit se fue con el criado a poner la mesa porque el hijo pródigo había vuelto. Todos celebraron mi regreso con ruidosa alegría, incluido yo, que me sentía feliz de estar por fin en casa.

Mi padre se retiró ese mismo año y yo asumí la dirección de la fábrica. Dejé la casa de mis padres y me instalé en una villa alquilada en la ladera de la colina, cerca de la ciudad. Veía a la familia con menos frecuencia, pasaban semanas sin que viese a Judit. Dos años después murió mi padre. Mi madre despidió a casi todo el personal de servicio y dejó la casa. Sólo se llevó a Judit, que se convirtió en su ama de llaves. Yo iba a visitarla una vez a la semana, y comíamos juntos todos los domingos. Entonces veía a Judit, pero nunca hablábamos. Nuestra relación era serena y afable; yo a veces la llamaba afectuosamente Juditka, un diminutivo cariñoso dedicado a una muchacha que estaba envejeciendo en aquella casa. Es cierto que un día, mucho tiempo atrás, a causa de un trastorno pasajero, habíamos hablado de muchas tonterías... Pero, al cabo de los años, esos recuerdos sólo podían provocar una sonrisa. Locuras de juventud. Y era muy cómodo pensar así. No era honesto, pero era cómodo. Todo y todos estaban en su lugar. Y yo me casé.

Con mi mujer vivía bien, en un clima de buenos modales y cortesía. Más tarde, cuando mi hijo murió, me sentí engañado. La soledad estaba agazapada en mi interior y a mi alrededor como una enfermedad incipiente. Mi madre me observaba a escondidas, pero no decía nada. Luego pasaron los años y empecé a envejecer. Lázár también quedó atrás; aún nos veíamos a veces, pero ya no jugábamos a los juegos de antaño. Al parecer, habíamos madurado. El que madura se siente siempre solo. Un hombre que padece soledad puede reaccionar de varios modos: puede sentirse herido, lleno de resentimiento, y entonces fracasa definitivamente, y puede resignarse y hacer las paces con el mundo. Puesto que la soledad me oprimía incluso en el seno del matrimonio y de la vida familiar, se me hacía un poco difícil firmar ese acuerdo de paz con las personas que estaban a mi alrededor. En cualquier caso, mi trabajo, la vida social y los viajes me mantenían ocupado. Mi esposa hizo todo lo posible para que viviésemos en paz y armonía. Actuaba con la misma desesperación del condenado que pica la piedra. Yo no podía ayudarla. Una vez traté de reconciliarme con ella, fuimos juntos a Merano... De eso hace ya mucho. En aquel viaje comprendí que nada tenía remedio, que no había esperanza, que no encontraría la paz, y mi vida, tal como la había construido, además de ser insoportable, carecía de sentido. Un gran artista tal vez sea capaz de soportar la soledad y, aunque paga un precio terrible, se ve compensado hasta cierto punto por su trabajo, porque sabe que nadie aparte de él puede darle forma. Su obra proporciona algo único, perenne y maravilloso al género humano. Tal vez... eso dicen... eso imaginaba yo. Con Lázár hablé de este tema una vez y él opinaba algo distinto. Decía que la soledad conduce en todos los casos a una rápida destrucción. No hay escapatoria, ésa es la regla. No sé si es así. De todas formas, yo no era un artista, de modo que he sido víctima de la soledad en mi vida privada y en mi trabajo, que no me daba la oportunidad de ofrecer algo especial a los demás. Yo fabricaba objetos de uso cotidiano, producía en serie ciertos complementos de la vida civilizada. De mi fábrica salía mercancía de buena calidad, pero al fin y al cabo yo no intervenía de forma determinante en la elaboración de los artículos, que corría a cargo de las máquinas y de trabajadores especialmente adiestrados para manejarlas, disciplinados y preparados para su cargo. ¿Qué hacía yo en la fábrica que mi padre y sus ingenieros habían reconstruido y equipado? Acudía a mi despacho a las nueve en punto, como los demás altos cargos, para dar ejemplo. Leía el correo y mi secretaria me informaba de las llamadas telefónicas recibidas y de las citas previstas para ese día. Luego venían los ingenieros y los representantes para dar cuenta de la marcha del negocio o para pedir mi opinión sobre las posibilidades productivas de un nuevo material. Naturalmente, los ingenieros y los empleados, todos excelentes profesionales —la mayoría, instruidos por mi padre—, acudían a mí con proyectos ya preparados y yo, como mucho, aportaba alguna ligera modificación. Pero en la mayoría de los casos me limitaba a estar de acuerdo con ellos, a dar mi aprobación. La fábrica producía de la mañana a la noche, los representantes vendían la mercancía y los contables registraban los beneficios mientras yo permanecía sentado en mi despacho día tras día, y todo era muy útil, necesario y honrado. No engañábamos a nadie, ni a nuestros clientes, ni al Estado, ni al mundo, ni mutuamente. Sólo yo me engañaba a mí mismo.

Porque creía que de verdad yo tenía mucho que ver con todo aquello. Era mi campo de actividad, como suele decirse. Observaba a las personas que me rodeaban, miraba sus caras, escuchaba sus discursos y trataba de comprender aquello que seguía siendo un misterio para mí: ¿conseguía el trabajo, en el fondo, llenar sus vidas, se sentían realizados con lo que hacían o en realidad tenían la sensación de que algo o alguien estaba consumiendo su energía, absorbiendo de ellos lo mejor, privándolos del verdadero sentido de la vida?... Había algunos que no estaban satisfechos con su puesto y trataban de mejorar o, al menos, de trabajar de otra forma, aunque a veces esa «otra forma» no era la mejor o la más adecuada. Pero ellos al menos querían algo. Querían modificar el orden de las cosas, dar un nuevo sentido a su trabajo. Y al parecer, se trata precisamente de eso. La gente no se contenta con ganarse el pan de cada día, mantener a su familia, tener un trabajo y desempeñarlo de modo honrado y responsable... no, quiere algo más. La gente quiere expresar sus ideas y realizar sus proyectos. Desea no sólo una ocupación que le permita ganarse la vida sino también la posibilidad de ejercer su vocación. De otra forma, su vida no tiene sentido. Los hombres necesitan sentirse no sólo útiles como fuerza de trabajo en la fábrica o en la oficina sino también satisfechos en la realización de su labor... quieren ser los únicos en saber ejecutar una determinada acción. Por supuesto, estas ambiciones sólo las tienen los que poseen talento. La gran mayoría es una masa inerte y ociosa. Y es posible que en las almas de los que la componen también suene un vago eco que les insinúa que en la vida no se pueden contentar con la paga semanal porque Dios tenía otros planes para ellos cuando los creó... pero ha pasado tanto tiempo desde la última vez que pensaron en ello... y son tantos los que de ese leve eco sólo conservan un recuerdo estéril... Por eso odian a los más aptos. Llaman arribista a todo aquel que quiere vivir y trabajar de un modo distinto, mientras que ellos, al oír la sirena, salen disparados de la fábrica donde se dejan la piel para correr hacia otras formas de esclavitud de la vida. Con métodos refinados y sutiles sofocan la ilusión por el trabajo de los más talentosos. Los ponen en ridículo, les crean obstáculos, difunden toda clase de calumnias contra ellos.

Yo también lo veía en mi despacho, donde recibía a los trabajadores, los ingenieros y los hombres de negocios.

Y yo... ¿qué hacía yo? Yo era jefe. Estaba sentado en mi puesto, como un vigilante. Trataba de ser correcto, humano, justo. Al mismo tiempo, naturalmente, me aseguraba también de recibir de la fábrica y de los empleados lo que me correspondía en beneficios y respeto. Cumplía las disposiciones que yo mismo había impuesto en la fábrica con extremo rigor, más que los obreros y los empleados, tratando de merecerme la fortuna y el beneficio que me correspondían. Pero en mi interior todo esto me parecía tremendamente vacuo... ¿Qué podía hacer yo en aquella fábrica? Podía aceptar o rechazar un proyecto, establecer una organización del trabajo diferente, buscar nuevos mercados para los productos. ¿Si estaba contento con los beneficios? Contento no es la palabra adecuada. Diría más bien que sentía cierta satisfacción porque tenía la posibilidad de cumplir mis obligaciones con el mundo, y el dinero me permitía ser honrado, elegante, magnánimo y sabiamente imparcial. En la fábrica y en el mundo empresarial mencionaban mi nombre como el paradigma del empresario avisado y escrupuloso. Era justo y generoso, daba a muchas personas la posibilidad de ganarse el pan, y algo más que el pan... Es bonito tener la oportunidad de dar. Pero a mí no me proporcionaba una verdadera felicidad. Llevaba una existencia cómoda y honrada. No me entregaba al ocio, o por lo menos el mundo no me veía con las manos en los bolsillos. Yo era la imagen del buen jefe; eso decían de mí también en la fábrica.

Sin embargo, el trabajo en la fábrica no me aportaba nada, sólo era un pasatiempo laborioso que requería diligencia y sentido de la responsabilidad. La vida se queda vacía si no la llenas con alguna tarea peligrosa y emocionante. Y esa tarea no puede ser otra que el trabajo. El otro trabajo, el invisible, es el trabajo del alma, del espíritu, del talento, cuyos frutos cambian el mundo y lo hacen más próspero, justo y humano. Leía mucho. Pero con la lectura pasa lo mismo, ya sabes... sólo obtienes algo de los libros si eres capaz de poner algo tuyo en lo que estás leyendo. Quiero decir que sólo si te aproximas al libro con el ánimo dispuesto a herir y ser herido en el duelo de la lectura, a polemizar, a convencer y ser convencido, y luego, una vez enriquecido con lo que has aprendido, a emplearlo en construir algo en la vida o en el trabajo... Un día me di cuenta de que en realidad yo no ponía nada en mis lecturas. Leía como el que se encuentra en una ciudad extranjera y por pasar el rato se refugia en un museo cualquiera a contemplar con una educada indiferencia los objetos expuestos. Casi leía por sentido del deber: ha salido un libro nuevo que está en boca de todos, hay que leerlo. O bien: esta obra clásica aún no la he leído, por lo tanto, mi cultura resulta incompleta y siento la necesidad de llenar esa laguna, así que voy a dedicar una hora por la mañana y otra por la noche a leerla. Ésa era mi forma de leer... Hubo un tiempo en que la lectura era para mí una auténtica experiencia, el corazón me brincaba dentro del pecho cuando tomaba entre mis manos la última obra de un autor conocido, el nuevo libro era como un encuentro, una compañía peligrosa de la que podían surgir emociones gratificantes, pero también consecuencias dolorosas e inquietantes. Pero para entonces ya leía igual que iba a la fábrica, participaba en eventos sociales o acudía al teatro, igual que vivía en casa con mi mujer, lleno de atenciones y de cortesía, y mientras tanto me torturaba el corazón una sensación cada vez más aplastante, un grito sordo que me advertía que tenía un problema muy grave, que estaba en peligro o quizá enfermo, o tal vez que estaba siendo víctima de una traición o una conspiración, y sentía que seguiría sin saber nada seguro hasta que despertara un día y comprobara que estaba desmoronándose todo lo que había construido y dispuesto en un orden meticuloso y esmerado, el prestigio y la obra maestra de las buenas maneras y de la convivencia cortés... Vivía con esa sensación. Y un día encontré en mi cartera, la cartera marrón de piel de cocodrilo que me regaló mi esposa al cumplir los cuarenta, un trocito de cinta morada un poco descolorido. Entonces comprendí que Judit Áldozó me había estado esperando durante todos esos años. Esperaba que dejara de ser un cobarde. Pero eso ocurrió mucho tiempo después, diez años después de la conversación de Nochebuena.

Encontré el trozo de cinta morada en el compartimento interior de la cartera; ya no lo tengo, se extravió, igual que la cartera y todo lo demás, incluidas las supersticiones de los tiempos en que los hombres llevaban amuletos a los que atribuían poderes mágicos; en aquel bolsillo interior sólo guardaba un mechón del pelo de mi hijo difunto. Pasó un buen rato hasta que comprendí lo que significaba aquella cinta, cómo había llegado a mi cartera, cuándo había conseguido Judit colarla allí. Fue cuando mi mujer se marchó a un balneario, yo me quedé solo en casa y mi madre me envió a Judit unos días para que echara un ojo al servicio durante la limpieza de primavera. Yo debía de estar en el cuarto de baño cuando ella entró en mi dormitorio y escondió la cinta en la cartera, que estaba en la mesa. Al menos, eso me contó años después.

¿Qué había querido decir con ese gesto? Nada. Todas las mujeres son un poco brujas cuando están enamoradas. Quería que yo llevase siempre conmigo algo que hasta entonces había estado en contacto con su cuerpo. Quería atarme a ella, dejarme un mensaje. Teniendo en cuenta su posición y la relación que había entre nosotros, ese pequeño acto supersticioso era un verdadero atrevimiento. Pero lo hizo porque todavía seguía esperándome.

Recuerdo que, cuando lo comprendí todo —pues la cinta morada era un mensaje elocuente—, sentí una extraña irritación. ¿Sabes?, como cuando nos enteramos de que todo lo que teníamos pensado se ha ido al traste porque alguien ha alterado nuestros planes. Y al saber que aquella mujer que vivía a pocas manzanas de mi casa llevaba diez años esperándome sentí, además de disgusto, una extraña serenidad. No quiero exagerar ese sentimiento. No tenía ningún plan. No me decía: «Esto era lo que no iba bien en todos estos años, esto era lo que no te atrevías a confesarte: entonces es cierto que hay alguien más importante que tu orden del día, tu rango, tu trabajo y tu familia; que existe en tu vida una absurda y monstruosa pasión y que, aunque siempre lo hayas negado, esa pasión sigue viva y está esperándote, no te da tregua. Y eso está bien. Se acabó la inquietud. No es cierto que tu existencia y tu trabajo carezcan de objetivo. La vida aún tiene algo preparado para ti.» No me dije nada de eso. Pero no puedo negar que a partir de aquel momento me sentí más relajado. ¿Dónde se manifiestan los procesos sentimentales intensos y duraderos, en el sistema nervioso o también en el intelecto? En el plano racional yo lo había negado todo mucho tiempo atrás. Pero mis nervios conservaban todavía la impronta de aquel recuerdo. Y cuando la otra persona me envió aquel mensaje tan empalagoso, propio de una criada —porque en el amor todas las mujeres son un poco serviciales y lo que más les gusta es escribir notas de amor en papel de carta con rosas prensadas en las esquinas o dibujos de dos manos muy apretadas o de tórtolas uniendo los picos; les encantaría llenar los bolsillos del ser amado con mechones de pelo, pañuelos bordados y demás reliquias amorosas con poderes protectores—, entonces por fin me tranquilicé. Parecía que todo, mi trabajo, mi vida, sí, incluso mi matrimonio, había cobrado sentido como por encanto, aunque fuera un sentido turbio, incomprensible y repentino... ¿Entiendes?

Yo ahora sí que lo entiendo. ¿Sabes?, en la vida ocurre todo lo que tiene que ocurrir y, al final, todo encuentra su lugar. Se trata de un proceso muy lento. En este caso las intenciones, las decisiones, los sueños no sirven de mucho. ¿Te has fijado en lo difícil que resulta encontrar los lugares definitivos para los muebles en una casa? Pasan los años y te parece que todo está en su sitio y, sin embargo, tienes la vaga e incómoda sospecha de que no todo está en su sitio, los sillones tal vez no deberían estar donde están, o quizá habría que colocar la mesa en el lugar del aparador... Y un buen día, diez o veinte años después, pasas por la habitación en la que hasta entonces no habías estado a gusto, donde no había el justo equilibrio entre el espacio y los muebles, y de golpe ves el fallo, distingues la estructura interna del cuarto, su orden oculto, cambias de sitio cualquier cosa y te parece que ahora por fin se encuentra todo en su lugar. Y en efecto, durante algunos años sientes que esa habitación es perfecta. Pero al cabo de un tiempo, pasados quizá otros diez años, vuelves a sentirte insatisfecho con la disposición del cuarto, pues nuestra percepción del espacio cambia a la par que nosotros y a nuestro alrededor nunca habrá un orden definitivo. Lo mismo nos ocurre con el orden de la vida, elaboramos nuestros métodos y durante mucho tiempo estamos convencidos de que nuestros horarios son perfectos, por la mañana trabajamos, por la tarde vamos de paseo, por la noche cultivamos el espíritu... y un día descubrimos que todo esto sólo es soportable y tiene sentido si está en el orden inverso y no comprendemos cómo hemos podido estar tantos años cumpliendo unas reglas tan descabelladas... En ese punto de inflexión cambia todo, en nuestro interior y en nuestro entorno. Y sin embargo el nuevo orden y la renovada sensación de tranquilidad también son transitorios, no durarán para siempre porque todo sigue las leyes del cambio y algún día dejará de ser válido... ¿Por qué? Tal vez porque nosotros mismos dejaremos de ser válidos algún día. Y con nosotros, todo lo que nos pertenece.

No, esto no era la «gran pasión». Sólo era que alguien me había hecho saber que existía, que vivía cerca de mí y que me esperaba. De una forma burda, servicial. Como si un par de ojos me espiaran en la oscuridad. Y no era una sensación incómoda, no me molestaba sentirme observado. Tenía un secreto y de pronto ese secreto añadió contenido y tensión a mi vida. No pretendía aprovechar las circunstancias, no buscaba situaciones absurdas, desagradables o turbias. Sencillamente, viví más tranquilo a partir de aquel momento.

Hasta el día en que Judit desapareció de casa de mi madre.

Estoy contándote una historia que duró años y años. Muchos recuerdos ya se han desvanecido, pero no son lo esencial... Yo quiero hablarte de ella, de la proletaria, y de todo lo que era importante de verdad. Permite que me salte la parte policial. Porque estas historias siempre tienen un lado que compete a la policía y al juez instructor. La vida tiene algo de crimen, por si no lo sabías... Me lo dijo Lázár una vez y, al principio, me pareció una afirmación ofensiva; pero luego, cuando empezó mi propio juicio, entendí lo que quería decir. Porque nadie es inocente y un día todos acabamos frente a un tribunal. Pueden condenarnos o absolvernos, pero sabemos que no somos inocentes.

Como te decía, ella desapareció. Fue como si la hubieran metido en un saco y tirado al Danubio.

Durante un tiempo intentaron ocultarme su partida. Pero mi madre se había quedado sola, Judit llevaba años cuidando de ella. Un día subí a su casa y me abrió la puerta una desconocida. Así fue como lo supe.

Comprendí que aquella desaparición era la única manera en que ella podía decírmelo. Al fin y al cabo, ella no tenía nada que ver conmigo, no tenía ningún derecho. Los litigios que dos personas arrastran durante décadas no se pueden resolver con escenas ruidosas y discusiones furiosas. Al final sólo queda actuar, en un sentido o en otro. Puede que mientras tanto hubiera pasado algo sin que yo lo supiera. Las tres mujeres, mi madre, mi esposa y Judit, guardaban silencio. Era un asunto en común que resolvieron entre ellas de algún modo, yo sólo me enteré de las consecuencias de sus decisiones. Y las consecuencias eran que Judit abandonó la casa de mi madre y se marchó al extranjero. A Inglaterra. Pero eso también lo supe más tarde; un amigo policía hizo algunas indagaciones en la oficina de expedición de pasaportes. También descubrí que no había sido un impulso repentino lo que la llevó a emprender aquel viaje sino una intención madurada con el tiempo.

Las tres mujeres callaban. Una se había ido. La otra, mi madre, no hablaba, sólo sufría. La tercera, mi esposa, observaba y esperaba. Para entonces ya lo sabía todo o casi todo. Su comportamiento fue inteligente, como cabía esperar de su situación, su temperamento, sus gustos, su inteligencia. Actuó de una forma tan educada... ¿Qué hace una señora refinada y culta cuando descubre que su marido tiene desde hace mucho tiempo un problema grave, que no tiene nada que ver con ella y, en realidad, con nadie en especial, porque es un solitario, un hombre desesperadamente falto de ataduras, pero quizá viva en algún lugar una mujer capaz de conjurar su amarga soledad durante el corto lapso de la vida? Lucha, desde luego. Espera, observa, mantiene la esperanza. Hace todo lo posible por conquistar un papel protagonista en la vida de su marido. Luego se cansa. Y más tarde pierde el dominio de sí misma. Hay momentos en que toda mujer se convierte en una fiera... y es entonces cuando la vanidad, esa bestia feroz, empieza a rugir dentro de ella. Al final se calma, se resigna porque no puede hacer más. Aunque... en realidad creo que nunca termina de resignarse del todo... Pero eso ya son simples detalles sentimentales. No le queda nada, y un día deja que el hombre se vaya.

Judit desapareció y nadie volvió a hablar de ella. Como si se la hubiera tragado la tierra. Aquel silencio en torno a ella era de veras impresionante, tratándose de alguien que había pasado la mayor parte de su vida en la casa, parecía que habían despedido a una criada errante. Ahora está, ahora no está. Los criados van y vienen. ¿Y cómo se quejan las amas de casa proclives a continuas lamentaciones por el comportamiento del servicio? «Querida mía, son todas enemigas pagadas. Lo curioso es que tienen de todo, pero no se contentan con nada, nunca tienen bastante.» No, Judit no se contentaba. Un día, al despertar, recordó que tiempo atrás había pasado algo y comprendió que quería tenerlo todo. Por eso se marchó.

Entonces caí enfermo. No inmediatamente, sino seis meses después de su marcha. Y no sufrí ninguna enfermedad grave, pero sí mortalmente peligrosa. El médico no podía hacer nada. Ya nadie podía hacer nada. Por un tiempo pensé que ni siquiera yo podía hacer nada. ¿Qué me pasaba? Es difícil decirlo... Por supuesto, lo más sencillo habría sido admitir que con su partida esa mujer, que había pasado su juventud entera cerca de mí y desde cuyo cuerpo y cuya alma me llegaba un mensaje personal, desató en mi interior un proceso emocional hasta entonces latente... Sí, inició un fuego subterráneo en los rincones de mi alma, allí donde se había ido acumulando el combustible. Eso suena muy bien. Pero no es del todo cierto... Debo decir que más allá del asombro, del estupor cargado de fastidio, sentí un sutil, cauto y sorprendente alivio... Ésa es la verdad, aunque no toda la verdad. Porque, al principio, lo que me hacía sufrir ante todo era mi orgullo. Sabía a ciencia cierta que ella se había ido al extranjero por mí y, en secreto, me sentía muy aliviado, como quien esconde una fiera peligrosa en un piso de la ciudad y un día se entera de que la fiera se ha rebelado y ha escapado de vuelta a su jungla... Y al mismo tiempo me sentí ultrajado porque pensé que no tenía derecho a irse. Como si se hubiera sublevado contra mí una posesión personal. Sí, hirió mi vanidad. Luego... pasó el tiempo.

Un día me desperté echándola de menos.

Ésa es la sensación más degradante que puedas imaginar. Cuando sientes que te falta alguien. Miras a tu alrededor sin comprender, con gesto vacilante extiendes la mano y buscas un vaso de agua o un libro... En tu vida todo está en su sitio, los objetos, las personas, las citas de la jornada: tu relación con el mundo no parece diferente. Pero te falta algo. Cambias la disposición de los muebles de tu habitación... Pero no era eso. Te marchas de viaje. La ciudad que llevas tanto tiempo queriendo visitar te recibe en todo su severo esplendor. En la ciudad desconocida te levantas temprano, sales enseguida a la calle con tu guía y tu plano, buscas el famoso retablo de una iglesia, admiras los arcos del célebre puente, en el restaurante pides los platos típicos del lugar y el camarero te sirve de inmediato con orgullo patriótico. En aquella zona se produce un vino embriagador que no podrás encontrar en otra parte. Allí vivieron artistas renombrados que, prodigando su genio, hicieron que su ciudad natal rebosara obras maestras. Caminas entre vidrieras, pórticos y columnatas de nobleza y hermosura estudiadas en largos ensayos mundialmente famosos. A cualquier hora del día o de la noche las calles están llenas de muchachas y mujeres de ojos espléndidos y andares ligeros. En este lugar vive un pueblo orgulloso, valiente, consciente de su belleza e infinitamente sensual. Te sientes observado por cientos de miradas, que contemplan tu soledad con ternura o se burlan de ti con mansa soberbia, miradas seductoras que te envían mensajes, miradas femeninas de las que parecen surtir destellos minúsculos. Por la noche suena la música a orillas del río, se oyen canciones a la luz de coloreados farolillos de papel, el vino es dulce, las parejas bailan. En estos sitios de luz cálida y sonidos risueños también hay una mesa para ti, y una mujer de conversación agradable. Tú lo observas todo como un alumno aplicado, recorres la ciudad desde el alba con la guía en la mano, atento a cada detalle, animado por una diligencia escrupulosa, como si temieras pasar algo por alto. Tu percepción del tiempo ha cambiado por completo. Te despiertas siempre a la misma hora, parece que estás obligado a mantener un orden angustioso, como si alguien estuviera esperándote. Es evidente que se trata de eso, aunque tardes mucho tiempo en admitirlo: crees que detrás de ese orden tan rígido hay alguien que te espera. Y si eres muy diligente y atento, si te levantas temprano y te acuestas tarde, si pasas mucho tiempo entre la gente, si viajas aquí o allá, si entras en ciertos sitios, al final lograrás encontrar a esa persona que te espera. Naturalmente, sabes que tu esperanza es del todo infantil. Ya sólo puedes confiar en las infinitas posibilidades de la vida. El agente de policía sólo puede decirte que está en algún lugar de Inglaterra. En la embajada inglesa tampoco pueden o quieren decirte algo más concreto... Entre tú y la persona desaparecida el mundo ha levantado una pantalla cargada de misterio. En Inglaterra viven cuarenta y siete millones de seres humanos y hay varias de las ciudades más pobladas del planeta... ¿Cómo vas a buscarla?

Y luego, si consigues encontrarla, ¿qué le dirás?

A pesar de todo, la esperas... ¿Pido otra botella? Es un vino muy suave, por la mañana te levantarás despejado, ni siquiera te dolerá la cabeza. Lo conozco bien... Camarero, otra botella de *kéknyelu*.

Se están marchando todos. A esta hora es cuando me siento más a gusto aquí. Ya sólo quedan los noctámbulos. Los solitarios y los sabios, o los desesperados, a los que todo les da igual con tal de quedarse en algún sitio donde haya luces encendidas y gente sentada cerca, un lugar donde estén solos de verdad, sin tener que encerrarse en casa... Es duro volver a casa cuando tienes cierta edad y has vivido ciertas experiencias. Es mejor estar así, entre desconocidos, en plena soledad, sin relaciones. Jardín y amigos, decía Epicuro; no hay otro remedio. Creo que tenía razón. Pero el jardín no es imprescindible, unas macetas en la terraza de un café son suficientes. Y respecto a los amigos, basta con uno o dos.

Camarero, traiga hielo... ¡Salud!

¿Dónde me había quedado?

Ah, sí. En la época de la espera.

Yo sólo me daba cuenta de que la gente había empezado a observarme. La primera fue mi esposa. Luego en la fábrica, en el círculo, en la sociedad. En aquella época mi mujer ya apenas me veía. Raras veces, durante el almuerzo. Por las noches, casi nunca. Hacía mucho que no recibíamos invitados. Yo rechazaba todas las invitaciones, al principio con cierta impaciencia, luego con serenidad, y tampoco permitía que mi mujer invitase a gente a nuestra casa. Porque me parecía todo tan penoso y absurdo... la casa y los menesteres caseros, ya sabes. Todo era muy bonito, todo como correspondía: las habitaciones, los cuadros nobles, las piezas de anticuario, el doméstico, la criada, la porcelana y la plata, las viandas supremas y los líquidos exquisitos... pero yo no me sentía el señor de la casa, no estaba a gusto, en ningún momento sentí que aquél fuera mi verdadero hogar, el lugar donde podía acoger a mis invitados. Era como si mi esposa y yo fuésemos actores en un teatro, siempre tratando de demostrar a los invitados que aquél era un hogar de verdad. Pero no lo era... ¿Por qué? No se puede discutir la evidencia de los hechos. Los hechos simples e innegables no necesitan explicación.

Mi esposa y yo fuimos aislándonos hasta quedarnos solos. El mundo tiene un oído muy fino. Basta con un ligero movimiento, con un gesto, para que la fina red de espías de la envidia, la curiosidad y la maledicencia empiece a sospechar. Si rechazas un par de invitaciones o, simplemente, no devuelves con suficiente prontitud la muestra de hospitalidad que otro te brindó, la sociedad es capaz de descifrar a través de ese lenguaje en clave que alguien está tratando de eludir las reglas impuestas por el sistema dominante, que en tal o cual familia tienen problemas, que hay una pareja que está en crisis. Cuando una familia está rompiéndose se percibe esa sensación de que hay algo que no funciona, igual que si en la casa hubiese un enfermo contagioso y el oficial sanitario hubiera pegado un cartel rojo en la puerta. Los demás se comportan con los miembros de la familia con un tacto levemente sarcástico y con infinita reserva. Y todos están deseando que se produzca el escándalo. No hay nada que anhelen con más avidez que la ruina de las demás familias. Es una verdadera fiebre social, una suerte de epidemia. Entras solo en un café o en un restaurante y ellos juntan las cabezas para susurrarse: «¿Has oído? Tienen problemas. Se van a divorciar. Él la ha engañado con su mejor amiga.» Y se dedican a esperar. Y si entras con tu mujer en algún lado, se hacen guiños y se susurran al oído con pedantería: «Van juntos, pero eso no significa nada. Sólo es una coartada frente al mundo.» Poco a poco vas comprendiendo que la gente tiene razón aunque desconozca la verdad y los detalles no sean más que vulgares mentiras. En los casos personales, en las situaciones críticas, la versión de la sociedad suele ser misteriosamente fiable. Lázár me dijo una vez, medio en broma y medio en serio, que no hay nada cierto salvo la calumnia. Por lo general no existen los secretos entre las personas. Disponemos de un sistema de recepción de onda corta que nos permite captar incluso los más íntimos secretos del prójimo: las palabras y los actos son meras consecuencias de tales percepciones... Estoy convencido de ello.

Pues así vivíamos. Todo se estaba desmoronando aunque la desintegración fuese imperceptible. ¿Sabes?, era como si estuviese planeando fugarme al extranjero. Crees que en el trabajo y en la familia no sospechan nada, pero en realidad ya lo sabe todo el mundo, saben que has entrado en una embajada extranjera para solicitar el visado. Los demás miembros de la familia te escrutan mientras te hablan con paciencia y mucha calma, como si hablaran con un delincuente enajenado por el que sienten cierta compasión, aunque ya han llamado a un médico y a la policía... Un buen día te das cuenta de que vives al mismo tiempo bajo arresto domiciliario y bajo vigilancia médica constante.

Cuando lo adviertes te vuelves suspicaz y prudente, mides cada palabra que pronuncias. No existe nada más difícil en la vida que deshacer las situaciones ya consolidadas. Es tan complicado como desmontar una catedral. Hay muchas cosas de las que no quieres separarte... Por supuesto, en los momentos de crisis no hay peor crimen que el sentimentalismo, tanto para nuestras compañeras de vida como para nosotros mismos. En la vida tardas mucho tiempo en entender a qué tienes derecho exactamente. ¿Hasta qué punto eres el dueño de tu existencia, y cuánto has vendido de tu ser y tu destino a los sentimientos y a los recuerdos? Como ves, soy un burgués sin remedio; lo tengo en cuenta todo: el divorcio, la rebelión silenciosa que acometí contra mi familia y mi posición social desde el punto de vista jurídico. Y no sólo en lo que atañe a las tasas del abogado y a la pensión de mantenimiento. Existe otro tipo de derecho entre las personas. En momentos como éstos, durante esas noches interminables o en medio del tumulto de la calle, cuando entiendes de pronto la interrelación de los hechos, te preguntas: ¿Qué he recibido? ¿Qué he dado? ¿Qué debo?... Son cuestiones espinosas. Yo tardé años en llegar a comprender que entre tantas obligaciones existe un derecho, un derecho que no han establecido los hombres sino el Creador. Tengo derecho a morir solo, ¿entiendes?

Es el derecho más importante. Todo lo demás son puras deudas. Estás en deuda con la familia y con la sociedad, que te ha dado muchas cosas buenas, estás en deuda con un sentimiento, con tus recuerdos. Pero llega un momento en que invade tu alma el deseo de soledad, cuando ya sólo quieres prepararte en silencio y con dignidad para la última gran tarea del ser humano: la muerte. Tienes que tener cuidado de no hacer trampas. Porque en caso contrario no tienes derecho a actuar. Mientras actúes por egoísmo, mientras busques la soledad sólo por comodidad, por resentimiento o por vanidad, estarás en deuda con el mundo y con todos aquellos que forman parte de tu vida. Mientras tengas deseos, tendrás obligaciones. Pero llegará un día en que tu alma se colme enteramente con el deseo de la soledad y quieras expulsar de tu alma todo lo superfluo, lo falso. Y cuando uno se dispone a realizar un viaje largo y peligroso, hace las maletas con mucho cuidado. Hay que valorar cada objeto con atención, observarlo desde todos los ángulos, juzgarlo y medirlo antes de colocarlo en la modesta maleta, pero sólo cuando se tiene la certeza de que será absolutamente necesario. Los ermitaños chinos, a los sesenta años, abandonan a sus familias. Se marchan de madrugada con un pequeño hatillo, sonriendo, sin pronunciar palabra. Al retirarse a las montañas no aspiran a una vida distinta sino a la soledad y la muerte. Es el último viaje del ser humano. Tienes derecho a hacerlo. Y el equipaje que lleves debe ser ligero para que puedas llevarlo en una sola mano. Dejarás fuera el orgullo y todo lo superfluo. Ese deseo es muy fuerte en el alma a cierta edad. De pronto, oyes el zumbido de la soledad y el sonido te resulta familiar. Como quien ha nacido a la orilla del mar, pero luego se traslada a la ruidosa metrópoli y un día, en sus sueños, oye de nuevo el mar. Vivir solo, sin objetivos. Dar a cada uno lo que le corresponde y luego ir. Purificar el alma y esperar.

Al principio, la soledad pesa como una condena. Hay horas en las que te parece insoportable. Quizá no sería mala idea tener a alguien, quizá este severo castigo sería menos cruel si pudieses compartirlo con alguien, con quien sea, aunque se trate de un hombre indigno o de una mujer desconocida. Son momentos de debilidad. Pero pasan. Porque la soledad poco a poco te rodea con sus brazos, como lo hacen los misteriosos elementos de la vida y del tiempo, en el que todo ocurre. Y de golpe comprendes que todo ha ocurrido como estaba escrito: primero vino la curiosidad, luego el deseo, luego el trabajo y, por último, la soledad. No quieres nada más, no esperas que otra mujer te consuele o que un amigo alivie tu pesar con sabias palabras. Todas las palabras humanas son vanidosas, hasta las más sabias. ¡Hay tanto egoísmo en los sentimientos humanos, tantas intenciones ociosas, tantos sutiles chantajes con los que intentamos desesperadamente mantener atada a una persona! Cuando lo entiendes todo y ya no esperas nada de los hombres y tampoco esperas ayuda de las mujeres, cuando conoces el precio del éxito y las terribles consecuencias del dinero y del poder, cuando ya no quieres más de la vida que recogerte en algún sitio sin nadie que te haga compañía o que te ayude, prescindiendo de las comodidades para poder escuchar el silencio que poco a poco empieza a zumbar también en tu alma, como en las orillas del tiempo... entonces ya tienes derecho a irte. Porque es tu único derecho.

Todo ser humano tiene derecho a prepararse a solas y en silencio sepulcral para la despedida y la muerte. Vaciar el espíritu, devolver el alma al estado de ligereza y devoción que tenía al principio de los tiempos, en la infancia. Así se marchó Lázár un día a Roma. Yo he llegado ahora a ese punto de la soledad. He tenido que recorrer un largo camino. Durante mucho tiempo deseé que hubiera otra solución. Pero no la hay. Al final, o poco antes del final, hay que quedarse solo.

Pero antes me casé con Judit Áldozó. Porque ése era el orden de las cosas.

Un día, a las cuatro de la tarde, sonó el teléfono en mi habitación y mi mujer lo cogió. Para entonces, ella ya lo sabía todo, sabía que yo estaba enfermo de esa espera demencial. Me trataba como si estuviera grave, por mí estaba dispuesta a cualquier sacrificio. Claro que cuando llegó su turno no fue capaz de sacrificarse, se defendió hasta el final intentando retenerme. Pero entonces la otra ya era más fuerte y me marché con ella.

El caso fue que mi mujer descolgó el auricular y preguntó algo. Yo estaba sentado entre mis libros, de espaldas al teléfono. Por el temblor de su voz reconocí que había llegado el momento, que por fin se acabarían la tensión y la espera porque estaba ocurriendo lo que todos habíamos esperado durante años. Se acercó con el teléfono en las manos, sin decir una palabra lo dejó en la mesita que había frente a mí y salió de la habitación.

—*Hello* —dijo una voz familiar, la voz de Judit. Lo dijo con afectación, como si se hubiera olvidado de hablar en húngaro.

Luego calló. Le pregunté dónde se encontraba y ella me dio la dirección de un hotel cercano a la estación de tren. Colgué, busqué mi sombrero y mis guantes, bajé las escaleras pensando en mil cosas, en todo menos en que era la última vez en mi vida que bajaba por las escaleras de mi casa. En aquella época aún tenía un coche, que siempre me esperaba a la puerta de casa. Me monté y fui a aquel hotel ligeramente equívoco de los arrabales. Judit me estaba esperando en el recibidor, rodeada de maletas. Llevaba una falda a cuadros, una blusa de lana celeste, un fino par de guantes y un sombrero de viaje. Verla allí sentada, en el recibidor de un hotel de tercera clase, me pareció una escena tan familiar como si toda la situación, su marcha y su posterior vuelta, hubiera sido un acontecimiento establecido de antemano en nuestras vidas. Me dio la mano como una auténtica dama.

—¿Me quedo aquí...? —preguntó mirando alrededor, indicándome el ambiente con una expresión indecisa, como si hubiera decidido dejarlo todo en mis manos.

Di una propina al botones y le indiqué que colocara el equipaje en mi coche. Ella me siguió en silencio y se sentó a mi lado, en el asiento del copiloto. Llevaba un elegante conjunto de maletas de cuero y bolsas de viaje inglesas de las que colgaban etiquetas de hoteles extranjeros poco conocidos. Recuerdo que en aquellos primeros instantes la elegancia de su equipaje me hizo sentir una satisfacción incongruente. Estaba contento de no tener que avergonzarme de ella. Detuve el coche frente al hotel de la Isla Margarita y pedí una habitación para Judit. Yo me alojé en un hostal a orillas del Danubio y, desde allí, llamé a casa para que me enviaran mi ropa. Nunca más volví a poner los pies en aquella casa. Durante seis meses vivimos así, Judit en el hotel, mi mujer en casa y yo en el hostal. Después me concedieron el divorcio y al día siguiente desposé a Judit.

Naturalmente, en aquellos seis meses interrumpí todas mis relaciones con el mundo al que había sentido que pertenecía, hasta hacía muy poco, como pertenecía a mi propia familia. Seguí desempeñando mis funciones en la fábrica, pero no volvieron a verme en el círculo de los doscientos ni en ese otro círculo más general y más confuso llamado «mundo». Durante un tiempo siguieron invitándome a algunas veladas con falsa cordialidad, con malicia y curiosidad mal disimuladas. Querían ver al sedicioso. Intentaban arrastrarme a sus salones, donde hablarían de otra cosa, como es obvio, y mientras tanto observarían cada uno de mis gestos, como se observa a un perturbado mental que en cualquier momento puede hacer o decir algo inconveniente; los individuos de esa clase inspiran cierto temor, pero resultan interesantes y animan la velada. Algunos de los que aseguraban que eran mis amigos reaparecían misteriosamente y con una expresión grave pintada en el rostro: con toda su buena fe, habían tomado la decisión de «salvarme» y para ello me enviaban cartas, iban a buscarme al despacho, intentaban hablar conmigo seriamente. Luego, todos se ofendían y terminaban abandonándome a mi suerte. En poco tiempo me había ganado una reputación similar a la de quien comete un desfalco o se deja arrastrar por inconfesables depravaciones.

No obstante, aquellos seis meses fueron en conjunto la época más tranquila, casi satisfactoria, de mi vida. La realidad es siempre sencilla y tranquilizadora. Judit vivía en la isla y cenaba conmigo todas las noches. Mantenía una actitud de indiferencia, pero era evidente que esperaba algo. No tenía prisa, parecía que había entendido que no merecía la pena apresurarse, que no tenía de qué preocuparse, que todo llegaría a su debido tiempo. Nos observábamos mutuamente, como dos duelistas antes de medir sus fuerzas. Porque entonces todavía creíamos que nuestra relación sería el gran duelo de nuestras vidas... Lucharíamos a muerte y, al final, puede que cubiertos de heridas, pero con orgullo caballeresco, firmaríamos la paz. Yo había renunciado por ella a mi posición social, a mis obligaciones burguesas, a mi familia y a una mujer que me amaba. Ella no había dado nada por mí, pero estaba dispuesta a hacer cualquier sacrificio. Al menos, había actuado. Un día la vida deja de ser espera y se convierte en acción.

Comprendí muy poco a poco lo que de verdad estaba ocurriendo entre nosotros... Ella también lo comprendió lentamente. Ninguno de los dos nos percatamos de ello y no había nadie que pudiera advertirnos o aconsejarnos; Lázár entonces ya vivía en el extranjero y había destruido todos los puentes entre él y yo, como si estuviera ofendido, o muerto. Hasta que, no hace mucho, a los cincuenta y dos años, murió de verdad, en Roma. El caso era que ya no tenía testigo, nadie podía hacer que me sintiera cohibido.

Desde el primer momento en que nos encontramos en aquel hotel de tercera, cerca de la estación, los dos vivimos como exiliados que, al llegar a un mundo extraño, intentan adaptarse a las nuevas costumbres mezclándose con las multitudes sin llamar la atención. Se esfuerzan por mimetizarse con el ambiente y, dentro de lo posible, por no caer en el sentimentalismo, por no pensar demasiado en el hogar que han abandonado y en los seres queridos que han perdido. Nunca hablábamos de ello, pero ambos sabíamos que todo lo que habíamos tenido hasta entonces se había acabado. Esperábamos y observábamos.

¿Quieres que te lo cuente? ¿No te canso?... Voy a contarte lo imprescindible, si puedo. Pasado el primer momento de conmoción, cuando llegó mi equipaje y por fin estaba a solas en la habitación del hostal, me eché en la cama y me quedé dormido. Estuve durmiendo muchas horas, estaba exhausto, y era ya de noche cuando me desperté. El teléfono no había sonado ni una vez, ni Judit ni mi esposa me habían buscado. ¿Qué harían durante aquellas horas... una, con la certeza de haberme perdido, y la otra, con buenas razones para pensar que había ganado su pequeña, silenciosa y prolongada guerra? Estaban sentadas en extremos opuestos de la ciudad, cada una en su habitación, y naturalmente no pensaban en mí sino la una en la otra. Sabían que aún no había acabado nada, que su conflicto estaba entrando en la fase más complicada. Mientras tanto, yo dormía como si me hubieran narcotizado. Era noche cerrada cuando me levanté y llamé a Judit. Contestó con voz serena; le pedí que me esperara, que iba a recogerla, quería hablar con ella.

Aquella noche empecé a hacerme una idea de quién era aquella extraña mujer. Fuimos a cenar a un pequeño restaurante del centro, donde estaba seguro de que no encontraría a muchos conocidos. Nos sentamos a la mesa, el camarero nos trajo la carta y pedí la cena. Charlamos en voz baja de cosas banales. Yo observaba atentamente los gestos de Judit; ella sabía que la observaba y, de cuando en cuando, sonreía con una mueca un poco burlona. Y aquella sonrisa no desapareció de su cara. Como si dijera: «Lo sé, me estás observando. Adelante. He aprendido bien la lección.»

Desde luego que la había aprendido bien. Puede que hasta demasiado bien. Porque en dos años esa mujer había aprendido por su propio esfuerzo lo que nosotros llamamos estilo, buenos modales, refinamiento y comportamiento en sociedad, es decir, todo lo que hemos recibido directamente de nuestro entorno o a través de la educación, como animales domesticados. Había aprendido a entrar en un lugar, a saludar, a no mirar al camarero cuando elegía el menú, a no prestar demasiada atención a lo que ordenaba y a mantener una actitud arrogante y segura mientras le servían lo ordenado. Se comportaba en la mesa de forma impecable. Manejaba los cubiertos, los vasos, la servilleta como si nunca hubiera comido de otra forma, en otras condiciones. Aquella primera noche, como las que siguieron, me sorprendió su manera de vestir: no entiendo mucho de ropa femenina pero, como la mayoría de los hombres, sé cuándo la mujer con la que me presento en sociedad va vestida de forma impecable o si, por el contrario, su vestimenta trasluce falta de gusto o afectación. Ella estaba tan guapa, tan natural y terriblemente guapa con su vestido y su sombrero negros que hasta los camareros la miraban con la boca abierta. Sus movimientos al tomar asiento y quitarse los guantes, la sonrisa indiferente con la que me escuchaba mientras le leía la carta, su forma de asentir y cambiar de tema directa y amablemente, inclinándose hacia mí, todo eso era un examen importante, el examen de una alumna modélica. Y Judit lo aprobó con matrícula de honor.

Yo me sentía agitado, tenía miedo por ella; en mi interior deseaba angustiosamente que tuviera éxito; luego me sentí aliviado y experimenté una alegría salvaje, una satisfacción inmensa. ¿Sabes?, como cuando comprendes que las cosas no ocurren porque sí. Y todo lo que estaba pasando entre nosotros se debía a una razón: aquella mujer era una criatura excepcional. Inmediatamente después me avergoncé de mis temores. Ella lo percibió y, como te decía, sonreía de vez en cuando de forma un tanto burlona. En aquel restaurante se comportó como una señora de la alta sociedad que ha pasado toda su vida en ese ambiente. Pero qué digo, lo hacía mucho mejor. Las damas de la alta sociedad no saben comer tan bien, no manejan de forma tan intachable el tenedor y el cuchillo, no se comportan de un modo tan impecable. Quien nace en una determinada posición siempre tiende a sublevarse contra la esclavitud de sus orígenes y de su educación. Judit aún se estaba examinando; con discreción, pero con gran coherencia.

Aquella noche empezó el monstruoso e inútil examen que había de continuar en los días, meses y años siguientes, por las mañanas y por las noches, en la intimidad y entre la gente, en la mesa y en sociedad, y luego en la cama, en todas las circunstancias. Judit aprobaba con honores todos los días. Fue una pena que ambos suspendiéramos el examen final.

Sí, yo también cometí errores. Nos observábamos como la fiera y el domador durante un número de circo. Nunca pronuncié una sola palabra de crítica contra Judit, nunca le pedí que usara otro tipo de ropa, que modificara el tono de su voz o que se comportara de forma distinta. No la «eduqué». Su alma ya estaba formada, la recibí de regalo tal como la vida la había creado y moldeado. No esperaba nada excepcional de ella. No quería una dama ni un fenómeno social. Buscaba a una mujer, una, que disolviera la soledad de mi alma. Pero ella estaba tan sedienta de reconocimiento como un joven soldado que quiere invadir y someter el mundo entero y pasa todo el día estudiando, preparándose, entrenándose... Ella no tenía miedo de nada ni de nadie. Sólo temía una cosa: su propio resentimiento, el rencor profundo y constante que la abrasaba en lo más profundo de su alma. De eso sí tenía miedo y trataba de sofocar ese sentimiento con sus acciones, sus palabras y sus silencios.

Yo no lo comprendí. Fuimos al restaurante y cenamos... ¿De qué hablamos? De Londres, naturalmente. ¿Cómo hablábamos de Londres? Pues un poco como quien contesta en un examen. Londres es una gran ciudad. Está habitada por millones de personas. Los menos favorecidos cocinan con grasa de carnero. Los ingleses son lentos y reflexivos. Y de pronto, entre tanto tópico, algo original: los ingleses saben que hay que superar las cosas. Era la primera frase auténticamente suya que me dirigía, la primera vez que me revelaba una verdad que ella misma había descubierto. Cuando lo dijo, sus ojos se encendieron por un momento y se apagaron enseguida. Como si no hubiese podido resistirse a expresar su opinión, pero acto seguido se hubiera arrepentido por haber contado algo sobre sí misma, por haber desvelado un secreto personal: ella también tenía una opinión sobre el mundo, sobre sí misma, sobre mí y sobre los ingleses, y además tenía el valor de expresarla... Uno no habla de sus experiencias con el enemigo. En aquel momento advertí algo... no sabría decir qué. Se quedó callada un segundo y luego huyó de vuelta a los tópicos. De modo que proseguimos con el examen. Sí, los ingleses tienen un pronunciado sentido del humor, les gusta leer a Dickens y escuchar música. Judit había leído *David Copperfield*. ¿Qué más había leído? Respondió con calma y seguridad. Durante el viaje de regreso había estado leyendo la última novela de Huxley. Aún no la había terminado... Podía prestármela, si yo quería.

Pues bien, habíamos llegado a ese punto. Estaba sentado con Judit Áldozó en un restaurante del centro, comiendo marisco y espárragos, bebiendo un denso vino tinto y hablando de la última novela de Huxley. Ella sacó su pañuelo, que emanaba un perfume intenso, agradable, yo le pregunté de qué perfume se trataba y ella dijo el nombre de una marca de cosméticos americana con una pronunciación impecable. Comentó que prefería los perfumes americanos a los franceses porque encontraba estos últimos ligeramente cargados... La miré con suspicacia, preguntándome si estaría tomándome el pelo. Pero no estaba bromeando, hablaba muy en serio, ésa era su opinión. Y la expresaba con la seguridad de quien ha destilado ciertas verdades de su experiencia. No me atreví a preguntarle dónde había acumulado una campesina del otro lado del Danubio tales experiencias, cómo sabía con tanta certeza que los perfumes franceses eran «ligeramente cargados». Y sobre todo, ¿qué había hecho en Londres aparte de trabajar de criada en la casa de una familia inglesa? Yo también conocía Londres y las casas inglesas, y sabía que ser criado y pobre en aquella ciudad no era una posición envidiable. Judit me miraba con calma, esperando la siguiente pregunta. Aquella primera noche me percaté de algo que también seguí notando después, todas las noches que nos veíamos... ¿Sabes?, ella siempre aceptaba mis propuestas. Vamos aquí o allá, decía yo, y ella asentía, bien, vamos. Pero cuando ya estábamos en el coche me susurraba: «Tal vez sería mejor...» y nombraba otro restaurante que no era mejor ni más elegante que el que yo había sugerido. Y acabábamos yendo allí. Y cuando yo le pedía un plato y lo traían, ella lo probaba y luego lo apartaba diciendo: «Tal vez sería mejor...» Y entonces los serviciales camareros le traían otro plato u otra bebida. Siempre quería otra cosa. Siempre quería ir a otro sitio. Yo pensaba que esa perenne insatisfacción era su reacción al miedo y la confusión. Pero poco a poco fui comprendiendo que lo dulce nunca era bastante dulce para ella ni lo salado lo bastante salado, y que de pronto podía apartar bruscamente un exquisito plato de pollo que el chef del excelente restaurante había asado a la parrilla con maestría y decir en voz muy baja, pero con decisión: «No está bueno. Quiero otra cosa.» Y la nata no estaba bien montada, y el café no era lo bastante fuerte nunca, en ningún sitio.

Yo creía que simplemente era caprichosa. Mírala, me dije. Y la observaba. Incluso me divertía con sus caprichos.

Pero luego comprendí que su capricho brotaba de un pozo tan profundo que yo no podía llegar a ver el fondo. Era el pozo de la pobreza. Judit estaba luchando contra sus recuerdos. A veces me conmovía ver cuánto se esforzaba por ser más fuerte que sus recuerdos y reprimirlos con una disciplina férrea. Pero algo se había desbordado en su alma al derrumbarse las presas que se alzaban entre su pobreza y el mundo. Ella no quería algo mejor o más brillante de lo que yo le ofrecía: ella quería «otra» cosa... ¿Entiendes? Como el enfermo grave, que piensa que en la otra habitación se sentirá mejor o que en algún lado hay un médico que sabe más que el que lo trata, o un medicamento más eficaz que los que ha tomado hasta el momento. Quería otra cosa, algo diferente. Y a veces se disculpaba por ello. No decía nada, sólo me miraba, y ésos eran los momentos en que yo de verdad sentía más cerca de mí su orgullosa y ofendida alma: me miraba casi con impotencia, como si supiera que no podía hacer nada porque su pobreza y sus recuerdos eran más fuertes que ella. Y luego sonaba con fuerza un grito en su interior que superaba la muda súplica que se leía en su cara. Aquella voz interior pedía otra cosa. Y desde la primera noche.

¿Qué quería? La venganza, todo. ¿Cómo quería conseguirlo? Ni ella misma lo sabía. Probablemente no había elaborado ninguna estrategia para ese fin. ¿Sabes?, no es bueno alterar el orden profundo, estancado en el que nacemos. A veces ocurre un incidente, un encuentro imprevisto o un hecho casual, por ejemplo, alguien se despierta y observa el mundo que lo rodea. Y de pronto ya no encuentra su sitio. Ya no sabe qué busca, a qué aspira en realidad ni hasta dónde pueden llevarlo sus deseos, ni siquiera sabe cuáles son sus verdaderos deseos... Ya no sabe distinguir los límites de su confusa imaginación. De repente no hay nada que esté bien. Ayer todavía se alegraba por una onza de chocolate o un lazo de seda, o por algún simple fenómeno de la vida, por ejemplo, que hiciera sol o que tuviera la suerte de gozar de buena salud. Bebía agua pura de un vaso desportillado y se alegraba porque el agua era fresca y calmaba su sed. Por la noche se quedaba de pie en el portal, escuchando en la oscuridad una melodía proveniente de algún lugar indefinido del edificio, y casi se sentía feliz. Miraba una flor y sonreía. El mundo a veces nos ofrece alegrías sorprendentes. Pero luego ocurre un incidente y el alma pierde su tranquilidad.

¿Qué hizo Judit? A su manera, empezó una especie de lucha de clases contra mí.

Quizá no contra mí, como persona. Simplemente, yo encarnaba el mundo que con tanta desmesura había anhelado, que había envidiado tan patológica y desesperadamente, con tan fría y sobria demencia, y esa envidia la había torturado tanto que, cuando por fin pudo volcar en mí todos sus deseos, ya no había descanso posible para su alma. Al principio se mostraba inquieta y descontenta. Rechazaba la comida. Luego ocurrió algo que me dejó desconcertado: empezó a mudarse de una habitación del hotel a otra. Cambió la pequeña estancia con cuarto de baño que daba al parque por otra más grande, que daba al río y que tenía salón y dormitorio. Dijo que era «más silenciosa», como una antojadiza diva que estuviera de paso. Yo escuchaba sus quejas y sonreía. Por supuesto, pagaba sus facturas, pero con discreción: le entregué un talonario y le pedí que lo pagara todo ella misma. Para mi sorpresa, el banco me avisó apenas tres meses después de que la generosa cuenta que había abierto a nombre Judit se había quedado sin fondos. ¿En qué, cómo había podido gastar todo aquel dinero, que para ella debía representar una fortuna? A esa pregunta, que naturalmente no le hice, quizá no habría podido responder. Se habían desatado los frenos inhibidores de su alma, eso era todo. Sus armarios se llenaron de prendas carísimas, seleccionadas con sorprendente buen gusto y, en su mayoría, perfectamente innecesarias. Hacía sus compras en los mejores salones de la ciudad y, sin pensarlo mucho, pagaba con los cheques sombreros, vestidos, pieles, las últimas novedades de la moda, joyas, al principio pequeñas, luego más valiosas, acaparándolo todo con una voracidad inusual, con un ansia que en sus circunstancias resultaba antinatural. Y la mayoría de las veces ni siquiera se ponía lo que había comprado con tanto afán de acopio. Sólo una persona famélica ataca con tanto furor una mesa bien guarnecida, sin tener en cuenta los límites de la naturaleza humana y sin preocuparse por una posible indigestión.

Nada era lo bastante bueno. Nada era lo bastante coloreado, dulce, salado, caliente o frío. Su alma sedienta seguía buscando con un ansia convulsiva. Por las mañanas comenzaba su búsqueda en las tiendas más caras del centro hasta quedarse sin aliento, como si temiera que el dependiente se deshiciera de la mercancía que Judit quería. ¿Y qué mercancía necesitaba? ¿Otro visón, otro vestido de noche a la última moda, otra joya cara o un complemento indispensable en esa estación? Sí, todo eso y, además, cosas imposibles y absurdas, al borde del mal gusto. Un día tuve que llamar su atención. Ella se paró en seco, como lo haría un maníaco que de repente se da cuenta de sus delitos. Tenía los rasgos descompuestos. Miró alrededor como si acabara de despertar de un sueño hipnótico y se echó a llorar. Estuvo sollozando durante varios días. Luego, estuvo mucho tiempo sin comprar nada.

Pero entonces se encerró de nuevo en un extraño silencio. Su mirada se perdía en la lejanía, parecía absorta en sus recuerdos. Ese silencio me conmovía. Estaba conmigo siempre que yo quería, se comportaba con timidez y pudor, tenía el aire arrepentido del ladrón al que han pillado con las manos en la masa. Decidí que no volvería a reconvenirla, que no quería imponerle ninguna disciplina. Al fin y al cabo el dinero no importaba, yo entonces todavía era rico y, además, ya sabía que era inútil querer salvaguardar todo mi patrimonio o sólo una parte, si era a costa de perderme a mí mismo. Porque yo también corrí grave peligro en aquellos meses. Los tres estábamos en grave peligro, Judit, mi mujer y yo. En peligro de muerte, en el sentido más elemental de la palabra: todo aquello a lo que nos habíamos aferrado se había derrumbado, nuestra existencia era como un terreno arrasado por un aluvión y todo estaba flotando en aquella sucia inundación, los recuerdos, la seguridad, la intimidad... A veces sacábamos la cabeza de las aguas para tratar de vislumbrar la orilla. Pero no se veía tierra firme por ninguna parte. Al final, todas las cosas encuentran su propia forma, incluso las sublevaciones. Todo acaba cayendo en los tópicos de la vida. ¿Qué me importaba el dinero en ese plácido cataclismo?... Que flotase mi dinero con todo lo demás, con la serenidad, los deseos, el amor propio, la vanidad... Un día todo terminaría por ser muy sencillo. Por eso no dije nada más a Judit, hiciera lo que hiciese. Durante un tiempo dominó su tendencia patológica a las compras, me observaba asustada, igual que una criada a la que descubren in fraganti atiborrándose en la cocina, o traicionando la confianza de sus patrones al malograr lo que precisamente más debía cuidar.

Así que se lo di todo, con un simple gesto. Y ella reanudó su correteo por la ciudad, por las tiendas de modistas y los anticuarios. Espera un momento, empieza a dolerme la cabeza. Camarero, un vaso de agua y un piramidón. Gracias.

Ahora, al hablar de este tema, vuelvo a notar esa sensación de vértigo. Es como asomarse a una catarata. Y no hay barandilla, ni una mano a la que agarrarse. Sólo hay una enorme masa de agua que se precipita fragorosamente al vacío y un abismo que te atrae, y de pronto sientes ese mareo profundo, espantoso, hipnotizador... y sabes que necesitarás todas tus fuerzas para echarte atrás, para ponerte a salvo. Todavía depende de ti, sólo tienes que dar un paso atrás. Pronunciar una palabra. Escribir una carta, actuar. Y abajo, el agua no cesa de rugir. Eso es lo que siento.

Son los recuerdos los que me producen dolor de cabeza. Ahora veo nítidamente algunos momentos de aquella época. Por ejemplo, cuando me dijo que en Londres había sido la amante de un griego, un profesor de canto. Me dijo que eso fue al final, cuando ella ya había decidido regresar a casa; pero antes quería obtener ropa, zapatos, bonitas maletas, y el profesor griego de canto se lo compró todo. Y entonces volvió a casa, subió a la habitación de un hotel cerca de la estación, cogió el teléfono y dijo *Hello*... como si ya no hablara bien el húngaro.

¿Cómo me afectó la noticia? Quisiera hablarte con franqueza. Si miro en mi interior y busco bien entre mis recuerdos, sólo puedo contestar de una manera: no me afectó en absoluto. Cuesta mucho comprender el verdadero significado de las acciones y las relaciones humanas. Por ejemplo, muere alguien y tú no sientes nada. Lo entierran y sigues sin sentir nada. Te pones de luto cuando sales y miras hacia delante con ceremoniosa tristeza, pero en casa, cuando estás a solas, bostezas, te rascas la nariz o lees un libro, y piensas en cualquier cosa o persona salvo en el difunto por quien estás de luto. De cara al exterior te hallas en un estado de fúnebre dolor, pero en tu interior compruebas con incredulidad que no sientes absolutamente nada, si acaso un vago sentimiento de culpa mezclado con una especie de alivio. E indiferencia, profunda indiferencia. Esto dura un tiempo, días, quizá meses. Engañas al mundo, sigues viviendo como un hipócrita con tu insensibilidad disimulada. Y de repente, un día, muchos años más tarde, cuando al difunto ya se le ha podrido la nariz, vas andando por la calle y de pronto te mareas, tienes que apoyarte en la pared porque por fin lo entiendes. Entiendes el sentimiento que te ataba al difunto. El significado de la muerte. La dura realidad, el hecho ineludible de que, aunque caves con tus propias manos en la tierra para exhumar sus restos, nunca volverás a ver su sonrisa, y toda la sabiduría y el poder del mundo serán incapaces de lograr que él, el muerto, se te acerque de frente sonriendo. Puedes ocupar los cinco continentes a la cabeza de un ejército inmenso, que no servirá de nada. Y entonces te pones a gritar. O quizá no, sólo te quedas inmóvil en medio de la calle, pálido, sintiendo un vacío tan impresionante como si el mundo entero no tuviera ningún sentido y te hubieras quedado solo en la Tierra.

Y los celos... ¿Qué sentido tienen? ¿Qué hay detrás de ellos? Vanidad, por supuesto. El cuerpo humano está compuesto en un setenta por ciento de líquidos, la materia sólida sólo constituye el treinta por ciento restante. Del mismo modo, el carácter de un ser humano está compuesto en su mayor parte de orgullo; el resto es una mezcla de deseos, generosidad, miedo a la muerte y sentido del honor. Cuando un hombre enamorado camina por la calle con los ojos inyectados en sangre porque teme que una mujer —que es igual de orgullosa y desgraciada que cualquier otro ser humano, que también está llena de deseos y de soledad, sedienta de felicidad— pueda estar descansando en los brazos de otro hombre en cualquier rincón de la ciudad, lo que pretende no es salvar el cuerpo o el alma de su amada de un eventual peligro o deshonor, sino resguardar su propio orgullo de cualquier posible ofensa. Judit me dijo que había sido la amante del profesor griego de canto y yo asentí educadamente, como si fuese algo normal, y luego cambié de tema. Y, en efecto, en aquel momento no sentí nada. Pero mucho después, cuando ya estábamos divorciados y sabía que también la habían amado otros hombres, cuando ya vivía solo, una tarde me acordé del profesor griego de canto y no pude contener un gemido de rabia y desesperación. En aquel instante habría matado a Judit y al profesor si los hubiera tenido cerca. Sufría como una fiera herida porque una mujer, con la que ya no tenía nada que ver y cuya compañía rehuía porque nuestro matrimonio había fracasado en todos los sentidos, había sido una vez de otro hombre, del cual probablemente ya apenas se acordaba, como nos acordamos de un difunto que tuvo en nuestra vida un papel de escasa importancia. Y sin embargo, en el momento en que me lo confesó no sentí nada. Seguí pelando una manzana y mirando hacia delante con una expresión de condescendencia tan cortés como si me esperase exactamente esa noticia y me alegrase mucho de recibirla por fin.

De esa manera fuimos conociéndonos.

Luego Judit se sació de todo lo que mi dinero podía ofrecerle; había devorado todo lo que había podido como un niño goloso, hasta la náusea. Tras la saciedad llegaron la decepción y la apatía. Un día empezó a sentir un intenso resentimiento, no hacia mí o hacia el mundo, sino porque se había dado cuenta de que en la vida nadie puede competir con sus deseos y salir impune. Supe que en su infancia, cuando vivía en el campo con su familia, había padecido una pobreza increíble, totalmente escandalosa, un estado de indigencia similar al que a veces se describe en ciertos libros tendenciosos. Tenían una casita y unas hectáreas de tierra; pero la tierra terminaron por perderla a causa de las deudas contraídas para sacar adelante a tantos hijos. Sólo les quedó la casucha y un poco de jardín. Allí vivían el padre, la madre y una hermana mayor con parálisis. Los demás hijos tuvieron que marcharse, pero ni los muchachos ni las muchachas pudieron superar la servidumbre. Ella hablaba de su infancia sin sentimentalismos, con fría objetividad. Pasó mucho tiempo hasta que por fin empezó a hablarme de la pobreza. Nunca se abandonaba a recriminaciones estériles, para eso era demasiado femenina, es decir, inteligente y práctica al afrontar las cuestiones fundamentales de la vida. Uno no se enfada con el destino por la muerte, la enfermedad o la pobreza, hay que aceptarlas o soportarlas. Ella se limitaba a describir los hechos. Me contó que ella y su familia habían pasado un invierno viviendo bajo tierra. Judit tenía unos seis años cuando el hambre los obligó a abandonar la casa y mudarse a Nyírség para trabajar en el cultivo de melones. Y allí vivían bajo tierra. No en sentido figurado sino literal, vivían de verdad bajo tierra. Cavaron un hoyo enorme, lo cubrieron con juncos y pasaron dentro todo el invierno. Me contó también —con profusión de detalles, se notaba que aquel recuerdo infantil había dejado en ella una huella muy profunda— que aquel invierno hizo un frío inclemente y el rigor empujó a miles de ratones de campo a refugiarse en el hoyo donde hibernaban Judit y su familia. «Fue una situación muy desagradable», me dijo, pero sin la menor muestra de lamentación.

Imagínate, yo estaba en el lujoso restaurante y tenía sentada frente a mí a esa mujer espléndida, con los hombros cubiertos de visón y joyas relucientes adornando sus dedos, y no había hombre capaz de pasar a su lado sin devorarla con la mirada; y ella estaba allí tan tranquila, contándome en voz baja que era muy desagradable vivir en un hoyo excavado en la gélida tierra, con los ratones dando brincos sobre sus camastros. Y yo, sentado frente a ella, la miraba y la escuchaba sin decir nada. No me habría sorprendido que de repente me abofeteara sin venir a cuento, porque sí, porque se hubiera acordado de algo. Pero Judit seguía hablando con naturalidad de todo aquello. Sabía más de la pobreza, del mundo y de la convivencia humana que todos los tratados de sociología que hay en circulación. No acusaba a nadie ni a nada; sólo recordaba y observaba. Como te decía, un día se sació hasta la náusea. Quizá había recordado algo. O quizá había comprendido que no podía obtener en las tiendas del centro ningún tipo de resarcimiento por lo que le había faltado, a ella y a cientos de millones como ella; había comprendido que las soluciones individuales son inútiles. La vida arregla las grandes cuestiones de otro modo, no individualmente. Para los individuos no hay prevista compensación alguna por lo que le ocurrió al género humano ayer o hace mil años. Y todos los que escapan por un momento de la oscuridad y se bañan en la luz, incluso en esos dichosos instantes sienten el remordimiento de la traición, como si se hubieran comprometido para siempre con los que se han quedado allá abajo... ¿Era ella consciente de todo esto? No hablaba de ello. Nunca se habla de las razones de la pobreza. Ella la rememoraba como si se tratase de un fenómeno meteorológico. Y nunca culpaba a los ricos. Como mucho culpaba a los pobres; hablaba con un ligero sarcasmo de todo lo que se refiere a la miseria. Como si los pobres fueran los responsables. Como si la pobreza fuese una enfermedad y todos los que la sufren no hubiesen hecho lo suficiente para prevenirla: quizá no se cuidaron bastante o comieron demasiado, o no se pusieron un abrigo más grueso por las noches. Eso es lo que dicen en tono acusador los parientes de los enfermos inquietos, como si un pobre moribundo aquejado de una anemia fatal, al que le quedan pocas semanas de vida, hubiera tenido la posibilidad de evitar lo que le ha pasado: si se hubiera tomado a tiempo el jarabe o si les hubiera permitido que abrieran la ventana, o si no se hubiera atiborrado de aquellos dulces con tanto gusto y tanta gula, quizá nunca habría sufrido una anemia irreversible... Judit pensaba más o menos lo mismo de los pobres y la pobreza. Como si quisiera decir: «Alguien tiene la culpa.» Pero nunca acusaba a los ricos. Ella sabía mucho más de ese asunto.

Sabía más y, cuando se encontró frente a la mesa colmada del mundo, le entraron náuseas porque intentó comérselo todo y a dos carrillos. Pero los recuerdos eran más fuertes. Los recuerdos siempre son más fuertes.

Ella no era una sentimental... pero los recuerdos pudieron incluso con ella. Se notaba que estaba luchando contra esa debilidad. Hay sanos y enfermos, pobres y ricos desde que el mundo es mundo. Es posible aliviar la pobreza, intentar un reparto de los bienes más equitativo, poner freno al egoísmo, la avidez y la especulación, pero no es posible convertir a un inepto en un genio simplemente a través de la educación, o convencer a alguien duro de oído de que existe música celestial en el alma humana; es imposible acostumbrar a la generosidad a los avaros y los golosos. Judit lo sabía tan bien que ni siquiera necesitaba decirlo. El sol sale y se pone, y en algún lugar están los pobres; eso pensaba. Y ella había logrado salir del círculo de la pobreza porque era una mujer, porque era hermosa y porque a mí me había atacado la pasión. Ella sabía algo de mí. Por eso miró a su alrededor como quien despierta poco a poco de un estado hipnótico. Y empezó a observar.

Caí en la cuenta de que hasta aquel momento no se había atrevido a mirarme de verdad. Uno nunca mira a la cara a los ideales, a los seres sobrenaturales que tejen nuestro destino. Para ella, debió de formarse una especie de aura alrededor de mi persona durante aquellos años. Cegada por ese resplandor, sólo se atrevía a alzar la mirada hacia mi rostro con los ojos entornados. No era mi personalidad ni mi posición social, ni siquiera mi encanto masculino lo que había provocado tan honda impresión en ella. Yo era para ella un criptograma que uno no se atreve a descifrar porque los enigmáticos símbolos encierran el sentido de todas las alegrías y las desdichas. Yo representaba el estado al que uno aspira durante toda su vida, pero ante el que, cuando llega la posibilidad de que ese sueño se cumpla, uno retrocede con una sensación de rabia y desilusión. A Lázár le gustaba mucho *El sueño*, una obra de teatro de Strindberg. ¿La conoces? Yo nunca la he visto. Él citaba a menudo algunas líneas o resumía alguna escena. Decía que en ese drama hay un personaje cuyo mayor deseo es que la vida le conceda una caja de pesca verde, ya sabes, una de esas cajitas de color verde en las que los pescadores guardan hilo, anzuelos y cebo. El personaje envejece, le pasa la vida por encima y, por fin, un día los dioses se apiadan de él y deciden regalarle la caja de pesca... Y entonces el personaje, con el tan deseado presente en las manos, se acerca al proscenio, observa durante un buen rato la cajita y luego, con profunda tristeza, dice: «No era este verde...» Lázár citaba esta frase cuando la conversación giraba en torno a los deseos humanos. Y cuando Judit empezó a conocerme, poco a poco me fui percatando de que yo para ella «no era ese verde». Durante mucho tiempo no se atrevió a verme como yo era en realidad. Nunca nos atrevemos a reducir a dimensiones humanas lo que nuestro ferviente deseo ha transformado en un ideal. Ya vivíamos juntos y se había relajado esa insoportable tensión que había existido entre nosotros durante los últimos años, la fiebre había desaparecido y ya sólo éramos un hombre y una mujer, dos seres humanos con sus debilidades y sus soluciones prácticas, humanas... y sin embargo ella seguía queriendo verme como yo nunca me había visto, como una especie de sacerdote venido de otro mundo o un ser superior... Pero yo no era más que un hombre solo con esperanzas.

Este café se ha quedado desierto. Nosotros también nos vamos, si quieres. Pero todavía tengo que contarte el final. ¿Me das fuego? Gracias... Ya que he llegado a este punto de la historia y, si no te aburre, me gustaría contarte lo que esperaba y cómo llegué a saber la verdad y a soportarla.

Presta atención, que yo también estaré atento al explorar el fondo de mi alma. Voy por ahí predicando el valor de la verdad, por lo tanto, estoy obligado a ser sincero.

Yo, amigo mío, esperaba un milagro. ¿Qué milagro? Sencillamente, que el amor fuese eterno, que rompiera la soledad con su fuerza sobrehumana y misteriosa, que disolviera la distancia entre dos seres humanos y derribase todas las barreras artificiales que habían levantado la sociedad, la educación, el patrimonio, el pasado y los recuerdos. Quien corre peligro de muerte mira alrededor en busca de una mano tendida que le haga saber que aún hay compasión y solidaridad, que aún viven seres humanos en algún lugar. Con ese ánimo buscaba yo a Judit.

Naturalmente, una vez superada la primera etapa de confusión y tensión, Judit y yo nos buscamos con la fuerza del amor. Luego me casé con ella y esperé el milagro.

Imaginaba que el milagro llegaría de la manera más simple. Pensaba que el amor, en su crisol, derretiría cualquier oposición que hubiera entre nosotros. Me acosté con ella con el espíritu de un vagabundo que, tras años de exilio y largas peregrinaciones, por fin regresa a su país de origen. En casa todo es más sencillo y a la vez más enigmático, más misterioso, porque ni la más espectacular localidad extranjera puede hacernos vivir una experiencia comparable a la que guardan las habitaciones del hogar abandonado. Esa experiencia es la infancia. El recuerdo de la expectación. Eso es lo que hay en el fondo de todas las vidas. Queda impreso para siempre en nuestra memoria y aflora incluso cuando, mucho tiempo después, llegamos a ver maravillas como el Everest o el lago Michigan. Las voces, las luces, las alegrías y las sorpresas, las esperanzas y los miedos que encierra nuestra niñez, eso es lo que realmente amamos, lo que buscamos durante toda la vida. Y para un adulto, quizá sea el amor lo único que puede devolverle algo de esa espera temblorosa e impaciente... con la palabra «amor» me refiero no sólo a la cama y lo que conlleva, sino también a los momentos en que dos seres humanos se buscan, a la espera y a la esperanza que los empujan uno hacia otro.

Judit y yo nos acostamos juntos y nos amamos. Nos amamos con pasión, llenos de entusiasmo, de deseo, de ilusión, de esperanza. Seguramente esperábamos que en ese otro hogar limpio y primigenio que era la cama, en el dominio ilimitado y eterno del amor, podríamos reparar lo que el mundo y las personas habían estropeado. Todo amor que va precedido de una larga espera —y tal vez ni siquiera pueda llamarse amor lo que no se haya purificado en el fuego de la espera— confía en un milagro de la otra persona y de sí mismo. A ciertas edades —y Judit y yo, aunque en aquella época no éramos viejos, tampoco éramos ya jóvenes: éramos un hombre y una mujer en el sentido más humano y completo de la palabra—, ya no buscamos en la cama obtener del otro el placer, la felicidad o el éxtasis sino una verdad simple y profunda que el orgullo y la mentira han ocultado hasta entonces, incluso en los momentos de amor: la auténtica conciencia de que somos humanos, hombres y mujeres, y tenemos una misión común en la tierra, una tarea que tal vez no sea tan personal como creíamos. No se puede eludir esa tarea, pero se puede deformar a fuerza de mentiras. A partir de una edad buscamos la verdad en todo, por lo tanto, también en la cama, en la dimensión más física y oscura del amor. No importa que la persona amada sea atractiva —al cabo de un tiempo ya ni repararás en su belleza—, no importa que sea más o menos excitante, inteligente, experimentada o curiosa, o que responda a tu pasión con idéntico ardor. ¿Qué es lo importante entonces? La verdad. Igual que en la literatura y en todos los ámbitos humanos: ser espontáneos, sorprendernos con el maravilloso regalo del placer, y al mismo tiempo, a pesar de nuestro egoísmo y nuestra avidez, ser capaces de dar alegría con la misma generosidad, sin planearlo y sin segundas intenciones, con ligereza, casi sin darnos cuenta... Ésa es la verdad en la cama. No, viejo, en el amor no hay *pjatiletka*, no hay planes cuatrienales y quinquenales. El sentimiento que empuja a una persona hacia otra no puede planearse de antemano. La cama es un lugar salvaje, una selva virgen llena de sorpresas e imprevistos, un ambiente tórrido, cargado de los efluvios venenosos de flores exóticas, un enredo inextricable de lianas lleno de fieras de ojos centelleantes agazapadas en las tinieblas, las bestias del deseo y la pasión, siempre listas para el ataque. La cama también es eso, de alguna manera. Es una jungla, la penumbra, sonidos extraños que llegan de lejos y tú no sabes si es el grito de una persona a quien una fiera ha atrapado por la yugular junto a un arroyo o si es el grito de la propia naturaleza, que es a la vez humana, animal e inhumana... Ella conocía los secretos de la vida, del cuerpo, de la conciencia y de la inconsciencia. Para ella el amor no era una simple serie de encuentros ocasionales sino una eterna vuelta al hogar, a la niñez familiar, una niñez que era lugar de nacimiento y a la vez fiesta, la luz anaranjada de un paisaje al atardecer y el sabor familiar de la comida, la excitación de la espera y, en el fondo de todo, la seguridad de que más tarde, cuando caiga la noche, no habrá que tener miedo de los murciélagos, pues uno vuelve a casa cuando se cansa de jugar y allí lo esperan una lámpara encendida, un plato caliente y una cama hecha. Eso era el amor para Judit.

Como he dicho antes, yo mantenía la esperanza.

Pero la esperanza no es otra cosa que miedo de aquello que más deseamos y en lo cual no creemos ni confiamos del todo. Ya sabes, uno no espera lo que ya tiene... existe de todas formas, pero al margen de nuestra vida. Estuvimos de viaje durante un tiempo. Luego volvimos a casa y alquilamos una villa en las afueras de la ciudad. No lo decidí yo sino Judit. Si ella lo hubiera deseado, naturalmente yo la habría introducido «en sociedad», aunque habría procurado invitar a nuestra casa a personas sensatas que no fueran esnobs, que viesen en lo que nos había pasado algo más que un tema de cotilleo... Porque obviamente la sociedad, ese otro mundo del que yo hasta hacía poco era un miembro honorario y Judit una simple criada, había seguido el transcurso de los acontecimientos con gran interés. Parece que ciertas personas sólo viven para esto, de pronto ves que adquieren una agilidad electrizante, se revigorizan, sus ojos empiezan a brillar y no sueltan el teléfono desde el alba hasta el ocaso... En semejante ambiente, a nadie le habría sorprendido que los periódicos trataran en grandes titulares «nuestro asunto», del que ya se hablaba con lujo de detalles, como de un delito. Y quién sabe si no tenían razón en los términos de las leyes sobre las que está basada la sociedad. Tiene que haber un motivo por el cual las personas aguantan el tedio opresivo de la convivencia organizada, de otro modo no seguirían debatiéndose en la atroz trampa de ataduras ya gastadas; los hombres no aceptarían sin rechistar las renuncias a las que los fuerzan las convenciones sociales si, en el fondo, no estuvieran convencidos de su validez. Por lo tanto, consideran que nadie tiene derecho a buscar su satisfacción, tranquilidad y alegría según sus propias reglas, porque ellos, que son la mayoría, han aceptado de común acuerdo soportar la censura de los sentimientos y los deseos, esa censura general que es la civilización... Por eso se indignan y crean tribunales de guerra secretos para dictar sentencias despiadadas en forma de cotilleos en cuanto se enteran de que alguien se ha atrevido a rebelarse y a buscar por su cuenta un remedio a la soledad. Ahora que ya estoy solo, a veces me pregunto si de verdad es tan injusto el reproche de la gente cuando ve que alguien busca una solución irregular a los problemas de su vida...

Pero eso lo pregunto así, entre tú y yo, pasada la medianoche.

Las mujeres no lo entienden. Sólo un hombre es capaz de entender que en la vida existe algo más que la felicidad. Tal vez sea ésa la mayor y más irremediable diferencia que separa a hombres y mujeres de todos los tiempos y lugares. Para la mujer, si es una verdadera mujer, sólo hay una patria de verdad: el territorio que ocupa en el mundo el hombre al que ella pertenece. Para el hombre en cambio existe también esa otra patria enorme, eterna, impersonal, trágica, con banderas y fronteras. Con esto no quiero decir que las mujeres no sientan apego por la sociedad en la que han nacido, por el idioma en el que juran, mienten y hacen la compra, por el paisaje en el que han crecido; tampoco quiero decir que ellas no alberguen sentimientos de afecto, abnegación, espíritu de sacrificio y lealtad, quizá a veces incluso de heroísmo hacia esa otra patria, la patria de los hombres. Pero, en realidad, una mujer nunca muere por una patria, sino por un hombre. Juana de Arco y todas las demás excepciones son mujeres varoniles... Hoy en día abunda cada vez más este último tipo. ¿Sabes?, el patriotismo de las mujeres es mucho más discreto, carece de las contraseñas secretas que tanto gustan a los hombres. Ellas opinan como Goethe, que decía que si la casucha de unos campesinos arde es una verdadera tragedia y, en cambio, si es la patria lo que se arruina, normalmente sólo es pura retórica. Ellas vivirán para siempre en esa casucha de campesinos. Por eso la custodian celosamente, le dedican la vida y el trabajo, por ella están dispuestas a cualquier sacrificio. En esa casa hay una cama, una mesa, un hombre, a veces uno o dos niños. Ésa es la verdadera patria de las mujeres.

Como antes te decía, nos amábamos. Y voy a decirte otra cosa, por si no lo sabías: el amor, si es verdadero, siempre es letal. Ahora me explico: su fin no es la felicidad, el idilio «hasta que la muerte nos separe», cogidos de la mano paseando bajo los tilos en flor, tras los cuales se vislumbra la mansa luz de la lámpara que refulge en el zaguán de la casa, que nos acoge y envuelve en sus frescos olores... Eso es la vida, pero no es el amor. El amor es una llama más siniestra, más trágica. Un día se enciende el deseo de conocer esa pasión destructiva.

¿Sabes?, cuando ya no quieres nada para ti, cuando no buscas el amor para estar más sano, más tranquilo, más satisfecho, sino que sólo quieres *ser*, por completo y aun a costa de tu vida. Ese sentimiento llega tarde, muchos no llegan a conocerlo nunca... Son los prudentes; no me dan envidia. También están los glotones, de curiosidad insaciable, que beben de cada tazón que se encuentran... Ésos son, sencillamente, lamentables. Luego hay otros decididos y astutos, los carteristas del amor, que roban un sentimiento a la velocidad del rayo, arrancan un poco de ternura y de intimidad de los escondrijos de un cuerpo y a continuación desaparecen en la oscuridad, se pierden con una sonrisa cruel en el oscuro caos de la vida. Están también los cobardes y los precavidos, que lo calculan todo, en el amor y en los negocios; tienen una agenda donde apuntan los objetivos y los plazos de la vida sentimental, y viven según esas estrictas anotaciones. La mayoría son así, unos inútiles. Y por último están los pocos que un día comprenden lo que la vida quiere con el amor, lo que pretende al entregar ese sentimiento al género humano... ¿Lo hace por nuestro bien? La naturaleza no es benévola. ¿Quiere ofrecernos la esperanza de la felicidad? La naturaleza no necesita tales fantasías humanas, sólo quiere crear y destruir, pues ésa es su función. Es cruel porque tiene un plan bien definido y es insensible porque su plan no tiene en cuenta en absoluto al género humano. La naturaleza regala al ser humano la pasión, pero pretende que esa pasión sea incondicional.

En cualquier vida que sea digna de tal nombre llega un momento en que uno se hunde en una pasión como si se estuviera zambullendo en las cataratas del Niágara. Sin salvavidas, naturalmente. No creo en los amores que empiezan como un simpático paseo campestre, caminando por el bosque inundado de sol con la mochila a la espalda, entonando alegres canciones... ya sabes, esa exuberancia de «día de fiesta» que invade la mayoría de las relaciones humanas en sus fases iniciales... Esa exuberancia es bastante sospechosa. La pasión no tiene nada de fiesta. Esa fuerza sombría que crea y destruye el mundo sin cesar no pregunta nada a aquellos a quienes toca, no quiere saber si les gusta o no, no le importan mucho los sentimientos humanos. Lo da y lo pretende todo: exige un impulso incondicional que se alimenta de la misma energía primordial que la vida y la muerte. No hay otro modo de conocer una pasión de verdad... ¡Y qué pocos llegan a este punto! Las personas en la cama se acarician y se hacen cosquillas, se cuentan un mar de mentiras, fingen debilidad, quitan al otro por egoísmo lo que más les conviene y a lo mejor se dignan, por complacerse a sí mismas, arrojarles algunas sobras de su satisfacción... Y no saben que todo eso no tiene nada que ver con la pasión. No es casualidad que en la historia de la humanidad las grandes parejas de amantes estén rodeadas de la misma aura de respeto y veneración que los héroes que, con suprema valentía y por propia voluntad, arriesgan la piel en alguna hazaña grandiosa y desesperada. Sí, los verdaderos enamorados también arriesgan la piel, en el sentido más literal de la expresión; y es precisamente en esa empresa donde la mujer tiene un papel tan importante como el hombre y demuestra que posee un espíritu heroico, como el caballero que parte a la conquista del Santo Sepulcro. También los amantes verdaderos y valientes buscan un eterno y misterioso Santo Sepulcro, por eso afrontan largos peregrinajes y se enzarzan en duras luchas, en las que reciben heridas y perecen...

¿Qué otro sentido tiene ese impulso aciago e incondicional que empuja a los tocados por esa última pasión unos hacia otros? La vida se expresa a través de esa energía y enseguida abandona a sus víctimas con indiferencia. Por eso se ha respetado tanto a los amantes en todos los tiempos y en todas las religiones, porque al estrecharse en un abrazo están subiendo a la hoguera. Los verdaderos, claro, esos pocos valientes, los elegidos. Los demás sólo buscan una mujer como buscan una bestia de carga, o sólo quieren pasar una hora entre níveos y amables brazos, o que acaricien su vanidad masculina o femenina, o satisfacer un impulso biológico... Eso no es amor. Detrás de cada abrazo verdadero está la muerte con sus sombras, que son tan intensas y poderosas como los destellos de los haces de luz de la felicidad. Detrás de cada beso verdadero se esconde el deseo secreto de la aniquilación, ese sentimiento extremo de felicidad que ya no regatea, la conciencia de que no hay otro modo de ser feliz que perderse del todo en un sentimiento y entregarse a él por completo. Y ese sentimiento no tiene propósito. Quizá por eso los enamorados han sido objeto de tan profunda veneración en las religiones ancestrales y en los poemas del pasado... En el fondo de la conciencia humana yace el recuerdo de lo que en el principio era el amor. Era algo distinto, algo más que el mero contrato de compraventa social en que se ha convertido, algo más que un pasatiempo o un juego del estilo del *bridge* o del baile... Recuerdan que hubo un tiempo en que a cada ser viviente se le asignó una temible tarea: el amor, es decir, la expresión completa de la vida, la perfecta comprensión del sentido de la existencia y su natural consecuencia, la aniquilación. Pero eso se descubre mucho más tarde. ¡Y qué poco importan entonces la virtud, la moral, la belleza o las buenas cualidades del otro implicado en el desempeño de esta tarea! Amar significa simplemente conocer por completo la felicidad y luego perecer. Pero hay millones y millones de personas que sólo esperan ayuda del ser amado, remedios caritativos, un poco de ternura, de paciencia, de perdón, alguna caricia... Y no saben que lo que obtienen de esta manera es algo insignificante y que hay que saber entregarse sin condiciones porque en eso consiste el juego.

Así empezó el amor entre Judit Áldozó y yo cuando nos fuimos a vivir a la villa de las afueras.

O al menos así empezó para mí. Era yo el que experimentaba esos sentimientos, era yo el que esperaba. Seguía yendo al despacho, pero tenía ya tan poco interés por mi trabajo... como un gerente malversador que sabe que un día descubrirán sus turbios manejos y entonces se verá obligado a abandonar su empleo, su entorno... ¿Qué era lo que iban a descubrir de mí? Pues que yo ya no tenía nada que ver con el papel que desempeñaba en la sociedad. Pero seguía cumpliendo los horarios y las normas con extrema pulcritud. Llegaba antes que nadie a la fábrica y por la tarde me marchaba a las seis, cuando ya sólo quedaba el guardia de vigilancia en su puesto. Cruzaba la ciudad caminando, como hacía antes. También entraba en aquella vieja pastelería y, a veces, veía allí a mi mujer, a la primera... casi podría decir la verdadera, la mujer justa. Porque a Judit nunca, ni por un momento, la sentí mi esposa. Ella era la otra. ¿Qué sentía en aquellos momentos, cuando volvía a ver a la mujer justa? No me dejaba llevar por el sentimentalismo, pero la sangre siempre desaparecía un poco de mi cabeza, la saludaba azorado y miraba hacia otro lado. Porque, ¿sabes?, el cuerpo nunca olvida, como el mar y la tierra no olvidan que una vez fueron uno.

Pero yo ni siquiera quería hablar de esto ahora, aunque ya te lo he contado casi todo. El final de la historia es tan insulso como los finales de todas las historias humanas... ¿Quieres oírlo?

Pues claro, ya que he empezado tendré que terminar. Pues estuvimos un año viviendo en ese estado físico y espiritual inverosímil. Durante un año viví como en una selva tropical, rodeado de fieras salvajes, enredaderas de abrazo mortal, piedras y arbustos infestados de serpientes. Pero a lo mejor mereció la pena vivir aquel año. Y el anterior, y el siguiente.

Lo que pasó antes más o menos ya lo sabes. Lo que pasó después incluso a mí me sorprendió. Quizá piensas que voy a decirte que un día descubrí que Judit me engañaba. Pues no, viejo amigo, eso lo supe mucho más tarde. Ella me engañó cuando ya no podía hacer otra cosa.

Lo que tardé un año en saber era que Judit Áldozó me robaba.

• • •

No me mires con esa expresión tan incrédula. No lo estoy diciendo en sentido figurado. No me hurtaba sentimientos sino dinero. Y de forma sistemática, como se dice en los informes de la policía.

¿Cuándo empezó a robarme? Enseguida, desde el primer momento. Espera, déjame pensar. No, al principio no me robaba, sólo me mentía. Como ya te he dicho, al principio, cuando ella vivía en el hotel, yo abrí una cuenta a su nombre en mi banco y le entregué un talonario. Esa cuenta se quedó sin fondos sorprendentemente deprisa... Tal derroche era bastante incomprensible. Es cierto, compraba muchas cosas, pieles, vestidos, y yo no prestaba atención a la cantidad y la calidad de las mercancías, sólo me interesaba su avidez patológica; me preocupaba esa ansia morbosa de compensación... En resumen, un día el banco me avisó de que la cuenta de Judit estaba en números rojos. Naturalmente, ingresé una nueva suma a su favor, esta vez un poco menos conspicua. Unas semanas después ese dinero también había desaparecido. Entonces decidí amonestarla y, más en broma que en serio, le dije que quizá no tenía una idea bastante precisa de nuestra situación económica, que durante su estancia en Inglaterra debía de haberse alterado su percepción del dinero y que aquí en casa, en Hungría, la riqueza se entendía de una manera mucho más discreta y modesta de lo que ella imaginaba. Pareció que se daba por aludida, pues no me pidió más dinero. Luego nos mudamos a la villa y cada mes ponía a su disposición una cantidad de dinero considerable, que ella gastaba en la economía doméstica y en sus necesidades personales. Jamás volvimos a hablar del tema.

Pero un día encontré una carta y la abrí. Era una notificación del banco para Judit, mi esposa, en la que informaban de un abono en su cuenta de veintiséis mil pengős. Me quedé mirando la carta y frotándome los ojos. En ese primer momento se me inyectaron los ojos en sangre: estaba celoso. Me imaginé que Judit había traído ese dinero de Inglaterra, donde, además del profesor griego de canto del que me habló una vez, debía de haber tenido otros amantes, Dios sabe cuántos, refinados señores que habrían pagado generosamente por sus favores... Ese sentimiento, esa sensación me dolió tanto que di un puñetazo en la mesa. De inmediato me dirigí al banco y allí supe que Judit no había traído ese dinero de Inglaterra sino que lo había ido ingresando poco a poco, en pequeñas cuotas. El primer ingreso lo había efectuado el mismo día en que le di la libreta de cheques.

Cosas de mujeres, dices, y sonríes. Yo pensé lo mismo al principio y sonreí con alivio. Parecía evidente —las fechas de los ingresos también lo indicaban— que Judit me pedía dinero para guardarlo a escondidas en otra parte. Y yo que creía que se lo gastaba en ropa, que lo derrochaba sin sentido... Y lo derrochaba, sí, pero no de un modo tan insensato. Como averigüé después, ella regateaba a muerte cuando compraba algo y exigía facturas por un importe superior al precio verdadero de compra. Las señoritas de los locales de alterne suelen embaucar de esa forma a sus ingenuos y frívolos galanes. Como te decía, en el momento en que supe que Judit me ocultaba mi dinero, sonreí aliviado.

Volví a meter la notificación del banco en el sobre, lo pegué con cuidado y lo dejé donde Judit pudiera verlo. De mi descubrimiento no dije una palabra, pero en aquel momento empezó para mí una nueva variedad de celos. Yo vivía con una mujer que tenía un secreto. Igual que esas mujeres maliciosas que en el almuerzo, mientras conversan cordialmente con sus familiares y sus seres queridos, que confían en ellas, mientras aceptan sacrificios y regalos de un hombre que cree en su honestidad, están pensando en la cita que tienen esa tarde, cuando suban a hurtadillas al piso de un desconocido y durante unas horas arrojen al fango los sentimientos humanos traicionando a aquellos que las mantienen y les dan su confianza. Debes saber que soy un hombre chapado a la antigua y siento un infinito desprecio por las mujeres que cometen adulterio. Mi desprecio es tan profundo que no puede atenuarlo ninguno de los argumentos que ahora están de moda. Nadie tiene derecho a la aventura equívoca, sucia y soez que esas mujeres llaman felicidad, una felicidad obtenida a costa de ofender, en secreto o abiertamente, los sentimientos de otra persona... Yo mismo he sido autor de tales vilezas y también víctima, y si hay algo en mi vida de lo que me avergüenzo y me arrepiento profundamente es de haber roto un matrimonio. En lo que a sexualidad se refiere, puedo comprender todo tipo de aberraciones, puedo comprender que alguien se sumerja en las medrosas profundidades del deseo carnal y comprendo también las delirantes y grotescas formas de la pasión... El deseo nos habla en mil lenguas diferentes. Todo eso hay que tenerlo en cuenta. Pero sólo las personas libres pueden arrojarse a aguas tan profundas y revueltas... Todo lo demás es un vil engaño, peor aún que la crueldad deliberada.

Dos personas que significan algo la una para la otra no pueden vivir guardando un secreto en el corazón. En eso consiste la traición. Lo demás ya no tiene importancia... son cosas del cuerpo, en la mayoría de los casos, un triste jadeo, nada más; amores calculados en lugares prefijados, amores por horas, carentes de espontaneidad... ¡qué tristes, qué mezquinos! Y detrás de todo hay un secreto canalla que infecta la convivencia, como si en alguna parte de la bonita casa, quizá bajo el canapé, hubiese un cadáver en descomposición.

Desde el día en que encontré la carta del banco, Judit tenía un secreto. Y era muy hábil ocultándolo.

Ella lo iba guardando y yo la observaba con atención. Si hubiera contratado un detective privado para que siguiera sus pasos no habría estado mejor vigilada. Vivíamos bien juntos, siempre sonriendo con cordialidad, según las reglas de la serena convivencia entre hombres y mujeres, y mientras tanto fingíamos. Ella fingía que no tenía secretos para mí y yo fingía que me lo creía. La vigilaba y reflexionaba. Tiempo después pensé que a lo mejor todo habría resultado distinto si la hubiese abordado con severidad y, revelándole mi descubrimiento, la hubiese obligado a confesar. Quizá eso habría dejado entre nosotros un ambiente más limpio, como una violenta tormenta ocasional que refresca un bochornoso día de verano. Pero es muy probable que yo mismo temiera esa confesión. Me inquietaba terriblemente que la mujer con quien compartía mi destino me ocultara un secreto. Para una mujer que había vivido la infancia en medio de los campos, que había pasado un invierno en un hoyo infestado de ratones y que luego había sido criada, veintiséis mil pengős era una barbaridad de dinero, toda una fortuna. Y ese dinero se fue acumulando y multiplicando. Si se hubiese tratado simplemente de que Judit, con la astucia y el sentido práctico que desde la noche de los tiempos distinguen a las mujeres, apartaba la calderilla del dinero que le entregaba para los gastos de la casa... Esas cosas son irrisorias. Las mujeres actúan así porque en su corazón habita la eterna duda, la eterna sospecha de que el hombre no entiende la realidad de la vida, de que el hombre puede conseguir, pero no guardar. Todas las mujeres se preparan para la época de las vacas flacas. En los asuntos de dinero, hay mujeres intachables que engañan a sus maridos como las criadas más taimadas o los ladrones más sigilosos. Saben que el mayor secreto de la vida reside en guardar algo: la compota de frutas, un hombre, el dinero, en resumen, todo lo que es importante que permanezca... Con esa idea engañan y roban, hacen desaparecer de vez en cuando unos fillér o un par de pengős. Es casi una virtud femenina, una especie de sabiduría mezquina y terca. Pero Judit no me robaba fillér o pengős. Judit me robaba a conciencia, me expoliaba sistemáticamente de mis bienes, en silencio, con la sonrisa en los labios, presentándome facturas falseadas y ocultándome dinero.

Vivíamos de forma sosegada y cordial, Judit me robaba y yo la vigilaba. Así empezó el final de esta historia.

Sin embargo, un día supe que me estaba privando no sólo de mi riqueza sino también de ese algo misterioso que constituye la condición esencial de la vida de un ser humano: el amor propio. Mira, sé muy bien que el contenido de este concepto puede confundirse con la vanidad. Es un concepto de hombres, las mujeres se encogen de hombros cuando lo oyen. Las mujeres, por si no lo sabías, no tienen amor propio. Aman tal vez al hombre al que pertenecen, su rango social o familiar, o su reputación. Pero de sí mismas, de ese fenómeno que es una amalgama de conciencia y carácter cuyo nombre es «yo», las mujeres sólo tienen una percepción muy vaga, descuidan el valor de su personalidad y tienden a ser demasiado indulgentes con ellas mismas.

Descubrí que ella estaba saqueándome deliberadamente o, al menos, estaba haciendo todo lo que su discreción le permitía para llevarse el mayor trozo posible de mi hogaza de pan. Ya sabes, de ese pan que yo creía que era de los dos y que en aquella época, más que un pan era todavía una auténtica tarta, sobre todo para ella... Pero eso no lo supe por los demás, ni siquiera por el banco, que —con perfecta buena fe— me informaba regularmente del constante aumento del patrimonio de Judit. No, amigo mío, lo descubrí en la cama. Y me dolió tanto... Pues sí, es en casos como éste cuando los hombres nos damos cuenta de que no se puede vivir sin dignidad.

Lo descubrí en la cama cuando ya hacía un tiempo que vigilaba sus maniobras. Creía que el dinero lo guardaba para su familia. Tenía una familia numerosa, hermanos y hermanas dispersos por el mundo, casi como si vivieran en otra época de la historia, en un abismo del que yo lo conocía todo con la razón, pero en cuyos secretos no tuve el valor de indagar con los ojos del corazón. Creía que me desvalijaba por encargo de aquella comunidad misteriosa y clandestina. Quizá su familia había contraído deudas o quizá querían comprar tierras... ¿Me preguntas por qué nunca me lo había contado? Yo también me lo pregunté. Y hallé la respuesta enseguida. No me había dicho nada porque se avergonzaba de la pobreza, porque la pobreza es también una especie de conspiración, una alianza secreta, un pacto eterno y mudo. Los pobres no sólo quieren una vida mejor. No, los pobres también pretenden dignidad, porque saben que están soportando una gran injusticia y por eso el mundo los respeta como a héroes. Y ciertamente lo son; ahora, conforme voy envejeciendo, me doy cuenta de que son ellos los únicos héroes auténticos. Las demás formas de heroísmo son fenómenos ocasionales o impuestos por las circunstancias, o peor aún, son pura ostentación. Pero ser pobre durante sesenta años, cumplir sin protestar con todos los deberes a los que la familia y la sociedad lo obligan y, al mismo tiempo, poder seguir siendo humano y honrado, quizá incluso alegre y caritativo: eso es auténtico heroísmo.

Creía que robaba para su familia. Pero no, Judit no era una sentimental. Robaba para sí misma, sin un fin determinado, con la diligencia, seriedad y circunspección de quien sabe por experiencia milenaria que la prosperidad no dura mucho, que los señores son caprichosos y la suerte es veleidosa como el viento, y que si la fortuna nos sienta una vez frente a la tinaja de la manteca más nos vale llenar bien la panza cuanto antes porque enseguida llegarán las vacas flacas. Ella robaba por previsión, no por magnanimidad o por piedad. Sabía muy bien que si hubiera querido ayudar a su familia no habría tenido más que decírmelo... Pero Judit sentía hacia su familia un miedo instintivo, sobre todo cuando ya había conseguido poner un pie en la otra orilla, en la orilla de los señores. Su índole voraz y cautelosa no conocía la caridad.

Y mientras tanto no me quitaba el ojo de encima, a mí, al señor. «¿Qué hace? ¿Todavía no se ha aburrido de mí? ¿No me despacha? Entonces vale, estoy a tiempo de embolsarme un poco más...» Me observaba en la mesa y en la cama. Y la primera vez que me percaté de ello me ruboricé de vergüenza. Fue una suerte para Judit que el cuarto estuviera en penumbra. El hombre no conoce sus límites. Si en aquel momento no me hubiera dominado, tal vez la habría matado... tal vez. Pero no tiene sentido hablar de ello.

Fue sólo una mirada en un momento de intimidad y ternura. Yo había cerrado los ojos y los abrí de improviso. Y en la penumbra vi una cara, una cara conocida y fatal que se sonreía con una expresión desconfiada, maliciosa y sarcástica. Entonces comprendí que Judit, como ya había ocurrido otras veces, cuando yo creía vivir momentos de entrega total y abandono incondicional junto a ella, la mujer con quien me había fugado de las convenciones humanas y sociales, en ese preciso instante me miraba con ligera pero indudable burla. ¿Sabes?, con la actitud del criado que te observa a hurtadillas y se pregunta: «Vamos a ver, ¿qué hace el señorito?», o bien exclama: «Ay, los señores siempre igual», y a continuación te ofrece sus servicios. Descubrí que Judit, dentro y fuera de la cama, no me amaba, me servía. Igual que cuando era doméstica en la casa de mis padres y me limpiaba la ropa y los zapatos. Igual que más tarde, cuando me servía la comida en las ocasiones en que yo visitaba a mi madre. Me servía porque ése era su papel con respecto a mí y en los grandes papeles que el destino impone a los hombres no se puede forzar un cambio. Y cuando empezó su peculiar duelo conmigo y con mi primera esposa, no creyó ni por un momento que el sentimiento que nos unía pudiese dar equilibrio a nuestra relación y que los papeles que nos separaban pudieran deshacerse, pudieran cambiar. Nunca creyó que su papel en la vida respecto a mí pudiese ser algún día distinto del de criada. Y como esto no sólo lo sabía con la mente sino también con el cuerpo, con los nervios, incluso en sus sueños, y como era tan consciente de su pasado y de sus orígenes, nunca se había rebelado contra la posición que la vida le había asignado, sólo actuaba como le dictaban sus leyes vitales. Ahora también comprendo eso.

¿Si me dolió, preguntas?

Sí, mucho.

Pero no la eché enseguida. Fui orgulloso y no quise que supiera el daño que me había hecho. Dejé que me ofreciera sus servicios durante un tiempo, en la cama y en la mesa, y soporté que siguiera robándome un poco más. Ni siquiera le dije entonces que conocía sus pequeños y sucios negocios ni que, en un momento de descuido, había sentido sobre mí en la cama sus ojos curiosos, burlones y despectivos... La historia entre dos personas tiene que llegar siempre hasta el final, hasta sus últimas consecuencias, si es necesario hasta la aniquilación. Al cabo de un tiempo, en cuanto me dio otro motivo para hacerlo, la eché sin mucho ruido y ella se fue sin rebelarse, no hubo salidas de tono entre nosotros. Cogió su hato —que se había vuelto bastante grande, puesto que dentro habían terminado cayendo numerosas joyas y hasta una casa— y se fue. En silencio, no dijo una palabra, igual que a los quince años, cuando llegó. Y antes de irse me miró desde el umbral con la misma mirada muda, inquisitiva y distante que tenía la primera vez que la vi en el pasillo.

Lo más hermoso de ella eran sus ojos. A veces aún los veo en sueños.

Sí, se la llevó el tipo bajito y corpulento. Incluso nos retamos a duelo... esas situaciones son penosas, pero no siempre se pueden evitar.

Que nos echan, viejo amigo.

Camarero, la cuenta, por favor. Hemos tomado... ¡De eso ni hablar! Esta noche pago yo si me permites. No protestes, hoy has sido mi invitado.

No, no tengo ganas de irme contigo a Perú. Cuando uno ha llegado a alcanzar la soledad perfecta, ¿qué sentido tiene marcharse a Perú o a cualquier otra parte? ¿Sabes?, un día comprendí que nadie puede ayudarnos. El deseo de amar y ser amados permanece, pero no hay nadie que pueda servir de ayuda. Cuando uno comprende esto, se hace fuerte y solitario.

Pasaron muchas cosas mientras tú andabas en Perú.

Tercera Parte

¿Qué estás mirando, corazón?... ¿Las fotos? Míralas con calma. Así por lo menos no te aburres mientras preparo el café.

Espera, voy a ponerme una bata. ¿Qué hora es?... ¿Las tres y media? Voy a abrir un momento la ventana. No, no te levantes, quédate en la cama. Mira cómo brilla la luna llena. Qué silencio... A esta hora la ciudad está profundamente dormida. Dentro de poco empezará el ruido, a las cuatro ya se oye el traqueteo de los camiones que llevan al mercado las verduras, la leche, la carne. Pero ahora Roma está inmersa en el sueño, a la luz de la luna... La mayoría de las noches a esta hora ya no duermo porque, desde hace un tiempo, me despierto a las tres de la madrugada con los latidos de mi corazón... ¿Por qué te ríes? No, no son los latidos de cuando dormimos juntos... ¡No te rías de mí! El médico dice que a esa hora cambia la frecuencia cardíaca, ¿sabes?, como cuando el motor cambia de la primera marcha a la segunda. Y otro... no, ése no era médico... una vez me dijo que a las tres de la madrugada se produce un cambio en el magnetismo de la Tierra. ¿Tú sabes lo que es eso? Yo tampoco. Él lo había leído en un libro sueco. Sí, lo dijo él, el de la foto que tienes en la mano.

No te muevas, tesoro... ¡Si supieras lo guapo que estás así, tumbado en la cama, apoyado en el codo, con el pelo cayéndote sobre la frente! Cuerpos masculinos tan maravillosos como el tuyo sólo se ven en los museos. Y tu cabeza también, sí... por algo es la cabeza de un artista. ¿Por qué me echas esa mirada ladina? Sabes que te adoro. Eres guapísimo. Eres un artista. Eres único. Un regalo divino. Quiero darte un beso, ¡no te muevas! No, sólo aquí, en el ángulo del ojo. Y en la sien. Eso, tranquilo... ¿Tienes frío? ¿Quieres que cierre la ventana? La calle está templada y los dos naranjos que hay debajo de la ventana brillan a la luz de la luna. Cuando no estás aquí por la noche, me quedo muchas veces apoyada en la ventana, contemplando esta calle deliciosa y tranquila, la vía Liguria, bañada de madrugada por el resplandor de la luna. Sólo falta que pase alguien a hurtadillas entre los edificios, igual que en la Edad Media. ¿Y sabes quién anda por ahí? No quiero que te rías de mí... ¡Porque no soy tan estúpida, hijo, sólo por estar enamorada de ti y pensar que eres el único y el último! Es la vejez, que ronda por la vía Liguria, debajo de mi ventana, y por Roma entera, y en otros sitios: en todo el mundo.

La vejez, esa ladrona asesina. Un buen día se tizna la cara, igual que un ladrón, y entra en la habitación. Con las dos manos te arranca el pelo de la coronilla, de un puñetazo en la boca te arranca los dientes, te roba la luz de los ojos, los sonidos de los oídos, los buenos sabores del estómago... vale, no sigo. ¿A qué viene esa risa tan socarrona? Aún tengo derecho a amarte y como ves no me hago de rogar, devoro a dos carrillos la felicidad que me das. Es imposible hartarse de algo tan dulce... No me da vergüenza, confieso que ya no podría vivir sin ti... ¡No te preocupes, no pienso ir a buscarte subida a una escoba hasta lo alto del Capitolio! Llegará el día en que ya no tenga derecho a amarte porque seré vieja. El vientre flácido, los pechos caídos... No me consueles. Sé muy bien cómo funcionan las cosas. Entonces ya sólo podría recibir de ti una limosna. O un regalito, algo así como la miseria que pagan a los trabajadores por las horas extra... ¿Por qué me miras de reojo? Ya verás como será así. He aprendido que hay que retirarse a tiempo... ¿Quieres saber de quién lo aprendí? Sí, eso también lo aprendí de la persona de la fotografía.

¿Qué me preguntas? Espera, ese camión de verduras hace mucho ruido. ¿Si era mi marido? No, mi amor, no era mi marido. Mi marido fue el otro, ese de la esquina del álbum, el que lleva puesto el abrigo de piel. No mi segundo marido, del que ahora llevo el nombre, sino el primero. Él fue el hombre justo... si es que existe algo parecido. El segundo sólo se casó conmigo. Para ser más exactos, yo compré ese matrimonio, entonces ya había pasado la frontera y necesitaba papeles en regla y un pasaporte. Además, llevaba ya un tiempo divorciada del primero. ¿Que dónde está la foto del segundo? Pues no lo sé... No la guardé porque después no quería verlo ni en sueños. Cuando soñaba con él siempre eran pesadillas, como cuando uno sueña con indecencias, con mujeres peludas hasta el ombligo o con cosas así... ¿Por qué te sorprendes? En la vida de los hombres, las mujeres entran y salen. Pero hay algunos cuyas vidas son... como lugares de paso, con las mujeres dándose la vez unas a otras. Mi segundo marido era uno de éstos. Y en la vida de las mujeres también hay una serie de hombres dispuestos a llamar a su puerta... Los que tienen pocas pretensiones llaman y preguntan con modestia: «¿Se puede...? ¡Sólo será un momento!» Entonces las mujeres necias se ponen a gritar, preguntando con indignación qué clase de insolencia es ésa, por qué dicen que sólo será un momento... Y dan con la puerta en las narices al inoportuno. Luego se arrepienten de haber reaccionado de una forma tan impulsiva y empiezan a espiar por el ojo de la cerradura para ver si por casualidad ese descarado sigue allí, sombrero en mano... Y al ver que ya no está se ponen de mal humor. Y después... a veces mucho tiempo después... una noche las alcanza el frío porque a su alrededor ya se ha enfriado todo y se acuerdan de que fue un error echarlo porque ahora no estaría mal que estuviera por allí cerca, en la fría habitación, en la fría cama, cerca, para poder tocarlo, para que esté allí aunque mienta y sea un descarado... ¿Como tú?... Gracias a Dios, tú todavía estás aquí. Tú eres tan insolente que no podría alejarte de mí... ¿Por qué sonríes? He dicho gracias a Dios. Deja de tragar saliva con esa cara pícara, eres un mal bicho.

Está bien, ya basta. Ya te has divertido bastante. ¿Quieres que siga?

Claro que a mi puerta también llamaron, y más de uno. Pero el segundo sólo fue mi marido sobre el papel. Yo llegué a Viena con dos maletas en el cuarenta y ocho porque ya estaba harta de la democracia popular. En las dos maletas llevaba todo lo que había quedado de mi vida de señora, además de las joyas.

Mi segundo marido llevaba ya varios años viviendo en Viena. Vivía de casarse de cuando en cuando con mujeres de las que luego se divorciaba. Había emigrado a Viena justo después de la guerra porque era un tipo listo y sabía que era mejor abandonar la bella Hungría cuanto antes. Tenía los papeles en regla, a saber de dónde los había sacado. Se casó conmigo por cuarenta mil florines, más otros veinte mil por el divorcio. Y yo pagué, me lo pude permitir porque tenía las joyas. Lo sabes muy bien... Ha quedado incluso para ti, ¿no? ¿Lo ves? Hay que vivir con moderación. Todo fue bien hasta que una tarde se presentó en el hotel donde yo vivía por mi cuenta y empezó a decir que aquello no era un matrimonio simulado, insistía en reclamar sus derechos como marido. Por supuesto que lo eché. ¿Sabes?, hoy en día esos matrimonios simulados son muy frecuentes, las mujeres se casan para conseguir los papeles... Y hay matrimonios simulados en los que en un periquete nacen tres hijos... Hay que andarse con ojo. Pues sí, lo eché a la calle. Y como regalo de despedida me pidió también la pitillera de plata que vio sobre la mesilla. Pero nunca volvió, se fue a buscar a una nueva esposa.

¿Mi verdadero marido? Era ese del abrigo de piel, el de la foto que estás mirando ahora. ¿Qué dices? ¿Que se nota que era un caballero? Pues claro, era uno de esos a los que llaman señor. Aunque ¿sabes?... es difícil explicar en qué se diferencian los verdaderos señores de los que sólo se comportan como señores, pero que luego resulta que no lo son. Los hay ricos y bien educados, pero también hay otros que, aunque no son ni ricos ni en realidad tan bien educados, son unos señores. Hombres ricos y elegantes hay muchos. Señores, pocos. Tan pocos que ni siquiera merece la pena hablar de ellos. Y son tan raros como ese animal extraño que vi una vez en el zoológico de Londres, el okapi. A veces he llegado a pensar que el que es realmente rico no puede ser un señor de verdad. Entre los pobres aún se encuentran algunos de vez en cuando. Pero son tan poco corrientes como los santos.

¿Mi marido? Como te digo, era un señor. Pero no era un señor completo y con todas las consecuencias... ¿Sabes por qué? Porque se ofendió. Cuando me conoció... quiero decir, cuando me conoció de verdad y sin tapujos... se ofendió y se divorció de mí. Ahí fue donde falló... Pero no era un estúpido. Sabía que el hombre que deja que le hagan daño, el que se ofende, no es un verdadero señor. Entre mi gente también podías encontrar algunos señores. Muy rara vez, es cierto, porque nosotros éramos tan pobres como los ratones de campo con los que dormíamos cuando era pequeña.

Mi padre era vendedor de melones en Nyírség. Éramos mendigos, de los que cavan un hoyo en la tierra y pasan el invierno dentro, con los ratones. Pero cuando pienso en mi padre lo veo siempre como un señor. Porque no había modo de ofenderlo. Era un hombre tranquilo... Bueno, si se enfadaba, pegaba. Tenía unos puños duros como piedras. A veces se sentía impotente cuando el resto del mundo le ataba las manos por ser un muerto de hambre. Entonces se quedaba callado, mirando hacia delante. Sabía leer y también podía garabatear su nombre, pero pocas veces aprovechaba esa habilidad. Prefería estar callado. Creo que a veces también pensaba, pero sólo un momento. De vez en cuando conseguía aguardiente y entonces bebía hasta perder el conocimiento.

Pero, si junto todos mis recuerdos, veo que mi padre, ese hombre que vivía con la mujer y los hijos en un hoyo, entre ratones... no puedo olvidar un invierno en que él no tenía zapatos y el cartero le dio un par de chanclos agujereados y él andaba con aquello y con los pies envueltos en trapos..., la verdad es que él no se ofendió en toda su vida.

Mi primer marido, el verdadero, guardaba sus zapatos en un armario para el calzado, tenía tantos pares de finos zapatos que encargó que le hicieran un armario aparte. Y siempre estaba leyendo, doblado sobre libros endemoniadamente cultos. Pero siempre parecía que estaba ofendido. Durante mucho tiempo pensé que era imposible ofender a una persona que poseía tantas cosas y tan refinadas que tenía que comprar un armario para los zapatos. Este asunto de los zapatos no lo saco porque sí. Cuando llegué a casa de mi marido, eso fue lo que más me gustó. Me gustaba, pero a la vez me daba aprensión... Resulta que de pequeña, durante mucho tiempo, yo no tuve zapatos. Había cumplido ya los diez años cuando por fin me dieron un par que me iban bien y que eran míos propios. Eran unos zapatos usados, se los había regalado la mujer del teniente de alcalde a su cocinera. Tenían una fila de botones, en aquella época todavía se llevaban. A la cocinera le apretaban mucho y una mañana de invierno, cuando fui a llevarle la leche al ayuntamiento, se apiadó de mí y me regaló aquel maravilloso par de zapatos. Tal vez fuera por eso por lo que me alegré tanto, después del asedio, al encontrar mi baúl de viaje, que luego tuve que dejar en Budapest, cuando abandoné la democracia popular. En aquel baúl tenía todos mis zapatos y había quedado intacto tras el asedio. Por eso me alegré... Bueno, basta ya de zapatos.

Aquí está el café. Espera, que traigo también los cigarrillos. Me ahogo con este tabaco americano, tan dulzón. Sí, comprendo que eres un artista y tienes que fumar. Trabajando de noche en ese local, seguro que te fumas unos cuantos. Pero cuida tu corazón, tesoro. Yo no podría sobrevivir si a ti te pasara algo.

¿Que cómo llegué a la casa de mi marido?... Pues como podrás imaginar, no me llamaron para que fuera su esposa. Hasta mucho después no me convertí en la mujer legítima, la señora de la casa, vamos, la ilustrísima señora... Me llamaron para trabajar de criada, me admitieron en el servicio como doméstica.

¿Por qué me miras así? No estoy bromeando.

Te digo que era una criada. Ni siquiera una criada de verdad, sólo asistenta de cocina y doméstica. Porque aquélla era una casa grande, cariño, una verdadera casa de señores. Podría contarte muchas cosas de aquella casa, de sus costumbres: cómo vivían, cómo comían, cómo se aburrían, cómo conversaban. Estuve muchos años caminando de puntillas por aquella casa, no me atrevía a decir ni mu, del miedo que tenía. Claro, pasaron años hasta que me dejaron entrar en sus habitaciones porque yo no sabía nada, no tenía la menor idea de cómo había que comportarse en una casa tan refinada. Tuve que aprender mucho. Al principio sólo podía trabajar en los cuartos de baño y en los aseos. Tampoco me dejaban acercarme a la comida en la cocina, como mucho podía pelar patatas o ayudar a fregar los platos... ¿Sabes?, como si mis manos siempre estuvieran sucias y temiesen que ensuciara todo lo que tocase. Pero tal vez ni siquiera eran ellos los que pensaban así... la ilustre señora, la cocinera, el criado. Quizá era yo misma la que creía que en aquella hermosa casa mis manos no estaban tan limpias como correspondía... Tuve esa sensación durante mucho tiempo. En aquella época tenía las manos enrojecidas, ásperas, llenas de ampollas y durezas. No eran tan bonitas, tan blancas y suaves como ahora. No me decían nada malo de mis manos, pero yo no me atrevía a tocar nada por temor a dejar huellas... Y tampoco me atrevía a tocar la comida. Imagínate a los médicos cuando operan, que se ponen una mascarilla fina delante de la cara, una especie de bozal, porque temen que su aliento resulte infeccioso. Pues yo aguantaba la respiración del mismo modo cuando me inclinaba sobre los objetos que ellos utilizaban... el vaso del que bebían o la almohada sobre la que dormían... Sí, ríete, pero cuando limpiaba la taza del retrete después de que ellos la usaran me cuidaba mucho de que en la bella y nívea taza no quedaran las huellas del contacto con mis manos. Ese miedo, esa infinita precaución no desaparecieron nunca.

¡Ya veo lo que estás pensando! Crees que el temor y la inquietud desaparecieron el día en que mi suerte cambió y me convertí en la señora de la casa, en la gran dama, en la ilustrísima señora... Pues no, pequeño, te equivocas. No desaparecieron. Llegó ese día y yo seguía igual de inquieta que en mis tiempos de criada, muchos años atrás. Nunca estuve tranquila ni contenta en aquella casa.

¿Por qué? ¿Acaso no lo había recibido todo allí, lo bueno y lo malo, no me desquité de todas las humillaciones?

Es una pregunta muy difícil, corazón. La revancha, ¿sabes?... A veces pienso que ése es el mayor problema entre las personas.

A ver, dame esa foto. Hace mucho que no la miro... Pues sí, éste era él, mi marido. ¿Y el otro, dices, el calvo con cara de artista? Sí, a lo mejor era artista... sabe Dios. Pero puede que no fuera un verdadero artista. No era un artista de los pies a la cabeza, como por ejemplo lo eres tú. Eso se puede apreciar hasta en la foto... Siempre tenía esa mirada seria y burlona, como si no creyera en nada, en nada ni en nadie en el mundo entero, ni siquiera en sí mismo... en que también era un artista... En esta foto parece un poco cansado; se le notan los años. Al verla dijo que parecía que estaba usado. Ya te figuras, como esas caras que aparecen en la publicidad, el antes y el después del uso. La tomé en el último año de la guerra, entre dos ataques aéreos. Estaba sentado delante de la ventana, leyendo, y ni se dio cuenta cuando se la hice. No le gustaba que lo fotografiaran. No quería que lo dibujaran. Ni quería que lo mirasen mientras leía. Ni que le hablaran cuando estaba callado. Ni que... pues no, no quería que lo quisieran. ¿Qué preguntas?, ¿si me quería? No, tesoro, a mí no me quería. Sólo me toleró durante un tiempo en la habitación cuyo rincón se ve en la foto. Esas estanterías, esos incontables libros también se destruyeron poco después de que hiciese la foto. La habitación también se destruyó. Igual que el edificio. Cuando hice la foto estábamos sentados en ese cuarto del quinto piso, entre dos ataques aéreos. Todo lo que se ve en la foto quedó destruido.

¿No te bebes el café? Toma un cigarrillo y escúchame bien.

No te asombres, corazón. Sigo poniéndome nerviosa cuando hablo de este tema. Pasamos por tantas cosas los que nos quedamos en Budapest durante el asedio y vimos todo lo que ocurrió antes y después... Fue misericordia divina que te libraras de todo eso allí, en el campo. Eres un tipo estupendo, maravilloso.

Sí, desde luego, en Zala todo era más fácil. Pero nosotros, que nos llenábamos de moho en los sótanos de Budapest mientras esperábamos las bombas, estábamos en un buen aprieto. E hiciste muy bien en no aparecer por Budapest hasta el invierno del cuarenta y siete, cuando ya había gobierno y volvieron a abrir el local. No dudo que te recibieran con los brazos abiertos, pero no hables con nadie de eso, hay mucha gente cruel. A ver si a algún malintencionado le da por pensar que tenías tus motivos para quedarte agazapado en tu pueblecito de Zala hasta el cuarenta y siete... Vale, ya me callo.

Ese hombre, el artista, una vez me dijo que todos los que sobrevivimos al asedio de Budapest nos habíamos vuelto locos. Y que ahora vivíamos en el mundo como los locos en un manicomio.

¿Quieres saber a qué se dedicaba el artista? Pues no tocaba la batería precisamente. Sólo hay un batería en el mundo y ése eres tú. Él no tenía permiso de trabajo italiano. ¿Sabes?, tenía un trabajo para el que no es necesario tener ningún permiso. En una época escribía libros. No frunzas el ceño, ya sé que no te gustan los libros. No soporto ver cómo arrugas tu magnífica frente. No te rompas la cabeza, seguro que no conoces su nombre. ¿Si escribía letras? ¿Como las letras de las canciones que tú tocas en el local? No, creo que de eso no escribía. Aunque es cierto que cuando lo conocí estaba ya sumido en un estado de ánimo tal que si se lo hubieran pedido probablemente habría escrito hasta canciones para las cantantes de los cafés. Para entonces ya no le interesaba ninguna forma de escritura. Creo que habría escrito incluso textos publicitarios u octavillas... tanto despreciaba la escritura, las palabras escritas. Despreciaba lo que escribía él y lo que escribían todos los demás... ¿Por qué? No lo sé, pero tengo una sospecha. Una vez dijo que entendía a los que queman libros porque ningún libro ha podido ayudar jamás a las personas.

¿Si estaba loco? ¿Ves?, en eso no había pensado nunca. ¡Qué listo eres!

¿Quieres que te cuente cómo era la vida en aquella casa tan refinada donde yo servía? Está bien, te lo contaré. Pero te advierto que lo que voy a contarte no es ningún cuento sino aquello que en los libros de texto llaman «historia». Ya sé que las letras y el colegio nunca han sido lo tuyo. Pero escúchame de todos modos. Porque el mundo del que voy a hablarte ya no existe. Igual que ya no existen los antiguos magiares, que recorrían el mundo a lomos de sus caballos reblandeciendo la carne bajo sus sillas de montar y llevaban siempre el yelmo y la armadura, y vivían y morían en ellas... Pues mis señores también eran figuras históricas, como Árpád y los siete caudillos, si es que aún te acuerdas de lo que aprendiste en la escuela del pueblo... Voy a sentarme aquí, en la cama, a tu lado. Dame un cigarrillo. Gracias.

Me gustaría explicarte por qué no me sentía a gusto en aquella casa tan refinada. Aunque ellos fueron realmente buenos conmigo. La ilustre señora me trataba como a una huérfana, ya sabes a lo que me refiero, como a una pobre y pequeña criatura indefensa, una pariente pobre que los ricos acogen. Y esa familia benefactora hace todo lo posible para que la advenediza no tenga muy presentes sus miserables orígenes. Puede que fuera esa bondad lo que más me enfurecía.

Con el ilustre señor hice las paces muy pronto. ¿Sabes por qué? Porque era un malvado... Él fue el único de la familia que nunca fue bueno conmigo. Nunca me llamaba Juditka. No me hacía regalos baratos ni me daba objetos desechados por él, como hacían la ilustre señora o el señorito, que luego se casó conmigo y me regaló el título nobiliario de la misma manera en que la ilustre señora me había regalado su viejo y despeluchado abrigo... el título de consejero superior del gobierno, que él despreciaba y ni siquiera utilizaba. No podías llamar ilustre señor a mi marido, había que llamarlo sencillamente señor doctor... pero a mí sí que me decían ilustre señora cuando nos casamos. Y mi marido no decía nada, aguantaba con expresión un tanto irónica que el servicio me llamara ilustre precisamente a mí, parecía que le divertía que los otros, aquellos necios, aún se tomaran en serio esas cosas...

El ilustre señor era diferente. Él sí dejaba que lo llamásemos ilustre porque era un hombre práctico y sabía que la inmensa mayoría de las personas no sólo es avara sino además estúpida y orgullosa, y que no se puede hacer nada para remediarlo... El señor nunca pedía. Él sólo daba órdenes. Cuando yo hacía algo mal soltaba tal gruñido que a mí del susto se me escapaba la fuente de las manos. Cuando me miraba empezaban a sudarme las palmas de las manos y me ponía a temblar como una hoja. Tenía la misma mirada que las estatuas de bronce que se ven aquí, en las plazas italianas... Te habrás fijado en esas estatuas de principios de siglo, cuando ya erigían estatuas de bronce hasta a los burgueses... a tipos barrigudos, con levitas y pantalones mal planchados, es decir, a los patriotas, que no han hecho otra cosa en la vida sino levantarse por las mañanas y servir a la patria hasta la noche... o como ese al que levantaron una estatua por haber fundado la primera carnicería de carne de caballo de la ciudad... y los pantalones esculpidos en bronce están tan arrugados como en el original, cuando eran de tela... Pues el viejo señor tenía la misma mirada de bronce de principios de siglo cuando observaba el mundo que lo rodeaba, como los antiguos y verdaderos burgueses de las estatuas. Yo para él era aire, como si no fuera una persona sino sólo una pieza de una máquina. Cuando le llevaba el zumo de naranja a la habitación... porque los señores tenían unas costumbres muy particulares: empezaban el día con un zumo de naranja y seguían con una taza de té solo antes de la gimnasia y del masaje, y sólo entonces desayunaban de veras en el comedor, y llenaban bien la panza, pero con tanta ceremonia que aquello parecía la misa de Pascua en el pueblo... pues cuando le llevaba el zumo de naranja nunca me atrevía a mirar ni de reojo hacia la cama en la que el ilustre señor estaba tumbado, leyendo a la luz de una lámpara.

El viejo en aquella época aún no era tan viejo. Y ahora puedo decir que a veces, cuando le ayudaba a ponerse el abrigo en el oscuro recibidor, me daba un pellizco en las nalgas o me tiraba un poco de la oreja... daba señales inequívocas de que yo le gustaba y de que la única razón por la que no se aprovechaba de mí era que él era un señor de clase y consideraba indigno tener una relación con una criada de la casa. Pero yo, que era la criada, no pensaba así, de ningún modo... Si el viejo hubiera insistido en obtener algo de mí seguro que yo habría obedecido... sin querer, sólo porque sentía que no tenía ningún derecho a protestar si un hombre tan poderoso y severo quería algo de mí. Probablemente él pensaba lo mismo y se habría sorprendido mucho de encontrar resistencia por mi parte.

Pero nunca se dio el caso. Él era el señor y punto, por eso las cosas iban como él quería. Ni en el delirio de la fiebre se le habría pasado por la cabeza que también se me podía tomar por esposa. Y nunca, ni en sus sueños más recónditos, se preguntó si habría sido correcto o incorrecto llevarme a la cama. Por eso me gustaba más servirlo a él. Yo era joven y estaba sana, con mi cuerpo y mis instintos podía sentir y casi oler la salud, y me mantenía alejada de todo lo que estuviera enfermo. El viejo todavía era un hombre sano. Su mujer y su hijo... sí, el que más tarde se casó conmigo... ya estaban enfermos. Yo todavía no era consciente de eso, pero lo presentía.

Porque todo era peligroso en aquella bonita casa. Durante mucho tiempo mantuve los ojos bien abiertos, como cuando de pequeña me llevaron al hospital. Para mí el hospital fue una gran experiencia, tal vez la más bonita, la más importante de toda mi infancia. Me había mordido un perro aquí, en el gemelo, y el médico del pueblo no permitió que mis padres intentaran curarme la mordedura en aquel hoyo... ni que me vendaran la herida con trapos... Mandó a un guardia municipal a buscarme y me obligó a ingresar en el hospital.

El hospital del pueblo más cercano estaba en un edificio antiguo, pero a mí me pareció un lugar maravilloso, un castillo encantado sacado de un cuento.

Allí dentro todo me parecía interesante y espantoso... ¡Incluso el olor, ese olor a hospital de pueblo, era emocionante! Y agradable, nuevo, completamente diferente del olor del hoyo, de la caverna subterránea en la que mis padres, mis hermanos y yo vivíamos como animales, como el hurón o el topo, o el ratón de campo. Me pusieron una vacuna contra la rabia, unas inyecciones muy dolorosas, pero ¡qué me importaban a mí las inyecciones y la rabia! Observaba noche y día lo que pasaba a mi alrededor, en la sala común donde estaba acostada junto a suicidas fallidos, enfermos de cáncer y epilépticos. Mucho tiempo después, en París, vi un grabado muy hermoso que representaba un hospital francés antiguo, de la época de la revolución, una gran sala con arcadas en la que había un montón de gente harapienta sentada en las camas. Era la misma atmósfera irreal del hospital donde pasé los días más felices de mi infancia, los días en que temían que hubiera cogido la rabia.

Pero no la cogí, me curaron antes. O al menos no la tuve en aquel momento y no como se describe en los libros. Pero es posible que quedara en mí algo del veneno de la rabia... luego lo he pensado a veces. Dicen que los seres que tienen la rabia siempre tienen sed, pero al mismo tiempo tienen miedo al agua... Yo también sentí algo así cuando mi suerte cambió a mejor. Me había sentido sedienta durante toda mi vida y, cuando por fin tuve la ocasión de calmar esa sed, me eché atrás con aprensión... No tengas miedo, ¡no te voy a morder!

Me acordé del hospital y de la rabia cuando llegué a aquella hermosa casa.

El jardín no era grande, pero era tan aromático como una droguería de pueblo. Los señores de la casa encargaban toda clase de hierbas raras del extranjero. ¡Porque ellos lo encargaban todo del extranjero, hasta el papel higiénico! ¡No me mires así, de reojo, que no te estoy tomando el pelo! Nunca hacían la compra como el resto de los mortales, ellos llamaban por teléfono a sus proveedores de confianza y éstos les llevaban a domicilio todo lo que les hacía falta... la carne para la cocina, las plantas para el jardín, los nuevos discos para el gramófono, las acciones, los libros, las sales perfumadas que había que añadir al agua del baño, las lociones para la cara y para el cuerpo después del baño, los jabones y las cremas, era para volverse loco, y todo aquello tenía unos perfumes tan embriagadores, excitantes y dulces que me daban náuseas y a la vez me entraban ganas de llorar de la emoción cada vez que limpiaba el cuarto de baño después de que lo usaran y olía sus jabones y sus colonias, todos los restos de olores y secreciones que quedaban tras ellos...

Los ricos son muy raros, amor mío. ¿Sabes?, yo también fui una especie de rica durante mucho tiempo. Una doncella me lavaba la espalda cuando tomaba el baño por las mañanas. Y tenía un coche, un descapotable, con chófer y todo. Y otro coche más, un deportivo también descapotable, con el que volaba por las carreteras... Y no sentía la menor vergüenza cuando estaba rodeada de ricos, puedes creértelo. No tenía nada de tímida y me llené bien los bolsillos. Hubo momentos en que llegué a pensar que yo misma era rica. Pero ahora sé que nunca, ni por un momento, fui una verdadera rica. Yo sólo tenía joyas y dinero en el banco. Todo me lo habían dado ellos, los ricos. O se lo quitaba yo cuando se presentaba la ocasión. Porque yo era una niña muy lista y desde que era así de pequeña ya sabía que tenía que ganarme la vida; vivía en el hoyo, había aprendido enseguida que no hay que ser holgazán, que hay que coger todo lo que los demás desechan, olerlo y tocarlo, morderlo, esconderlo... todo lo que se encuentre, tanto si es una cacerola agujereada como si es un anillo de brillantes... Uno nunca es bastante aplicado, eso ya lo sabía cuando era una cría.

Ahora que han vuelto los malos tiempos me pregunto a veces si me esforcé lo suficiente, si fui lo bastante atenta y aplicada. No siento remordimientos. Más bien me pregunto si no olvidaría llevarme algo... Por ejemplo, el anillo que vendiste ayer... lo vendiste de maravilla, cariño, no, no lo digo por eso, nadie sabe vender una joya como tú, no sé lo que haría yo sin ti... Pues ese anillo lo llevaba siempre la ilustre señora. Se lo había regalado el señor para celebrar las bodas de plata. Lo encontré por casualidad en una cajita cuando ella murió. Para entonces yo ya era la señora de la casa, y de manera oficial. Me puse el anillo y lo estuve mirando un rato. Y me acordé de que un día, muchos años antes, cuando acababa de llegar a la casa, estaba haciendo la limpieza y... mientras la ilustre señora perdía el tiempo en el cuarto de baño... yo encontré ese mismo anillo grueso y anticuado, con una piedra engarzada, entre las cosas que había en la mesa del tocador. Y recordé que entonces también me lo había puesto y lo había mirado un poco; pero aquella vez estaba tan emocionada y temblorosa que lo solté enseguida sobre la mesa y me fui corriendo hasta el aseo porque sentía unos calambres tremendos en todo el cuerpo y un horrible dolor en el estómago. Tan fuerte había sido el efecto que el anillo me causó. Pero, al morir la señora, no dije nada a mi marido cuando encontré ese objeto de culto familiar, simplemente me lo eché al bolsillo. No se puede decir que lo robara porque me correspondía, pues mi marido me regaló todos esos chismes brillantes cuando su madre murió. Pero me quité el antojo de echarme al bolsillo, sin que mi marido lo supiera, precisamente ese anillo que la señora había llevado con tanto orgullo. Y lo he tenido guardado hasta ayer mismo, cuando por fin lo vendiste.

¿De qué te ríes? ¿No te crees que encargaran al extranjero hasta el papel higiénico? Mira, en aquella casa había cuatro cuartos de baño... uno era para la señora, con los azulejos de color verde pálido; otro para el señorito, con los azulejos amarillos, y otro para el ilustre señor, de color azul marino. En cada cuarto de baño tenían un papel higiénico del mismo color que los azulejos, que encargaban a Estados Unidos. En Estados Unidos inventan de todo, tienen fábricas enormes y hay muchos millonarios. Me gustaría llegar hasta allí algún día... He oído que mi marido también... el primero, se fue para allá cuando acabó la guerra y decidió que tenía que marcharse de la democracia popular. Pero yo ya no querría encontrarme con él... ¿Por qué? ¡Porque no! Creo que si dos personas se han dicho ya todo lo que se tenían que decir no tiene sentido que sigan hablando.

Pero eso tal vez no sea cierto. Puede que haya una conversación que no se termine nunca... Escucha, que te lo sigo contando.

El personal de servicio también disponía de un cuarto de baño, pero ése estaba cubierto de sencillos azulejos blancos. Y el papel que usábamos los sirvientes era un sencillo papel blanco, un poco áspero... Había un gran orden en aquella casa.

El viejo era el alma de aquel orden. Porque allí todo funcionaba con la máxima precisión, como el mecanismo del fino reloj de pulsera que vendiste hace dos semanas. El servicio se levantaba a las seis de la mañana. Para la ceremonia de la limpieza doméstica había que prepararse como para la misa de los domingos. Las escobas, los cepillos, los trapos del polvo, los suaves paños con los que limpiábamos los cristales de las ventanas, los ungüentos para el parquet y para los muebles... aquellas cremas finas con las que untábamos el suelo eran como las que preparan a precio de oro en los salones de belleza para las damitas elegantes... Y había máquinas fantásticas que hacían mucho ruido: la aspiradora, que no sólo quitaba el polvo de las alfombras sino que además podía cepillar el suelo, o el encerador, que dejaba el suelo tan resplandeciente que yo a veces, mientras trabajaba, me quedaba mirándome en él... Me inclinaba sobre el suelo lustroso y me perdía mirando mi imagen reflejada en aquel espejo, como las ninfas de los relieves griegos, con el mismo arrobamiento del personaje de un cuadro que vi una vez en un museo, un tal Narciso, un muchacho que se mira en las aguas de un lago y se enamora de su hermoso y afeminado reflejo...

Nos vestíamos cada mañana para hacer la limpieza como si fuésemos actores que se preparan para la representación. Nos poníamos un disfraz. El criado se colocaba un batín que parecía una chaqueta de hombre vuelta del revés. La cocinera se ponía una bata blanca parecida a las que usan las enfermeras en el quirófano, y también una cofia, y lo hacía de un modo que parecía convencida de verdad de que la estaban esperando el cirujano y el paciente, tumbado en la mesa de operaciones. ¡Y yo, cuando todavía era de madrugada, ya andaba sujetándome el pelo con la cofia, como las pastorcillas que recogen flores de edelweiss en las operetas! Luego comprendí que no sólo me vestían así para que estuviera más guapa sino por precaución higiénica, porque no se fiaban de mí, temían que estuviera sucia o infestada de gérmenes. Esto no me lo decían a la cara, como te puedes imaginar. Quizá ni siquiera pensaban así... Pero en cualquier caso se protegían contra todo y contra todos. Estaba en su naturaleza. Eran tremendamente suspicaces. Se protegían de las bacterias y de los ladrones, del frío y del calor, del polvo y de las corrientes. Se protegían del envejecimiento, del deterioro físico, de las caries. Lo protegían todo constantemente, sus dientes y la tapicería de los muebles, las acciones y los pensamientos que habían heredado o tomado prestados de algún libro... Yo no era consciente de esto, sólo lo intuía. Pero comprendí enseguida que también se protegían de mí porque podía contagiarles algo.

¿Qué podía contagiarles? Era joven y estaba sana como una rosa. Y, sin embargo, hicieron que su médico de cabecera me examinara. Fue un reconocimiento odioso, parecía que hasta el propio médico se sentía incómodo. Era un hombre mayor, que trató de llevar a cabo con humor la embarazosa inspección... pero sentí que desde su punto de vista de médico, de médico de cabecera, la aprobaba... había un señor joven en la casa, un estudiante, y era de temer que tarde o temprano empezara a relacionarse conmigo, con una pinche que hasta hacía poco vivía bajo tierra, en un hoyo. Tenían miedo de que le contagiase la tuberculosis o la sífilis... Sentí que aquel anciano inteligente la aprobaba y a la vez se avergonzaba un poco de tanta cautela y desconfianza. Pero resultó que no estaba enferma, así que dejaron que me quedara, como si fuera un perro de buena raza que no necesitaba vacunas. Y al señorito no le contagié ninguna enfermedad. Sólo que un día, mucho más tarde, se casó conmigo. Con ese peligro no contaban, así que no pudieron evitar esa infección imprevista. Ni siquiera el médico de la casa podía pensar en algo así... Nunca es uno bastante prudente, querido. Creo que al ilustre señor le habría dado un ataque si un día se le hubiera pasado por la cabeza que también existe en el mundo una infección de este tipo.

La señora era diferente. Ella tenía otros miedos. No temía por su marido, su hijo y su fortuna, no. Temía por todo el conjunto... ¿Sabes?, ella veía la familia, la fábrica, aquella casa que parecía un palacete y todo aquel esplendor como una de esas piezas raras de anticuario de las que sólo queda un ejemplar. Como un jarrón chino que vale mucho, yo qué sé, millones, y que si se rompe no hay nada que pueda reemplazarlo. Todo, su vida... lo que eran, su manera de vivir... para ellos era una obra de arte que valía una fortuna. A veces pienso que no era tan estúpida su aprensión, pues allí se perdió algo que era insustituible.

¿Qué dices? ¿Quieres saber si ella estaba loca? Pues claro, estaban todos locos. Sólo se salvaba el ilustre señor. Pero nosotros, los demás, incluidos los criados de la casa... ya ves, he estado a punto de decir los enfermeros... poco a poco íbamos contagiándonos de la locura. ¿Sabes?, igual que los trabajadores de un manicomio... los enfermeros, los médicos, el director, todos acaban contagiándose de ese veneno sutil, invisible e impalpable que es la locura, un veneno que se propaga desde las salas en las que viven los locos... Aunque ningún aparato pueda detectarlo, la locura sigue contagiándose. Cuando una persona sana aterriza entre locos, termina por volverse loca ella también. Tampoco éramos muy normales nosotros, que les lavábamos la espalda, les preparábamos la comida... el criado, la cocinera, el chófer y yo... éramos el servicio, así que fuimos los primeros en contagiarnos de su locura... Imitábamos sus modales para reírnos de ellos, pero cada vez lo hacíamos más en serio... En el fondo los admirábamos y tratábamos de vivir, vestirnos y comportarnos igual que ellos. En la cocina, a la hora de comer, nosotros también intercambiábamos un montón de palabras amables y rebuscadas, y hacíamos los mismos gestos amanerados que habíamos visto en el comedor. Nosotros también decíamos cuando rompíamos un plato: «¡Qué nerviosa estoy! ¡Tengo migraña!» Mi pobre madre parió seis hijos en el hoyo, pero nunca la oí decir que tuviera migraña. Probablemente porque no tenía la menor idea de lo que podía ser la migraña, ni de si eso se comía o se bebía... Pero yo tenía migrañas porque llegué allí muy joven, era lista y cogía las cosas al vuelo, y si por torpeza rompía un plato en la cocina, me apretaba la sien con los dedos, ponía cara de estar sufriendo mucho y decía a la cocinera: «Se ve que hoy tenemos viento del sur...» Y la cocinera y yo no sonreíamos con sorna, no nos reíamos la una de la otra porque ya podíamos permitirnos nosotras también tener migraña. Yo cambié deprisa. No sólo se me blanquearon las manos, también palidecía de otra forma, en mi interior. Un día, cuando mi madre volvió a verme... llevaba ya tres años sirviendo en la casa... ella se echó a llorar. Pero no lloraba de alegría. Lloraba de miedo, como si en medio de la cara me hubiera crecido otra nariz.

Los señores de la casa estaban locos, pero su locura se manifestaba de una forma muy educada: actuaban como quien no hace cosas raras, cumple con sus quehaceres en los momentos adecuados, sonríe amablemente, se inclina como corresponde y luego, de improviso, dice cualquier grosería o le clava al médico unas tijeras en el pecho... ¿Sabes en qué se veía que estaban locos? Quizá en que estaban muy rígidos. Hasta sus palabras y sus movimientos eran rígidos. A sus gestos les faltaba esa naturalidad, esa blanda flexibilidad que posee la gente sana. Sonreían y se reían como si fueran actores que, a base de práctica y de largos ensayos, han aprendido a hacer una mueca de sonrisa. Hablaban muy bajito, sobre todo cuando se enfadaban, y entonces apenas movían los labios, sólo susurraban. Nunca oí una voz más alta que otra en aquella casa. El viejo era el único que soltaba un gruñido de vez en cuando, pero él también estaba ya contagiado porque de pronto parecía muy asustado, bajaba el tono y se mordía la lengua y se tragaba el final de la palabrota.

Siempre estaban haciéndose reverencias, incluso cuando estaban sentados, como los trapecistas del circo cuando agradecen el aplauso.

Durante la comida se ofrecían los platos como si fueran los invitados en un casa ajena. «Toma, querida», o «querido, ¿no te gustaría...?», y en todo eran igual. Tardé un tiempo, pero al final me acostumbré.

También tuve que acostumbrarme a llamar a las puertas. ¿Sabes?, ellos nunca entraban en el cuarto de otro sin llamar a la puerta. Vivían bajo el mismo techo y, sin embargo, parecían tan lejanos unos de otros como si entre sus habitaciones hubiera kilómetros de distancia y fronteras invisibles... La ilustre señora dormía en la planta baja. El señor, en el primer piso. Y el señorito, mi futuro esposo, en el segundo, en la buhardilla. Le habían construido una entrada aparte, con su propia escalera de acceso a su pequeño imperio, y tenía su propio coche, y más tarde tuvo también su propio criado. Se cuidaban mucho de no molestarse mutuamente. Por eso yo creía a veces que estaban locos. Y cuando los imitábamos en la cocina no era para burlarnos de ellos. En los primeros años, al principio, hubo veces en que no podía reprimirme la risa del asombro... pero al ver la indignación de los mayores, la cocinera y el criado... era como si hubiera cometido un sacrilegio, como si me hubiera reído de lo más sagrado... entonces me serenaba y me sonrojaba de vergüenza. Comprendí que allí no había nada de lo que reírse. La locura nunca es cosa de risa.

Pero era algo más que locura. Necesité mucho tiempo para comprender de qué se trataba... qué era lo que guardaban con un esmero tan demencial, con su manía por la higiene, con sus normas de hospital y sus modales, con el porfavorquerida y el loqueteapetezcaquerido... No era que guardaran su dinero o, al menos, no era eso únicamente. Porque con el dinero también se comportaban de forma distinta de nosotros, los demás, los que no hemos nacido con dinero.

Ellos intentaban defender y guardar otra cosa... Durante mucho tiempo no lo entendí. Y quizá nunca lo habría entendido si no me hubiese encontrado un día con el hombre de la foto que estabas mirando antes. Sí, el artista. Él me lo explicó.

¿Quieres saber cuál fue su explicación? Me dijo que los grandes señores no vivían por algo sino contra algo. Eso fue todo. Veo que no lo entiendes. En cambio, ahora yo sí que lo entiendo.

Quizá si te lo cuento todo tú también llegues a entenderlo. Ni siquiera me importa si te duermes mientras tanto.

Te estaba diciendo que en la casa todo tenía un olor parecido al de aquel hospital, el hospital grande y maravilloso en el que estuve de pequeña, cuando me hicieron las curas contra la rabia. Olía tanto a limpio... que no sé ni cómo describirlo. No era un olor natural. Sería por toda aquella cera que pasábamos por todas partes, el suelo, los muebles, y por los productos químicos con los que limpiábamos y abrillantábamos las ventanas, las alfombras, la plata, los objetos de bronce... todo aquello no era natural. Cualquiera que entrase en la casa... y más si venía de donde venía yo... empezaba enseguida a olisquearlo todo porque lo ahogaban tantos olores artificiales. Igual que en los hospitales flota el olor del yodoformo y del ácido fénico, allí flotaban los olores de los detergentes, pero también el olor del humo de los puros extranjeros y de los cigarrillos egipcios, los vapores de los licores caros y de los perfumes de los invitados. Todo eso iba penetrando en los muebles, en la tapicería, en las cortinas, iba impregnando todos los objetos.

La señora tenía una auténtica obsesión por la limpieza. No le bastaba con lo que limpiábamos el criado y yo. Una vez al mes llamaba a unos expertos en limpieza de renombre en la ciudad que acudían como si fueran los bomberos, con escaleras y aparatos extraños, y que volvían a lavar, a raspar y a sacarle brillo a todo. También se presentaba un limpiador de cristales que no hacía otra cosa que volver a lavar y secar las ventanas que nosotros ya habíamos limpiado. El lavadero olía como si fuera un quirófano antes de la operación, donde ya se han exterminado todas las bacterias con rayos y lámparas de luz azulada. Pero aquel cuarto era a la vez tan majestuoso como la capilla ardiente de una de esas funerarias elegantes y caras del centro... Yo siempre entraba en el lavadero con devoción, claro que sólo cuando la ilustre señora me permitía ayudar a la lavandera, que lavaba y doblaba la ropa interior con tanto cuidado como las ancianas de los pueblos que amortajan a los difuntos cuando lavan y envuelven en el sudario el cadáver de quien se ha dormido para siempre. ¡Te podrás imaginar que a mí, a una fregona cualquiera, no iban a encomendarle una tarea como la gran colada, que requería unos conocimientos tan profundos y una labor tan delicada!... La lavandera venía sólo para eso, la señora la invitaba cada tres semanas por medio de una tarjeta sin sobre en la que escribía que se fuese alegrando y preparando porque ya podía venir, que un buen montón de ropa sucia la esperaba. Y ella venía tan contenta. Yo sólo podía ayudarla a retorcer y estirar pantalones y camisas finas, manteles de damasco, sábanas y fundas de tela recia. ¡Cómo iban a dejarme a mí la colada! Pero un día la lavandera no acudió a la llamada. En su lugar llegó una tarjeta escrita por la hija. Recuerdo lo que decía palabra por palabra porque fui yo la que subió el correo y, como la tarjeta no iba en un sobre, la leí. Decía la hija de la lavandera: «Estimada y bondadosa ilustre señora, mi madre no puede ir a lavar porque ha muerto.» Y firmaba: «Atentamente, Ilonka.» Recuerdo la cara de la ilustre señora cuando leyó la tarjeta, frunció el ceño y empezó a menear la cabeza con aire de irritación. Pero no dijo nada. Y entonces yo di un paso al frente y me permitieron ocuparme de la colada hasta que encontrasen a otra lavandera, una que fuese una profesional y aún estuviera viva.

Porque en aquella casa todo se dejaba en manos de profesionales. El profesional, ésa también era su expresión favorita. Si se rompía el timbre no lo arreglaba el criado, llamaban al profesional correspondiente. No confiaban en nadie más que en el profesional. Venía a la casa un tipo pomposo con sombrero de copa que parecía un profesor de universidad que acude a un pueblo a dar una conferencia. Era el pedicuro. No era un vulgar callista del país, de esos a los que acude la gente como nosotros y se quita los zapatos y le acerca el pie para que le arregle los callos, las durezas y los juanetes, ¡ni hablar! A ésos no los dejábamos entrar en casa. Aquel profesional tenía tarjeta de visita y su nombre venía en la guía telefónica. Debajo de su nombre se leía: «Pedicuro suizo.» Pues venía a la casa todos los meses, el pedicuro suizo. Siempre iba de negro y, al llegar, te entregaba su sombrero de copa y sus guantes con tanta ceremonia que yo, del miedo, casi sentía ganas de besarle la mano. Yo tuve una vez los pies congelados, ¿sabes?, por el frío que hacía en el hoyo, y desde entonces siempre me salían ampollas; y también tenía juanetes, y se me encarnaba una uña que me dolía tanto que a veces no podía ni caminar. Pero ni en sueños me habría atrevido a pensar que yo también podría ponerme un día en manos de aquel artista de los pies. Llevaba un maletín, como los médicos, se ponía una bata blanca, se lavaba las manos con mucho esmero en el cuarto de baño antes de proceder a la operación y luego sacaba de su maletín una maquinita eléctrica que parecía el taladro de un dentista, se sentaba delante de la ilustre señora o del señor, o de mi futuro marido, y se ponía a pelarles las nobles durezas con aquel cincel eléctrico... Así era nuestro pedicuro. Ya podrás imaginar, amor mío, que uno de los momentos más bellos de mi vida fue cuando yo ya era la señora de la casa y ordené a la doncella que llamara por teléfono al pedicuro suizo porque deseaba que tratara mis nobles juanetes. La vida lo da todo, sólo hay que saber esperar. Y a mí me dio esto también.

Pero él no era el único profesional que iba a la casa. Después de que yo le llevara al viejo su zumo de naranja ocurrían muchas cosas más. Cuando yo llegaba él estaba tumbado en su cama leyendo periódicos ingleses a la luz de la lámpara. Los periódicos húngaros, que también rondaban en abundancia por la casa, los leíamos sobre todo los criados en la cocina o en el retrete cuando no teníamos nada urgente que hacer. La señora leía los periódicos alemanes y el señor los ingleses, pero en general sólo las páginas con largas tiras de números, las cotizaciones de las acciones en las bolsas extranjeras, porque no entendía muy bien el inglés, pero aquellos números le interesaban mucho... El señorito leía periódicos alemanes y franceses, pero creo que sólo los titulares. Probablemente pensaban que los periódicos extranjeros estaban mejor informados que los nacionales o podían gritar más fuerte, o mentir mejor. Eso también me gustaba mucho. Recogía las hojas de los periódicos extranjeros del tamaño de sábanas esparcidas por el suelo de sus habitaciones con una sensación de angustiosa reverencia.

Bueno, pues después del zumo de naranja, si ese día no tocaba pedicuro suizo, ante la ilustre señora acudía cada mañana muy temprano la masajista. Era una mujer con gafas gruesas, joven e insolente. Yo sabía que robaba, que en el cuarto de baño hurgaba entre todos aquellos cosméticos finísimos y también robaba pasteles, y las frutas importadas que el criado no hubiese recogido del salón la noche anterior... Se llenaba los dos carrillos a toda prisa con algún manjar olvidado, sin tener hambre siquiera, sólo por el gusto de causar algún daño en la casa. Luego entraba a ver a la señora con cara de inocente y le daba un buen masaje.

A los señores también los atendía un masajista, lo llamaban el profesor de gimnasia sueca. Con él hacían un poco de ejercicio en bañador antes del desayuno. A continuación, el profesor de gimnasia se arremangaba y preparaba el baño para regar al señor y a mi marido por turnos con cubos de agua caliente y de agua fría, según un orden riguroso. Veo que no comprendes para qué servían todas esas maniobras... Mi alma, aún te queda mucho por aprender. El profesor alternaba el agua fría con la caliente para estimular la circulación sanguínea porque de otro modo no habrían podido afrontar el día con la suficiente energía y vitalidad... Todo estaba marcado por un orden preciso y muy científico. Me llevó bastante tiempo aprender el sentido de tantas ceremonias.

En verano, antes del desayuno, también venía tres veces por semana un entrenador con el que jugaban al tenis en el jardín. El entrenador era un hombre mayor, canoso, muy elegante, parecía el retrato de uno de esos filósofos ingleses que se ven en los antiguos grabados de cobre de los museos. Yo los observaba a escondidas desde la ventana del cuarto de servicio. Apretaba las manos contra el pecho y casi me echaba a llorar de la emoción, de lo conmovedora que era aquella visión: los dos elegantes ancianos, el entrenador y el señor, jugando al tenis con delicadeza, como si en vez de con palabras conversaran con la pelota... Y qué musculoso y bronceado estaba el viejo, mi señor... Y seguía moreno todo el invierno porque después del almuerzo, durante la siesta, tomaba el sol artificial de una lámpara de cuarzo. A lo mejor ese color también le hacía falta para hacerse respetar en el mundo empresarial... No lo sé, sólo es una sospecha. Siguió jugando al tenis a una edad avanzada, como hacía el rey sueco. ¡Le quedaba tan bien el pantalón corto blanco y el chaleco de punto de colores vivos! Después del tenis se daban una ducha. Tenían unas duchas aparte para el tenis en la planta baja, en un gimnasio con suelo de corcho y paredes de azulejos donde había varios aparatos de gimnasia y una espaldera de esas que tenían un asiento y remos con muelles. Así podían practicar cuando hacía mal tiempo y no podían ir al club de remo a navegar por el Danubio con la canoa auténtica.

Después se marchaban el pedicuro suizo, la masajista, el profesor de gimnasia sueca o el entrenador... o el que tuviera que marcharse y entonces empezaban con la ceremonia de vestirse. Yo lo observaba todo desde la ventana del cuarto del servicio como un vendedor ambulante en las fiestas patronales de Pócs al observar las imágenes de los afligidos pero conmovedores santos expuestas en los tabernáculos. Para mí era algo inconcebible, casi sobrenatural, casi sobrehumano. Ésa fue mi sensación durante los primeros años.

Por desgracia, a la sala donde se servía el desayuno no me dejaron entrar hasta mucho después porque se trataba de uno de los grandes rituales familiares. Y pasó aún más tiempo hasta que me permitieron ayudar en la celebración. Por supuesto nunca se sentaban a la mesa en pijama o en bata, o sin peinarse. Y se vestían con tanto esmero como si fuesen a una boda. Para entonces ya habían hecho gimnasia, se habían bañado y duchado, y habían leído por encima los periódicos alemanes, ingleses y franceses. El criado había afeitado a mi marido y al ilustre señor mientras escuchaban la radio, pero las noticias no, porque temían oír algo que les estropease el buen humor matutino... Preferían poner música ligera, canciones de baile de ritmo alegre, melodías chispeantes que alegrasen el corazón y les diesen la energía necesaria para emprender las duras y complicadas tareas de la jornada.

Al final se vestían con mucha pulcritud. El viejo tenía un cuarto vestidor con dos armarios empotrados. Por supuesto, la señora y mi marido también tenían los suyos, para guardar los trajes de las distintas estaciones y ocasiones en fundas y con alcanfor, como las casullas de decir misa. Pero también tenían un armario normal en el que guardaban la ropa de uso diario, la que podían necesitar en cualquier momento, de forma que siempre estaba lista y a mano. Ahora, mientras te hablo, tengo todavía en la nariz el olor de aquellos armarios. Les mandaban de Inglaterra una sustancia que era como un terrón de azúcar, pero cuando la olías te inundaba el olor del heno en otoño, y con ese olor artificial a heno llenaba la ilustre señora los armarios y los cajones donde guardaba la ropa interior.

Porque no sólo tenían armarios para la ropa y el calzado... ¡Ay, no puedes imaginar la alegría que me dio —tanta como las tardes libres de los domingos— cuando por fin me dejaron acercarme al armario del calzado, donde encontré todos aquellos productos limpiadores, protectores y abrillantadores de la piel; caí sobre sus zapatos con todas mis ganas para limpiarlos sin tener que escupirles, usando las grasientas y maravillosas cremas, los líquidos limpiadores con alcohol y los suaves cepillos y paños! ¡Por fin podía dejar relucientes las botas del ilustre señor y de mi marido! Como te decía, no sólo la ropa y los zapatos tenían su propio armario sino también la ropa interior. ¡Pero dentro del armario estaba ordenada por tipos, a un lado los calzones y a otro las camisetas! ¡Dios mío, qué calzones, qué camisetas! ¡Creo que la primera vez que planché los calzones cortos de batista fina de mi marido fue cuando me enamoré de él! Tenía hasta el monograma bordado, Dios sabe para qué. Y cerca del ombligo, sobre el monograma, el escudo nobiliario. Porque, por si no lo sabías, eran nobles y llevaban bordado el escudo en los pañuelos, las camisetas y los calzones. El viejo, para colmo, no era sólo un simple consejero del gobierno, como su hijo... era también consejero regio en tiempos de paz, lo que suponía una gran diferencia, como subir el peldaño de barón a conde. Ya te he dicho que me hizo falta tiempo para comprenderlo.

Además, también tenían un cajón para los guantes donde había toda clase de guantes dispuestos en un orden maniático, como los arenques en una cuba con aceite y vinagre. Había guantes de paseo y de caza, guantes para la ciudad y para conducir, grises, amarillos, blancos, de ante y de cuero, y otros forrados para el invierno. Y aparte, los guantes de cabritilla para las galas. Y los guantes negros de luto, que se ponían en los entierros para el último y solemne adiós. Y los guantes suaves de color gris que se ponían con el frac y el sombrero de copa. Pero ésos en realidad nunca se los ponían, sólo los llevaban en la mano, como los reyes el cetro... Bueno, ya basta de guantes... También estaban los jerséis y toda clase de chalecos de punto, prendas diversas con mangas y sin mangas, largas y cortas, gruesas y finas, de todos los colores y calidades, hasta chalequitos de lana escocesa... Se los ponían las tardes de otoño, sin bata, con estilo deportivo, para sentarse delante de la chimenea y fumar en pipa. Cuando se los ponían, el criado mezclaba ramas de pino con la leña sólo para que todo fuera perfecto, como en las revistas británicas, en las que sale el anuncio de un licor donde aparece un lord fumando cordialmente delante de la chimenea, con la dosis diaria de alcohol ya en el cuerpo y sonriendo mansamente, embutido en su chaleco escocés... Y tenían también de otros tipos, como los de color beige que se ponían para la caza de la avutarda con el sombrero tirolés de ala estrecha con el penacho de piel de gamuza. Mi marido tenía también chalecos de punto fino para la primavera. Y por supuesto, de todos los colores y grosores para los deportes de invierno. Y los que usaba para ir al despacho, y los que... No soy capaz de contarlos todos.

Y por todas partes ese olor sofocante de heno enmohecido. La primera vez que me fui a la cama con mi marido ese olor se me metió en la garganta, era un aroma masculino perverso y sofisticado, que conocía desde los tiempos en que le planchaba los calzones y le ordenaba las camisetas en el armario de la ropa interior. Y me sentí tan feliz que, a causa de la emoción de los recuerdos y el olor, me dieron náuseas. Porque, ¿sabes?, el cuerpo de mi marido olía igual, usaba un jabón con el mismo perfume. Y el líquido que el criado usaba para frotarle la cara después del afeitado y la loción para el pelo también tenían ese olor enmohecido a hacinas de heno en otoño... era casi imperceptible, sólo un leve aliento, pero más que una persona parecía una hacina de heno sacada de algún cuadro francés del siglo pasado... Quizá fue eso lo que me dio ganas de vomitar cuando me acosté por primera vez con él y me abrazó. Porque entonces yo ya era su mujer. La otra, la primera, se había ido. ¿Por qué? ¿Quizá porque ella tampoco aguantaba ese olor? ¿O porque no soportaba a aquel hombre? No lo sé. No hay sabio en el mundo que pueda decir por qué se unen un hombre y una mujer y por qué luego se separan. Yo sólo sé que la primera noche que pasé con mi marido fue como si no estuviera en la cama con una persona sino con un olor, artificial y extraño. Esa sensación de extrañeza me dio tantas náuseas como una sustancia emética. Pero luego terminé por acostumbrarme. Ya no vomitaba ni se me aflojaba el vientre cuando me hablaba o hacíamos el amor. Uno se acostumbra a todo, incluso a la felicidad y la riqueza.

Pero la riqueza no te la puedo describir como debería... aunque veo que te brillan los ojos, te interesa saber lo que vi y lo que aprendí estando con ellos, ¿verdad? Pues sí, era bastante interesante. Como un viaje a un país extranjero donde la gente vive, come, bebe, nace y muere de una forma diferente...

Pero es mejor estar aquí contigo, en el hotel. Tú eres más familiar. Y todo lo que te pertenece es más familiar... Sí, hasta tu olor es más íntimo. Dicen que en este asco de mundo mecanizado que llaman civilización... la gente ya no sabe usar el olfato, la nariz se les ha atrofiado... pero yo nací rodeada de animales y, como todos los niños pobres que han nacido así, como el niño Jesús... recibí el don del olfato, del que los ricos ya se han olvidado. Mis señores no sabían ni cómo era su propio olor. Ésa es otra de las razones por las que no los quería. Yo sólo les serví, primero en la cocina... y luego en el salón y en la cama. Nunca hice otra cosa que servirles. Pero a ti te quiero porque tu olor me resulta familiar. Dame un beso. Gracias.

No te lo puedo contar todo sobre la riqueza porque se nos haría de día mil y una veces, como en el cuento oriental. Podría estar hablándote noches enteras, años. Así que no te voy a contar qué más había en sus armarios y en sus cajones, cuántos tipos de trajes diferentes, como el vestuario y las piezas de atrezo en un teatro, ¡para todos los papeles, para todos los instantes de la vida! No hay palabras para contarlo todo. Mejor te cuento lo que había en sus almas... si es que te interesa. Lo sé, sé que te interesa. Pues sé bueno y préstame atención.

Porque después de un tiempo comprendí que todo aquel tesoro, los objetos de culto que acumulaban en las habitaciones y en los armarios, en realidad no les servía para mucho. Los toqueteaban por aquí y por allá, pero en realidad no se preocupaban por saber si se podían usar y, en tal caso, para qué. Incluso el viejo tenía un guardarropa que parecía el de un actor de teatro veterano. Pero él dormía en camisón, llevaba tirantes y por las mañanas salía del cuarto de baño con una bigotera, ¡tenía hasta un minúsculo peine para el bigote, con un espejito en uno de los laterales! Por las mañanas prefería estar en su cuarto con una bata vieja y un poco desgastada por los codos, a pesar de que en sus armarios había media docena de finas y sedosas batas, todas regaladas por la ilustre señora por Navidad y por sus santos.

El viejo gruñía un poco a veces, pero al final se resignaba educadamente a aceptar que muchas cosas es mejor dejarlas como están. Él hacía dinero, llevaba una fábrica, se había adaptado al papel social que representaba y que había heredado... pero en el fondo de su corazón lo que más le habría gustado habría sido irse a jugar a los bolos por las tardes a alguna taberna cercana del barrio de Pasarét y beberse un vino con soda... Pero era listo y sabía que lo que el hombre construye también lo construye un poco a él... Eso lo dijo una vez el otro tipo, el artista. Dijo que en un momento determinado todo se vuelve en nuestra contra porque nunca somos del todo libres, pues lo que hemos creado también nos ata y nos condiciona un poco. Pues el viejo había creado la fábrica y la riqueza, y se había resignado a ser también un poco prisionero de todo aquello, no tenía otra salida. Por eso no se iba a jugar a los bolos a Pasarét sino que jugaba al *bridge* en el club de los millonarios, en el centro de la ciudad, con una cara sombría.

En el viejo había una sabiduría agria y burlona que nunca olvidaré. Cuando le entregaba por las mañanas el zumo de naranja en una bandeja de plata, levantaba la vista del periódico inglés en el que estaba escudriñando las cotizaciones extranjeras, se subía los anteojos hasta la frente, me miraba con sus ojos miopes y alargaba la mano hacia el vaso de zumo... Pero detrás de sus bigotes se distinguía una especie de mueca, como cuando uno toma una medicina aunque está convencido de que no servirá de nada... y se vestía con la misma sonrisa burlona. Había algo detrás de sus bigotes. Porque aquel hombre aún llevaba bigotes como József Ferenc, ya sabes, uno de esos largos y puntiagudos bigotes monárquicos. Como si viniese de otro mundo, de los tiempos anteriores a la Primera Guerra Mundial, cuando los señores aún eran verdaderos señores y los criados, verdaderos criados. Y los grandes empresarios eran industriales que pensaban en cincuenta millones de personas cuando decidían producir una nueva máquina de vapor o una moderna plancha para hacer tortitas. Ése era el mundo del que venía el viejo y, a simple vista, era evidente que el nuevo mundo, ese minimundo posterior a la Gran Guerra, se le quedaba estrecho...

Sonreía burlonamente mientras se atusaba los bigotes y en su guiño se veía el desprecio que sentía hacia sí mismo y hacia el resto del mundo. Siempre tenía esa expresión cuando se preparaba para la jornada, al vestirse, al jugar al tenis, al sentarse a la mesa del desayuno, al besar la mano de la ilustre señora, al conversar... sonreía sosegada y educadamente... pero siempre como si despreciara un poco todo aquello. Eso era lo que me gustaba de él.

Comprendí que todas las cosas con las que abarrotaban la casa no eran para ellos meros objetos útiles sino una auténtica obsesión. ¿Sabes?, como alguien que está enfermo de los nervios y se siente impulsado a repetir ciertas acciones, por ejemplo lavarse las manos cincuenta veces al día. Del mismo modo compraban la ropa, la lencería, los guantes, las corbatas. Me acuerdo sobre todo de las corbatas porque tuve muchos problemas con ellas. Yo me encargaba de mantener en orden las corbatas del viejo y de mi marido. Y desde luego tenían un buen montón de corbatas. No hay un color del arco iris del que no tuvieran una corbata larga o de lazo o de botón colgando en sus armarios, ordenadas por colores. Tampoco me habría extrañado que tuvieran corbatas de colores ultravioletas.

En cambio, nadie vestía con mayor sencillez y discreción que mi marido. Nunca se ponía una prenda llamativa. Nunca lo vi con una corbata chillona o algo por el estilo. Iba vestido de burgués, como se suele decir... Una vez oí al viejo diciendo al oído a su hijo: «Mira a ese petimetre», señalando a un hombre que estaba cerca, vestido con un abrigo bordado y tocado con sombrero de cazador. Se mantenían alejados de todos los que no eran burgueses, de los que ellos no consideraban burgueses... es decir, personas que no debían nada a nadie por debajo de ellas y no dependían de nadie por encima. Mi marido parecía que llevaba siempre la misma ropa, un traje gris oscuro de tela gruesa. Y una corbata de un solo color, oscura y lisa. Claro que, en realidad, él también se vestía según las épocas y las fiestas familiares, sociales y mundiales. Tenía como treinta trajes y treinta pares de zapatos con sus complementos de guantes, sombreros y demás. Pero cuando me acuerdo de él... lo veo pocas veces, en sueños, y siempre me mira como si estuviera enfadado, ¡y no puedo comprender por qué!... lo veo con su traje oscuro, serio, gris, con doble fila de botones... como si llevara un uniforme.

Y el viejo parecía que llevaba siempre ropa de otra época, un abrigo elegante que disimulaba generosamente su barriga. ¡Era sólo una ilusión óptica, pero funcionaba, de verdad parecía más delgado!... Tenían mucho cuidado de que nada desentonase en ellos, en la casa o en su estilo de vida discreto, reservado e incoloro. Sabían muy bien lo que es el dinero, hasta su abuelo había sido ya rico, funcionario de alto rango y propietario de viñedos. No habían tenido que aprender a vivir en la riqueza, como hacen hoy los nuevos ricos, que estarían encantados de llevar puesto el sombrero de copa desde por la mañana, subidos en su automóvil americano recién estrenado... Todo era silencioso y discreto en aquella casa, hasta el color de las corbatas. Y sin embargo en la intimidad, en su interior, nunca se contentaban con lo que tenían... Ésa era su manía, la plenitud. Por eso colgaban tantos trajes diferentes en sus armarios, por eso tenían tantos pares de zapatos de sobra y tanta ropa interior, y tantas corbatas... A mi marido le importaba muy poco la moda, ya llevaba en la sangre el saber lo que le quedaba bien y lo que no. Pero el viejo aún no estaba del todo seguro de lo que había que hacer en las numerosas facetas de la vida de un gran señor. En su armario, en la parte interior del anta, tenía colgada una hoja con una tabla impresa en inglés donde se indicaba el traje y la corbata que iban bien según la época y el tiempo que hiciese... Por ejemplo, para un martes de abril lluvioso, un traje azul marino y una corbata negra con finas rayas celestes... Es muy complicado eso de ser rico.

Eso es lo que tuvimos que aprender como loros: a ser ricos. Yo lo aprendí de ellos hincando los codos durante años, como un empollón con los ojos hinchados. Estudiaba cómo ser rica con la misma devoción con que estudiaba el catecismo en el colegio del pueblo.

Luego comprendí que no era ese traje o el otro, ni esa corbata o la otra lo que les faltaba sino algo distinto. Necesitaban la plenitud. Su manía era ésa, un deseo incontenible de plenitud. Al parecer, es la enfermedad de los ricos. No querían tener ropa sino disfrutar de un guardarropa. Y con uno no bastaba. Si eran más en la casa y además ricos, entonces necesitaban más de uno. No para usarlos, sólo para tenerlos.

Mira, un día descubrí que en el segundo piso de la villa, por encima del balcón grande, había un cuarto cerrado con un pequeño balconcillo... un cuarto que nunca usaban. En su día, ése había sido el cuarto del niño. Allí había crecido mi marido. Hacía décadas que nadie entraba en aquella habitación, sólo el servicio, para limpiarla una vez al año. En aquel lugar, tras las persianas bajadas y la puerta cerrada con llave, dormía todo lo que había pertenecido a la niñez de mi marido. Como en un museo donde se muestran instrumentos cotidianos, ropajes y complementos de una época lejana, extinguida para siempre. Se me encogió el corazón la primera vez que entré allí. Me habían mandado limpiar el cuarto a principios de la primavera. En el suelo de linóleo aún se podía percibir el olor agrio y penetrante de los productos desinfectantes con que lo limpiaban todo en aquel cuartito perfectamente esterilizado... en algún momento, en una época ya desaparecida, había vivido allí un niño que jugaba, armaba jaleo y se quejaba del dolor de estómago... Sobre las paredes blancas, un artista había pintado dibujos alegres y coloridos, animales y personajes de cuentos, Blancanieves y los enanos. Los muebles estaban pintados de verde pálido con una fina capa de pintura al aceite, había una cuna con una mosquitera ensamblada con maestría y una maravillosa balanza infantil, y, en todas las paredes, estanterías llenas de juguetes fascinantes, ositos de peluche, piezas de construcción, trenes eléctricos, libros ilustrados... todo según un tortuoso orden, igual que en una exposición.

Se me encogió el corazón cuando vi aquello... Corrí a abrir la ventana y a subir la persiana, me estaba ahogando. No puedo describirte lo que sentí la primera vez que entré en el cuarto donde había vivido mi marido de niño. Pero te puedo jurar que no pensaba en el hoyo donde yo había crecido. No se estaba tan mal en el hoyo, créeme... lo cierto es que tampoco se estaba muy bien. Era diferente, como todo lo que es real en la vida. El hoyo era real. La pobreza para los niños no es como la imaginan los adultos que no han sido nunca realmente pobres. Para el niño, la pobreza también es diversión, no sólo miseria... Al niño pobre no le importa la suciedad, puede tirarse y revolcarse en ella. Y no es necesario lavarse las manos si uno es pobre, ¿para qué? La pobreza sólo es mala para los adultos, muy mala... Es peor que nada, es peor que la sarna y los cólicos intestinales. La pobreza es lo peor... Y sin embargo, cuando entré en aquel cuarto no envidié a mi marido. Más bien sentí lástima por él, por haber crecido en aquel quirófano. Tuve la sensación de que alguien que crece en una habitación así no puede ser una persona sana y completa... ¡sólo puede parecerlo!

Naturalmente, el cuarto del niño era muy completo. No podía ser más perfecto. Como su guardarropa. Como su armario zapatero. Querían tener la gama completa de todo. Porque aparte del armario zapatero y el guardarropa, necesitaban su propia biblioteca y su propia pinacoteca, ¡igual que una fábrica necesita un almacén! En la casa había una habitación aislada en el sótano, cerrada con llave: era el trastero oficial. Y en todos aquellos depósitos y armarios no sólo guardaban cosas, la ropa, el calzado, la lencería, los libros y los cuadros; también la plenitud, su obsesión.

Seguro que en sus almas también había un almacén en el que cuidaban de sus obsesiones, las ordenaban y las guardaban con naftalina. Porque de todo tenían más de lo necesario... dos coches, dos gramófonos, dos máquinas para hacer helados en la cocina, y en las habitaciones varias radios, varios prismáticos... uno con funda, de esos que se llevan al teatro, de nácar y esmalte, y otro para las carreras de caballos, y otros más, de los que se colgaban al cuello cuando querían contemplar la puesta de sol desde la cubierta de un barco en el mar. No lo sé, pero creo que no me habría extrañado que tuviesen unos prismáticos especiales para ver las cumbres de las montañas, otros para ver el amanecer y otros distintos para ver los pájaros en vuelo... Compraban todo lo que hacía más plena su plenitud.

A los señores los afeitaba el criado, pero en el cuarto de baño de mi marido había media docena de maquinillas de afeitar, los últimos modelos. Y en una funda de gamuza, otra media docena de cuchillas suecas, americanas e inglesas, pero nunca se afeitaba solo. Pasaba lo mismo con los encendedores. Mi marido se los compraba y luego los echaba en un cajón, de manera que todos aquellos magníficos aparatitos se oxidaban porque casi siempre prefería usar cerillas normales y corrientes. Un día trajo una afeitadora eléctrica, con su funda de piel... pero nunca más la tocó. Si se compraba una nueva colección de discos para el gramófono, siempre se compraba la colección entera, todas las obras de un gran compositor a la vez, Wagner o Bach al completo, en toda clase de grabaciones. Nada era tan importante como tener a todo Bach en un armario, todo Bach... ¿Entiendes?

Y los libros... El librero ni siquiera esperaba a que se decidieran a comprar, no, mandaba directamente a casa todas las novedades que se pudiera suponer que en algún momento querrían tener en sus manos. El criado se encargaba de quitarles el envoltorio y casi siempre los colocaba en la biblioteca sin que nadie los hubiera leído. Claro que leían, ¡cómo no iban a leer! El viejo, libros especializados y relatos de viajes. Mi marido era un hombre tremendamente culto, ¡hasta la poesía le gustaba! Pero no había forma humana de leer todos los libros que los comerciantes nos enviaban por cortesía, pues una vida entera no habría bastado para ello. Y sin embargo, no devolvían los libros porque sentían que no tenían derecho a hacerlo, había que apoyar la literatura. ¡Y para colmo, siempre con ese nerviosismo constante, esa intranquilidad al pensar que la hermosa novela que acababan de comprar no estuviese completa o que, Dios no lo quisiera, que en algún lugar hubiera una novela más completa que la que a ellos les habían enviado de Berlín la semana anterior! Tenían miedo de que en casa pudiese entrar algún libro, objeto o instrumento que fuese sólo un ejemplar sin valor porque no formaba parte de una serie completa.

Todo era completo y perfecto en la cocina, en el salón, en los diferentes almacenes... Lo único incompleto eran sus vidas.

¿Qué les faltaba? La tranquilidad. Mira, no tenían ni un instante de paz. Y eso que vivían según horarios estrictos y había un gran silencio en la casa y en sus vidas. Nunca una palabra fuera de tono. Nunca un hecho inesperado. Todo estaba calculado, previsto, las crisis económicas, la difteria, el buen tiempo, el mal tiempo, cualquier eventualidad de la vida, incluida la muerte. Pero no estaban tranquilos. Tal vez habrían encontrado la paz si un día hubieran decidido dejar de vivir de una forma tan previsora... Pero les faltaba valor. Al parecer se necesita mucho valor para lanzarse a la vida sin más, sin horarios ni previsiones... vivir la vida como viene, día tras día, hora tras hora, incluso minuto tras minuto... y no esperar nada, no tener esperanza en nada. Simplemente estar en el mundo. Pues ellos no eran capaces, no sabían estar y punto. Sabían levantarse magníficamente, como los reyes de antes, que hacían gárgaras delante de toda la corte. Sabían desayunar con tanta delicadeza y ceremonia como pronuncia el Papa sus discursos aquí, en Roma, en esa capilla aparte donde un viejo decoró las paredes pintando un montón de cuerpos desnudos... Estuve allí el otro día. Y en la capilla del Papa me acordé de la ceremonia del desayuno de mis señores.

Se tomaban el desayuno con gran solemnidad y, a continuación, empezaban a ganarse la vida. De la mañana a la noche fabricaban máquinas magníficas, las vendían y luego inventaban otras nuevas. Y mientras tanto conversaban amablemente. Y por la noche regresaban agotados, listos para descansar porque llevaban todo el día siendo provechosos, cultos e instruidos, responsables, ordenados y educados. ¡Y eso cansa mucho! Tú eres un artista, no sabes lo que cansa saber con exactitud desde la madrugada lo que vas a hacer hasta la medianoche... Tú vives según lo que tu maravillosa personalidad artística te dicta y no sabes por adelantado lo que se te ocurrirá en el escenario durante el espectáculo, mientras estés tocando la batería, cuando te arrastre el ritmo y lances las baquetas al aire o cuando el saxofonista toque una melodía y tú quieras responderle con la batería... Eres artista, eres espontáneo. Pero mis señores eran distintos. Defendían con uñas y dientes lo que creaban. Y no sólo creaban en la fábrica sino también en el desayuno o en la comida. Creaban algo que ellos llamaban cultura, educación, civismo, incluso cuando sonreían o cuando se sonaban la nariz con discreción... Para ellos lo más importante era conservar lo que habían creado con su trabajo y sus modales, con toda su existencia... sí, era más importante guardar que crear.

Como si vivieran más de una vida al mismo tiempo, la vida de sus padres y la de sus hijos. Como si no fueran seres individuales, distintos de los otros, personas únicas e irrepetibles sino sólo momentos de una única y larga vida, vivida no tanto por los individuos como por la familia entera, la familia burguesa... Por eso guardaban las fotos, los retratos de grupo de la familia, con el mismo cuidado maniático con el que guardan en un museo los valiosos retratos de los personajes ilustres de épocas pasadas... La foto del compromiso de los abuelos. La foto de la boda del padre y la madre. El retrato de un tío lejano venido a menos con su levita o con su sombrero de paja. El retrato de una tía con su velo y su parasol, sonriendo con expresión feliz o triste... Y ellos eran todas estas personas juntas, una especie de personalidad única que se desarrolla lentamente en el tiempo: la familia burguesa... A mí todo aquello me quedaba muy lejos. Para mí la familia era una necesidad, un vínculo inevitable. Para ellos era una obligación...

Era su forma de ser. Y como todo lo consideraban a largo plazo nunca podían estar tranquilos de verdad. Los únicos que viven tranquilos son los que viven el momento. Igual que los ateos, los que no creen en Dios, son los únicos que no tienen miedo a la muerte... Por cierto, ¿tú crees? ¿Qué murmuras? Asientes con la cabeza, pero ¿cuánto? Yo sólo he conocido a una persona en mi vida de la que esté segura que no tenía miedo a la muerte... El artista, sí. No creía en Dios, por eso no temía ni la muerte, ni la vida, ni nada. Los creyentes tienen mucho miedo a la muerte, por eso se agarran a todo lo que la religión les promete, se creen que hay vida después de la muerte y que hay un juicio... El artista no tenía miedo. Decía que si Dios existiera no podría ser tan cruel como para conceder la vida eterna a los hombres... Estos artistas están todos locos de atar... Pero los burgueses sí que tenían miedo a morir, igual que a vivir. Por eso eran religiosos, parcos y virtuosos. Porque tenían miedo...

Leo en tus ojos que no lo entiendes. Tal vez ellos lo entendían con la razón porque eran cultos. Pero no con el corazón o con las entrañas, que siempre andaban alterados. Temían que un día todos los cálculos, las previsiones y los proyectos no sirvieran para nada, que algo terminara. Pero ¿qué podía terminar? ¿La familia? ¿La fábrica? ¿El patrimonio?... No, ellos sabían que no era tan sencillo. Tenían miedo de cansarse un día y no poder seguir manteniendo unido todo aquello. Acuérdate, igual que lo que nos dijo el mecánico el otro día, cuando le llevamos nuestra vieja chatarra de coche para que averiguara qué le pasaba. ¿Te acuerdas? Dijo que el coche funciona, que en el motor no hay ninguna avería, pero que todo el mecanismo está desgastado. Pues era como si mis señores también temieran que hubiese un desgaste en todo lo que ellos habían conseguido acumular e intuyeran que no podrían seguir manteniéndolo todo junto por mucho tiempo... y entonces su civilización se acabaría.

Bueno, ya está bien, no voy a hablar más de ellos. De todas formas no tendría fin... Imagínate qué clase de secretos esconderían en los cajones de sus armarios y en las cajas fuertes empotradas en las paredes donde guardaban las acciones, los documentos y las joyas. ¿Te encoges de hombros? Mi amor, esas cosas no son como los proletarios las imaginamos. Los ricos son gente muy rara. Puede que en sus almas también haya algún cajón donde guarden algo... y a mí me habría gustado robarles la llave de esa especie de caja fuerte invisible para averiguar qué había dentro... Los ricos siguen siendo ricos de alguna forma aunque los despojen de todo. Después del asedio vi a los ricos saliendo de los sótanos, primero los cristianos y luego los judíos, que habían conseguido salvar la piel pero a los que habían arrebatado todos sus bienes. Aquellos cristianos y judíos ricos habían sido expoliados, sus casas habían quedado destruidas por las bombas y sus negocios, arruinados por la guerra, por no hablar de lo que vino después... el gran cambio que ya se olía en el ambiente, se sabía que los comunistas tramaban algo... Pues esos mismos ricos, al cabo de dos años, ya estaban todos viviendo en villas y conduciendo automóviles, y sus señoras volvían a sentarse en la pastelería Gerbeaud con sus pendientes de piedras preciosas y sus zorros plateados... ¿Que cómo lo hicieron? Ni idea. Pero estoy segura de que vivían exactamente igual que antes de la guerra, comían y se vestían con el mismo refinamiento. Cuando las autoridades rusas les concedieron los permisos para viajar y salió el primer tren para el extranjero... enseguida empezaron a quejarse de que en el vagón cama que los llevaba a Zúrich o a París para que pudiesen ir de compras les habían dado una litera superior... ¿Entiendes? Parece que la riqueza es un estado, como la salud o la enfermedad. Si uno es rico, entonces lo será para siempre, de un modo misterioso, y si no lo es, entonces es inútil que tenga mucho dinero porque nunca será un verdadero rico. Al parecer, hay que creerse rico, igual que los santos o los revolucionarios se creen distintos... Y hay que ser rico sin remordimientos, si no, todo se vuelve del revés... El falso rico que piensa en los pobres mientras se come un buen bistec y bebe champán, al final se llevará la peor parte porque no es sincero, no es un rico convencido, sino un cobarde y un hipócrita que está haciéndose el santo... Hay que ser estrictamente rico. Se puede hacer el bien, pero eso es sólo una tapadera. Escúchame bien, amor mío. Espero que, cuando yo ya no esté y te encuentres un día con alguna a quien le queden más joyas que a mí, no te hagas el sentimental... No te enfades, te lo digo como lo pienso. Dame esa espléndida mano de artista, deja que la apriete contra mi corazón... ¿Lo sientes? Late por ti, por el proletario. Ya lo ves.

Resumiendo, como era una niña lista aprendí deprisa cómo era la vida de los ricos. Hice de criada para ellos un montón de tiempo, así que aprendí al dedillo todos sus secretos. Pero luego, un día, los dejé plantados porque me cansé de esperar. ¿Qué esperaba? Pues que mi marido ayunara por mí. ¿Por qué me miras así? Lo esperaba de corazón, con todas mis fuerzas y mis recursos.

Mira su foto, mírala bien. Esa foto la guardé porque se la había comprado al fotógrafo con mi dinero cuando todavía era criada y él vivía con su primera mujer.

Voy a arreglarte la almohada. Túmbate cómodamente, estírate. Cuando estés conmigo tú sólo tienes que descansar, tesoro, quiero que estés a gusto. Ya es bastante fatigoso trabajar siempre de noche con el grupo. Aquí, en mi cama, sólo tienes que amarme y descansar.

¿Si se lo decía a mi marido también?... No, corazón. No quería que se encontrase a gusto cuando estaba en mi cama. Ése era precisamente el problema... De alguna forma yo no quería que se sintiese a gusto conmigo. Y eso que el pobre lo había dado todo por mí, había hecho todos los sacrificios. Había roto con su familia, con su ambiente, con sus costumbres. Había huido de todo, literalmente, para refugiarse en mí como un caballero arruinado que busca refugio en la otra punta del mundo, en un país exótico. Puede que por eso nunca consiguiera hacer las paces con él mismo y sentirse en casa cuando estaba conmigo... Siempre vivió conmigo como quien emigra a un lugar fascinante, lleno de perfumes especiados, un país cálido como Brasil, y allí se casa con una indígena. Y en ese hermoso y extraño lugar se pregunta por qué ha terminado allí. Y cuando está con la mujer nativa, en los momentos de intimidad piensa en otra cosa. ¿En su casa, en la patria lejana? Quizá. Pero a mí me alteraba los nervios. Por eso no quería que estuviese del todo a gusto conmigo, ni en la mesa ni en la cama.

¿En qué pensaba, dónde estaba esa patria lejana? ¿En la primera mujer? No creo. ¿Sabes?, esa patria, la verdadera, no está en el mapa. Y contiene muchas cosas. No sólo lo bueno y lo bello sino también lo desagradable y lo odioso. Esa lección la estamos aprendiendo nosotros también, que ya no tenemos una patria, ¿verdad? Y no pienses que para volver a tenerla basta con que un día regresemos a nuestro país natal de visita o para cualquier otra cosa... Podremos volver a ver los lugares de antes, conmovernos, incluso a alguno le dará un ataque al corazón, pero otros, en cambio, empezarán a presumir, enseñando a todo el mundo el pasaporte extranjero o sacando la libreta de *travellers cheques* cada vez que hay algo que pagar... Pero la tierra natal con la que soñábamos en el extranjero ya no estará. ¿Tú sueñas con Zala todavía? Yo a veces sueño con Nyírség, pero luego siempre me despierto con dolor de cabeza. Se ve que la tierra natal no es sólo una región, una ciudad, una casa o determinadas personas sino sobre todo un sentimiento. ¿Qué? ¿Sentimientos que duren para siempre? No, querido, no lo creo. Sabes que te adoro, pero si llega un día en que eso cambia porque tú me engañes o porque te largues... pero eso es imposible... ¿verdad? De todas formas, si llega el caso, no creas que me va a dar un infarto si algún día vuelvo a verte. Nos pondremos a charlar amablemente. Pero sobre «eso» no volveremos a hablar, porque «eso» se acabó, se evaporó para siempre. No te pongas triste. Sólo hay una patria en la vida, como el amor, el verdadero. Y también pasa, como el amor verdadero. Y está bien que así sea, porque si no esto no habría quien lo aguantase.

La primera mujer, la esposa de mi marido... Era una mujer muy elegante, una señora. Guapísima, educadísima, disciplinada. Eso era lo que más envidiaba de ella, la disciplina. Aunque parece que eso no se puede aprender ni comprar. Hay que nacer así. Quizá todo lo que hacen los ricos con tanta devoción, en el fondo, no es más que disciplina. Hasta sus células sanguíneas y sus glándulas estaban disciplinadas. Yo odiaba esa capacidad suya y mi marido lo sabía. La primera mujer era culta y disciplinada, y mi marido huyó de ella un día justo por eso, porque estaba harto de tanta disciplina. Yo para él no sólo era una mujer, era también un examen, una gran prueba, era la aventura, un puma al acecho y a la vez una presa que cazar; para él, estar conmigo era como ser culpable de malversación o como escupir sobre la alfombra en casa de una persona muy educada. A ésos no los entiende ni el diablo. Te traigo un coñac, un tres estrellas, ¿vale? Me ha entrado sed de tanto hablar...

Bebe, mi vida. Sí, voy a beber así, poniendo mi boca donde tus labios han tocado el vaso... Tienes ideas maravillosas, tiernas, sorprendentes... Casi me dan ganas de llorar cuando hablas así. ¿Cómo lo haces? No sé cómo se te ocurren... No quiero decir que la idea sea del todo nueva, es posible que se le haya ocurrido ya a cualquier otro enamorado... de todas formas, para mí es un gran regalo.

Ya está, ¿has visto? He bebido después de ti como me habías dicho. Mi marido nunca me regaló semejantes ternuras. Nunca bebimos del mismo vaso mientras nos mirábamos a los ojos, como tú y yo ahora... Él prefería comprarme un anillo cuando quería hacerme feliz... sí, ese anillo con la turquesa que el otro día mirabas con tanto interés, ése también me lo regaló él. Era tan banal... ¿Qué dices, amor? Sí, está bien, te lo daré y podrás llevárselo a tu joyero favorito, ese que te hace tan buenas tasaciones. Siempre acabo haciéndote caso.

¿Quieres que te siga contando cosas de los ricos? No podría contarte todo lo que sé. De hecho, me parece que viví con ellos como una sonámbula, de lo asustada y trastornada que me sentía. Nunca sabía en qué me estaba equivocando cuando les decía algo, o cuando me callaba, o cuando cogía cualquier cosa... No me regañaban, no, nunca se les habría ocurrido levantarme la voz. Más bien me educaban, me enseñaban con delicadeza, indulgencia y tacto, igual que ese cantante italiano enseña al mono a saltar sobre sus hombros y a hacer tonterías ahí, en la calle. Pero a veces me trataban como si fuese una lisiada, una pobre inválida que no puede caminar ni hacer nada como es debido... Porque eso era justo lo que yo parecía cuando llegué a su casa, una inválida. No sabía hacer nada bien. Según su punto de vista, no sabía saludar ni hablar, ¡ni siquiera sentarme a la mesa! ¡No tenía ni idea de cómo usar el cuchillo y el tenedor! Creo que en aquella época no sabía ni callarme a propósito como Dios manda, es decir, con crueldad, para sacar de sus casillas al que tienes enfrente. Estaba más callada que un pescado asado. Pero fui aprendiendo poco a poco y por orden las lecciones que me daban... era una alumna muy aplicada y aprendía deprisa. Al final se sorprendieron de lo mucho y de lo rápido que había aprendido... Se quedaron pasmados, sin aliento. No es por presumir, pero creo que se quedaron de piedra cuando empecé a demostrar lo que sabía.

Por ejemplo, con la historia del mausoleo. ¡Ay, el mausoleo! ¿Sabes?, el caso es que antes, cuando yo aún era criada de la casa, veía que todo el mundo les robaba. La cocinera se sacaba un sueldo complementario con la compra; al criado, los comerciantes le añadían números a los precios de los vinos, los licores finos, los puros; el chófer robaba y vendía la gasolina... Y todo eso era de lo más natural, los señores también lo sabían, formaba parte del orden familiar. Yo no robaba porque sólo era doméstica, no tenía de dónde robar... Pero luego, cuando me convertí en ilustre, me acordé de todo lo que había visto en el sótano y en la cocina, y el asunto del mausoleo supuso una tentación demasiado grande, no pude resistirme.

Porque un día mi marido... el hombre justo, sí, el señor, se dio cuenta de que su vida no era completa porque no disponían de una cripta familiar en el cementerio de Buda. Sus padres, el señor y la señora, eran unos muertos a la antigua usanza, se pudrían bajo unas simples lápidas de mármol, sin cripta. Mi marido, cuando se dio cuenta del fallo, se puso muy mal. Pero cuando se le pasó el mal rato empezamos a correr de aquí para allá para poner remedio a ese error descomunal. Y me encargó a mí tratar con el arquitecto y con el capataz para que construyeran una cripta perfecta para los viejos. En aquella época ya teníamos varios coches, una casa de verano en Zebegény, un piso de invierno en Svábhegy, la villa de la colina, la casa en el barrio de Rózsadomb, por supuesto, y una hermosa mansión cerca del lago Balaton, en una finca que mi marido se había quedado al final de algún negocio. No podíamos quejarnos de que nos faltase vivienda.

Pero todavía no teníamos una cripta. Enseguida nos pusimos manos a la obra para solucionar esta grave falta. Desde luego, no podíamos encargar el trabajo a un arquitecto cualquiera. Mi marido investigó a fondo para averiguar quién era el primer experto en criptas de la ciudad... Encargamos a Inglaterra e Italia planos y libros estampados en papel satinado y grueso... nadie se creería la cantidad de libros que se han escrito sobre criptas... Porque morirse así porque sí lo sabe hacer cualquiera... luego lo entierran y punto. Pero los señores viven de otra forma y, por supuesto, mueren de otra forma. Por eso, con la ayuda del arquitecto elegimos un modelo y encargamos una preciosa cripta familiar, toda una capilla con su cúpula, espaciosa, aireada y seca. Me eché a llorar la primera vez que la vi por dentro porque, por un momento, me acordé del agujero en el que vivíamos en Nyírség. La cripta era más grande que nuestro hoyo. Por precaución, dividieron el espacio interior en seis tumbas, para los viejos, para mi marido y para otras tres personas, yo qué sé para quién. A lo mejor para los muertos invitados, si se diera el caso de que alguien viniera de visita y allí mismo se muriera, así no había que devanarse los sesos pensando dónde enterrarlo. Me quedé mirando los tres espacios vacíos y le dije a mi marido que prefería que me enterrasen en un descampado antes que allí, que jamás dejaría que me sepultaran en aquella cripta. ¡Si hubieras visto cómo se reía cuando se lo dije!

Con la cripta terminada, ya estábamos preparados para cualquier eventualidad. Desde luego, en la cripta había luz eléctrica de dos colores, blanca y azul. Cuando todo estaba en su sitio llamamos al cura para que bendijera aquella casa de citas para muertos. Allí había de todo, amor mío... hasta letras doradas en la puerta. Y en la fachada, en pequeño, discretamente, se veía también el escudo nobiliario de la familia... ¿sabes?, la misma corona que llevaban bordada en la ropa interior... Delante había un claro, un arriate donde plantaron flores, y luego una especie de galería con columnas y bancos de mármol para los visitantes, por si a alguno le entraban ganas de descansar un poco antes de morirse. Había que pasar por la galería y por una puerta de hierro forjado para llegar a la sala donde estaban las tumbas de los viejos. Era una cripta auténtica, no estaba pensada para durar treinta o cincuenta años —al cabo de los cuales echaban del cementerio hasta a los muertos más ilustres— sino para la eternidad, hasta que al son de las trompetas se levantasen de sus tumbas, vestidos con sus pijamas y batas de seda, los muertos más nobles y señoriales. Yo gané ocho mil pengős con la cripta, el constructor no quiso darme más. Con mi estúpida cabecita ingresé la pequeña ganancia en una cuenta corriente que tenía en un banco; un día, mi marido encontró por casualidad la notificación del banco que decía que, junto con los intereses, mi modesto saldo había crecido a tanto y a cuanto... No me dijo nada... ¿Qué iba a decirme? Pero se le notaba que le había sentado mal. Pensaba que ya que era un miembro más de la familia no debía sacar beneficio de la cripta de sus padres... ¿Tú lo entiendes? Yo sigo sin entenderlo. Sólo te lo cuento para que veas lo raros que son los ricos.

Te voy a contar otra cosa. Yo me había acostumbrado a todo, lo aguantaba todo sin rechistar. Pero tenían una costumbre que nunca pude soportar. Todavía tengo que tragar saliva cuando me acuerdo porque me mareo. ¡No lo soporto! He vivido algunas experiencias en los últimos años y la lección aún no ha terminado. Pero hoy ya soy capaz de aguantarlo todo, me resigno a todo. Ya verás, al final me resignaré sin abrir la boca incluso a hacerme vieja. Pero esa costumbre no la aguantaba, era lo único... Si lo pienso, de la rabia y la impotencia que siento me pongo roja como un tomate.

¿Estás pensando en la cama? Pues sí, pero seguro que no es lo que estás pensando. Tenía que ver con la cama, pero de otro modo. Se trataba del camisón y del pijama.

Veo que no lo entiendes. No es fácil de explicar. Verás, yo observaba con admiración y me maravillaba de todo lo que veía en la casa, como al ver una jirafa en el zoológico... el papel higiénico de colores, el pedicuro suizo, todo. Comprendí que unas personas tan extraordinarias no podían llevar una vida vulgar y ordinaria como la de los demás. Había que hacerlo todo de otra manera, había que poner la mesa y prepararles la cama de un modo distinto que al resto de los mortales. Desde luego, también había que cocinarles platos diferentes porque quizá hasta su intestino era distinto, como el de los canguros... No puedo decirte en qué sería diferente... el caso es que digerían de forma distinta de nosotros, las personas normales. No era algo natural, no seguía su propio proceso, siempre usaban digestivos, laxantes extraños, lavativas misteriosas...

Yo me quedaba con la boca abierta, a veces se me ponía la piel de gallina. La cultura, al parecer, se ve no sólo en los museos sino también en las casas de la gente como ésta, en sus cuartos de baño y en las cocinas donde les preparan la comida. Éstos vivieron de un modo distinto incluso en los sótanos durante el asedio, ¿te lo puedes creer? Cuando ya nadie comía más que habas y guisantes, ellos seguían abriendo exquisitas latas extranjeras y preparándose tentempiés con paté de hígado de oca de Estrasburgo... Durante tres semanas, conviví en un sótano con una mujer que era la esposa de un ex ministro. Su marido había huido de los rusos a Occidente, pero la señora se había quedado porque tenía a alguien... Bueno, pues te lo creas o no, aquella mujer seguía haciendo dieta en el sótano durante los bombardeos. ¡Cuidaba su línea! En un infiernillo se preparaba con aceite de oliva italiano manjares de su invención porque temía que el potaje de habas fuese muy graso, igual que la panceta —que, en aquella época de terror a la muerte y de trauma emocional, la gente engullía—, y la hicieran engordar. Cuando me acuerdo de eso, se me ocurre que la cultura es muy curiosa.

Aquí en Roma, vayas donde vayas encuentras estatuas maravillosas, cuadros, telas y tapices nobles, como allí, en casa; en las tiendas de los chamarileros encuentras amontonados todos los trastos del mundo pasado. Pero es posible que las obras de arte que vemos aquí, en Roma, sean sólo una de las caras de la cultura. Es posible que también sea cultura que alguien ordene a su cocinero que le prepare algo de un modo especial, como aquellos ricos, con mantequilla o aceite según complicadas recetas elaboradas por sus médicos, como si ellos no se alimentaran masticando la comida y echándola al estómago, no, sino tomando una sopa especial para su hígado y una carne distinta para su corazón, una determinada variedad de lechuga para sus riñones y una pasta dulce específica para su páncreas. Y después de comer se retiraban a sus habitaciones para hacer la digestión en soledad, con sus misteriosas sustancias digestivas... ¡Pues eso también era cultura! Yo lo entendí y lo aprobé de todo corazón, aquello me maravillaba. Lo único que nunca comprendí fue esa costumbre que tenían con los pijamas y los camisones. No conseguía digerirla. ¡Que el diablo se lleve al que la inventó!

No te inquietes, ahora te lo cuento. Había que dejarles el camisón desplegado sobre la cama, con el dorso hacia arriba y las mangas extendidas a los lados... ¿Lo entiendes? En esa postura, el camisón o el pijama parecían un árabe, un peregrino de Oriente rezando con la cara pegada a la arena y los brazos extendidos hacia delante... ¿Por qué les gustaba de esa forma? No lo sé. Quizá porque era más cómodo para ponérselo, había que hacer un movimiento menos, sólo había que deslizarse dentro desde atrás y ya había terminado el proceso de vestirse para dormir, no había que cansarse con otro movimiento preparatorio antes del merecido descanso. Pero, a mí, esa previsión exagerada me irritaba a muerte, no la aguantaba. Siempre me temblaba la mano de la rabia y del rechazo cuando preparaba las camas y colocaba los camisones o los pantalones y las chaquetas de sus pijamas como el criado me había enseñado... ¿Por qué?

Como ves, el ser humano es muy extraño. Es extraño aunque no haya nacido rico. Todo el mundo termina por enfadarse alguna vez y pierde los estribos, incluso los pobres, que lo aguantan todo, se resignan a todas las desgracias y aceptan el mundo tal como lo han recibido con docilidad e impotencia... pero llega un momento en que... bueno, pues para mí ese momento llegó cuando me obligaron a preparar la cama y a colocar el pijama en esa posición... Entonces me di cuenta de que las personas no aguantan para siempre las situaciones en que las pone la vida... ni los individuos ni las naciones... Llega un momento en que alguien empieza a gritar que ya basta, que hace falta un cambio. Y es cuando la gente se echa a la calle y empieza a destrozarlo todo... Pero eso ya sólo es un circo. La revolución, ¿sabes?, la verdadera, ya ha ocurrido antes, en silencio, en el interior de las personas. No me mires con esa cara de bobalicón, mi vida.

Puede que esté diciendo tonterías. Pero no hay que buscarle la lógica a todo lo que las personas dicen o hacen. ¿A ti te parece lógico y sensato que yo esté tumbada contigo aquí, en esta cama? ¿No lo entiendes, corazón? No pasa nada. Tú sólo sigue escuchándome y quiéreme. Entre nosotros eso es lo único lógico, aunque no tenga ningún sentido.

Pues ésa es la historia del camisón. Odiaba esa costumbre. Pero acabé resignándome. No había nada que hacer, ellos eran los más fuertes. A los seres superiores puedes odiarlos o adorarlos, pero no puedes ignorarlos. A mí me entusiasmaron durante un tiempo. Luego empecé a tener miedo de vivir con ellos. Y después los odié. Los odié tanto que quise ser rica yo también; y me convertí en una de ellos, me puse sus ropas, me tumbé en las camas en las que ellos dormían, empecé a cuidar mi línea y al final hasta tomaba digestivos antes de acostarme, como ellos. No los odiaba porque eran ricos y yo pobre... no me malinterpretes. Me gustaría que alguien entendiera por fin la verdad de todo este asunto.

Ahora hablan y escriben mucho de esto en los periódicos y en las asambleas populares. Sí, hasta en los cines hablan ya de esto, lo comprobé la última vez que fui a ver el noticiario. Todos hablan de este tema, no entiendo qué bicho les ha picado. Creo que en general no les va bien, por eso hablan tanto de la pobreza y la riqueza, de los rusos y los americanos. Aunque yo no entiendo de eso. También dicen que al final habrá una gran revolución y que entonces ganarán los rusos y, por lo tanto, los pobres. Pero anoche, en el local, un señor muy distinguido —creo que era sudamericano, por allí murmuraban que vende heroína y que guarda el veneno hasta en la falsa dentadura— dijo que no, que al final ganarán los americanos porque tienen más dinero.

Eso me hizo pensar. El saxofonista dijo que al final los americanos cavarán un agujero enorme en el suelo, lo llenarán de bombas atómicas y, luego, el tipejo ese con gafas que es presidente al otro lado del charco se acercará al agujero con una cerilla encendida y prenderá la mecha de la bomba atómica, y entonces todo volará por los aires. A primera vista, parece una auténtica bobada. Pero yo ya no puedo reírme cuando oigo disparates de este tipo. He visto muchas cosas que poco tiempo antes parecían igual de absurdas y un día se hicieron realidad. Sí, en general he visto que cuanto más grande es la tontería que dice la gente, mayores son las probabilidades de que un día se haga realidad.

Nunca se me olvidará lo que la gente cacareaba en Budapest al final de la guerra... Por ejemplo, un día los alemanes llenaron la orilla del Danubio de cañones. Cavaron grandes agujeros a los pies de los puentes y allí colocaron unos cañones gigantescos; rompieron el asfalto y construyeron búnkers para la artillería en el hermoso paseo bordeado de castaños que sigue el curso del Danubio por la orilla de Buda. La gente observaba los preparativos con una mueca amarga. Y hubo sabihondos que decían que no habría un asedio de Budapest porque todas aquellas armas terribles... las cajas de explosivos que colocaron en los puentes y los cañones enormes amontonados a sus pies... todo eso no era más que un señuelo... querían confundir a los rusos, pero en realidad no tenían intención de luchar... eso decían. Pues al final resultó que los cañones no eran ningún cebo y los alemanes no consiguieron confundir a los rusos. Un día llegaron los rusos a las orillas del Danubio y dispararon hasta que lo hicieron trizas todo, cañones incluidos. Por eso no sé si al final ocurrirá lo que decía el sudamericano, pero mucho me temo que tiene razón precisamente porque, a primera vista, lo que dice parece imposible.

Sin embargo, ese hombre tan distinguido dijo algo preocupante: que al final los americanos serán los que se lleven la mejor parte porque son ricos. Y de ricos sí que entiendo. La experiencia me dice que hay que tener mucho cuidado con los ricos porque son de una astucia tremenda. Tienen una fuerza... ¡Dios sabrá qué tipo de fuerza es! Lo que sí sé es que los ricos son rebuscados, no es fácil vivir con ellos. Se nota simplemente en lo que te he contado de los camisones. Alguien que necesita que le dejen colocado el pijama como a mí me hacían colocarlo no puede ser una persona normal. Alguien así sabe exactamente lo que quiere, de día y de noche, y cualquier hombre pobre hace bien en santiguarse cuando un rico se cruza en su camino. Pero no me cansaré de decir que me refiero a los ricos auténticos, no a los que tienen dinero. Ésos no son tan peligrosos. Presumen de su dinero como un crío de sus pompas de jabón. Y terminan igual que el niño, con la pompa estallando en sus manos.

Mi marido sí que era un rico auténtico. Quizá por eso parecía que estaba siempre preocupado. Échame un vasito más, sólo un dedo. No, déjalo, corazón, ahora no voy a beber después de ti. Las ideas hermosas es mejor no repetirlas porque se desgastan y pierden su magia. No te enfades.

Y no me metas prisa, si quieres saberlo todo tengo que ir por orden, contando cada cosa con pelos y señales.

Era un tipo que se ofendía con facilidad. Sí, estaba eternamente ofendido. Eso nunca pude comprenderlo porque yo venía de un ambiente pobre. Hay una especie de complicidad entre los verdaderos pobres y los verdaderos ricos... no hay modo de ofender a ninguno de ellos. A mi padre, que era vendedor de melones e iba descalzo por Nyírség, era igual de difícil ofenderlo que a Ferenc Rákóczi II. A mi marido le daba vergüenza tener tanto dinero. ¡Imagínate, cómo iba a presumir! Le habría encantado ponerse un disfraz para que no se le notara la riqueza. Y sus modales eran tan refinados, era tan silencioso y tan educado que no había forma humana de ofenderlo, ni con palabras ni con actos, era tan delicado que las ofensas externas resbalaban como gotas de rocío sobre una hoja de loto. No, él era el único que podía ofenderse a sí mismo. Pero esta inclinación creció dentro de él como una pasión enfermiza y cruel.

Luego, cuando sospechó que le pasaba algo, empezó a precipitarse, como un enfermo grave que ya no se fía del insigne médico y del famoso científico, y acude a consultar a una curandera para ver si ella puede ayudarlo con sus infusiones de hierbas... Así que un día abandonó a su mujer y su vida anterior, y se vino conmigo. Creía que yo era su curandera. Pero yo no sabía hacer ninguna pócima de hierbas medicinales...

Dame esa foto, deja que la vea otra vez. Sí, así era él hace quince años.

¿Te he dicho ya que llevé esa foto colgada del cuello mucho tiempo? Sí, en un pequeño medallón, sujeto con una cinta morada... ¿Y sabes por qué? Porque había pagado por ella. La había comprado con mi propio sueldo cuando todavía era criada, por eso luego la valoraba tanto. Mi marido no tenía ni idea de lo que significa que alguien de mi condición dé dinero por algo que no es imprescindible para vivir. Me refiero a dinero de verdad, aunque hablemos de unos pengős sacados del sueldo o de las propinas. Tiempo después yo dilapidaba el dinero de mi marido, los billetes de mil, igual que en mi época de criada sacudía el polvo de la escoba por las mañanas. Eso para mí no era dinero. Pero cuando compré esta fotografía me latía el corazón porque era pobre y me parecía un pecado dar dinero por algo que no fuera absolutamente necesario.

En aquel momento, esta foto suponía para mí un lujo pecaminoso... y sin embargo fui a escondidas al centro, al estudio del famoso retratista que estaba tan de moda, y pagué lo que costaba sin regatear. El fotógrafo se rió y me la vendió barata. Fue el único sacrificio que hice por él.

Era muy buen mozo, medía cinco centímetros más que yo. Nunca engordaba ni adelgazaba. Controlaba su organismo igual que sus palabras y sus modales. En invierno engordaba dos kilos, en mayo los perdía y así se quedaba hasta Navidad. No creas que hacía dieta, ni hablar. Pero trataba su cuerpo como si fuera un empleado más. Disponía de él a su antojo.

También tenía bajo control sus ojos y su boca, que se reían de manera independiente según requirieran las circunstancias, pero nunca se reían a la vez... por ejemplo, como te reíste tú ayer, mi amor, cuando vendiste tan bien el anillo y viniste a darme la buena noticia con esa risa libre y dulcísima, sonriendo con los ojos y con los labios...

Pues él era incapaz de hacer eso. Yo viví con él, fui su mujer y antes había sido su criada, lo que significaba tener con él mucha más intimidad que después, cuando ya fui sólo su mujer. Pero nunca lo vi riéndose de verdad, a pleno pulmón.

Digamos que sólo sonreía. Cuando en Londres conocí al griego que no tenía un pelo de tonto y que me enseñó un montón de cosas... no me preguntes qué cosas, no puedo contarte todo lo que me enseñó porque estaríamos aquí hasta mañana por la noche... pues el griego me dijo que cuando estuviera con los ingleses debía tener cuidado de no reírme nunca porque era muy vulgar. Que era mejor si sólo sonreía. Te lo cuento para que sepas todo lo que un día pueda serte de provecho en la vida.

Mi marido sabía sonreír muy bien. A mí me daba a veces tanta envidia que me entraban ganas de matarlo por saber sonreír tan bien. Parecía que había aprendido en algún sitio... en alguna universidad secreta donde estudiaran los ricos y donde la sonrisa fuese una de las asignaturas. Sonreía incluso cuando lo engañaban. A veces yo lo ponía a prueba. Lo engañaba y luego me quedaba observándolo... Y en la cama también, lo engañaba y luego lo observaba. Había momentos en que era peligroso, nunca se sabe cómo reaccionará una persona que se siente engañada en la cama...

Pero en aquella época a mí me excitaba tremendamente ese riesgo. No me habría sorprendido si un día hubiera cogido un cuchillo de la cocina y me lo hubiera clavado en el estómago como a un cerdo en la matanza. Por supuesto que eso era sólo un sueño, una de las llamadas «fantasías oníricas». Esa expresión la aprendí de un médico al que acudí durante un tiempo por imitación, por moda, porque era rica y podía permitirme tener inquietudes psicológicas. El médico cobraba cincuenta pengős la hora. Por ese dinero tenía derecho a tumbarme en el diván de su consulta y contarle mis sueños y cualquier guarrería que se me ocurriese. Hay hombres dispuestos a pagar para que una mujer se tumbe en un diván y diga guarrerías. Pero a éste le pagaba yo y aprendí expresiones del estilo de «deseo reprimido», «fantasía onírica» o «inhibición». Pues sí, aprendí muchas cosas de los ricos. ¡No era fácil convivir con ellos!

Pero a sonreír no aprendí nunca. Se ve que para eso hace falta algo más, tal vez que tus abuelos ya supieran sonreír. Era un detalle que odiaba con toda mi alma, tanto como la parodia del camisón... Sí, odiaba su sonrisa. Porque cuando le tomaba el pelo en la cama... fingiendo que estaba a gusto con él... seguro que él se daba cuenta, pero en vez de coger un puñal y apuñalarme, sonreía. Estaba sentado en la enorme cama de matrimonio despeinado, musculoso, atlético, porque hacía mucho deporte, con ese leve olor a heno, y me miraba con una mirada fija y vidriosa. Y sonreía. A mí me entraban ganas de llorar de la rabia, la impotencia y la tristeza que sentía.

Estoy segura de que cuando encontró su casa destruida por las bombas o después, cuando le quitaron la fábrica y toda su fortuna, también sonrió de esa manera.

Ésa es una de las mayores crueldades del ser humano, esa sonrisa extraña, distinta, la sonrisa de los señores. Es el verdadero pecado de los ricos. Una cosa así no se puede perdonar... Porque puedo entender que alguien robe o mate cuando lo atacan. ¡Pero si se queda quieto y sonríe en silencio, entonces ya no se sabe qué hacer con él! A veces sentía que ni el peor castigo del mundo habría sido suficiente, que todo lo que yo, una mujer salida de un agujero y encontrada en la calle, podía hacer contra él era poco. Todo lo que el mundo podía hacer contra él, contra sus propiedades, su fortuna y todo lo que le importaba, era poco... Había que quitarle esa sonrisa. ¿Ni siquiera son capaces de eso, los famosos revolucionarios? Porque, de alguna forma, las acciones y las piedras preciosas siempre vuelven a las manos de los señores, incluso después de haberlo perdido todo. Incluso cuando esos verdaderos ricos se quedan desnudos como gusanos, les sigue quedando un patrimonio misterioso que no puede quitarles ninguna fuerza terrenal... Sí, cuando un verdadero rico que ha tenido cincuenta mil hectáreas de tierra o una fábrica en la que trabajaban dos mil personas se queda sin nada... sigue siendo a pesar de todo más rico que la gente como tú o como yo cuando nos van bien las cosas.

¿Cómo lo hacen? No lo sé. Mira, yo he vivido en nuestro país en una época que no era nada favorable para los ricos. Todo y todos conspiraban contra ellos, ejecutaron con mucha cautela ciertos planes minuciosos para quitarles absolutamente todo... primero, la fortuna visible... y luego, con mucha astucia, también la fortuna invisible. Y al final, ellos seguían viviendo mejor que nadie.

Yo lo observaba todo con la boca abierta, sin escandalizarme. Y me lo tomaba muy en serio, de verdad. Ahora no quiero soltarte un sermón sobre la riqueza y la pobreza. No me malinterpretes. Lo sé, quedaría bien que yo ahora, a esta hora de la madrugada, empezara a gritar que odiaba a los ricos porque tenían dinero y poder... Los odiaba, sí, pero no por su riqueza. Más bien les tenía miedo, un miedo reverencial, como los hombres salvajes con los truenos y los relámpagos. La tenía tomada con ellos, es cierto... pero del mismo modo en que los antiguos se enfadaban con los dioses. Ya sabes, esas pequeñas divinidades barrigudas de forma humana, charlatanas y fornicadoras que se entrometen en las cuestiones diarias y en las desventuras de los seres humanos, se escurren en sus camas y en sus vidas, meten los dedos en sus cacerolas y, en general, se comportan igual que los humanos. Pero no son como nosotros, son dioses, divinidades medianas, secundarias por su parecido con nosotros, y de vez en cuando vienen en nuestra ayuda...

Pues eso era lo que sentía cuando pensaba en los ricos. No los odiaba por su dinero, sus palacios o sus piedras preciosas. No era una proletaria rebelde y menos aún una obrera con conciencia de clase, nada de eso... ¿Por qué no? Porque venía de tan abajo que sabía mucho más de lo que se parloteaba en aquellos discursos del principio. Sabía que en el fondo, abajo del todo, no ha habido ni habrá nunca justicia. Y aunque consigan corregir una injusticia, en su lugar colocarán una nueva. Y además era una mujer y hermosa, y tenía tantas ganas de estar en el lado donde luce el sol... Dime, ¿es que es un pecado? Puede que los revolucionarios... los que viven la revolución como profesionales, los que primero prometen y luego hacen lo contrario... puede que ellos me despreciaran por decir esto. Pero contigo quiero ser franca. A ti te quiero dar todo lo que me queda, y no me refiero sólo a las joyas... por eso te confieso que odiaba a los ricos sobre todo porque lo único que podía quitarles era su dinero. Lo demás, lo que forma parte del secreto y el sentido de la riqueza, esa diferencia que me hechizaba tanto como la propia fortuna... eso no quisieron dármelo. Lo escondieron tan bien que no habría habido revolucionario en el mundo capaz de quitárselo... Lo ocultaron mejor que las fortunas que guardaban en las cajas fuertes de los bancos extranjeros o que el oro que enterraban en sus jardines.

No me dieron su capacidad de cambiar de tema sin transición, de repente, cuando se hablaba de algo que de verdad era doloroso o urgente. Cuando a mí se me aceleraba el corazón por algún impulso salvaje, por la rabia o porque estaba enamorada o porque me habían tratado mal... o porque había presenciado una injusticia o había visto a alguien sufriendo y me daban ganas de chillar de rabia... en esos mismos casos, ellos se quedaban callados y sonreían. Pero yo no puedo contarlo con palabras. De algún modo, parece que las palabras no sirven para expresar nada que de verdad sea importante en la vida... lo que es fundamental, como el nacimiento o la muerte. Eso no se puede expresar ni con las palabras verdaderas. Puede que la música sí pueda, no lo sé... O cuando uno desea a una persona y la roza con la mano, así... No te muevas. Ese otro amigo mío, al final, no rebuscaba en vano en los diccionarios. Buscaba una palabra, pero no la encontró.

Así que no te sorprendas si no encuentro las palabras justas. Sólo quiero hablar un rato contigo... ¡Y entre esto y conseguir contar las cosas como eran de verdad hay un buen trecho!

Déjame otra vez la foto. Sí, así era cuando me casé con él. Y estaba igual la última vez que lo vi... después del asedio. Sólo había cambiado como cambian con el uso continuo los objetos de buena calidad... se vuelven un poco más lustrosos, más lisos, más pulidos. Envejecía como una buena cuchilla de afeitar o una boquilla de ámbar.

Quién sabe... A lo mejor si me lanzo y pruebo a contarlo todo... Mira, voy a empezar por el final. Quizá así puedas entenderlo... aunque no te cuente el principio.

• • •

Era un burgués, ésa era su desgracia. ¿Qué es un burgués? Los rojos lo pintan como un fulano barrigudo, un canalla que está todo el día controlando las cotizaciones de la bolsa y mientras tanto oprime y explota a los obreros. Y más o menos así me los imaginaba yo hasta que conviví con ellos y comprendí que toda esa parodia de los burgueses y la lucha de clases no funcionaba como nos decían a los proletarios.

Estaba obsesionado con la idea de que la burguesía tenía un papel que interpretar en el mundo... y no sólo el de empresario o el de imitar a los que fueron poderosos en su día, cuando el burgués todavía no tenía nada... Estaba convencido de que los burgueses terminarían consiguiendo imponer el orden en el mundo... los señores ya no serían tan señores como antes y los proletarios ya no serían tan mendigos... Creía que, de un modo u otro, todos nos aburguesaríamos, unos subiendo de clase y otros bajando, si él, el burgués, se quedaba quietecito en su sitio, en este mundo en el que todo va al revés. Y un día me habló. Me dijo que quería tomarme por esposa... a mí, a la criada.

No entendí muy bien lo que me decía, pero en aquel momento lo odié tanto que me habría gustado escupirle a la cara. Era Nochebuena, yo estaba agachada delante de la chimenea, colocando la leña para encenderla. Sentí que ésa era la peor ofensa que me habían hecho en mi vida. Quería comprarme, como si yo fuese un perro de una raza poco corriente... eso fue lo que sentí en aquel momento. Le dije que se apartara de mi camino, que no quería ni verlo.

Así que no fue entonces cuando se casó conmigo. Con el paso del tiempo tomó por esposa a aquella mujer tan fina. También tuvieron un hijo, pero se murió. Unos años antes también se había muerto el viejo, yo lo sentí mucho. Entonces, la casa se convirtió en una especie de museo con pocas visitas. No me habría sorprendido que un domingo por la mañana llamase a la puerta un grupo de escolares en visita de estudios... Mi marido entonces ya vivía en otra casa con su mujer. Viajaban mucho... Yo me quedé con la vieja señora. No era tonta, la señora. Yo le tenía miedo, pero la quería. Tenía la sabiduría de las viejas de antaño... incluso conocía recetas para curar los males del riñón o del hígado. Sabía cómo lavarse correctamente y cómo escuchar música... Y también sabía lo de su hijo y yo, la rebelión silenciosa de su hijo... la larga lucha que hubo entre nosotros. Lo sabía gracias a esa intuición que sólo poseemos las mujeres y que es como un radar, lo detecta todo... las mujeres pueden indagar en el interior del hombre al que están unidas hasta dar con su secreto.

Así advirtió ella que su hijo era un solitario sin remedio porque el mundo en el que había nacido, al que pertenecía en cuerpo y alma, al que lo ataban los recuerdos y los sueños... ya no lo protegía. No lo protegía porque se estaba deshaciendo, como la tela de una colcha vieja que ya no sirve ni de trapo para el polvo... porque su hijo ya no atacaba, sólo se defendía y, por lo tanto, ya no vivía, solo vegetaba... y la señora, con su sabiduría de tejedora y de mujer fuerte supo tantear el peligro. Conocía nuestro secreto como se conocen en las familias ciertas enfermedades hereditarias terribles, de las que no se puede hablar porque si el secreto se propaga podría perjudicar sus intereses... como si a la familia la diezmara la epilepsia o la hemofilia.

¿Qué miras? Sí, yo también soy una neurasténica, no sólo los señores. Y mis nervios no sufrían por culpa de ellos, yo ya era así desde los tiempos de mi casa, allí, en el hoyo... si es que alguna vez he tenido algo parecido a lo que los humanos llaman casa. Cuando pronuncio las palabras «casa» o «familia»... no veo nada, sólo percibo un olor. Un olor a tierra, a barro, a ratones y a humanos. Y flotando sobre todo eso, siento ese otro olor de mi infancia medio humana y medio animal, el cielo azul, el bosque humedecido por la lluvia y con olor a setas, el sabor de la luz del sol, que era como cuando tocas un objeto metálico con la punta de la lengua... Yo era una niña nerviosa, ¿para qué lo voy a negar?... Nosotros también tenemos secretos, no sólo van a tenerlos los ricos.

Pero yo quiero hablarte del final, de la última vez en mi vida que vi a mi marido. Porque lo sé, lo sé con la misma certeza con que sé que estoy sentada contigo de madrugada en este hotel de Roma. Sé que ésa fue la última vez en mi vida que lo vi.

Bueno, ya hemos bebido bastante. Voy a preparar otro café... Dame tu mano, deja que la apriete contra mi pecho. ¿Notas cómo late mi corazón? Así late cada madrugada... y no es por el café, ni por los cigarrillos, ni por estar contigo. Es porque me acuerdo del momento en el que lo vi por última vez.

No creas que es la nostalgia. En esos latidos no hay nada parecido a lo que puedas encontrar en las películas sentimentales. Ya te he dicho que nunca lo quise. Hubo un tiempo en que estuve enamorada de él... pero sólo estaba enamorada porque aún no vivía con él. Estas dos cosas nunca van juntas, ¿lo sabías?

Luego, todo ocurrió como yo había planeado con mi cabecita loca y enamorada: me fui a Londres... ¡enséñame la otra foto! Ese de ahí, cariño, era un griego que enseñaba canto en Londres, en el Soho. Fue mi profesor de canto. Era un gran canalla... si supieras cómo me miraba con aquellos ojos fogosos y oscuros, cómo sabía susurrar palabras dulces o juramentos, cómo se abandonaba al éxtasis de la pasión, igual que el tenor napolitano de anoche, en la ópera.

Yo me encontraba muy sola en una ciudad tan grande como Londres. ¿Sabes?, todo era tan asquerosamente grande en aquel desierto de piedra inglés... incluso el aburrimiento. Pero los ingleses han aprendido a convivir con el aburrimiento, son unos expertos en el arte de aburrirse. Yo llegué allí para trabajar de criada. Pero en la casa donde entré... en aquella época, en Londres estaban muy buscados los criados extranjeros, igual que antiguamente los esclavos sarracenos... ¡Hay una ciudad, Liverpool, que dicen que fue construida sobre las calaveras de los negros!... Bueno, eso no lo sé con seguridad... pero en aquella gran casa no aguanté mucho porque ser criada en Londres era algo muy distinto de serlo en nuestro país. Era mejor en unos aspectos y peor en otros. No era por el trabajo. No me molestaba que allí también hubiera mucho trabajo duro. Lo que me molestaba era que en su idioma sólo conseguía balbucear algunas palabras... Pero lo que más me molestaba era que, en aquella casa, yo no era una criada sino un componente más de una especie de engranaje. Y no el engranaje de una máquina de una casa inglesa sino la pieza de un sistema más amplio, de una gran empresa dedicada a la importación. Y yo era uno de los artículos importados. Para colmo, ni siquiera era una familia inglesa de verdad sino una familia de ricos judíos alemanes instalada en Londres... El señor había huido de Hitler con su familia y en Inglaterra se dedicaba a venderle al ejército ropa interior de lana gruesa para los soldados. Era un judío alemán a conciencia, es decir, era alemán en la misma medida que judío. Llevaba el pelo rapado y creo... no lo sé con seguridad, pero no es imposible... creo que había hecho que un cirujano le marcara la cara con unas heridas superficiales, como las que deja un duelo, porque quería parecer tan apuesto como los jóvenes estudiantes de esgrima alemanes. Eso era lo que pensaba cuando le miraba la cara.

Pero eran buenas personas y hacían todo lo que podían para interpretar con entusiasmo y minuciosidad el papel de perfectos ingleses mejor que los propios ingleses, que ya no tenían ni ganas ni posibilidades de representarlo... Vivíamos en una casa bonita de un barrio residencial de las afueras. Los señores eran cuatro y los criados, cinco más una mujer que iba de vez en cuando a echar una mano con la limpieza. Yo era la que abría la puerta. Tenían un criado, una cocinera, una doméstica y un chófer, igual que en la otra casa. A mí, aquello me parecía normal, pero en Londres eran ya pocas las familias antiguas que tenían un servicio tan protocolario. La mayoría había vendido o reestructurado las grandes casas señoriales heredadas de padres a hijos, y sólo las pocas familias que vivían aún según las tradiciones del pasado mantenían un personal de servicio acorde con su antiguo rango. La doméstica no consentía en hacer ni un solo gesto de lo que consideraba mi trabajo. Y el criado prefería cortarse la mano antes que ayudar a la cocinera. Todos los componentes del engranaje debíamos funcionar con la mayor precisión... ¿Y sabes qué era lo más inquietante? Que nunca sabía en qué clase de mecanismo debíamos funcionar los componentes, no sólo el servicio, también los señores... No sabía si era un mecanismo elegante y preciso, como un reloj suizo, o el contador de una bomba de relojería programada para estallar en un momento determinado... Había algo perturbador en aquella tranquila y refinada vida inglesa... ¿Sabes?, éstos tampoco dejaban de sonreír... como en sus novelas policíacas, donde el asesino y su víctima se sonríen y conversan amablemente sobre el hecho de que uno está allí para matar al otro... Y mientras tanto no dejan de sonreír. Era un aburrimiento mortal. No soportaba esa apatía inglesa recalentada, pulcra y aséptica. Cuando estaba con ellos en la cocina o en el salón nunca sabía si me reía en el momento adecuado. En el salón, claro está, sólo me reía por dentro, en silencio, porque no tenía derecho a reírme cuando ellos, los señores que jugaban a ser ingleses, se dedicaban a contarse chistes... ¡Pero es que en la cocina tampoco sabía si me reía en el momento oportuno! Porque les gustaba mucho el humor. El criado estaba suscrito a una revista de humor y en el almuerzo nos leía en alto aquellos chistes ingleses totalmente incomprensibles que a mí me parecían más insulsos que divertidos. La cocinera, el chófer, la doméstica y el criado se reían a grandes carcajadas... y mientras me espiaban con el rabillo del ojo para ver si yo también me reía, si era capaz de entender las geniales ocurrencias inglesas.

Pero la mayoría de las veces yo sólo entendía que me estaban tomando el pelo y que en realidad no se reían del chiste sino de mí. Porque los ingleses son casi tan difíciles de entender como los ricos. Hay que tener mucho cuidado con ellos porque siempre están sonriendo, incluso cuando están pensando en alguna maldad. Y son capaces de mirarte con cara ingenua, como si no hubieran roto un plato en su vida. En realidad no son tan estúpidos como parecen, sobre todo cuando quieren engañar a alguien. Pero incluso cuando te toman el pelo siguen sonriendo con amabilidad.

Era evidente que aquellos criados ingleses sentían por mí, por la extranjera, por la negra de piel blanca, un profundo desprecio... Pero quizá no me despreciaban tanto como a los señores, a los ricos judíos alemanes. A mí me despreciaban, pero además de desprecio sentían por mí un poco de piedad porque no entendía a la perfección el brillante ingenio de esa revista de humor llamada *Punch*.

Por eso me limité a vivir con ellos como buenamente pude. Y a esperar... No podía hacer otra cosa.

¿Qué esperaba? ¿Esperaba a un caballero sin mancha y sin miedo, un Lohengrin que un día lo abandonase todo y viniese a por mí? ¿Esperaba al hombre que aún vivía con la otra mujer, con la rica?... Sabía que llegaría mi momento, sólo tenía que saber esperar.

Pero también sabía que él nunca se movería por sí mismo. En poco tiempo tendría que ir yo misma a buscarlo para agarrarlo del pelo y sacarlo de su vida, igual que si estuviera ahogándose en un pantano.

Un domingo por la tarde conocí al griego en el Soho. Nunca supe a qué se dedicaba en realidad. Decía que era empresario. El caso es que nadaba en dinero, lo cual levantaba algunas sospechas, y tenía hasta un coche... y en aquella época, esos chismes con ruedas no eran tan corrientes como ahora. Por las noches jugaba a las cartas en los clubes. Creo que su única ocupación era sencillamente ser oriental. Los ingleses no se sorprendían cuando alguien que residía allí vivía simplemente de ser oriental. Con sus buenos modales y sus sonrisas, entre un susurro y un gesto de asentimiento, siempre lo sabían todo de nosotros, los extranjeros. Y se quedaban callados. Sólo se permitían murmurar algo cuando alguien rompía lo que ellos consideraban buenas maneras... Pero nunca había forma de saber con certeza lo que ellos consideraban buenas maneras...

Mi griego andaba siempre en el filo de la navaja con ellos. No lo encerraban, pero a veces, cuando estaba conmigo en un local elegante, miraba las puertas giratorias como si esperase que llegara la policía. Sí, tenía siempre el oído puesto... vamos, devuelve a su sitio esa foto también. ¿Qué aprendí de él? Ya te lo he dicho, a cantar. Fue él quien descubrió que yo tenía buena voz. Tienes razón, también aprendí otras cosas de él. ¡Ay, pero qué bruto eres! Ya te he dicho que era oriental. Bueno, ahora olvídate del griego.

No me interrumpas. Ya sabes que sólo quiero contarte el final. ¿El final de qué? Pues de toda la historia, que todo fue inútil porque en el fondo de mi corazón siempre odié a mi marido. Pero también lo adoraba, estaba loca por él.

Lo comprendí en el momento en que lo vi frente a mí, acercándose por el puente, después del asedio. Al decirlo parece fácil... ¿Has visto? Por fin lo he dicho y no ha pasado nada. Tú estás aquí, en la cama de esta habitación, en un hotel de Roma fumando cigarrillos americanos, lanzando grandes bocanadas de humo... en la cafetera turca de bronce está humeando un café muy aromático, ya es casi de día, tú estás tumbado de lado, con el codo apoyado en la almohada, y me miras con esos ojos... y tu maravilloso pelo con brillantina cayéndote sobre la frente. Y esperas que yo siga contándote lo que pasó. Igual de fascinantes son todos los giros que da la vida. Resumiendo, al acabar el asedio yo iba andando por el puente y de pronto vi a mi marido que venía de frente... ¿Eso es todo? ¿Así de sencillo?

Ahora, al pronunciarlo, yo misma me he sorprendido de la cantidad de cosas que caben en una simple frase. Por ejemplo, uno dice: al acabar el asedio... y lo dice así, sin más, ¿verdad? Pues en realidad no tuvo nada de simple. Hacia finales de febrero, la guerra estaba en plena explosión al otro lado del Danubio. Pueblos y ciudades en llamas, miles de personas asesinadas. Pero en Pest y en Buda la vida ya casi había vuelto a la normalidad... Sí, es verdad, también vivíamos un poco como los nómadas al principio de los tiempos o como los gitanos errantes. A mediados de febrero habían echado al último nazi de Pest y Buda... Y luego, poco a poco, como los truenos de una tormenta que se aleja, el frente se fue distanciando, cada día se oían más lejos los estallidos. Y la gente empezó a salir de los sótanos.

Claro que tú, en la pacífica Zala, seguro que pensabas que los que no habíamos querido irnos de Pest debíamos de estar locos. Y tienes razón, si alguien hubiera observado desde fuera lo que sucedió en las semanas, en los meses siguientes al asedio, no habría podido pensar de otro modo. Desde fuera no se puede imaginar lo que siente una persona que acaba de salir del infierno y de la humillación, del hedor en el que se ha adobado durante semanas. Salimos a rastras de la suciedad, de la falta de agua, de la porquería de la promiscuidad. Pero no quiero entretenerte con la historia de siempre, como esas películas dramáticas que tienen como fondo la ciudad después del asedio. Te lo contaré como ha quedado grabado en mi memoria: todo revuelto... De aquella época tengo recuerdos bastante confusos. Como cuando en un proyector se rompe la cinta, ya sabes... de pronto nada tiene sentido y el espectador se queda con la boca abierta mirando el vacío resplandeciente de la pantalla.

Las casas seguían humeando como si Buda entera, el castillo y el barrio que hay a sus pies, tan hermosos como un decorado, formaran parte de una gran hoguera. Aquel día yo estaba en Buda. No pasé el asedio en el sótano de mi casa porque había caído una bomba en el edificio el verano anterior y yo me había mudado a un hostal de Buda. Luego, cuando los rusos ya tenían rodeada la ciudad, me mudé a casa de un conocido... ¿Quieres saber quién era ese conocido? No te pongas pesado. Ahora te lo cuento, pero quiero ir por orden.

En aquella época no era difícil encontrar alojamiento en Pest. Todos dormían en otro sitio, a ser posible fuera de casa. Personas que habrían podido quedarse en sus casas con la conciencia tranquila porque no habían hecho nada —pero que eran tan intuitivas que podían oler y presentir que se acercaba el final del gran carnaval— decidían de pronto fingir que ellos también tenían miedo y debían esconderse porque cabía la posibilidad de que los rusos o los rojos los buscaran y los persiguieran a ellos también. Parecía que todo el mundo se había puesto un disfraz para que no lo reconocieran y que la ciudad entera participaba en un absurdo y diabólico carnaval, unos vestidos de adivinos persas y otros de cocineros, y todos con una barba postiza pegada en la cara... La gente se transformó de un modo inquietante.

Pero había algo más. A simple vista, parecía que la ciudad entera se había emborrachado con el alcohol que los nazis habían encontrado escondido en los sótanos y en las bodegas de los hoteles y los restaurantes, y que habían dejado atrás cuando huyeron hacia el oeste porque no habían podido bebérselo todo... Era como en esos relatos de supervivientes de grandes naufragios o accidentes aéreos en que los viajeros se encuentran de pronto en una isla desierta o en la cima de una montaña nevada... Y pasan tres, cuatro días y las reservas se agotan, y aquellas personas tan distinguidas empiezan a mirarse unas a otras para ver a quién pueden darle un buen mordisco porque ya no pueden aguantar el hambre... Como en esa película ambientada en Alaska en la que Chaplin, ese actor bajito con bigote de cepillo, y un gigante que hace de buscador de oro se persiguen porque el grande quiere zamparse al pequeño... Había algo demencial en los ojos de la gente al mirar algún objeto o al decir que en tal sitio o en tal otro aún quedaba comida. Porque habían decidido, igual que los náufragos, que iban a sobrevivir al naufragio a cualquier precio, aun a costa de comer carne humana... Y trataban de acaparar todas las reservas que encontraban.

Después del asedio pude ver claro a mi alrededor, como cuando a uno le quitan con un bisturí las cataratas que le velan los ojos. Y por un momento contuve el aliento de lo interesante que me pareció lo que vi.

El castillo aún estaba en llamas cuando salimos trepando de los sótanos. Las mujeres se vistieron de viejas, iban harapientas y tiznadas, creían que así se librarían de que los rusos las forzaran. El olor de la muerte, ese hedor a animal putrefacto de los sótanos, se había quedado pegado a nuestra ropa y a nuestra piel. En las aceras, en todas partes había bombas sin estallar. Yo caminaba por las calles entre cadáveres, escombros, carros blindados convertidos en chatarra y esqueletos sin alas de aviones de combate Rata. Había atravesado el barrio de Krisztina en dirección al Vérmező. Me sentía un poco mareada por todo aquel aire repentino, por el sol del final del invierno, por el hecho mismo de estar viva... pero seguía caminando, como otras decenas de miles de personas, porque habían levantado a toda prisa una especie de puente sobre el Danubio. Era una construcción improvisada, torcida, chepuda, como el lomo de un dromedario. La policía del ejército ruso había reclutado a la fuerza a los obreros, que lo construyeron en dos semanas bajo el mando de los constructores del ejército rojo. Así que ya se podía volver a pasar de Buda a Pest. Yo también corrí todo lo que pude porque quería llegar a Pest a toda costa, cuanto antes. Ya no aguantaba más... ¿Y por qué? ¿Quería volver a ver nuestra casa? Nada de eso. Ahora te cuento por qué.

La primera mañana que por fin hubo un puente transitable sobre el Danubio yo corrí hacia Pest porque quería comprar quitaesmalte en la vieja droguería del centro.

¿Por qué me miras así, con la boca abierta, como un endemoniado? Fue tal como te lo estoy contando. Buda estaba todavía en llamas. En Pest las casas tenían los intestinos colgando. Pero en las dos semanas que pasamos encerrados pudriéndonos en el sótano del edificio de Buda hombres, mujeres y niños... mientras todos los que me rodeaban pasaban hambre, gritaban... un hombre mayor murió del susto... y todos estábamos sucios porque no había agua... en aquellas dos semanas no hubo nada que me molestase más que haberme olvidado el quitaesmalte cuando bajé al refugio. Al sonar la última sirena y comenzar el asedio, bajé al sótano con las uñas pintadas de rojo carmín. Y allí me quedé con las uñas rojas durante dos semanas, hasta que Buda cayó. Y mis uñas rojas se volvieron negras de la suciedad.

Porque en aquella época yo también llevaba ya las uñas pintadas, como las señoras elegantes. Un hombre no puede entender estas cosas... Pero a mí, durante el asedio, me preocupó a muerte no saber cuándo podría acercarme a Pest y entrar en la vieja droguería donde aún vendían quitaesmalte de buena calidad.

El psicólogo, al que pagaba cincuenta pengős por consulta, tres veces a la semana, para poder tumbarme en el diván de su despacho y hablar de porquerías —porque tenía que comportarme exactamente igual que cualquier señora—, seguramente me habría dicho que no era el esmalte lo que quería limpiarme sino otro tipo de suciedad, la de mi vida previa al asedio... Pero yo no estoy tan segura. Yo sólo sabía que mis uñas ya no eran rojas sino negras y que tenía que quitarme el esmalte como fuese. Por eso crucé el puente como una posesa en cuanto pude.

• • •

Cuando llegué a la calle en la que había estado nuestra casa, una figura familiar cruzó la acera delante de mí. Era el fontanero, un buen hombre entrado en años que había nacido en el barrio. Como muchos en aquellos tiempos, se había dejado crecer una barba gris que le daba el aspecto de un abuelo, se había disfrazado de anciano con la esperanza de engañar a los rusos y evitar que lo obligasen a trabajar o, peor aún, que lo deportasen a Ekaterimburgo. Pues el viejo iba arrastrando un fardo enorme. Me alegré cuando lo reconocí. Y entonces, de repente, empezó a gritar algo en dirección a una casa en ruinas al otro lado de la calle, donde vivía el cerrajero.

—¡Jenő, corre, ve al Központi, que allí aún quedan cosas!

Y el otro, un cerrajero larguirucho, respondió con voz ronca y agitada:

—Gracias por avisar... ¡voy corriendo!

Me quedé un buen rato mirándolos, de pie en las lindes del Vérmező. También vi al búlgaro, un viejo al que le gustaba empinar el codo y que en invierno llevaba leña a las casas de los señores, saliendo de un edificio en ruinas; cargaba sobre la cabeza, con delicadeza y devoción —como el cura cuando lleva el Santísimo Sacramento en las procesiones de Pascua—, un gran espejo en un marco dorado. El espejo centelleaba bajo la tersa luz del final del invierno. El viejo búlgaro caminaba a pasos cortos y sujetaba el espejo de marco dorado como si, al final de su vida, hubiese recibido por fin de las hadas el regalo con el que soñaba desde niño. Era bastante evidente que el búlgaro acababa de robar el espejo. Se movía entre las ruinas con tranquilidad, como si por fin hubiese empezado una gran fiesta en el mundo y él fuera uno de los afortunados que habían ganado un premio. Él, el búlgaro, con su espejo robado.

No podía creer lo que veían mis ojos. Luego, por instinto, me dirigí hacia el edificio del que el viejo acababa de salir. La puerta estaba en su sitio, pero en lugar de escaleras había una montaña de escombros que conducían al piso de arriba.

Más tarde me dijeron que en aquella antigua casa de Buda habían estallado más de treinta bombas, granadas y minas. Allí habían vivido también algunos conocidos, una modista que había trabajado para mí en alguna ocasión y un veterinario que había tratado a mi perro; en el primer piso vivían un juez jubilado y su señora, con los que habíamos merendado alguna vez en Auguszt, una pastelería de Buda. El barrio de Krisztina siempre se había parecido más a una pequeña ciudad austriaca que a cualquier otro barrio de Budapest. En él los habitantes de siempre y los recién llegados vivían en un ambiente de confianza y familiaridad, unidos en una especie de fina y silenciosa conspiración que no tenía ningún fin particular, ningún sentido más que probar que todos pertenecían a la misma clase, la de los burgueses que vivían de sus pensiones o de la modesta fortuna que habían amasado con sus pequeños negocios. Y el que llegaba allí desde abajo adoptaba las costumbres de los nativos y se volvía modesto y educado. Hasta el cerrajero y el fontanero... En Krisztina vivía una gran familia, una familia muy cortés y respetuosa con las leyes y las autoridades.

Eran personas de este tipo las que habitaron el edificio de cuyas ruinas había salido el búlgaro con el espejo robado. Andaba con paso rápido, igual que antes el cerrajero y el fontanero del barrio, que se animaban mutuamente a actuar deprisa porque había que aprovechar el festival, que Buda estaba en llamas y no había policía ni orden alguno. Y porque en el Központi aún quedaban cosas que no se habían llevado los rusos ni los ladrones vagabundos.

El grito del fontanero resonaba en mis oídos como una melodía... era un grito de complot, un aullido de criminales. Entré en el edificio, escalé los escombros hasta el primer piso y, de pronto, me encontré en la casa del juez del tribunal de apelación, en el salón. Reconocí la habitación porque mi marido y yo habíamos tomado el té allí una vez que nos invitaron. Faltaba el techo, destruido por una bomba que había arrastrado consigo buena parte del piso superior. Y todos los escombros habían quedado amontonados en el salón del juez: vigas, tejas, marcos de ventanas, una puerta del piso de arriba, cascotes, argamasa... y trozos de muebles: una pata suelta de un escritorio estilo imperio, la puerta de un armario de la época de María Teresa, vitrinas y lámparas, todo ello cubierto de una especie de fango...

Bajo los restos asomaba la esquina de una alfombra persa. En medio de aquel estercolero estaba también la fotografía del anciano juez... era una foto con un marco plateado en la que el viejo posaba de pie, con su levita y el pelo engominado. La observé con devoción porque había algo sagrado en la figura del anciano, me recordaba a san Juan Nepomuceno. Pero luego me cansé de mirar y aparté la fotografía con la punta del zapato. La bomba había amontonado en un mismo sitio los restos de varios pisos. Era como si alguien hubiera acumulado un gran vertedero histórico. Los habitantes aún no habían salido del sótano o tal vez hubieran perecido en el refugio... Estaba a punto de irme cuando me di cuenta de que no estaba sola.

Por el hueco de una puerta, en la pared medio derruida que conectaba el salón con otra estancia, estaba saliendo un hombre a gatas con la caja de una cubertería de plata bajo el brazo. Me saludó sin perturbarse, con tan buenos modales como si estuviera de visita. El cuarto del que había salido el invitado era el comedor del juez; él era un funcionario, lo conocía de vista, también vivía en la zona, era un vecino del barrio, un burgués honrado... «¡Los libros! —dijo con voz compungida—. ¡Qué pena me dan los libros!»... Bajamos juntos por la montaña de escombros, lo ayudé a llevar la cubertería de plata mientras hablábamos con serenidad. Me contó que él en realidad había venido por los libros porque el anciano juez tenía una extensa biblioteca de literatura y muchas obras especializadas de derecho con una buena encuadernación... y a él le gustaban mucho los libros. Por eso había pensado en «salvar la biblioteca». Con voz lastimera dijo que no había sido posible salvarla porque se había desprendido el techo y los libros se habían empapado y se habían convertido en pasta, como en una fábrica de papel. De la cubertería de plata no dijo nada, parecía que sólo la había recogido de paso en lugar de los libros...

Charlando, bajamos con mucho cuidado por los escombros que había en lugar de escaleras. El oficinista me mostraba el camino con cortesía y a veces me cogía del codo para ayudarme a pasar por un tramo peligroso o complicado. Salimos poco a poco del edificio en ruinas. En la entrada descansamos un momento y nos despedimos. El funcionario se marchó contento con la cubertería de plata bajo el brazo.

Aquel tipo, igual que el búlgaro, el fontanero y el cerrajero, actuaba por su cuenta... ya sabes, eran como los que luego llamarían «defensores de la iniciativa privada»... Pensaban que había llegado la hora de salvar por su cuenta lo que no habían robado los nazis y los cruces flechadas, y más tarde los rusos y nuestros comunistas, que se habían dado prisa en volver... Pensaban que era un deber patriótico poner sus manos sobre todo lo que se podía coger... por eso empezaron a «salvar» cosas. Y no sólo las suyas, sino también las de los demás, antes de que los soldados rusos o los comunistas se llevasen todo el material restante en sus hatos... No eran muchos, pero destacaban por su afán... Y los demás... nueve millones de personas... ya sabes, las que llamaban «el pueblo», al principio observaban como paralizadas a los que robaban en su nombre... Los cruces flechadas habían estado robando durante semanas. Era como una epidemia... Se lo habían robado todo a los judíos... los pisos, las tierras, los comercios, las fábricas, las farmacias... luego los echaron de las oficinas y, por último, de la vida... Éstos, sin embargo, no actuaban por su cuenta, sino a las órdenes del gobierno. Luego llegaron los rusos... que también pasaban día y noche robando, registrando casa por casa y piso por piso. Con los rusos llegaron nuestros comunistas, que habían sido formados en Moscú sobre cómo sangrar a un pueblo... Sí, el pueblo... ¿Tú sabes qué es eso? ¿Éramos tú y yo el pueblo? Porque ahora que todo se hace por el pueblo... el pueblo está asqueado... Recuerdo lo mucho que me sorprendí cuando una vez, en verano, durante la cosecha, estaba de vacaciones con mi marido en una finca y el niño de la casa, un joven señorito de rizos dorados, entró corriendo durante la comida y exclamó con mucho entusiasmo: «¡Mamá, fíjate, la cosechadora le ha cortado el dedo a un pueblo!» Sonreímos, es la voz de la inocencia, dijimos para disculparlo... Pero luego ya éramos todos pueblo, tanto los señores como nosotros, los demás... En este país, nunca estuvimos tan cerca los unos de los otros como durante las semanas en que llegaron los rojos y con ellos una serie de expertos que robaban con el pretexto de que eso no era robar sino justicia social... ¿Tú sabes lo que es la justicia social? El pueblo no lo sabía... Lo único que hacíamos era mirar con los ojos como platos cuando los progresistas empezaron a sacar nuevas leyes y nos explicaron que lo que era tuyo en realidad no era tuyo porque todo era del Estado. Eso no lo entendíamos... Puede que ni siquiera a los rusos ladrones los despreciara tanto el pueblo como a aquellos dispensadores de justicia que un día salvaban un cuadro de un famoso pintor inglés de algún piso ajeno, otro día, la colección de bordados de una antigua familia o la dentadura de oro de un abuelo desconocido... Cuando aquel puñado de «defensores de la iniciativa privada» empezó a robar en nombre del pueblo, nosotros nos quedamos mirando, sin mover un dedo. Los rusos deambulaban por la ciudad con indiferencia y caras inexpresivas. Ellos ya habían pasado por eso allá, en su casa, y en mayor medida. No discutían, sólo robaban y expoliaban a la gente.

Mira, hasta me he acalorado. Dame un poco de colonia, voy a refrescarme la frente.

• • •

Tú te habías escondido en el campo, así que no puedes saber cómo era la vida de entonces en Budapest. Aún no había nada y, sin embargo, como respondiendo a una palabra mágica o a la señal de algún demonio o algún hada, la ciudad empezó a vivir de golpe, como en los cuentos, cuando el hechicero malvado desaparece en una nube de humo y las personas que parecían muertas se liberan del encantamiento y reviven. Las agujas de los relojes vuelven a girar y a hacer tic tac, el agua de la fuente empieza a canturrear... El demonio malvado, la guerra, se había evaporado, el monstruo se había marchado arrastrándose lentamente hacia el oeste. Y lo que quedaba de una ciudad y de una sociedad renació con una alegría tan apasionada y testaruda, con una fuerza tan persistente y astuta como si nada hubiese pasado. En las semanas en que aún no había ni un solo puente sobre el Danubio, lo cruzábamos en barcas como hace doscientos años, cuando no había ni pontones. Pero en las avenidas del centro de Pest, bajo los soportales, ya se podía comprar toda clase de comidas deliciosas, artículos de tocador, ropa, calzado, todo lo que se podía imaginar. Monedas de oro de la época de Napoleón, morfina, manteca de cerdo... Los judíos salieron tambaleándose de las casas marcadas con la estrella y, al cabo de una o dos semanas, ya se podía regatear en Budapest, entre restos de caballos, cadáveres humanos aún sin enterrar y edificios en ruinas, para comprar gruesas telas inglesas, perfumes franceses, aguardientes holandeses y relojes suizos... Por todas partes se oía un gran vocerío, todo estaba en venta, la ciudad era una enorme chamarilería. Los judíos hacían negocios con los conductores de los camiones rusos, para transportar mercancías y alimentos de una parte del país a otra... Los cristianos también despertaron, comprendieron qué vientos corrían y empezó la migración. Viena y Bratislava ya habían caído y la gente corría hasta Austria en los camiones rusos y de allí volvían en automóviles flamantes cargados de manteca y cigarrillos...

Aún estábamos medio sordos por las explosiones de las bombas y las minas, pero en Pest ya habían abierto sus puertas los cafés, donde se ofrecía café auténtico, fuerte y amargo como el veneno, y a partir de las cinco de la tarde los marineros rusos bailaban al son del gramófono con las muchachas del barrio de József. Aún no estaban enterrados todos los familiares fallecidos y de muchas tumbas callejeras improvisadas asomaban todavía los pies de los muertos, pero ya veías a mujeres maquilladas y vestidas a la última moda cruzando el Danubio en barca a toda prisa para acudir a una cita en un rincón de alguna casa medio en ruinas. Veías a personas vestidas de buenos burgueses paseando con calma por las avenidas hacia los cafés, en los que dos semanas después del asedio ya se podía pedir guiso de ternera para almorzar... La gente había vuelto a cotillear y a hacerse la manicura.

¡No puedo explicarte cómo era la sensación de estar allí, en medio del humo acre y apestoso de las casas incendiadas, en una ciudad invadida por ladrones rusos uniformados y un puñado de asquerosos marineros de Crimea dispuestos a echar mano de todo lo que veían y a regatear por un frasco de perfume francés o un bote de quitaesmalte en una droguería del paseo, dos semanas después del asedio!

Más tarde pensaba a menudo... y hoy todavía pienso que nadie puede comprender lo que nos pasó... Era como si todos hubiéramos vuelto de la otra orilla, del infierno. Todo lo que pertenecía al mundo anterior estaba podrido o en ruinas... o al menos eso creíamos, que lo anterior se había acabado y empezaba algo nuevo.

Pensamos así durante varias semanas.

Aquellas semanas que siguieron al asedio... mereció la pena vivirlas. Pero también pasaron. Imagínatelo por un momento, durante unas cuantas semanas no hubo leyes, no hubo reglas. Se veían condesas sentadas en las aceras vendiendo buñuelos. Una mujer que yo conocía, una judía medio loca de ojos vidriosos y endemoniados, pasaba todo el día buscando a su hija, paraba a la gente por la calle y le preguntaba por ella, hasta que un día le dijeron que a su niña la habían matado los cruces flechadas y la habían tirado al río. Pero la mujer no quiso creerlo. Todos creían que habían vuelto a nacer y que todo sería diferente, de una forma u otra... Los ojos les brillaban de esperanza, igual que los ojos de los enamorados o de los adictos a los narcóticos cuando hablan de la gran satisfacción que les da el amor o la droga... Y desde luego, muy pronto fue todo «diferente»... es decir, igual que antes del asedio. Pero entonces aún no lo sabíamos...

¿Quieres saber lo que yo imaginaba? ¿Si esperaba que a partir de entonces todos seríamos mejores, más humanos? No, nada de eso.

En esas semanas más bien esperábamos... yo y toda la gente con la que hablé... esperábamos que el miedo, el sufrimiento y el horror hubieran quemado algo en nuestro interior, como el nitrato de plata. Tal vez también esperábamos olvidarnos de nuestras pasiones y de nuestras malas costumbres... O quizá... Espera, me gustaría contártelo, pero con sinceridad.

Puede que también esperásemos otra cosa: que hubiera llegado la hora del gran desorden y que todo se quedara así hasta el fin de los tiempos. Ya no habría policía ni escaparates ni laceros de la perrera, ni «le beso la mano» ni «esto es mío y esto tuyo» ni «hasta que la muerte nos separe»... ¿Y qué habría entonces? El gran caos, una colosal nada en la que la humanidad pasearía tranquilamente engullendo buñuelos, huyendo de la recogida de escombros y mandando al infierno todo lo que atesoraba hasta ese momento, pisos, relaciones humanas, buenas costumbres... Pero de eso nadie se atrevía a hablar. ¿Sabes?, había algo infernal y a la vez paradisíaco en el Budapest de aquellas semanas. Así vivía el hombre en el jardín del Edén antes de caer en pecado. Así vivimos nosotros después de caer en pecado.

Luego, una mañana nos despertamos y, bostezando pero a la vez con un escalofrío, nos dimos cuenta de que no había cambiado nada. Descubrimos que aquella vida «diferente» no existía. Te obligan a descender hasta lo más profundo del infierno, allí te cuecen bien y, si un día te saca de allí una maravillosa fuerza celestial, en cuanto te reanimas y te frotas los ojos, sigues haciendo lo que hacías antes, exactamente por donde lo habías dejado.

Yo tenía un montón de cosas que hacer, porque en aquella época pasabas el día entero afanándote frenéticamente y sin conseguir gran cosa, porque todo lo que era necesario para la vida tenías que obtenerlo con tus dos manos. No se podía tocar el timbre y pedir a la doncella que trajera esto o aquello... como a mí me habían llamado antes los ilustres señores y como luego llamaba yo, con arrogancia y placer sádico, cuando me llegó la hora de ser ilustre también... Además, ya no había ni casa ni timbre, ni electricidad para que el timbre sonara. Había vuelto el agua corriente, pero la mayoría de las veces del grifo no salía nada... ¡Ni te imaginas lo interesante que fue redescubrir el agua! A los pisos superiores no llegaba y el agua necesaria para la higiene la subíamos en cubos del sótano al cuarto piso. El agua para lavarnos y para cocinar... y no sabíamos con exactitud qué era lo más importante. Nosotras, las damas elegantes... que hacía un año poníamos el grito en el cielo porque en la perfumería del centro ya no podíamos conseguir sales marinas francesas para el baño de la mañana y el de la noche... descubrimos de pronto que lavarse no era tan importante como habíamos creído siempre. Que la poca agua de los cubos, si a aquello se le podía llamar agua, era mejor usarla para cocer patatas. Y como cada cubo había que subirlo personalmente hasta el cuarto piso, de golpe comprendimos que el agua era un bien muy preciado, tan preciado que no merecía la pena malgastarlo en lavarse las manos después de realizar un trabajo sucio. Nos pintábamos los labios con carmín, pero no nos lavábamos el cuello y otras partes del cuerpo con la meticulosidad maníaca de unas semanas antes. Y así tampoco estaba mal... Me acordé de que en tiempos de los antiguos reyes franceses nadie se lavaba con regularidad. Y aún no se había inventado el desodorante. Ni siquiera el rey se lavaba, lo rociaban con perfume de la cabeza a los pies... ¿te lo puedes creer? Sí, seguro, lo leí en un libro. Y seguían siendo elegantes y poderosos aunque no se lavaran. Sólo que olían mal. Pues nosotros vivíamos como los antiguos Borbones: elegantes pero malolientes.

Y sin embargo, yo seguía esperando algo, aunque no tenía mucho tiempo para pensar en ello. Tenía el cuello y los zapatos sucios, pero como de muchacha ya había pasado bastantes años haciendo de criada para otros, ni siquiera se me ocurría que tuviera que hacer de criada para mí misma. Odiaba tener que subir los cubos de agua hasta el cuarto piso. Prefería ir a casa de las amigas y usar el agua de sus cocinas. Allí me lavaba un poco, sólo por encima. En el fondo disfrutaba de la situación. Y creo que también la disfrutaban los que se quejaban en alto, los que no dejaban de repetir que la falta de aseo era lo peor de todo. Pero igual que al niño pequeño le encanta ensuciarse y disfruta revolcándose en el barro, a aquella sociedad cocida en el caldo del infierno le encantó que durante unas semanas hubiese desorden y suciedad, y que se pudiera dormir en cocinas ajenas y que no hubiese que lavarse ni vestirse con propiedad...

En la vida nada ocurre sin motivo. Por nuestros pecados obtuvimos el asedio, pero, luego, por el sufrimiento padecido obtuvimos como premio, durante las semanas siguientes al asedio, la posibilidad de estar tan inocentemente malolientes como debieron de estar en el paraíso Adán y Eva... porque ellos tampoco se lavaban, ¿no? Y también estaba bien no tener que comer con regularidad. La gente comía cuando y donde podía. Yo estuve dos días comiendo mondas de patatas. Y al día siguiente, en cambio, me zampé una lata de carne de cangrejo, costillas de cerdo y, para terminar, una cajita de pralinés de la confitería Gerbeaud. Y no engordé. Claro que había días en los que apenas comía.

Después, de repente, los escaparates se llenaron de comida y enseguida engordé cuatro kilos. Volví a tener acidez y nuevas preocupaciones: había llegado la hora de correr de un lado a otro para conseguir un pasaporte. Me hundí en una gran tristeza porque comprendí que no había esperanza.

¿El amor, dices? Qué bueno eres... Eres un ángel caído del cielo. No, corazón, creo que ni siquiera el amor puede ayudarnos. Ni el cariño... El artista aquél me dijo un día que en el diccionario se habían confundido con esas dos palabras. Él no creía en el amor ni en el cariño, sólo creía en la pasión y en la piedad, pero decía que tampoco ayudan porque sólo duran un momento... tanto la piedad como la pasión.

¿Qué dices? ¿Que entonces no merece la pena vivir? ¿Que no me encoja de hombros? Mira, tesoro, quien viene de donde yo vengo... Tú no puedes entender lo que digo porque eres un artista. Todavía crees en algo... crees en el arte, ¿verdad? Tienes razón, eres el mejor batería del continente. Estoy segura de que no hay un batería mejor en el mundo. No hagas caso del saxofonista, yo no me fiaría cuando dice que en Estados Unidos hay baterías en las orquestas que saben tocar con cuatro baquetas a la vez y que interpretan a Bach y a Haendel... Amor mío, a ése lo único que le pasa es que envidia tu talento y quiere provocarte. Yo sé muy bien que eres el mejor batería del mundo. Dame tus manos, quiero besarlas... ¡Sí, estas manos maravillosas, estos dedos delgados con los que esparces síncopas por el mundo como Cleopatra esparcía perlas! Espera, voy a secarme los ojos. Me he emocionado. Siempre me entran ganas de llorar cuando te miro las manos.

Vi cómo se acercaba a mí por el puente. Porque un día volvimos a tener puente. No muchos, sólo uno. Pero ¡qué puente más maravilloso! ¡No estabas allí cuando lo construyeron, por eso no sabes lo que significó para nosotros, para el pueblo de la ciudad asediada, cuando por fin corrió la noticia de que Budapest, la gran urbe, volvía a tener un puente sobre el Danubio! Lo construyeron a la velocidad del rayo, al final del invierno ya cruzábamos el río por él. Aquel puente de primera necesidad lo hicieron con los pilares que se habían salvado de uno de los puentes de hierro y varias piezas de deshecho. Tenía algo de joroba, pero aguantaba hasta los camiones, además de los miles de personas, la muchedumbre que como una hilera de orugas ondeaba y se movía en sus dos extremos, en ambas orillas del río, esperando para intentar cruzar desde el amanecer, cuando abrían el puente...

Porque a aquel puente no podía subir uno así como así. Había largas colas que serpenteaban tanto en Buda como en Pest; el gentío se movía despacio, siempre a la misma velocidad, como sobre una cinta transportadora. Nos preparábamos para cruzar como en épocas de paz nos preparábamos para una boda. Cruzar el puente era un gran acontecimiento del que se podía presumir como si fuera toda una aventura. Luego construyeron otros pontones y puentes de hierro... Al cabo de un año ya había taxis circulando por ellos. Pero yo aún recuerdo el primer puente chepudo y las colas interminables, el paso lento con que avanzábamos miles de personas con los corazones cargados de pecados y recuerdos, y pesadas mochilas a la espalda, de un lado del río al otro por aquel puente... Más tarde, cuando los extranjeros y los húngaros emigrados a América empezaron a venir para visitar la ciudad y rodaban por los puentes con sus lujosos automóviles, sentía siempre una gran tristeza. La indiferencia con la que aquellos extraños miraban nuestros nuevos puentes, el desinterés y la tibieza con que los usaban, me provocaba náuseas... Venían de muy lejos, apenas habían olido la guerra, la habían observado desde la distancia, como si fuera una película. Y decían que era muy bonito y muy agradable estar en la ciudad e ir de aquí para allá cruzando en coche los nuevos puentes...

Cuando los oía se me partía el corazón. ¡Qué sabréis vosotros...!, pensaba. Y comprendí que quien no había vivido allí, quien no había estado con nosotros, no podía imaginar lo que sentimos un millón de personas al ver volando por los aires nuestros magníficos puentes del Danubio, construidos a lo largo de los siglos... y lo que sentimos cuando llegó el día en que volvimos a atravesar el río sin mojarnos... y no en barca, como hacía siglos cruzaban los independentistas húngaros, los invasores austriacos o los turcos otomanos... ¡Comprendí que quien no hubiese vivido aquello nunca sería capaz de entendernos! ¡Qué me importaba a mí lo largos que eran los puentes en Estados Unidos! Aquel puente nuestro lo habían construido con madera podrida y chatarra, y yo estuve entre los primeros que lo cruzó. Para ser exactos, yo avanzaba a pasos cortos, arrastrada por la muchedumbre hacia la entrada del puente, cuando vi que en sentido contrario, en la fila que venía de Pest, mi marido acababa de llegar a Buda.

Me salí de la cola y corrí hacia él. Lo abracé con todas mis fuerzas. Muchos se pusieron a vociferar y un policía empezó a empujarnos porque habíamos cortado el movimiento de aquella cinta transportadora humana.

Espera, voy a sonarme la nariz... ¡Qué bueno eres! No te ríes de mí, me escuchas con cara seria. Eres como un niño pequeño que está esperando el final feliz de un cuento.

Pero aquello no era un cuento, pequeño mío, y no hay principio ni final de verdad. Todo fluía a nuestro alrededor y en nosotros mismos, los que entonces vivíamos en Budapest. Nuestras vidas no tenían fronteras palpables, no se desarrollaban en un marco definido... como si los límites de las cosas se hubieran borrado y todo discurriera fuera de los márgenes. Ahora, mucho más tarde, sigo sin saber dónde empiezan las cosas y dónde acaban.

Sentí lo mismo en el puente, cuando salté de la fila. No fue un gesto voluntario, intencionado, porque hacía un minuto ni siquiera sabía si seguía vivo el hombre que... hacía mucho tiempo... ya sabes, en lo que llaman los albores de la humanidad... el hombre que había sido mi marido. Porque aquella época me parecía tremendamente lejana. El tiempo que nos pertenece, el que es realmente nuestro, no se mide ni con los relojes ni con los calendarios... Ninguno de los dos sabíamos si el otro estaba vivo o muerto. Las madres no sabían nada de sus hijos, los novios y los matrimonios se encontraban de casualidad por la calle. Vivíamos como en la prehistoria, cuando aún no había registro de la propiedad ni casas numeradas ni guías de teléfonos... vivíamos de cualquier forma, dormíamos donde nos parecía. Y había algo hogareño en el desorden, en la despreocupación de la vida errante. Tal vez vivieron igual las personas antes de que existieran el hogar y la nación, cuando sólo había tribus nómadas y hordas que vagaban de un sitio a otro con carros cargados de mujeres y niños en un peregrinaje sin destino... No estaba mal aquella vida. Resultaba familiar de alguna forma... Al parecer, bajo la costra de suciedad que la memoria forma, los seres humanos conservan el recuerdo de la antigua vida nómada.

Pero no fue por eso por lo que fui corriendo hacia él y lo abracé a la vista de miles de personas.

En aquel momento... no te rías, ¿eh?... algo se rompió dentro de mí. Créeme, yo había hecho de tripas corazón y había aguantado con disciplina el asedio y lo que hubo antes, las salvajadas de los nazis, los bombardeos y los demás horrores. Claro que entonces yo no estaba sola del todo. Los meses en que la guerra se volvió tan rabiosa y monstruosamente seria los pasé con el artista. No me entiendas mal, no estábamos juntos en ese sentido. Es posible que fuera impotente, no lo sé... Nunca habló de eso, pero cuando un hombre y una mujer duermen en la misma casa hay en el aire un olor de enamoramiento. Pues en el piso del calvo no había ese olor. Al mismo tiempo, no me habría sorprendido que una noche me saltara encima para estrangularme con las manos. Dormía en su piso a menudo porque casi todas las noches había alarmas aéreas y en la oscuridad de la noche no habría conseguido llegar a mi casa entre un toque de sirenas y otro. Y después de tantos años, ahora que él ya ni siquiera está vivo, me parece que conviví con un hombre que había decidido apartarse del mundo... desprenderse de todo lo que es importante para los seres humanos. Como si quisiera dejar un vicio maravilloso, pero a la vez nauseabundo... como el alcohol o las drogas, o el orgullo... Quería alejarse de todo. Y yo, en su vida, sólo era una especie de enfermera o una niñera.

Porque es cierto que me había colado en su casa, en su vida... igual que hay ladrones que se cuelan en las casas, hay mujeres que en un momento de descuido se meten en la vida de un hombre y en un segundo agarran todo lo que pueden, recuerdos, impresiones... Luego se hartan y lo venden todo. Yo no vendí nada de lo que recibí de él. Además, te lo cuento sólo porque quiero que lo sepas todo de mí antes de que me dejes. O de que yo te deje a ti... Él no protestaba, me soportaba a su lado en cualquier momento, mañana, tarde o noche... Lo único que no podía hacer era molestarlo. Tenía prohibido hablarle cuando estaba leyendo. O cuando sólo estaba sentado delante de un libro, sin pronunciar palabra. Pero, aparte de eso, podía ir y venir, y moverme por su piso como quisiera. Porque eran días en que las bombas podían caer sobre la ciudad en cualquier momento y los que vivíamos en la gran urbe no hacíamos planes, vivíamos como podíamos, sin saber qué estaríamos haciendo una hora después.

¿Días terribles, dices? Deja que lo piense... ¡Bah! Yo qué sé. Más bien era como si se hubiera descubierto algo que de otra forma no habría sido evidente, algo en lo que la gente no había pensado nunca, una idea que siempre había ahuyentado de su mente... ¿Qué? Pues que nada tenía ni fin ni sentido. Pero había algo más... Nos habíamos acostumbrado enseguida al miedo, lo sudábamos, como la fiebre en una enfermedad. Todo había cambiado... La familia ya no era una verdadera familia, la posición y el trabajo ya no importaban, los amantes se amaban con prisas, como los niños que se atiborran de dulces a escondidas, cuando no los ven los adultos... luego se escapan, salen corriendo a jugar en la calle o a vivir en el caos. Todo iba a la deriva... las casas y las relaciones humanas. A veces aún creías tener algo que ver con tu casa, con tu ocupación o con las personas, creías tener un vínculo real con todo eso... pero luego empezaba un bombardeo y de pronto te dabas cuenta de que ya no tenías nada en común con lo que el día anterior todavía era importante para ti.

Pero la gente no sólo se sentía atacada por las bombas. Todos sentían que en medio de aquella confusión de alarmas aéreas, de destacamentos que corrían de un lado a otro con el botín robado o las personas detenidas, soldados que volvían arrastrándose del frente y muchedumbres que huían subidas en carros como caravanas de gitanos, estaba ocurriendo algo más... Ya no había manera de distinguir entre el campo de batalla y lo demás... porque la guerra había llegado también a nosotros mismos, a lo que quedaba de la vida civil, en las cocinas y en los dormitorios, y había estallado algo... aquello que hasta entonces había mantenido unida a la humanidad, por desidia o por pura pereza. En mi interior también estalló algo cuando vi a mi marido en aquel puente desastroso. Estalló como una bomba solitaria de las que dejaron atrás los rusos y los cruces flechadas.

Estalló el melodrama que habíamos interpretado... un asunto tan estúpido y repugnante como las películas americanas en las que el director de la empresa se casa con la secretaria. En aquel instante comprendí que en la vida no nos habíamos buscado el uno al otro sino que habíamos estado palpando el monstruoso remordimiento que se agazapaba bajo la piel de aquel hombre, dentro de su carne. Y a través de mí quería pagar su deuda con el mundo, una deuda que le daba tregua... ¿Por qué estaba en deuda? ¿Por la riqueza? ¿Quería descubrir por qué hay ricos y pobres? Todo lo que escriben y dicen sobre este tema los intelectuales calvos con gafas de hueso, los curas que siempre andan pontificando con sus discursos para tontos, los revolucionarios barbudos que berrean en los mítines, todo es puro cuento... La única, la espantosa realidad... es que no hay justicia en el mundo. ¿Puede que él buscara la justicia? ¿Y por eso se había casado conmigo? Si sólo hubiera querido mi cuerpo no se habría casado conmigo, le habría salido mucho más barato. En cambio, si hubiera querido rebelarse contra el mundo en el que había nacido, como esos revolucionarios de salón, hijos de ricos, que en un momento dado ya no caben en su propio pellejo y en lugar de dedicarse al deporte o a la depravación se ponen a jugar a las barricadas... habría podido encontrar otra forma de rebelarse, en vez de esconderse en una historia rebuscada como la que tuvo conmigo. Nosotros no lo entenderemos nunca, tesoro, porque venimos de abajo, de Nyírség y de Zala. Lo único seguro es que él era un señor, pero de una forma distinta de la de los nobles. Y también era burgués de forma distinta de la de los ilustres e ilustrísimos que fueron ocupando el lugar de los nobles. Él estaba hecho de buena pasta, era mejor que la mayoría de los bastardos de su clase.

¿Sabes?, él era descendiente de los que antiguamente conquistaban nuevas tierras. Se marchaban a los trópicos con el hacha al hombro, entonando a voz en grito cantos litúrgicos, y avanzaban cantando hacia lugares salvajes para acabar con los árboles y con los indígenas. Entre sus antepasados había un protestante que se fue a América en uno de los primeros barcos que partieron hacia allí. Sólo llevaba un libro de oraciones y un hacha. Mi marido estaba más orgulloso de ese antepasado que de todos los bienes que la familia consiguió después, como la fábrica, la enorme fortuna o el título nobiliario.

Estaba hecho de buena pasta porque era dueño de su cuerpo, sabía controlar sus nervios a la perfección. Incluso sabía controlar su dinero, que es lo más difícil de todo... Pero nunca consiguió vencer su remordimiento. Y quien se siente culpable busca venganza. Era cristiano, pero no de la manera en que se era aquellos días... Para él, ser cristiano no significaba una oportunidad de hacer negocios, como lo era para muchos que enseñaban sus partidas de bautismo a los nazis para conseguir comisiones o restos de botines... Él se avergonzaba en aquella época de ser cristiano. Y sin embargo no podía hacer nada, era profundamente cristiano, hasta los huesos, como el artista o el alcohólico son lo que son sin remedio... no podía ser distinto de como era.

Pero también sabía que la venganza es un pecado. Todas las clases de venganza son pecado... no hay venganza lícita. Sólo tenemos derecho a la justicia... pero nadie tiene derecho a la venganza. Y como él era rico y cristiano, y no podía juntar las dos cosas, pero tampoco podía renunciar a ninguna de las dos... se llenó de remordimiento. ¿Por qué me miras como si estuviera loca?

Estoy hablando de él, de mi marido. El mismo que se acercó a mí de frente porque volvíamos a tener un puente sobre el Danubio. Y yo me colgué de su cuello a la vista de miles de personas.

Él salió de la fila, pero no se movió. Tampoco me rechazó. No te preocupes, no me besó la mano delante de todos los comerciantes orientales y mendigos harapientos, temblorosos y desalentados que se arrastraban por el puente. Tenía demasiados buenos modales para hacer una cosa de tan mal gusto. Simplemente se quedó de pie, esperando a que terminara la bochornosa escena. Se quedó allí plantado, tranquilo, y yo le veía la cara con los ojos cerrados y a través de las lágrimas, como ven las futuras madres la cara de sus hijos nonatos. No necesitas ojos para ver lo que es tuyo.

Pero mientras yo me agarraba con todas mis fuerzas a su cuello ocurrió algo. Se me metió en la nariz aquel olor, el olor del cuerpo de mi marido... Ahora escúchame bien.

En ese instante empecé a temblar. Las rodillas no me sostenían y tenía unos calambres en el estómago que parecían el paso previo a las náuseas. Imagínate, el hombre que estaba frente a mí en el puente no olía mal. No puedes entenderlo, pero créeme, en aquel tiempo la gente apestaba, llevaba encima el hedor de la carroña, incluso si por algún milagro le quedaba un trozo de jabón o un poco de colonia en el compartimento secreto del bolso de mano guardado en el sótano o en el refugio. Incluso cuando alguien conseguía, entre dos ataques aéreos, lavarse un poco... seguía oliendo mal. Porque el olor del asedio de la ciudad no se desprendía fácilmente, no podías frotarlo hasta eliminarlo con un poco de jabón ¡El olor penetrante de las cloacas, los cadáveres, los sótanos, los vómitos, el aire viciado, la muchedumbre apretujada, tiritando con un sudor frío por el miedo a la muerte, los alimentos amontonados y revueltos unos con otros! Todo eso se quedaba metido en la piel. Y quien no tenía ese mal olor natural olía mal de otra forma, a agua de colonia barata... y ese otro olor artificial era aún peor, más nauseabundo que el mal olor natural.

Pero mi marido no olía a colonia barata. Lo olí con los ojos cerrados y llenos de lágrimas, y empecé a temblar.

¿A qué olía? A heno enmohecido. Igual que hacía años, cuando nos divorciamos. Igual que la primera noche en la que me acosté en su cama y tuve arcadas por ese olor acre, masculino y señorial...

Porque toda su persona estaba igual, su cuerpo, su ropa, su olor... igual que la última vez que lo había visto.

Retiré los brazos de su cuello y me limpié los ojos con el dorso de la mano. Estaba mareada. Saqué un pañuelo de mi bolso, luego un espejito y una barra de labios. Ninguno de los dos dijo nada. Él estaba quieto, esperando a que yo arreglara un poco mi cara lacrimosa y sucia. No me atreví a mirarlo a la cara hasta que vi en el espejito que mi rostro volvía a estar decente.

Seguía sin creer lo que veía. ¿A quién tenía frente a mí, entre las hileras serpenteantes, interminables de miles de personas, en la cabecera del puente provisional, en aquella ciudad humeante donde eran pocos los edificios que no tenían cráteres, que no mostraban las huellas de los disparos; donde no había ninguna ventana intacta, ni vehículos, ni policías, ni leyes, ni nada; donde las personas se vestían de mendigos aunque no tuvieran necesidad, se hacían pasar por ancianos andrajosos, se dejaban la barba larga y descuidada, y andaban en zigzag para dar pena; donde las damas cargaban con sacos de harapos y todo el mundo llevaba mochilas a los hombros, como los peregrinos enclenques y sucios en las fiestas patronales de los pueblos? Tenía delante a mi marido. El mismo al que yo había ofendido hacía siete años. El mismo que, cuando comprendió que yo no era su amante ni su esposa sino su enemiga, una tarde se acercó a mí sonriente y tranquilo, y me dijo:

—Creo que lo mejor será que nos divorciemos.

Porque él siempre comenzaba las frases así cuando quería decir algo importante: «creo que...» o «pienso que...». Nunca decía lo que quería directamente, sin rodeos. Mi padre, por ejemplo, cuando no aguantaba más, empezaba diciendo «lamadrequeteparió». Y luego pegaba. Pero mi marido, cuando ya no aguantaba más, lo primero que hacía era abrir una pequeña puerta de cortesía, una frase de suposición en la que quedaba diluido lo más importante y quizá más hiriente. Lo había aprendido en Inglaterra, en el instituto donde había estudiado. «Me temo que...» era otra de sus expresiones favoritas. Una tarde dijo:

—Me temo que mi madre se está muriendo.

Y en efecto, murió a las siete, y es que ya estaba azul cuando el médico dijo a mi marido que no albergara esperanzas. Ese «me temo» servía para suavizar, para hacer menos dolorosa una noticia trágica, para anestesiar el dolor. Cualquier otro en su situación habría dicho: «Mi madre se muere.» Pero él siempre tenía cuidado de decir las cosas desagradables o tristes con buenos modales. Ellos son así. Es imposible comprenderlos.

En aquel momento también tuvo cuidado. Siete años después del final de nuestra guerra particular... es decir, justo después del asedio, él estaba de pie frente a mí en la cabecera del puente y sus primeras palabras fueron:

—Me temo que estamos interrumpiendo el paso.

Lo dijo en voz baja y sonrió. No me preguntó cómo estaba, cómo había sobrevivido al asedio o si necesitaba algo. Sólo me advirtió que quizá estábamos estorbando... y con un gesto me señaló el camino para que nos apartásemos y caminásemos hacia el monte Gellért. Cuando ya nos habíamos alejado del gentío se detuvo, miró a su alrededor y dijo:

—Creo que lo mejor será que nos sentemos aquí.

Y tenía razón, «lo mejor» era que nos sentáramos allí. Señaló los restos de un avión de combate Rata que tenía intacta la cabina, en la que había sitio para dos personas. No dije nada, me senté educadamente en el asiento del piloto ruso y él se sentó en el del copiloto, pero antes lo limpió con la mano. Y luego sacó un pañuelo para limpiarse la mano. Durante un rato estuvimos sentados en silencio, ninguno abrió la boca. Recuerdo que hacía sol. Y que había un gran silencio entre los aviones tullidos, los cañones y los restos resquebrajados de automóviles.

Cualquier persona normal imaginaría que un hombre y una mujer, al encontrarse en Budapest por primera vez desde el asedio entre las casas reducidas a ruinas, a orillas del Danubio, tendrían algo que decirse... Por ejemplo, que los dos seguían vivos... ¿no crees? Aunque empezaran con «Me temo» o «creo que». Pero a mi marido ni siquiera se le pasó por la cabeza, así que nos quedamos sentados frente a la cueva de la montaña, con la entrada de los baños termales al otro lado de la calle, y nos miramos.

Lo miré muy bien, puedes creerme. Y empecé a sentir escalofríos. Era como en un sueño: lo veía como difuminado, envuelto en niebla, y al mismo tiempo real.

Mira, cariño, yo no soy una idiota. Y tampoco soy una de esas bobaliconas sentimentales y neurasténicas que empiezan a llorar porque le fallan los nervios cuando vuelven a ver a un ser querido. Estaba temblando porque el que estaba sentado a mi lado, frente a la cripta que era la ciudad... no era una persona sino un fantasma.

Sólo en sueños se puede ver a alguien de la manera en que yo estaba viendo a mi marido. Sólo el sueño es capaz de conservar los fenómenos de una forma tan fantasmagórica, como sumergidos en un líquido aún más puro que el alcohol. Fenómenos como mi marido en aquel momento. Imagínate, no iba harapiento. No sé decir con exactitud si llevaba el mismo traje de algodón gris oscuro con doble fila de botones que la última vez que lo había visto, cuando me había dicho sin inmutarse lo de «creo que lo mejor será que nos divorciemos». No estoy segura del todo porque tenía varios trajes del mismo estilo, dos o tres, con una o con dos filas de botones... En cualquier caso, la tela y el corte eran los mismos, lo había confeccionado el mismo sastre que le hacía los trajes a su padre.

Esa mañana también llevaba una camisa limpia, recién lavada, una camisa de batista color crema y una corbata gris. Y zapatos negros con doble suela... que parecían recién estrenados... No entiendo cómo pudo cruzar el puente polvoriento sin que se le pegara una sola mota de polvo en los zapatos. Aunque, por supuesto, sabía que no era que los zapatos fuesen nuevos sino que simplemente los había usado poco porque tenía una docena de zapatos similares en su zapatero... Conocía bastante bien sus zapatos, desde la época en que era yo quien tenía que limpiarlos. Pues así iba vestido entonces.

De alguien que tiene ese aspecto se dice que va hecho un pincel. Pero aquel pincel había estado en la tumba en la que todos nos deshacíamos por aquellos tiempos y había salido de ella con su ropa bien planchada. Sobre el brazo llevaba colgado un abrigo impermeable beige de tela inglesa, muy amplio, descaradamente cómodo, una obra maestra de los abrigos forrados de la que aún me acordaba porque yo misma había desenvuelto el paquete cuando llegó de Londres hacía muchos años. Y bastante tiempo después, cuando vivía en Londres, fui a ver el escaparate de la tienda donde se vendían esos abrigos y me dio un vuelco el corazón al reconocer el abrigo de mi marido... el mismo que llevaría luego con tanta desenvoltura... Lo llevaba echado en el brazo porque la mañana de finales de invierno era templada.

Desde luego no llevaba guantes, sólo se los ponía en lo más crudo del invierno. Miré sus manos... Estaban blancas, limpias, bien cuidadas; sus uñas eran perfectas, casi parecía que nunca tuviera que cortárselas.

¿Sabes qué era lo más curioso? Que en aquel momento, en medio del tumulto de pordioseros mugrientos y destrozados por el asedio que avanzaban despacio hacia el puente, él era como una provocación... y al mismo tiempo era casi invisible. No me habría sorprendido que alguien hubiera salido de la fila y hubiera agarrado a aquel fantasma, y lo hubiera tocado y sacudido sólo para comprobar si era de verdad... Imagínate que en medio de la Revolución francesa, durante el Reinado del Terror —cuando cazaban a los aristócratas en las calles de París como los niños cazan pajaritos con escopetas de perdigones—, de pronto apareciera un viejo marqués con peluca y traje de seda morado, y dirigiera un cordial saludo a los carros en los que llevaban hacia la guillotina a sus compañeros de clase, los condes y las condesas... Aquella mañana, mi marido provocaba la misma sensación en las calles de Budapest. Era tan misteriosamente diferente de todo cuanto lo rodeaba como si no hubiera salido de la vida real, de alguna de las casas en ruinas, sino de un escenario invisible, listo para interpretar un papel en un drama histórico. Parecía surgido de una obra de teatro, de un papel antiguo que... eso me parecía... ya no se interpretara en ninguna parte.

En el decorado destrozado y humeante de la ciudad apareció un hombre que no había cambiado. Un hombre a quien no habían afectado el asedio ni la miseria. Empecé a temer por él. Porque en aquella época vivíamos en un ambiente de rabia y de deseos de venganza, y no era cuestión de azuzar estos sentimientos con gestos o actitudes temerarias porque la reacción habría sido terrible. Todos tenían espuma en la boca por la rabia y los ojos fulmíneos por el deseo de venganza que causaba la mala conciencia. La gente corría de un lado a otro para conseguir el botín diario, que podía ser una cucharada de aceite, un puñado de harina o un gramo de oro. Y mientras tanto, todos se miraban de reojo porque sospechaban del prójimo... ¿Por qué? ¿Porque éramos todos culpables, de un modo u otro? ¿Por haber sobrevivido a lo que había matado a tantos otros?

Pero mi marido estaba allí, sentado a mi lado, como si fuese absolutamente inocente. Yo no podía entenderlo.

Bajé la mirada, no sabía qué hacer. ¿Debía llamar a la policía para que lo arrestaran? Él no había cometido ningún crimen. Nunca había participado en los delitos que se cometían entonces y que se habían cometido antes, primero en la ciudad y luego por todo el país. No había matado judíos, no había perseguido a los que pensaban de forma diferente, no había robado en las casas expropiadas o en las de los deportados... Nadie podía señalarlo con el dedo porque no había cogido ni una miga de pan de una hogaza ajena ni había atentado nunca contra la vida de nadie... Después tampoco oí que alguien se atreviera a acusarlo de cosas así. No participaba en los hurtos, faltaría más. Al contrario, el desvalijado era él: se lo habían quitado todo. Cuando me lo encontré en el puente tras el asedio, él también era un mendigo... Más adelante supe que no le quedaba de su famosa fortuna más que una maleta con ropa. Y su título de ingeniero. Con eso se marchó del país... dicen que a Estados Unidos. Puede que ahora esté trabajando de obrero en una fábrica... no lo sé. Las joyas me las había entregado mucho antes, cuando nos divorciamos... ¿Has visto qué suerte hemos tenido de que se hayan conservado las joyas? No lo digo por eso, sé que ni en sueños piensas en mis joyas... Sólo me ayudas a venderlas porque eres bueno. No me mires así. ¿Ves?, ya me he emocionado. Espera, me seco los ojos.

¿Qué dices? Sí, está amaneciendo. Ésos son los primeros camiones de verduras. Son las cinco pasadas. Se dirigen hacia el río, al mercado.

¿No estás cansado? Voy a taparte. Empieza a refrescar.

¿Cómo dices? No, no tengo frío. Más bien tengo calor. Déjame, amor mío, que voy a cerrar la ventana.

¿Qué estaba diciendo? Lo que veía al mirarlo me provocaba escalofríos, los sentía recorriéndome la espalda; me sudaban las palmas de las manos. Porque veía a mi ex marido, ese señor tan distinguido al que conocía desde hacía tantos años, mirándome y sonriendo.

No creas que tenía una sonrisa burlona o altiva. No, sonreía amablemente, como quien sonríe al oír un chiste malo, que no hace gracia... pero sonríe porque es una persona educada. Estaba muy pálido, desde luego. Se notaba que él también había pasado un tiempo encerrado en algún refugio subterráneo. Pero su palidez recordaba más bien a la de un enfermo que sale a la calle por primera vez después de varias semanas de convalecencia. Era una palidez ojerosa, se le notaba alrededor de los ojos y en los labios, que parecían haberse quedado sin sangre. Por lo demás, estaba exactamente igual que durante toda su vida... igual que a las diez de la mañana, después de afeitarse. Incluso mejor que antes... Pero es posible que esa impresión la provocara el entorno, del que mi marido destacaba de una forma tan peculiar como si se toma un delicado objeto de museo y se coloca en medio de la sórdida habitación de un proletario. Imagínate si la estatua de Moisés que vimos el otro día en esa iglesia en penumbra de repente la vieses en el salón de un consejero de gobierno, entre dos vitrinas. Mi marido no era una obra de arte como ese Moisés. Pero, a su manera, sí era como un objeto de arte que ha terminado, quién sabe cómo, en medio de la calle... Y sonreía.

¡Uf, qué calor me ha dado! Mira qué roja me he puesto, se me ha subido la sangre a la cabeza. Nunca había hablado de esto con nadie. Pero parece que no me lo quito del pensamiento. Y al contarlo me acaloro.

A él no hacía falta lavarle los pies, amor mío, se los lavaba él solito por las mañanas, en el sótano, puedes estar seguro. No necesitaba ningún consuelo, por ejemplo, que siempre hay esperanza de redención para los seres humanos; no necesitaba pociones mágicas. Seguía firmemente agarrado a lo que era el único valor y sentido de su vida, además de su única arma... la cortesía, las buenas maneras y la inaccesibilidad. Era como si por dentro estuviese hecho de cemento. Y esa figura de cemento por dentro y de carne y hueso por fuera que se había encerrado en una armadura inflexible, no se acercó a mí ni un centímetro... El terremoto que había sacudido países enteros, a él no lo había inmutado. Me miraba y yo sentía que él prefería morir antes de pronunciar una sola frase que no empezara por «pienso que» o «creo que»... Si hubiese abierto la boca para preguntarme cómo estaba o si necesitaba algo... cómo no, habría estado dispuesto a quitarse de inmediato el abrigo o el único reloj de pulsera que los rusos no le habían robado... y me lo habría entregado con una sonrisa porque, de todas formas, ya no estaba enfadado conmigo.

Ahora escúchame. Voy a decirte algo que nunca le he dicho a nadie. No es verdad que los seres humanos sean todos unos monstruos egoístas. Hay algunos que están dispuestos a ayudar a sus semejantes. Pero lo que los impulsa a echar una mano al prójimo no es la bondad, menos aún la compasión. Creo que el calvo tenía razón cuando un día me dijo que a veces las personas son buenas porque tienen inhibiciones que les impiden actuar con maldad. Eso es lo máximo que una persona puede dar de sí... Y luego están los que son buenos porque son demasiado cobardes para ser malos. Eso dijo el calvo. No se lo había contado a nadie. Pero ahora te lo he contado a ti, a mi único amor.

Claro está, no podíamos quedarnos sentados eternamente a los pies de la iglesia excavada en la roca, frente a la entrada de los baños termales. Al cabo de un rato mi marido tosió, se aclaró la voz y dijo que «creía que quizá» lo mejor sería que nos levantáramos y paseáramos un poco más entre las casas en ruinas del monte Gellért... ya que hacía un día tan bonito... Además, «se temía que» en el futuro no tendría muchas ocasiones de hablar conmigo. Quería decir en lo que nos quedaba de vida... No lo dijo así, pero no hizo falta, yo ya sabía de sobra que era la última vez que hablaba con él. Así que empezamos a pasear bajo el sol del final del invierno por las calles de suaves pendientes del monte Gellért, entre ruinas y cadáveres.

Durante una hora más o menos estuvimos caminando tranquilamente, sin prisas. No sabía lo que estaba pensando mi ex marido mientras paseaba a su lado por última vez en las calles de Buda. Me hablaba con calma, sin sentimentalismo. Le pregunté tímidamente cómo había llegado hasta allí, cómo se las había arreglado en aquel mundo que andaba del revés... Con mucha cortesía respondió que todo estaba bien, teniendo en cuenta las circunstancias. Con eso quería decir que estaba completamente arruinado y no le quedaba más remedio que marcharse al extranjero para trabajar en lo que pudiera... Al llegar a la esquina de una larga calle, me detuve y le hice otra pregunta... aunque no me atreví a mirarlo a los ojos... le pregunté su opinión sobre lo que a partir de entonces pasaría en el mundo...

Él también se detuvo, me miró con semblante serio y pensativo. Antes de contestar siempre se quedaba pensando, como si necesitase tomar aliento. Me observó con la cabeza inclinada y una mirada muy solemne, y luego miró hacia las ruinas de la villa que teníamos al lado.

—Me temo que en el mundo hay demasiada gente —concluyó.

Y como si con eso ya hubiese contestado a todas las posibles preguntas venideras, se encaminó hacia el puente. Yo me esforcé en mantener su paso porque no había entendido lo que había dicho. En los últimos años ya había muerto inútilmente demasiada gente. ¿Por qué le preocupaba que hubiese demasiada gente? Pero no dijo nada más, siguió caminando a paso ligero, como si llegara tarde a algún sitio. Empecé a sospechar que hablaba en broma o incluso que estaba tomándome el pelo. Porque recordaba que mi marido y su amigo, el calvo, se divertían a veces con un extraño juego... Mi marido me había explicado una vez que de repente jugaban a hablar como las personas normales —o sea, medio idiotas— cuando se sienten en el deber de llamar por su nombre incluso los hechos más estúpidos; por ejemplo, si un día de verano hacía tanto calor que uno sudaba como un condenado y hasta los perros se ponían rabiosos, ellos levantaban el dedo índice y con voz profundamente solemne y varonil, como los jueces en el tribunal, exclamaban: «¡Hace calor...!» Y tras soltar la perogrullada, miraban alrededor con expresión de orgullo. En eso consistía el juego. Así que entonces, cuando dijo con tanta ceremonia que en el mundo había demasiada gente, sospeché que estaba burlándose de mí. Porque, desde luego, lo que decía era bien cierto, era imposible no darse cuenta de la gran cantidad de gente que se movía por todas partes como una calamidad natural, como una plaga de escarabajos en una plantación de patatas. Por eso le pregunté, un poco intimidada:

—Pero... ¿qué pasará con usted?

Es que yo siempre le hablaba de usted... Él siempre me había tuteado, pero yo nunca me atreví. Y él, que nunca cumplía esa estúpida costumbre social que dicta que los señores deben tutearse desde el primer encuentro para demostrarse que pertenecen a la alta sociedad, él, que siempre trataba de usted a todo el mundo... a mí siempre me tuteó. Nunca hablamos de ello, era la norma que regía entre nosotros.

Se quitó las gafas, sacó un pañuelo limpio de su bolsillo interior y limpió con esmero los cristales. Cuando volvió a colocárselas sobre la nariz miró hacia el puente, en el que se movía la interminable hilera de personas, y dijo con calma:

—Me marcho porque estoy de más.

Sus ojos grises me miraron desde el otro lado de los cristales sin pestañear.

Pero no lo dijo con soberbia. Hablaba con indiferencia, como un médico. No seguí preguntando, sabía que ni en el potro de tortura habría dicho una palabra más sobre el tema. Volvimos al puente y nos despedimos en silencio. Él siguió su camino por la orilla del Danubio hacia el barrio de Krisztina y yo me uní de nuevo a la fila que avanzaba poco a poco hacia el puente. Me volví para mirarlo una vez más. Se alejaba con la cabeza descubierta y el abrigo impermeable en el brazo, a paso lento pero seguro... como si supiera exactamente adónde se dirigía, es decir, a la nada. Yo sabía que nunca más volvería a verlo. Y cuando sabes que es la última vez en tu vida que ves a alguien, te parece que vas a volverte loco.

• • •

¿Qué quiso decir? Tal vez que un hombre sólo está vivo mientras tiene un papel que desempeñar. Luego ya no vive, sólo existe. Tú no lo entiendes porque tienes una misión en la vida... tu misión es quererme a mí. Bueno, por fin lo he dicho. No me mires de través, con esa mirada ladina. Si alguien oyera lo que estamos diciendo aquí, en Roma, en la habitación de un hotel... Está amaneciendo, tú acabas de llegar del local y yo revoloteo a tu alrededor como una odalisca... Si alguien malicioso nos oyera y viese la escena desde fuera podría pensar que tú y yo somos cómplices de algo... una mujerzuela que en el pasado se coló entre los señores y ahora le cuenta al figurín de su amante un montón de chismorreos sobre lo que allí vio... y él pega bien la oreja porque quiere saber cómo se divierten los señores... Eso es lo que pensaría, el mundo es así de cruel. No arrugues tu hermosa frente. Vamos, una sonrisa... Los dos sabemos la verdad sobre nosotros. Tú no eres ningún figurín sino un auténtico artista y la única persona que me hace bien, y yo te adoro porque me ayudas a seguir adelante con esta vida vacía y aburrida... Por ejemplo, me ayudas a vender las joyas que el desalmado de mi marido me dio cuando nos divorciamos... Eres así de bueno y de compasivo. Y yo no soy una mujerzuela, jamás lo he sido, ni siquiera cuando le quitaba el dinero a mi marido de todas las formas imaginables... Porque yo no buscaba beneficio sino justicia. ¿A qué viene esa risa sarcástica? La verdad sólo la sabemos tú y yo.

Pues sí, mi marido era un hombre diferente. Lo seguí con la mirada y de pronto empezó a picarme la curiosidad... me habría gustado saber qué hacía en el mundo una persona como él. Y por qué decía de pronto que sobraba, por qué quería irse a teñir telas en Australia o a trabajar de mecánico en Estados Unidos... Y esa especie de papel en el que tanto creía, ¿no era en el fondo una manía ridícula? Mira, yo no leo los periódicos. Si acaso cuando los titulares anuncian el asesinato de un pez gordo o el divorcio de una estrella de cine... ésas son las cosas que leo, nada más. De política, lo único que entiendo es que nadie confía en nadie y todos dicen que saben hacerlo mejor que el resto. Mientras miraba cómo se alejaba mi marido, una brigada de soldados rusos desfiló a mi lado con el rifle al hombro y la bayoneta calada... chicos larguiruchos que habían llegado a Hungría porque todo iba a ser diferente, no como antes, cuando mi marido aún creía que tenía un papel concreto en el mundo.

Yo seguí reptando por el puente con el resto de mi fila, sobre las aguas amarillas, turbulentas y caudalosas de finales del invierno. En el agua flotaban tablas de madera, restos de barcas, cadáveres arrastrados por la corriente. Nadie hacía caso de los muertos, la muchedumbre miraba de frente, con la espalda arqueada por el peso de las mochilas, como si la humanidad hiciese penitencia para expiar sus pecados. Nos arrastrábamos por el puente como si todos fuéramos culpables. Y de pronto no me pareció tan importante ni tan urgente llegar a la calle Király para cambiar un billete arrugado por un bote de quitaesmalte. De pronto sentí que no tenía ningún destino... Aquel encuentro me había perturbado. Porque, aunque nunca había querido a aquel hombre, en aquel momento advertí con aprensión que yo ya no sentía tanta rabia, que ya no le guardaba tanto rencor, como cabría esperar ante un enemigo... Fue un golpe duro, como si hubiera perdido algo muy valioso... ¿Sabes?, en la historia entre dos personas llega un momento en que ya no merece la pena sentir rencor. Y entonces te invade la tristeza.

Está amaneciendo. ¡Qué luminoso se vuelve de pronto el aire!... Aquí en Roma, se pasa de la noche al día sin transición, de golpe. Espera, voy a subir la persiana. Mira los dos naranjos que hay debajo de la ventana. Cada uno tiene un par de naranjas pequeñas y mustias, como todo lo que crece aquí, en la ciudad. Como cuando envejecemos y nuestros sentimientos se convierten en simples pensamientos...

¿Te molesta la luz en los ojos? Yo aguanto encantada la mañana romana, tan deslumbrante. Es una luz tan repentina y brillante como cuando una muchacha se quita el camisón y se acerca a la ventana desnuda... no es que sea impúdica, sólo está desnuda.

¿Por qué te ríes? ¿Suena muy poético lo que digo? Sí, me he dado cuenta, a veces me parezco en el habla a los poetas. Te lo leo en la cara: piensas que todo lo que digo cuando hablo así lo aprendí de él, del calvo. Pues sí, las mujeres somos como monitos, imitamos al hombre que nos interesa... Deja ya de rebuscar en los álbumes. Es inútil, la única foto que tengo de él ya la has visto.

Te molesta la luz. Voy a bajar la persiana a la mitad... ¿Está bien así? La calle aún está vacía. ¿Te has dado cuenta de lo solitaria que es la vía Liguria, incluso de día? Comprendo que viviera aquí... ¿Quién? Pues él, el calvo. Sí. Déjame un hueco, que quiero tumbarme.

Dame la almohada pequeña. Y el cenicero... ¿Quieres dormir? Yo tampoco tengo sueño. Quedémonos así, tumbados en el silencio de la madrugada de Roma. Estamos tan bien en la cama, sin movernos, mirando el techo de esta antigua casa... Cuando me despierto a las tres y tú no has llegado, a menudo me quedo tumbada mucho rato.

¿Qué? ¿Si el calvo vivió en esta misma habitación? No lo sé, deja de fastidiarme. Vete a hablar con el conserje. Pregúntale a él, si tanto te interesa.

Sí, es posible que viviera en esta habitación.

¿Cuál es el problema? ¿Que vine aquí siguiéndolo? Tú estás loco. Pero ¿qué te imaginas? Llevaba dos meses muerto cuando yo salí de Hungría.

No es cierto, estás diciendo tonterías. No era su tumba la que buscaba el otro día en el cementerio protestante. Buscaba la tumba de un poeta, un inglés infeliz, que en paz descanse... Lo único cierto en todo esto es que el calvo me habló una vez de esas tumbas de gente famosa. Pero a él no lo enterraron allí sino en el cementerio pobre, el que hay fuera de la ciudad. Y además él no era protestante, como el poeta inglés. No, tampoco era judío. ¿Qué era? Yo qué sé. Sólo sé que no era religioso.

Sospechas algo... Lo veo en el brillo de tus ojos. ¿Crees que en realidad sí que era su amante y que lo seguí hasta aquí, hasta Roma? Lo siento mucho, pero me temo que no tengo ninguna historia picante con la que entretenerte. No hubo nada entre nosotros. Él llevaba una vida muy sencilla. No era un tipo interesante, un artista fascinante, una criatura divina como tú, mi amor. Más bien recordaba a un funcionario o a un profesor jubilado.

No había nada aventurero en él ni en su entorno. Las mujeres no se volvían locas por él. Su nombre no aparecía en los periódicos ni se oían cotilleos interesantes sobre él. De hecho, cuando yo lo conocí ya no aparecía en la prensa. Antes, por lo visto, había tenido algo de fama. Pero al final de la guerra ya lo habían olvidado, ni los perros hablaban de él.

Créeme, no puedo contarte nada interesante de él. A veces parecía un malhechor obligado a esconderse, un criminal que teme que lo identifiquen por las huellas dactilares que ha dejado en un vaso o un estafador que vive con nombre falso. Si había algo interesante en él era que procuraba por todos los medios no ser interesante. No merece la pena hablar de él.

Me estás haciendo chantaje. No soporto que me supliques y a la vez me amenaces... ¿Quieres que te dé esto también? ¿Los anillos, los dólares? ¿Quieres que te lo dé todo? ¿No vas a dejar nada para mí? Si te doy esto también ya no me quedará nada, de verdad. Si un día te vas, me dejarás con las manos vacías. ¿Eso es lo que quieres?

Está bien, te lo contaré. Pero no creas que lo hago porque tú eres el más fuerte. Sólo lo hago porque soy demasiado débil.

• • •

No es fácil contarlo. Es como querer contar la nada. Creo que en la vida sólo se puede contar lo que existe... quiero decir, en esta vida de aquí, en la vida sencilla de todos los días. Porque hay personas que viven no sólo en la vida diaria sino también de otra forma, en otro plano... Puede que esas personas sean capaces de contar la nada de un modo que parezca tan interesante como una novela policíaca. Él decía que todo era realidad... no sólo las cosas que se pueden tocar con la mano sino también los conceptos. Y si la nada era un concepto, entonces también le interesaba la nada... Cogía el concepto entre las manos y lo observaba desde todos los ángulos, como un objeto. No parpadees así, ya veo que no lo entiendes. Yo tampoco lo entendía... pero luego, al vivir con él, me di cuenta de que, en sus manos o en su cabeza, hasta la nada se hacía realidad, tomaba forma, crecía, se desarrollaba, se llenaba de sentido. Ése era su truco... No le des más vueltas, es algo demasiado complicado para la gente como nosotros.

¿Su nombre? Sí, su nombre sonaba bastante... A decir verdad yo nunca había leído ni un libro suyo. Cuando lo conocí tuve la impresión de que sólo estaba jugando conmigo, como hacía con todo y con todos. Entonces, de la rabia me senté y me leí de buena gana uno de sus libros. ¿Si lo entendí? Más o menos... Escribía con palabras sencillas, las mismas que se utilizan al hablar. Escribía sobre el pan y el vino, y sobre lo que había que comer y la forma correcta de pasear, y sobre lo que había que pensar durante el paseo... Como si escribiera un manual de instrucciones para pobres imbéciles que no supieran cómo hay que vivir con sensatez... Pero también era un libro astuto: detrás de la máscara de gran simplicidad, de naturalidad casi ingenua, detrás del tono didáctico, de buen maestro, se asomaba una especie de indiferencia sonriente y maliciosa. Como si alguien lo observase todo... el libro, el escritor del libro y hasta el lector que tenía el libro en las manos y se esforzaba por entenderlo, le daba una y mil vueltas o se ponía sentimental... Como si hubiera siempre un adolescente pérfido espiando toda la escena desde un rincón de la habitación o desde las propias páginas del libro... con una sonrisa un poco malvada. Eso era lo que yo sentía cuando leía sus libros. Entendía cada palabra, pero no entendía el conjunto, no acababa de saber qué era lo que él quería en realidad... Y tampoco acababa de entender por qué escribía un libro si no creía en él ni en la literatura, ni siquiera en el lector... Y yo, la lectora, por muy atenta que estuviera a la lectura, nunca conseguía averiguar en qué creía él realmente... Me dio un ataque de nervios cuando leí su libro. Ni siquiera lo terminé, de la rabia lo tiré en un rincón.

Y luego, cuando viví cerca de él... se lo dije en la cara. Me escuchó muy serio, como si fuera un cura o un maestro, asintiendo con la cabeza. Después se subió las gafas de montura dorada hasta la frente y dijo en tono paciente y comprensivo:

—Es una vergüenza. —Hizo un gesto con la mano como si él también quisiera tirar todos los libros del mundo en un rincón—. Ciertamente es una vergüenza, una humillación. Un ultraje.

Y suspiró con tristeza. Pero no dijo qué era lo que le parecía una vergüenza. ¿La literatura o que yo no comprendiera su libro? ¿O es que había algo para lo que no existían palabras? No me atreví a preguntarle nada... porque él trataba las palabras como un farmacéutico trata los medicamentos. Cuando le preguntaba el significado de alguna palabra él me miraba con suspicacia, igual que un farmacéutico mira con recelo cuando llega una mujer con el pelo revuelto y aspecto demacrado y pide un somnífero, por ejemplo, veronal. O el dependiente de una droguería, cuando la modista de ojos llorosos le pide una botella de lejía... Él pensaba que las palabras eran venenosas, que en cada palabra había un amargo veneno. Y que ese veneno sólo podía tomarse en soluciones muy diluidas...

¿Quieres saber de qué hablábamos? Espera un segundo... No lo recuerdo... Bueno, no daba grandes discursos... y lo poco que recuerdo me cabría en la palma de la mano.

Una vez... durante los bombardeos, cuando la población de la ciudad estaba agazapada en los sótanos y esperaba la muerte con los labios morados y el cuerpo empapado de un sudor frío... él se puso a hablar de que la Tierra y el hombre tenían la misma composición... decía que había leído la fórmula en algún sitio y que era más o menos un treinta y cinco por ciento de sólidos y un sesenta y cinco por ciento de líquidos. Sí, lo había leído en aquel libro sueco. Se lo veía muy satisfecho al hablar de eso. Como si con hablar ya estuviera todo arreglado. Las casas se derrumbaban a nuestro alrededor, pero los edificios que se tambaleaban y las personas que gritaban y buscaban donde esconderse parecía que no le interesaban. Me habló de un alemán que vivió hace cien años o más... Aquí en Roma hay un café, en el que estuve el otro día contigo, el Greco... Dicen que ese alemán solía ir a ese café hace cien años o más... no te preocupes, yo tampoco me acuerdo de su nombre... Pues el calvo decía que ese alemán creía que las plantas, los animales y toda la Tierra estaban hechos con el mismo molde... ¿Tú lo entiendes? En las semanas de los bombardeos él leía con tal pasión y concentración que parecía que debía recuperar el tiempo perdido... como si en toda su vida se hubiera dedicado a otras cosas, como si hubiese estado holgazaneando hasta entonces y ya no tuviera tiempo de llenar todas sus lagunas, para averiguar el secreto de la composición del mundo. En esos momentos yo me quedaba sentada en un rincón sin decir nada, mirándolo y riéndome de él. Pero no me hacía caso, yo le importaba tan poco como las bombas.

Él siempre me trataba de usted. Era el único del mundo al que pertenecía mi marido, el mundo de los señores, que ni siquiera me tuteaba cuando hablaba en confianza. ¿Dices que entonces no era un verdadero señor, que sólo era un escritor, pero no un señor? ¡Qué listo eres! Quizá tengas razón y él no fuera un verdadero señor porque siempre me trataba con educación. Cuando todavía era criada, mi marido me mandó a su casa para que me estudiara, para que me analizara... Y yo, obediente como un cordero, fui a verlo. Mi marido me mandó a que su amigo me examinara igual que su familia había llamado al médico de cabecera para cerciorarse de que la nueva criada no tenía la sífilis... Así que el calvo era el médico para mi marido, sólo que esta vez no se trataba de examinar mi estado de salud sino de otra cosa... de saber cómo era yo por dentro... El escritor aceptó hacerme el reconocimiento, pero me recibió de visible mala gana. De alguna forma despreciaba la ocurrencia de mi marido, que en aquella época estaba tan confuso que se inventó aquella estúpida prueba psicológica... Me abrió la puerta con una expresión seca, casi murmurando algo. Me invitó a pasar y ofreció asiento, y luego se quedó mirándome sin preguntar gran cosa.

Él nunca miraba a la persona con la que hablaba. Siempre miraba hacia otro lado. Como quien tiene cargo de conciencia y evita la mirada directa. Pero luego, de improviso, sus ojos relampagueaban y podías sentir que era a ti a quien miraba. Era una mirada intensa a la que no podías escapar. Dicen que así eran los interrogatorios de los comunistas. No podías esconderte de aquella mirada con un truco de cortesía, como toser y aclararse la voz para fingir indiferencia, porque entonces no podías quedarte quieto en la silla. Cuando te miraba así tenías la impresión de que quería poseerte, sentías sus ojos encima como si te estuvieran tocando. Como cuando un médico, con la mascarilla en la cara y el bisturí en la mano, se inclina sobre la mesa de operaciones donde yace el paciente que se lamenta del dolor y éste no ve nada más que el bisturí cruel y aquellos ojos que lo escudriñan y que están a punto de penetrar en su cuerpo y ver en vivo el hígado o el riñón... Rara vez miraba así. Y sólo durante un instante... Parecía que no podía transmitir a esa mirada la corriente eléctrica necesaria para mantenerla durante mucho tiempo. Aquella vez me miró de ese modo a mí, a la obsesión viviente de su amigo, durante un largo instante. Luego miró hacia otra parte y en sus ojos se apagó aquella luz. Entonces dijo:

—Se puede marchar, Judit Áldozó.

Y yo me marché. Y no volví a verlo hasta diez años después, cuando mi marido y él ya no se veían.

Nunca lo supe con seguridad, pero sospecho que hubo algo entre él y la primera esposa de mi marido. Cuando se divorciaron, ella se mudó al extranjero. Durante un tiempo vivió aquí, en Roma. Luego volvió a Budapest y vivió allí sin llamar la atención, evitando que la gente hablara de ella. Murió unos meses antes del estallido de la guerra. Fue una muerte repentina, provocada por un coágulo de sangre en el corazón, murió en unos segundos. Más tarde se rumoreó toda clase de cosas, como era costumbre cuando moría una criatura joven que en apariencia no sufría enfermedad alguna... Llegaron a decir que se había suicidado. Pero nadie sabía qué motivo habría tenido aquella mujer joven y rica para quitarse la vida. Tenía un piso muy bonito, viajaba mucho, salía poco, llevaba una vida tranquila... Yo estuve indagando un poco sobre ella, claro, era una mujer que había estado relacionada con mi marido... Pero no logré averiguar nada fiable sobre aquellos rumores.

Bueno, yo también sé algo sobre muertes repentinas... No creo mucho en los médicos, aunque acuda a ellos lloriqueando en cuanto me pasa algo, si me he hecho un corte en el dedo meñique o si me duele la garganta. Pero no me fío de lo que dicen porque hay algo que los enfermos sabemos y los médicos no... Yo sé, por ejemplo, que la muerte repentina... que llega sin avisar, cuando no hay ningún problema y en apariencia se está sano como una rosa... no es del todo imposible. Ese extraño amigo, el escritor hechicero, también sabía algo de esto. Mira, cuando lo conocí, a veces tenía una sensación muy rara... y pensaba: «Ya está, se acabó, me muero»... Me encontré con el calvo en un refugio de Buda, un día a las seis de la tarde. No esperaba encontrármelo allí, había miles de personas apretujadas en aquella cueva del monte Gellért.

Parecía una novena de penitencia, cuando el pueblo se reunía en una cueva para rezar porque la peste asolaba la ciudad. Él me reconoció y me llamó con una seña para que fuera a sentarme a su lado en los bancos de madera. Así que me senté junto a él y escuché en silencio el ruido sordo de las explosiones lejanas. Tardé bastante en darme cuenta de que era el hombre al que había ido a ver una vez porque mi marido quería que me examinase... Al cabo de un rato me dijo que me levantara y lo siguiera.

La sirena del fin de la alarma aún no había sonado, los callejones de Buda estaban desiertos. Caminamos en un silencio sepulcral, como en una cripta; pasamos por delante de la antigua pastelería del barrio del Castillo, ya sabes, ese local centenario con muebles tan finos... y nos metimos allí en plena alarma aérea.

El lugar era fantasmagórico... toda la situación era bastante surrealista, como una especie de cita en el más allá... Los propietarios de la pastelería, que eran habitantes ancestrales del barrio del Castillo, y también la dependienta, todos habían bajado al sótano al escuchar la alarma. Estábamos solos entre los muebles de caoba, las vitrinas llenas de pastelillos rancios de crema y merengues resecos, pasteles típicos del tiempo de guerra, y las botellas de licor de vainilla alineadas en las estanterías. Nadie nos recibió, nadie respondió a nuestro saludo.

Nos sentamos a esperar y así estuvimos un rato, sin decir palabra. De lejos, desde la orilla opuesta del Danubio, llegaba el estruendo de los cañones antiaéreos y las detonaciones sordas de las bombas americanas. Una nube de humo negro levitaba sobre el castillo porque los aviones habían alcanzado una de las reservas de petróleo de la orilla izquierda del río y estaba ardiendo... pero a eso tampoco le prestamos atención.

Cuando se cansó de esperar empezó a servirnos con desenvoltura, como si estuviera en su propia casa. Echó un poco de licor en un vasito y puso en un plato dos trozos de pastel de crema y nueces. Se movía con tanta familiaridad en la vieja pastelería como si fuera un cliente habitual. Cuando me sirvió le pregunté si solía ir mucho allí.

—¿Yo? —preguntó, y me miró con cara incrédula, sujetando el plato y los vasitos—. Ni hablar. La última vez que estuve aquí debió de ser en mi época de estudiante, hace unos treinta años. No —dijo con resolución—, no recuerdo cuándo fue la última vez.

Brindamos y nos comimos los pasteles mientras conversábamos. Cuando terminó la alarma aérea, y la vieja dueña y la dependienta se atrevieron a salir del escondite al que habían huido despavoridas, ya estábamos charlando como dos viejos amigos. Así fue como nos conocimos por segunda vez.

No me sorprendió su naturalidad. Y a partir de entonces ya no me sorprendía nada cuando estaba con él. Si se hubiera puesto a cantar en medio de la calle desnudo como su madre lo trajo al mundo, igual que un monje loco, tampoco me habría sorprendido. Si lo hubiera visto un día con una larga barba y me hubiera dicho que acababa de venir del monte Sinaí, donde había estado charlando con el Señor todopoderoso, tampoco me habría sorprendido. Si me hubiera pedido que jugáramos al calientamanos o que aprendiese español o que tratase de dominar los secretos del lanzamiento de cuchillos no me habría sorprendido en absoluto.

Por eso, tampoco me sorprendí al ver que no se presentaba, no me preguntaba mi nombre y tampoco mencionaba a mi ex marido. En la atmósfera irreal de la pastelería se comportaba como si todas las palabras sobraran, como si las personas ya supieran lo más importante aun sin hablar... como si no hubiese nada más aburrido y superfluo que el intento de contarnos quiénes éramos. Me daba a entender que no necesitábamos hablar de cosas que los dos sabíamos muy bien, como la vieja historia de la señora fallecida, o escarbar en el pasado, cuando yo aún era una criada y un día mi marido me mandó a verlo a él, el experto en psicología, para que me observara y determinara si estaba sana o padecía sarna social, o alguna enfermedad por el estilo... Seguimos con nuestro diálogo... como si la vida no fuese más que un único y eterno diálogo entre dos personas que la muerte interrumpe tan sólo un instante, el justo para tomar aliento.

No me preguntó a qué me dedicaba, dónde vivía o con quién estaba... Sólo me preguntó si había comido alguna vez aceitunas rellenas de tomate.

Al principio pensé que alguien que preguntaba semejante cosa no podía estar en sus cabales. Por eso lo miré un buen rato a los ojos, aquellos ojos grises verdosos que me observaban desesperadamente serios. Me miraba entre los estallidos de las bombas y el silencio de la pastelería como si nuestras vidas dependieran de mi respuesta.

Me lo pensé bien porque no quería mentirle. Contesté que sí, que claro que sí. Las había comido una vez en el Soho, en Londres, en el barrio italiano, en un pequeño restaurante italiano al que me había llevado el griego. Pero no mencioné al griego, pensé que no venía a cuento mencionar al griego a raíz de las aceitunas.

—Entonces vale —dijo en tono de alivio.

Con voz tímida, pues nunca me atreví a hablarle con soltura, de corazón, le pregunté qué tenía de bueno el hecho de que yo hubiese probado las aceitunas rellenas de tomate.

Escuchó mi pregunta muy serio y a continuación empezó a hablar deprisa.

—Porque ya no se encuentran —dijo severamente—. En Budapest ya no se pueden comprar aceitunas de ningún tipo. Antes se podían comprar en el centro, en la famosa tienda de ultramarinos... —Y dijo un nombre—. Pero por aquí nunca han rellenado las aceitunas con tomate. Eso es porque cuando Napoleón estuvo por aquí con sus ejércitos sólo llegó hasta Győr.

Encendió un cigarrillo y asintió, como si no tuviera nada más que añadir. Por encima de nuestras cabezas se oía el tic tac de un viejo reloj de péndulo vienés. Yo escuchaba ese sonido rítmico y el ruido sordo de las explosiones lejanas... que parecían el eructo de un animal después de llenarse la panza. Era todo como un sueño, aunque no se trataba de un sueño feliz... y sin embargo, sentía una extraña tranquilidad... que luego siempre me inundaba cuando estaba con él... Pero no lo sé explicar. No era feliz a su lado... Unas veces lo odiaba y otras, me irritaba. Lo que es cierto es que nunca me aburría cuando estaba con él. Nunca me sentía inquieta o impaciente. Era como si estando con él pudiera librarme de los zapatos o del sostén, y quitarme de encima todo lo que me habían obligado a aprender. Simplemente, me sentía tranquila cuando estaba con él. Las semanas siguientes fueron las más duras de la guerra, pero nunca me sentí tan tranquila y satisfecha como entonces.

A veces he llegado a pensar que fue una pena no ser su amante... No, no es que deseara de verdad acostarme con él. Estaba envejeciendo, tenía los dientes amarillentos y grandes bolsas bajo los ojos. Yo esperaba incluso que fuera impotente y que eso explicara por qué no me miraba nunca como habría que mirar a una mujer. Puede que las mujeres no le interesaran, a lo mejor le gustaban los hombres... Lo único seguro era que no me hacía ni caso. Se limpiaba las gafas a menudo, escrupulosamente, como un tallador de diamantes que pule la piedra en bruto. Sé que no iba harapiento, pero que me maten si recuerdo cómo vestía. ¡Y ya has visto que me acuerdo de toda la ropa de mi marido! Pero el aspecto exterior del artista calvo ha huido de mi memoria con ropa y todo.

También comentó sobre las aceitunas:

—En Budapest nunca se han podido comprar verdaderas aceitunas rellenas de tomate. Ni siquiera en tiempos de paz. Como mucho te vendían esas pequeñas olivas negras y arrugadas, sin relleno. Auténticas aceitunas rellenas, hasta en Italia cuesta encontrarlas. —Y antes de proseguir se levantó las gafas con el dedo índice hasta la frente—. Es curioso, esas aceitunas tan perfumadas, rellenas de ese tomate tierno y agrio que se deshace en la boca, sólo se podían comprar en París a finales de los años veinte, en el barrio de Ternes, en la esquina de la calle Saint-Ferdinand, donde un italiano tenía su tienda de embutidos.

Y mientras me explicaba todo lo que había que saber de las aceitunas rellenas en aquella fase de la evolución de la humanidad, miraba hacia delante con cara de satisfacción y se acariciaba la calva con una mano.

Me quedé pasmada. Éste se ha vuelto definitivamente loco, pensé. Estaba sentada allí, en el barrio del Castillo, contemplando desde arriba la ciudad bombardeada junto a un imbécil que había sido amigo de mi marido. Pero no me sentía a disgusto. Siempre me sentí bien en su compañía.

Con el tono tranquilo que se emplea con las personas trastornadas, le pregunté por qué pensaba que haber probado las aceitunas rellenas de tomate en un pequeño restaurante italiano del Soho, en Londres, iba a mejorar mi futuro inmediato o lejano... Escuchó mi pregunta con la cabeza ligeramente inclinada y la mirada perdida en el infinito, como hacía siempre que reflexionaba.

—Porque la cultura se está acabando —dijo en tono amistoso y paciente— y, con ella, todo lo que la forma. Las aceitunas sólo eran una mínima parte del sabor de la cultura, pero junto a otros muchos pequeños sabores, maravillas y portentos contribuían a formar el asombroso aroma de ese guiso fantástico que llamamos cultura. Y ahora, todo eso se está muriendo —dijo levantando los brazos, con el gesto de un director de orquesta que quisiera atacar el *fortissimo* de la destrucción—. Se muere aunque las piezas sueltas sobrevivan. Es posible que en un futuro vendan aceitunas rellenas de tomate en algún lado. Pero se habrá extinguido el grupo de los seres humanos que tenían conciencia de una cultura. La gente sólo tendrá conocimientos y no es lo mismo. Sepa que la cultura es experiencia —dijo en tono didáctico, apuntando con un dedo hacia el techo, igual que un cura durante el sermón—. Una experiencia constante, como la luz del sol. Los conocimientos sólo son una carga —añadió, encogiéndose de hombros, y luego concluyó amablemente—: Por eso me alegro de que usted al menos haya probado esas aceitunas. —Y como si el mundo también quisiera poner punto final a lo que estaba diciendo, una explosión cercana hizo temblar las paredes—. La cuenta —dijo en voz alta, como si la descomunal explosión le hubiera recordado que hay otras cosas que hacer en la vida aparte de enterrar a la cultura.

Me dejó pasar delante amablemente. Bajamos las escaleras de Zerge sin decir una palabra. Así fue como empezó nuestra amistad.

Fuimos directamente a su piso. Cruzamos el hermoso puente que meses más tarde se hundiría en las aguas del río. Entonces ya estaban colocadas las cajas de explosivos bajo los enganches de las cadenas de sostén; los alemanes se habían preparado con tiempo y a conciencia por si era preciso volar los puentes. Él se quedó mirando las cajas de explosivos con la mirada tranquila de un entendido en la materia, como si lo más interesante en este mundo fuera la acertada disposición de aquellas cajas.

—Esto también quedará destruido —dijo cuando llegamos a la mitad del puente, señalando los enormes arcos de hierro que en silencio, con el impulso de su peso interno, sostenían el colosal puente—. Totalmente destruido... Y por qué, preguntará usted. Pues vaya pregunta —dijo deprisa, como si estuviera discutiendo consigo mismo—. Porque cuando las personas se preparan para algo con empeño y seriedad durante mucho tiempo, ese algo, al final, sucede. Los alemanes son buenísimos haciendo saltar las cosas por los aires, excelentes artificieros —dijo en tono de absoluta admiración—. Nadie sabe volar puentes con la maestría de los artificieros alemanes. Así que reventarán el Puente de las Cadenas y luego los demás, uno por uno, igual que bombardearon Varsovia y Estalingrado. Saben usar las bombas a la perfección. —Y se detuvo allí, en medio de aquel puente condenado a muerte, con los brazos levantados, como si quisiera llamar mi atención sobre la importancia de aquella extraordinaria capacidad de los alemanes.

—¡Pero eso es terrible! —dije con el aliento entrecortado—. Estos puentes magníficos...

—¿Terrible? —preguntó estirando las sílabas, y se volvió a mirarme con la cabeza ligeramente inclinada.

Era alto, me sacaba una cabeza. Había unas cuantas gaviotas volando entre las cadenas del puente, pero no se veía un alma porque nadie se atrevía a andar por allí a aquellas horas. Con una voz extraña me preguntó por qué me parecía terrible que destruyeran aquellos magníficos puentes. Como si se hubiera sorprendido de mi indignación.

—¿Por qué? —pregunté, irritada—. ¿Es que a usted no le dan un poco de pena los puentes? ¿Ni la gente? ¿Ni todo lo que desaparecerá de la faz de la tierra de una forma tan absurda?

—¿A mí? —preguntó con la misma voz alargada, como si mi pregunta le causara una profunda sorpresa. Como si nunca hubiera pensado en la destrucción, en la guerra o en el sufrimiento humano. Y luego, con repentino fervor, en un tono exaltado y agitando el sombrero animosamente, dijo—: ¡Por supuesto que sí! ¿Cómo no me van a dar pena los puentes y la gente? ¡No faltaba más! ¡A mí! —Sacudió la cabeza con una sonrisa enigmática, como si le divirtiese aquella suposición absurda, aquella acusación vulgar—. Nunca... ¿comprende? —Se giró hacia mí, acercó su cara a la mía y me lanzó a los ojos una mirada amenazadora, como si quisiera hipnotizarme—. ¡Nunca he hecho otra cosa en serio que preocuparme por el destino de los puentes y de la humanidad!

Eso fue lo que dijo respirando con dificultad, como si estuviese ofendido y tratase de contener las lágrimas. Qué buen actor, pensé entonces... ¡Es un payaso, un comediante! Pero al mirarlo a la cara vi con estupor que sus ojos verdosos se estaban humedeciendo. No podía creer lo que veía... pero no cabía duda, estaba llorando. Las lágrimas le resbalaban por la mejilla.

No se avergonzó de llorar. No le importaba. Era como si sus ojos llorasen con independencia de su voluntad.

—¡Pobre puente! —murmuró, como si yo no estuviera allí—. ¡Pobre maravilloso puente! ¡Y pobres personas! ¡Pobre, pobre humanidad!

Estuvimos así un momento, sin movernos, mientras gemía... Luego se limpió los ojos con las manos, que restregó contra el bolsillo de su chaqueta. Sorbió con la nariz un par de veces. Miraba las cajas de explosivos y movía la cabeza como si estuviera viendo algo indecente, como si la humanidad no fuera más que una banda de gamberros y él, el escritor, no pudiera hacer nada para devolver al buen camino a esa pandilla de vándalos juveniles y hacer que entrara en razón, ni con palabras amables ni a base de palos.

—Sí, todo esto quedará destruido —repitió con un suspiro. Pero sentí que había en su voz una extraña satisfacción. Como si todo estuviera ocurriendo según un plan preciso. Como si, mientras lloraba y se lamentaba, hubiera calculado con lápiz y papel que ciertas inclinaciones humanas conllevan necesariamente unas consecuencias determinadas y por ese motivo, aunque se lamentaba, también se sentía satisfecho en lo más profundo de su corazón, como un buen ingeniero que comprueba que sus cálculos no han fallado. Y cortando por lo sano la conversación, añadió:

—Bueno, vámonos a casa.

Lo dijo así, en plural. Como si ya nos hubiésemos puesto de acuerdo. ¿Y sabes qué fue lo más curioso? Que yo también sentía que ya nos habíamos puesto de acuerdo en todo, en todo lo que era importante y tenía que ver con nosotros, como si hubiéramos llegado a ese pacto después de una larga discusión. Pero ¿qué habíamos acordado? Ese acuerdo tanto podía significar que a partir de ese momento yo me convertía en su amante como que quería admitirme en su casa como criada. Sin pronunciar palabra nos dirigimos «a casa», cruzando el puente condenado a muerte. Caminaba deprisa, tuve que apretar el paso para no quedarme rezagada. Por el camino ni se dignó mirarme, como si hubiera olvidado que estaba siguiéndolo. O como si fuese un perro el que iba tras sus pasos. O como si fuese el criado el que anduviese a su lado, acompañando al señor a algún recado... Yo apretaba bajo mi brazo el bolso en el que llevaba el carmín, el colorete y la cartilla de racionamiento, igual que había apretado mi hato muchos años antes, cuando me decidí a buscar empleo en Budapest. Andaba a su lado como una criada junto a su amo.

Y según íbamos andando, avanzando, fui sintiéndome extrañamente tranquila. ¿Sabes?, en aquella época hacía ya mucho tiempo que yo vivía como una señora. ¡Tenía unos modales tan distinguidos! Hasta la nariz me la sonaba con elegancia, como si estuviera en medio de una fiesta privada en el palacio de Buckingham... A veces me acordaba de mi padre, que no usó un pañuelo en toda su vida... porque nunca lo tuvo. Ni siquiera sabía lo que era un pañuelo... Cuando estornudaba, se apretaba la punta de la nariz con dos dedos y luego se limpiaba los dedos en la pernera del pantalón. Y en mi época de doméstica yo también me sonaba la nariz de esa forma, como había aprendido de mi padre. Pero en aquel momento, cuando iba trotando junto a aquel hombre, de improviso me sentí relajada, como si hubiera terminado una larga, dura e inútil tarea y por fin pudiera descansar. Porque sabía a ciencia cierta que si en ese instante, bajo la estatua de

Széchenyi, yo estornudaba, me estrujaba la nariz con dos dedos y me los limpiaba en la falda de mi vestido de tela fina... él ni siquiera se fijaría. Y que si justo en ese momento me mirase por casualidad, no se indignaría ni me despreciaría sino que observaría con sumo interés el hecho de que una criatura de sexo femenino elegantemente vestida se sonara la nariz de una manera tan grosera... como si prestara atención a las curiosas costumbres de un animal domesticado. Y eso, de alguna forma, me tranquilizaba.

Al subir a su piso me pareció que estaba de vuelta en casa. Cuando abrió la puerta y me hizo pasar a un pasillo oscuro que olía a alcanfor, noté la misma calma que había sentido muchos años antes, cuando llegué de la Puszta a Pest para trabajar de doméstica en la casa de los padres de mi marido. Me sentía tranquila porque sabía que por fin había un techo firme sobre mi cabeza en aquel mundo salvaje y peligroso.

Y allí me quedé, pasé la noche en su casa. Enseguida me dormí, pero desperté en mitad de la noche con la sensación de que me moría.

No, mi amor, no era un ataque al corazón... o quizá sí, pero también era otra cosa. No me dolía nada ni estaba angustiada. Sentía por todo el cuerpo una calma dulce, la calma absoluta de la muerte. Sentía que el mecanismo de mi pecho había dejado de funcionar, como si se hubiera quedado sin cuerda. Mi corazón se había cansado de trabajar y ya no quería seguir latiendo.

Cuando abrí los ojos vi que él estaba de pie, a mi lado, tomándome el pulso.

Pero no me cogía la muñeca como lo hacen los médicos. Me tomaba el pulso como un músico pulsa las cuerdas de un instrumento o como un escultor palpa una escultura. Me tomaba el pulso con los cinco dedos. Yo sentía las cinco puntas de sus dedos conversando libremente con mi piel y con mi sangre, y a través de ella, con mi corazón. Me tocaba como si viera en la oscuridad, como los ciegos, que ven con sus manos. O los sordos, que oyen con sus ojos.

Era medianoche pasada. Seguía vestido de calle, no se había cambiado. No me hizo preguntas. El poco pelo que tenía alrededor de la sien y en la nuca, en la parte más baja de su calva cabeza, estaba revuelto. En el cuarto contiguo había una lámpara encendida. Comprendí que estaba leyendo de noche, mientras yo dormía y cuando sentí que me moría. Estaba de pie, junto al diván en el que me había acostado, y empezó a trajinar a mi alrededor. Trajo un limón, mezcló azúcar en polvo con el zumo del limón y me dio a beber la mezcla dulce y ácida. Luego preparó café en una cafetera de cobre rojo, un café turco fortísimo, amargo como el veneno. Echó en un vaso veinte gotas de un frasco, añadió un dedo de agua y me ayudó a beber la mezcla.

Era medianoche pasada y volvían a sonar las sirenas. Pero no prestamos atención al rabioso aullido. Él sólo se refugiaba durante las alarmas si estaba en la calle y la policía le ordenaba que bajase a algún sótano. Si no, se quedaba en casa, leyendo. Le gustaba leer en esos momentos, decía que por fin había un poco de silencio en la ciudad. Y desde luego había silencio, el silencio del más allá... Los coches y los tranvías no circulaban, sólo restallaban las bombas y los cañones antiaéreos. Pero eso no le molestaba. Se sentó al lado del diván y de vez en cuando me cogía la muñeca. Yo seguía tumbada, con los ojos cerrados. El bombardeo era intenso a esa hora y, sin embargo, nunca me había sentido tan tranquila, tan segura y protegida en toda mi vida. ¿Por qué? Tal vez porque alguien me estaba ofreciendo su ayuda... algo que es muy difícil obtener de las personas. Hasta de los médicos es difícil conseguirla. Pero parece que, cuando hay problemas, los artistas sí que pueden ayudar. Quizá sean ya los únicos que pueden ayudar... sí, tú, cariño mío, y todos los demás artistas. Una vez me dijo de pasada que antes no había artistas, sacerdotes y médicos por separado... que eran todos la misma persona. En la antigüedad, el que sabía hacer algo era un artista. De un modo u otro, yo intuía que era verdad, por eso me sentía tan tranquila... casi feliz.

Al cabo de un rato noté que mi corazón había vuelto a latir. El mecanismo funcionaba otra vez en mi pecho: me recordó lo que vi una vez de pequeña, en el museo de cera de Nyíregyháza. Había una figura que representaba al Papa en sus últimos días; su pecho subía y bajaba, accionado por un mecanismo.

Abrí los ojos y lo miré; esperaba que me dijera algo. Yo no tenía fuerzas para hablar, pero él ya sabía que el peligro había pasado. Me preguntó en tono amigable:

—¿Ha tenido usted la sífilis?

La pregunta no me asustó, ni siquiera me molestó. Sonaba natural, como todo lo que decía. Le indiqué que no con la cabeza, a sabiendas de que habría sido inútil mentirle porque él descubría todas las mentiras... Luego me preguntó cuántos cigarrillos fumaba al día. ¿Sabes?, yo antes no fumaba o, al menos, no lo hacía de una forma tan incontrolada como ahora, aquí en Roma. Aquí fue donde empecé con este sahumerio sin control, a humear con estos cigarrillos americanos tan fuertes. Pero en aquellos tiempos sólo me encendía uno después de comer. Se lo dije y luego pregunté:

—¿Qué ha sido? —Y me toqué el pecho, la zona del corazón. Estaba muy débil—. ¿Qué ha sido esto? Nunca había sentido algo así.

Me miró atentamente y dijo:

—El cuerpo se acuerda.

Pero no dijo de qué se acordaba el cuerpo. Me miró durante un rato más, hasta que se levantó y se fue a pasos lentos y largos, como si cojeara un poco, a la habitación contigua; cerró la puerta tras de sí y yo me quedé sola.

• • •

Después también me dejaba sola en su casa, por la mañana o por la noche, en cualquier momento. Porque al cabo de un tiempo yo ya llegaba a su casa sin previo aviso. Me dio hasta las llaves, sin darle importancia, como si eso fuese lo más natural del mundo. Tenía una asistenta que venía a limpiar y a cocinar de vez en cuando. Pero no llevaba la casa. Todo era tan relajado... su piso también, aquel piso burgués tan normal, con los antiguos muebles vieneses. No tenía nada de extraordinario, eran tres cuartos en el quinto piso de un edificio moderno. Una de las habitaciones estaba llena de libros.

Me acogía a cualquier hora del día o de la noche y, como por arte de magia, sacaba de alguna despensa invisible manjares exquisitos, por ejemplo, cangrejo en conserva. Cuando ya todos comían habas, él me ofrecía piña en almíbar. Y aguardiente envejecido. Él nunca bebía aguardiente, pero siempre tenía vino en la despensa. Coleccionaba vinos poco corrientes: franceses, húngaros, alemanes, de Somló, de Borgoña y del Rin, botellas cubiertas de telarañas, igual que otros coleccionan sellos o porcelana fina. Y cuando descorchaba una de aquellas valiosas botellas, se quedaba admirando el color del vino un poco y luego lo saboreaba con tanta devoción y seriedad que parecía un sacerdote pagano preparándose para el sacrificio.

A mí también me servía a veces, pero casi con desgana. Era como si no me considerase digna de aquel vino. Decía que el vino no era una bebida de mujeres.

Desde luego, tenía opiniones que te dejaban de piedra. En general, era bastante rígido en sus puntos de vista, como las personas que se van haciendo mayores y no tienen ganas de discutir.

Me impresionaba el orden que reinaba en aquel piso. Todo estaba ordenado: sus armarios, sus cajoneras, las estanterías donde guardaba los manuscritos y los libros... No era la asistenta la que lo mantenía así, sino él mismo. El orden emanaba de él, era una auténtica manía. Por ejemplo, no soportaba que la ceniza y las colillas se quedaran en los ceniceros, cada media hora las echaba en un recipiente de bronce que vaciaba por la noche en el cubo de la basura. Sobre su escritorio había tanto orden como en la mesa de dibujo de un arquitecto. Nunca lo vi moviendo muebles, pero cuando llegaba yo, en horas impredecibles del día o de la noche, siempre parecía que acababa de irse la asistenta. El orden residía en él mismo, en su persona y en su vida. Pero... no lo comprendí hasta más adelante, aunque sigo sin estar completamente segura de haberlo entendido bien... ¿Sabes?, aquel orden no tenía vida. Era un orden artificial porque, justo cuando empezaba a desmoronarse todo el orden del mundo exterior, él decidía conservar y proteger su propio orden personal. Como si su último recurso de defensa frente al mundo que se estaba deshaciendo fuera ese mantenimiento de un orden personal meticuloso y en el fondo mezquino... Ya te he dicho que aún no lo he entendido del todo. Sólo lo menciono.

Pero aquella noche mi corazón se había calmado. Él tenía razón, el cuerpo se acuerda. ¿De qué? Entonces no lo sabía, pero ahora ya puedo decírtelo... se acordaba de mi marido. Yo nunca pensaba en él, llevaba años sin verlo y tampoco lo buscaba. Creía que lo había olvidado. Pero mi piel, mis riñones, qué se yo, mi corazón... no lo habían olvidado. Y cuando entré en la vida del calvo, el amigo de mi ex marido, mi cuerpo empezó a recordar de improviso. Todo me recordaba a mi marido cuando estaba con él... Porque ese hombre calvo y taciturno había surgido de la nada, como un hechicero insatisfecho y apático que ya no tenía ganas de hacer hechizos ni juegos de magia. Pasó un tiempo hasta que logré entender qué buscaba cuando estaba con él, de qué me acordaba...

Aquella época fue como un sueño. Todo era igual de increíble. Se daba caza a las personas como los laceros hacen con los perros callejeros. Las casas se desplomaban. La gente se agolpaba en las iglesias igual que antes en las playas. Eran pocos los que sólo vivían en sus casas, por eso no llamó la atención que yo visitara a menudo aquella casa ajena.

Sabía que al primer error que cometiera me echaría. O se escaparía él y me dejaría plantada en su propia casa en el momento más crítico de la guerra. Sabía que si me acercaba demasiado, si me insinuaba, él abriría la puerta, y si te he visto no me acuerdo. También sabía que no podía ayudarlo en nada por la sencilla razón de que no necesitaba nada. Aquel pobre desgraciado lo aguantaba todo, las humillaciones y las estrecheces... lo único que no aguantaba era que lo ayudaran.

¿Preguntas si era orgulloso? Por supuesto que sí. No aguantaba que lo ayudaran porque era orgulloso y solitario. Pero luego comprendí que había algo más bajo su orgulloso aislamiento. Tenía miedo de algo... no temía por su persona sino por otra cosa. Temía por la cultura. No pongas esa cara. Estás pensando en las aceitunas, por eso te ríes, ¿verdad? Los proletarios, tesoro mío, no sabemos lo que es la cultura. Creemos que cultura es algo que tiene alguien cuando sabe muchas cosas de memoria o lleva una vida refinada, no escupe en el suelo ni eructa durante la comida... Pero la cultura es otra cosa. No es que alguien hinque los codos sobre un libro y luego ya se lo sepa. O que aprenda a comportarse con educación... es otra cosa. Y el artista calvo estaba preocupado por esa otra cultura. No quería que lo ayudaran porque ya no creía en la humanidad.

Al principio pensé que estaba preocupado por su profesión, que tenía miedo de no poder hacer ya su trabajo en este asco de mundo. Pero cuando lo conocí mejor me di cuenta, para mi gran sorpresa, de que él ya no trabajaba en absoluto.

¿Qué hacía entonces, preguntas? Bueno, se dedicaba a leer... y a salir de paseo. Tú esto no lo entiendes porque eres un artista nato, un batería profesional. Ni siquiera te puedes imaginar a ti mismo sin tocar la batería. Pero él era un escritor que ya no quería escribir porque no creía que la palabra escrita pudiera cambiar nada en la naturaleza humana. Tampoco era un revolucionario, no quería salvar el mundo porque también rechazaba que cualquier revolución pudiera modificar en algo la naturaleza humana. Recuerdo que una vez dijo de pasada que no merecía la pena cambiar el sistema porque en el nuevo régimen las personas seguirían siendo exactamente iguales que en el antiguo. Él quería otra cosa. Quería cambiarse a sí mismo.

No lo entiendes, pues claro que no lo entiendes. Durante mucho tiempo yo tampoco lo entendía, ni lo creía... Sólo andaba a su alrededor sin hacer ruido. Y me alegraba de que me soportara. En aquella época eran muchos los que vivían así, hombres y mujeres, sobre todo judíos, que para escapar de los soldados se escondían en las casas de otras personas... Está bien, tranquilo. Claro que me creo que no supieras lo que estaba ocurriendo en Pest... No podías saber que las personas vivían como insectos, escondidos y en silencio. Muchos dormían en armarios, como hacen las polillas en verano en los cajones donde no hay naftalina. Pues así acampaba yo en su casa. Sin hacer ruido, sin dar señales de vida.

Él no me prestaba atención, pero de vez en cuando se despertaba de golpe y, como si acabara de percatarse de mi presencia, me preguntaba algo en tono banal, alegre y educado, como si lleváramos mucho tiempo charlando. Una vez llegué a su casa a las siete de la tarde, ya olía a otoño y anochecía temprano. Entré y vi su cabeza calva; estaba sentado delante de la ventana en el cuarto en penumbra. No leía, sólo estaba sentado con los brazos cruzados, mirando por la ventana. Oyó mis pasos, pero no me miró. Sin volver la cabeza, dijo:

—¿Usted conoce los caracteres numéricos chinos?

Cuando me hablaba así yo pensaba que estaba completamente loco. Pero ya había aprendido a tratarlo... Había que continuar la conversación sin transición ni introducciones sobrantes, por donde él la había empezado. Le gustaba que le respondiera con una o dos palabras, con un sí o un no. Por eso le dije simplemente que no, que no lo sabía.

—Yo tampoco —contestó con calma—. Y tampoco comprendo su escritura. Porque no escriben letras, lo que hacen es dibujar conceptos. De modo que no sé cómo escriben los números. Lo único seguro es que no usan los números árabes. Ni el sistema numeral griego; el suyo debe de ser más antiguo. Por lo tanto, es de suponer —ésta era una de sus expresiones favoritas— que existen números que no se parecen ni a los árabes ni a los de las culturas clásicas. Precisamente por eso —dijo con aire solemne— no tienen tecnología. Porque la tecnología empieza con los números árabes.

Miraba pensativo el crepúsculo gris perfumado de mosto. Sin duda le preocupaba el hecho de que el sistema numérico chino no fuese como el árabe. Yo lo miraba y callaba porque lo único que sabía de los chinos era que son un montón, que son todos amarillos y que sonríen mucho. Lo había leído en una revista ilustrada.

Al cabo de un rato pregunté con timidez:

—¿La tecnología empieza con los números árabes?

En ese momento, un cañón antiaéreo resonó muy cerca, a los pies de la colina del castillo. Miró hacia allí y dijo en tono de júbilo:

—Sí. —Y asintió como quien se alegra del apoyo de los demás participantes en un debate—. ¿Ha oído esa explosión? Pues eso es tecnología. Y para eso, antes fueron necesarios los números árabes. Porque con los números romanos y griegos eran muy difíciles las multiplicaciones y las divisiones. Piense por un momento cuánto tiempo llevaba escribir y calcular en números romanos el resultado de multiplicar doscientos treinta y uno por cuatro mil trescientos doce... Es imposible, mi querida señora... en griego no se puede escribir algo semejante.

Mientras hablaba se lo veía satisfecho. Por muy ignorante que yo fuera, entendía cada palabra que decía... sólo que se me escapaba el conjunto, no lo entendía como persona. Ya sabes, cómo era por dentro, quién era en realidad. ¿Era un comediante? ¿O alguien que se divertía tomándome el pelo? Me intrigaba tanto como si estuviera frente a un aparato nuevo, yo qué sé, un candado con un sistema modernísimo o una complicada calculadora. No sabía por dónde cogerlo, cómo acercarme a él... ¿Debía darle un beso o una bofetada? Puede que el beso me lo hubiera devuelto. O puede que sólo hubiese aguantado el beso o la bofetada sin oponer resistencia y luego hubiera dicho cualquier cosa con calma total, por ejemplo, que las jirafas dan zancadas de seis metros. Porque eso también lo dijo una vez así, de repente, con mucha ilusión. Dijo que, en comparación con los otros animales de la sabana, las jirafas tienen algo angelical, que incluso habían tomado el nombre de los ángeles... *Seraf*, ése es su nombre original...

Estábamos en otoño, hacia el final de la guerra. Íbamos paseando por un sendero que atravesaba un bosque y de repente empezó a hablar de las jirafas a voz en grito, y sus palabras resonaron entre los árboles. Lleno de entusiasmo, con palabras sublimes, me explicó la cantidad de proteínas vegetales que necesita la jirafa para vivir, para que pueda crecerle un cuello tan largo con una diminuta cabeza encima, y un tronco enorme, y unas patas larguísimas..., era como si recitara un poema o un himno misterioso. Y parecía que al recitarlo se emborrachaba con el significado de las palabras, con el hecho de vivir en un mundo donde hubiera incluso jirafas. En esos momentos me daba miedo... Me inquietaba cuando hablaba de jirafas o de chinos. Pero al cabo de un tiempo se me pasó el miedo, más bien era como si yo misma me embriagara cuando me hablaba. Cerraba los ojos y escuchaba su voz ronca... no era el contenido de su discurso lo que me interesaba sino aquel delirio peculiar, un éxtasis pudoroso e incontenible que manaba del conjunto de sus palabras, como si el mundo entero fuese una gran ceremonia y él fuese el sacerdote, el derviche que cantando sus salmos a pleno pulmón explica al mundo el rito... o las jirafas, o los chinos, o el sistema numérico de los árabes.

¿Sabes qué más había en todo eso? Había lujuria.

Pero no era la que suelen sentir las personas. Era más bien la lujuria de las plantas, de las trepadoras y de los grandes helechos, o de las jirafas y los serafines. Puede que la lujuria de los escritores sea igual. Me llevó tiempo comprender que él no estaba loco sino que simplemente era muy voluptuoso. Su voluptuosidad era el mundo, lo excitaba la materia del mundo, la palabra y la carne, la voz y la piedra, todo lo que es tangible, pero en su sentido y en su contenido es a la vez intangible, abstracto. Cuando hablaba así se ponía muy serio, tenía la expresión de un hombre que está tumbado en la cama con los ojos cerrados después de satisfacer su deseo... sí, cariño... así mismo.

Él no callaba como un bobo de cabeza hueca, al que no se le ocurre nada que decir. Por ejemplo, tú también eres magnífico callando, cuando estás sentado a la batería al lado del saxofonista y miras alrededor del local muy serio, con esa cabeza tuya de dios griego... Pero por magnífico que parezcas con tu esmoquin blanco, se te nota en la cara que sólo estás callado, no piensas en nada... Pues ese infeliz callaba como si callara algo. Y sabía callar con mucha fuerza, igual que otros saben gritar.

Nunca me cansaba de escuchar sus discursos. Cuando me hablaba sentía el agradable mareo que se siente cuando se escucha música. Pero cuando estaba callado no lo soportaba, me cansaba enseguida. Porque había que callar con él y estar atenta a aquello sobre lo que él callaba.

En esos momentos no podía adivinar lo que pensaba. Sólo percibía que cuando, tras una de sus peroratas sobre las jirafas o cualquier otro tema, de pronto se quedaba callado, era cuando empezaba el verdadero sentido de lo que estaba diciendo. Y cuando empezaba a callar, de golpe, tenía la extraña sensación de que se alejaba de mí.

Me impresionaba, casi me daba miedo. Era como el personaje del cuento aquel, que tenía una capa de niebla con la que podía volverse invisible... Así desaparecía él en su silencio. Momentos antes estaba conmigo, murmurando con su voz ronca, diciendo palabras incomprensibles... y de pronto desaparecía como si se hubiera marchado muy lejos. No era maleducado. Jamás me sentí ofendida porque no me hablase. Más bien sentía que me honraba al estar dispuesto a callar en mi compañía.

¿Quieres saber qué callaba con tanta maestría, con tanta fuerza y coherencia? ¡Ay, amor mío, qué cosas más difíciles preguntas!

Ni por un momento imaginé que yo pudiera espiar su silencio.

Pero luego, poco a poco, aprendí a interpretar ciertas señales sutiles. Cuando lo conocí, él estaba dispuesto a matar, a estrangular al escritor que había en él. Y se preparaba para ello de forma sistemática, con gran cautela. Igual que hace un asesino antes de cometer el delito. O tal vez como el conspirador que prefiere beber veneno a contar un secreto. O como un misionero que está dispuesto a morir con tal de no renegar de Dios.

Voy a intentar contarte cómo fui comprendiéndolo. Una vez me dijo de pasada:

—El género artístico del pequeñoburgués es el crimen.

Lo dijo acariciándose la calva, como siempre que soltaba una frase de este estilo. Las sacaba igual que el mago saca las palomas de la chistera. Luego me explicó lo que había dicho, lo desmontó y volvió a ensamblar las piezas. Dijo que en la vida del pequeñoburgués, del plebeyo, el crimen significa lo mismo que para un artista la inspiración y la creación. Pero que el artista quiere algo más que el plebeyo... Quiere destilar un mensaje secreto y expresarlo, con la pintura o escribiéndolo en una partitura... algo que permita que la vida sea más completa... Pero nosotros no podemos comprenderlo, amor mío.

Me contó cómo puede llegar a tomar forma en la mente del que comete un crimen las ideas más insólitas, totalmente distintas de las cotidianas. Cómo analiza un criminal las diferentes posibilidades... un asesino, o un general, o un cargo político... y luego, igual que el artista tras el momento de la inspiración, cómo convierte en realidad su peculiar obra de arte, el crimen... a la velocidad del rayo, con una habilidad y una maña que quitan el aliento... Había un escritor ruso... no arrugues tu hermosa frente de mármol. Su nombre no importa, lo he olvidado, pero ya veo que te pones de mal humor cada vez que nombro a algún escritor, no te caen muy bien. Tienes razón... Pues él me contó que ese escritor ruso había escrito una novela sobre el asesinato y que no era del todo imposible que el ruso hubiera querido de verdad alguna vez cometer un asesinato. Pero no lo cometió porque no era un plebeyo sino un escritor. Así que prefirió contarlo.

Mi amigo ya no quería escribir nada. Nunca lo vi escribiendo. Ni siquiera llegué a ver su letra, aunque tenía una pluma estilográfica sobre el escritorio, junto a la máquina de escribir portátil. Pero la máquina tampoco la usó nunca.

Durante mucho tiempo no comprendí qué problema tenía. Pensé que se había secado, que ya no le quedaban fuerzas para el amor ni para la escritura. ¡Estaba actuando, fingiendo que lo habían ofendido y que por eso callaba con orgullo, porque ya no estaba dispuesto a entregar a las personas y al mundo ese regalo maravilloso y único que sólo les podía dar él, el orgulloso y engreído escritor que envejecía poco a poco, el maestro! Tenía esa sospecha. ¿Sabes?, como cuando el talento de una persona se desvanece... cuando un hombre se da cuenta de que en realidad ya no es lo bastante fuerte para hacer el amor y entonces se convierte en un asceta, como si ya no le importase nada porque ya no vale la pena... Como las uvas están verdes, me hago ermitaño... Pero un día vi con claridad cuáles eran sus intenciones.

Él no quería volver a escribir porque temía que cada palabra que escribiese sobre el papel acabara en manos de bárbaros y traidores. Creía que, en el mundo que se avecinaba, todo lo que un artista pensara, dijera o escribiera... o plasmara en un lienzo o dibujara en un pentagrama... sería falsificado, ensuciado, traicionado. No me mires con esa cara de incredulidad. Ya veo que no te lo crees. Piensas que estoy hablando por hablar, que son imaginaciones mías. Te entiendo, amor, para ti es inconcebible porque tú eres un artista en cuerpo y alma, hasta la médula... No puedes imaginar que un día abandones tus baquetas igual que él guardó su pluma en un cajón y dejó que se oxidara, ¿verdad? Yo tampoco lo puedo imaginar porque tú eres de esos que son artistas hasta la muerte. Tú seguirías queriendo tocar la batería aunque se te atrofiaran los dedos, mi amor. Pero aquel pobre desgraciado era un artista de otro tipo.

Tenía miedo de convertirse en cómplice de los que llegarían, porque se acercaba una época en la que todo lo que un escritor escribiera sería falsificado o tergiversado. Estaba asustado, como un cura que descubre que van a usar sus sermones en un anuncio de enjuague bucal o como eslogan político de un partido... y por eso decide no volver a hablar. ¿Qué dices? ¿Que los escritores son unos muertos de hambre? ¿Que un mecánico o un peón de albañil hacen un trabajo más importante? Desde ese punto de vista, desde luego que un escritor no vale más que un peón. Y es prescindible... igual que todo el que no tenga poder ni dinero... superfluo, como dijo una vez mi marido.

Deja de gritar, cálmate. Tienes razón, era un peón. ¿Y a pesar de todo quieres saber cómo era de cerca? Pues no parecía un conde ni un consejero de gobierno. Ni un secretario del partido. Por ejemplo, con el dinero se comportaba de una forma muy curiosa. Aunque no te lo creas, él sí que tenía dinero. Era un peón que en secreto pensaba en todo, incluso en el dinero. No creas que era un ermitaño estúpido, como los eremitas vestidos con pieles de animales que comen langostas en el desierto y sorben miel de las cortezas de los árboles, igual que los osos. Tenía algo de dinero, pero los billetes no los llevaba al banco, prefería guardarlos en el bolsillo izquierdo de su chaqueta. Cuando pagaba, sacaba un fajo de billetes con un gesto descuidado... Las personas normales guardan el dinero en sus carteras, ¿no? Tú también llevas nuestro dinero en el bolsillo, ¿verdad? ¡Pero cuando lo veía metiendo la mano en el bolsillo de la chaqueta y sacando los billetes de esa forma, comprendía que era imposible engañarlo y menos aún traicionarlo porque sabía exactamente cuánto dinero tenía. ¡Hasta el último fillér!

Pero no sólo tenía ese putrefacto dinero de bolsillo. También tenía dólares, treinta billetes de diez. Y monedas de oro francesas de la época de Napoleón. Recuerdo que las guardaba en una cajita de hojalata, una antigua caja de cigarrillos egipcios. Tenía treinta y cuatro napoleones de oro, una vez los contó delante de mí con mucha atención; las gafas le brillaban sobre la nariz mientras miraba y olía las monedas. Mordió algunas y las hizo tintinear. Las observó una por una con detenimiento, acercándolas a la luz de la lámpara, como los cambistas de los grabados antiguos, con ojo experto y mucho afán.

Pero nunca vi que ganara dinero. Cuando le traían alguna factura él la estudiaba con gesto preocupado, sin decir nada, muy serio. Luego la pagaba y daba una generosa propina al mensajero. Pero creo que en el fondo era un tacaño. Una vez... era de madrugada... cuando se bebió su vino empezó a decir que había que respetar el dinero, sobre todo el oro, porque tenía algo mágico. Pero no quiso explicarme a qué se refería. Y para ser alguien que respetaba tanto el dinero, me sorprendían las altas propinas que repartía. No entregaba el dinero como los ricos... Yo he conocido a los ricos, mi marido lo era, pero nunca conocí a uno que diese propinas tan generosas como las del peón escritor.

Creo que en realidad era pobre. Pero tan orgulloso que creía que no merecía la pena esconder su pobreza. No esperes que sepa decirte cómo era. Yo sólo lo observaba con interés.

Pero nunca, ni por un instante, creí que lo conociera por dentro.

¿Quién es un escritor, preguntas? Tienes razón. ¿Quién es y qué es, al fin y al cabo, un escritor? Un gran don nadie. No tiene ni título, ni rango, ni poder. Un músico negro de jazz que esté de moda gana más dinero, un agente de policía tiene más poder, un funcionario ocupa un rango más alto... y él lo sabía. Una vez me llamó la atención sobre el hecho de que la gente en sociedad ni siquiera sabe cómo dirigirse oficialmente a un escritor... tan don nadie le parece. A veces le erigen una estatua o lo meten en la cárcel. Pero en realidad un escritor, que sólo se dedica a garabatear, no es nada ni nadie para la sociedad. Señor redactor o señor artista, así llaman al escritor. Pero él no era redactor porque no redactaba nada. Ni artista, porque un artista tiene el pelo largo y ve visiones... eso dicen. Pero él era calvo y cuando lo conocí ya no hacía nada. Nadie lo llamaba señor escritor porque, al parecer, un título como ése no tenía sentido. Uno es un señor o un escritor... Es muy difícil entender algo de todo esto.

A veces yo intuía lo que tenía en la cabeza, pero nunca llegué a averiguar si pensaba en serio todo lo que decía. Porque parecía que hasta el menor detalle de lo que decía era verídico; podría haber dicho lo contrario, que yo lo habría creído. Y cuando me miraba a los ojos era como si ni siquiera hablara conmigo... Por ejemplo, una vez... fue hace tanto tiempo... y yo entonces no pensé en ello, pero ahora de pronto lo he visto claro... estaba sentada en su habitación de espaldas al escritorio, entre un bombardeo y otro. Creía que no me prestaba atención porque estaba leyendo un diccionario. Saqué de mi bolso mi cajita de polvos, me miré la nariz en el espejito y empecé a empolvármela. De repente oí su voz, que decía:

—¡Más vale que tenga cuidado!

Di un brinco del susto y luego me giré a mirarlo con la boca abierta. Se levantó y se puso delante de mí con los brazos cruzados.

—¿De qué debo tener cuidado?

Me miraba con la cabeza inclinada. Dio un leve silbido y dijo en tono recriminatorio:

—¡Más vale que tenga cuidado porque usted es muy hermosa!

Pero su voz sonaba preocupada, parecía que hablaba en serio. Yo me eché a reír.

—¿De quién debo tener cuidado? ¿De los rusos?

Se encogió de hombros.

—Los rusos sólo quieren hacer el amor con usted, luego se van. Pero vendrán otros... y ésos querrán desollarle el rostro... por ser hermosa.

Se inclinó hacia mi cara con sus ojos miopes. Se subió las gafas a la frente y me miró. Como si acabara de descubrir que yo no era fea sino que tenía una cara bonita. Parecía que nunca me había mirado como se mira a una mujer... pero cuando por fin me miró lo hizo con tanta profesionalidad como un cazador que observa un sabueso de pedigrí.

—¿Desollarme? ¿A mí? —pregunté riéndome, aunque la garganta se me había quedado seca—. ¿Quiénes? ¿Los maníacos sexuales?

Me contestó con seriedad, como un cura cuando predica.

—Se avecina un mundo en el que todo el que sea bello será sospechoso. Y todo el que tenga talento. Y el que tenga carácter —afirmó con voz ronca—. ¿No lo comprende? La belleza será un insulto y el talento, una provocación. ¡Y el carácter, un atentado! Porque ahora llegan ellos, saldrán de todas partes cientos de millones de ellos. Y estarán por todas partes. Los deformes. Los faltos de talento. Los débiles de carácter. Y arrojarán vitriolo a la belleza, untarán con brea y calumnia el talento, apuñalarán el carácter en el corazón. Ya están aquí... y serán cada vez más. ¡Tenga cuidado!

Se sentó de nuevo al escritorio y se cubrió la cara con las manos. No dijo nada durante un buen rato. Luego, de improviso, me preguntó con amabilidad:

—¿Le apetece un café?

Así era él.

Pero también era de otra forma. Se estaba haciendo viejo y, a veces, parecía que se reía para sus adentros de la satisfacción que le daba haber dejado de ser joven. ¿Sabes?, hay hombres que piensan que al envejecer llega el tiempo de la venganza. Las mujeres, con la vejez, se vuelven locas, toman hormonas, se cubren de maquillaje, pagan a los jóvenes... Pero los hombres, cuando envejecen, a veces sonríen. Y un hombre que envejece sonriendo puede ser más peligroso para una mujer que un codicioso gigoló. En la eterna y aburrida guerra de los sexos —en la que a pesar de todo nunca nos cansamos de luchar—, llega un momento en que el hombre es el más fuerte porque ya no lo atormenta el deseo como antes, no lo empuja a dar pasos en falso. Ya no es su cuerpo el que manda, es él quien manda en su cuerpo. Y las mujeres se dan cuenta, lo huelen en el aire como los animales salvajes huelen al cazador. Nosotras sólo somos dominantes mientras podemos hacer sufrir a los hombres. Mientras podemos enredarlos con nuestro poder y volverlos locos con nuestro continuo y astuto toma y daca, saciándolos primero y luego poniéndolos a dieta... y mientras vosotros gritáis, escribís cartas o nos amenazáis, nosotras nos sentimos tranquilas y satisfechas, porque aún tenemos poder sobre vosotros. Pero cuando un hombre empieza a envejecer se convierte en el más fuerte. Sí, es verdad, no dura mucho... porque una cosa es un hombre de mediana edad y otra un viejo decrépito y chocho. Cuando llega la auténtica vejez, los hombres se vuelven como niños y empiezan a necesitar de nuevo a las mujeres.

Vamos, ríete. Sólo te lo estoy contando para divertirte, para entretenerte un rato. Así. ¿Ves?, estás guapísimo cuando sonríes con ese gesto tan presuntuoso.

Él estaba envejeciendo lleno de malicia y de alegría por las desgracias ajenas. Cuando pensaba en la vejez, sus ojos se iluminaban y brillaban tras los cristales de las gafas, y se volvía a mirarme con expresión complacida. Casi se frotaba las manos de la satisfacción que le daba ver que yo estaba allí sentada sin causarle el menor sufrimiento porque se estaba haciendo viejo. En esos momentos habría querido golpearlo, arrancarle las gafas de la cara, tirarlas al suelo y pisotearlas... ¿Por qué? Porque sí, por el gusto de verlo gritar. Para que me sacudiese del brazo o me devolviera el golpe, o... Pero no podía hacer nada porque él estaba envejeciendo. Y tenía miedo de él.

Ha sido el único hombre al que he tenido miedo. Siempre he creído que entiendo algo de hombres. Creía que estaban compuestos de ocho partes de orgullo y dos partes de otras cosas... Bueno, no te pongas a bufar, tú no tienes que ofenderte, eres la excepción. Pero a los demás creía que los conocía, que sabía hablar su idioma. ¡Porque nueve de cada diez hombres se lo creían cuando yo entornaba los ojos como si los admirara, como si me maravillara de su belleza o de su inteligencia! Querían que les hablara con una vocecita simplona y me restregara contra ellos como una gata en celo, extasiada por su tremenda inteligencia, que naturalmente yo, una pobre muchacha de modestas aptitudes, una flor ingenua y candorosa, no podía comprender en toda su amplitud... Para nosotras es todo un privilegio poder acurrucarnos a los pies de un hombre genial y poderoso, y escuchar con admiración las maravillas que generosamente nos revela; nosotras, aunque sólo somos unas pequeñas estúpidas, tenemos su permiso para saber lo inteligente y lo bueno que es en su trabajo, lo mucho que lo temen y lo reverencian en los negocios; lo astuto que ha sido al engañar a los importadores turcos cuando les ha vendido piel sin curtir por piel curtida o lo bien que ha adulado a ciertos peces gordos que pueden ayudarlo a obtener un premio Nobel o el título de caballero en alguna orden.

Porque siempre presumen de ese tipo de cosas. Pero ya te he dicho que tú eres la excepción. Tú te estás calladito y tocas la batería. Y cuando callas estoy segura de que estás callado y punto. Eso es maravilloso.

Pero los demás no son así, mi vida. Los demás son tan orgullosos, en la cama, en la mesa o cuando pasean, o cuando van a presentar sus respetos a las nuevas autoridades vestidos con su frac, o cuando llaman a voz en grito al camarero en un café... están todos tan pagados de sí mismos como si la vanidad fuera la única enfermedad realmente incurable del género humano. ¿Ocho partes de orgullo, he dicho? Puede que sean nueve... El otro día leí en el suplemento dominical de una revista que la mayor parte de la Tierra está cubierta de agua y la tierra firme es sólo una mínima parte. Pues yo creo que a los hombres les pasa lo mismo, no son más que orgullo y un par de manías más que les han metido en la cabeza con la educación y que son las que mantienen unido el conjunto.

Él también era un vanidoso, pero de una forma completamente distinta. Estaba orgulloso de haber matado en su interior todo lo que pudiera hacer que se sintiera orgulloso. Manejaba su cuerpo como si fuera un empleado. Comía poco y con gestos disciplinados y discretos. Cuando bebía vino se encerraba en su cuarto, como si quisiera estar a solas para abandonarse a una pasión perversa y despreciable. No le importaba que yo estuviera en el piso cuando quería beber vino. Me ponía delante una botella de aguardiente francés, un plato a rebosar de algún manjar exquisito y un paquete de cigarrillos egipcios... y volvía a encerrarse en su cuarto a beber. Como si no considerase a las mujeres dignas de estar cerca de un hombre cuando bebe vino…

Le gustaba el vino fuerte. Elegía una botella de la despensa donde guardaba los vinos raros... igual que un rajá cuando elige alguna de las odaliscas de su harén para esa noche. Cuando llenaba por última vez su vaso decía en voz alta: «¡Por la patria!» Al principio pensaba que estaba de broma.

Pero no se reía, no bromeaba sobre estas cosas: el último vaso se lo bebía de verdad por la patria.

¿Si era un patriota? No lo sé... En general escuchaba con suspicacia las peroratas de los demás sobre el patriotismo y no decía una palabra sobre el tema. Para él, la única patria era la lengua húngara. No por casualidad en los últimos tiempos sólo leía diccionarios... nada más, sólo diccionarios. Hojeaba diccionarios bilingües de español a italiano o de francés a alemán mientras bebía vino o por las mañanas, durante los ataques aéreos, como si esperase encontrar una palabra, una respuesta en medio de aquella cacofonía de destrucción y de muerte. Pero la mayoría de las veces leía diccionarios de húngaro, de los que explican el significado de las palabras, y los leía con una expresión devota, embelesada, como si estuviera en una especie de trance místico.

De vez en cuando pronunciaba en voz alta una palabra húngara; miraba hacia el techo y soltaba la palabra para que pudiera volar como una mariposa... Sí, recuerdo que una vez dijo precisamente esa palabra... mariposa... y la siguió con la mirada como si de verdad fuera una mariposa que aleteaba por allí, delante de él, bajo la dorada luz del sol... que flotara, se meciera y ondeara brillando con la luz que se reflejaba en sus alas cubiertas de polen... y él observaba esa bailarina celestial, ese baile del hada de la palabra magiar, y parecía que se amansaba porque aquello era lo más hermoso y lo más importante que le quedaba en la vida. Al parecer, en el fondo de su corazón ya había perdido la esperanza por los puentes, las tierras y las personas. Ya sólo creía en la lengua húngara, ésa era su única patria.

Una noche me invitó a entrar en su habitación mientras bebía vino. Me senté en el borde del sofá, frente a él, encendí un cigarrillo y me quedé mirándolo. No me prestaba atención, estaba un poco borracho. Recorría de arriba abajo la habitación bebiendo vino y gritando una palabra de vez en cuando.

—Espada.

Daba un par de pasos tambaleantes y se detenía de golpe como si hubiera tropezado. Miraba el suelo y decía como a la alfombra:

—Perla.

Luego daba un grito, se llevaba una mano a la frente, como si le doliera la cabeza, y decía:

—Cisne.

En un momento determinado me dirigió una mirada empañada, parecía que acababa de darse cuenta de que yo estaba en la habitación. Pues lo creas o no yo bajé los ojos, no me atreví a mirarlo a la cara. Sentía vergüenza. Como si estuviera viendo u oyendo alguna obscenidad, ya sabes, como hacen los *voyeurs*, que espían por un agujero en la pared las perversiones de las personas enfermas... por ejemplo, un hombre que hace el amor con un zapato, porque ese objeto le interesa más que la mujer a la que pertenece. Me reconoció poco a poco, parpadeando a través del velo del alcohol. Sonrió con una expresión confusa, avergonzándose de que lo hubiese pillado in fraganti... Abrió los brazos como quien se excusa porque no puede evitarlo, la pasión es más fuerte que él, que su sentido del pudor y de la medida. Balbuceando, dijo:

—¡Equiseto! ¡Bérbero!

Y se sentó a mi lado en el sofá, me cogió la mano con una de las suyas y con la otra se tapó los ojos. Estuvo así, en silencio, durante un buen rato.

Yo no me atrevía a decir nada. Pero entonces comprendí que lo que veían mis ojos era su agonía. Había basado su vida en la idea de que la razón reina sobre la tierra y se veía obligado a admitir que la razón es débil. Tú no puedes comprenderlo, amor mío, porque eres un artista, uno verdadero, de los que no tienen mucho que ver con la razón, pues no hace mucha falta para tocar la batería... No te enfades, lo que tú haces vale mucho más... Intenta comprenderlo. Él era escritor y durante mucho tiempo había creído en la razón. Estaba convencido de que la razón era una de las fuerzas que mueven el mundo, como la luz, la electricidad o el magnetismo. Y de que el hombre, con esa fuerza, podía dominar el mundo aunque no tuviera instrumentos precisos, como el protagonista de ese poema griego tan largo cuyo nombre han puesto aquí a una oficina de turismo, ¿te acuerdas? ¿Cómo se llamaba…? Ah, sí, Ulises. Sin instrumentos, sin tecnología, sin números árabes... él pensaba más o menos así.

Y al final tuvo que aceptar que la razón en realidad no vale nada porque los instintos son más fuertes. La cólera es más fuerte que la razón. Y cuando la cólera tiene la tecnología en sus manos le importa un pimiento la razón. Entonces, la cólera y la tecnología se lanzan juntas a un baile absurdo y salvaje.

Por eso ya no esperaba nada de las palabras. No creía que las palabras ordenadas de manera racional pudieran ayudar al mundo y a las personas. Y es verdad, hoy día las palabras están totalmente deformadas... incluso las palabras sencillas, las que nosotros estamos usando ahora para hablar. Se han vuelto inútiles, como los monumentos... se han convertido en ruido... su sonido se ha distorsionado, como cuando las gritan a través de un altavoz.

Ya no creía en las palabras... pero seguía amándolas, las paladeaba, las saboreaba. Se emborrachaba cada noche en la ciudad a oscuras con el sonido de alguna que otra palabra húngara... las saboreaba como tú bebías la otra noche el Gran Napoleón al que te invitó el traficante sudamericano. Sí, tú también te bebiste ese coñac tan caro con profesionalidad, con los ojos cerrados, degustándolo con la misma devoción con la que él pronunciaba «¡perla!» o «¡bérbero!». Para él, esas palabras estaban hechas de una sustancia sabrosa, como la carne o la sangre. Y cuando se ponía a disparatar de esa manera, casi en trance... cuando ya sólo decía palabras raras, parecía un borracho... o un loco. Gritaba o murmuraba palabras extrañas de algún idioma asiático... y yo lo escuchaba con una sensación de náuseas. Me parecía que estaba asistiendo a una especie de orgía oriental. Como si me hubiera perdido en un mundo de locos y de pronto viese un pueblo en la oscuridad de la noche... o más bien lo que quedaba de un pueblo... un hombre y algunas palabras que también se habían perdido allí, en aquella habitación. Y venían de lejos, de muy lejos. Hasta entonces jamás había pensado que yo también era húngara. Y lo soy, lo juro por Dios, todos mis antepasados eran húngaros de Kunság. Hasta tengo una marca en la espalda que dicen que no es un lunar sino la marca de la estirpe de Kunság... ¿Cómo? ¿Te gustaría verla? Está bien, luego te la enseño.

Me acordé de lo que me había dicho una vez mi marido sobre un conde y primer ministro húngaro famoso que se llamaba Duna o Tisza... o algo así. Siempre se me olvidan los nombres de esos condes. Mi marido conocía a la mujer de la que ese conde se había enamorado. Ella le contó que el conde barbudo, cuando era primer ministro, a veces se iba al salón privado del hotel Hungária con unos cuantos amigos, ordenaba que llamaran al pequeño Berkes, el gitano violinista; cerraban la puerta y ni siquiera bebían mucho, se quedaban escuchando en silencio la música gitana. Y hacia el amanecer, aquel conde serio y severo, el primer ministro que casi siempre llevaba levita, se ponía en medio de la habitación y empezaba a bailar al son de aquella música lenta y melancólica. Y los otros lo miraban muy serios, sin articular palabra. A nadie le daba por reír, lo cual era bastante extraño teniendo en cuenta que él era el primer ministro y estaba allí, al alba, bailando solo, al paso lento de las notas del violín. Me acordé de esto cuando vi a mi amigo el escritor gritando palabras al amanecer y gesticulando con las manos en una habitación en la que sólo estábamos él, los libros y yo.

¡Aquellos libros! ¡Cuántos libros tenía! No pude contarlos porque sabía que le molestaría que yo hurgara por allí. De vez en cuando echaba un vistazo a las estanterías de reojo, disimuladamente, para hacerme una idea de los que había. Las cuatro paredes de la habitación estaban cubiertas de estanterías que llegaban hasta el techo repletas de libros, con los estantes arqueados por el peso como la panza de una burra. En la biblioteca de cualquier ciudad hay muchos más, es cierto, quizá cien mil o incluso un millón. No sé para qué quiere la gente tanto libro. A mí me ha bastado en toda mi vida con una Biblia y una novela por entregas, una que tenía una bonita portada en color en la que aparecía un conde arrodillado a los pies de una condesa. Me la regaló en Nyíregyháza el juez del pueblo cuando, de chiquilla, me puso el ojo encima y me llamó a su despacho. Esos dos libros los he guardado. El resto, los leía y punto... Porque cuando era una señora yo también leía libros. No me mires así, ya veo que no te lo crees... En aquella época tenía que leer, bañarme, pintarme las uñas de los pies y decir frases como «Bartók liberó el espíritu de la música popular», y cosas por el estilo. Pero al final me harté de todo eso. Porque yo también sabía algo del pueblo y de la música... pero no era cuestión de hablar de eso con los señores.

Todos aquellos libros del piso de mi amigo... Después del asedio, fui un día a echar una ojeada. Él ya había venido a Roma. Encontré la casa en ruinas y, en su cuarto, los libros hechos papilla. Los vecinos me dijeron que había caído una bomba justo encima del edificio. Los libros estaban amontonados en medio de la habitación en ruinas, tal como el dueño los había dejado tras el asedio. Uno de sus vecinos, un dentista, me contó que el escritor no había salvado ni uno solo de sus libros. No se había parado a rebuscar en la montaña de escombros y pasta de papel... Cuando subió del sótano, se quedó delante de los libros con los brazos cruzados, observando lo que había quedado de ellos. Los vecinos lo rodearon pesarosos, esperando que se pusiera a lamentarse o a llorar. Pero él, en cambio, parecía satisfecho... ¿Tú lo entiendes? El dentista me juró que estaba contento y que asentía con la cabeza, como si todas las cosas se hubieran colocado por sí solas en el orden correcto, como si se hubiera descubierto por fin un gran engaño o una enorme estafa... como si hubiera ocurrido justo lo que esperaba. En medio de las ruinas de su casa, delante de aquel montón de libros amasados, el escritor se acarició la calva y dijo:

—¡Por fin...!

El dentista recordaba que muchos de los presentes que lo oyeron se sintieron ofendidos, pero a él no le importó que lo oyeran. Se encogió de hombros y se marchó. Durante un tiempo vagabundeó por la ciudad, como todos. Pero no volvieron a verlo en las cercanías de su antigua casa. Evidentemente, en el momento en que dijo «por fin» en su habitación, delante de los libros hechos papilla, puso punto final a algo. El dentista también me dijo que cuando le oyó decir aquello pensó que estaba actuando, fingiendo que no le dolía la pérdida. Otros sospechaban que tras el suspiro de alivio podía estar escondiendo algo siniestro a nivel político... tal vez que era un flecha cruzada o un comunista, o un anarquista y por eso había dicho «por fin»... Pero no sabían nada de él. Los libros se quedaron allí, entre los escombros, reducidos a un montón de pasta. Es curioso, entonces robaban muchas cosas en Budapest, orinales desconchados, alfombras persas, dentaduras postizas usadas, de todo... Pero no robaban libros. Como si los libros fuesen tabúes. Nadie se atrevía a tocarlos.

Desapareció poco después de que los rusos entraran en la ciudad. Alguien dijo que se había marchado a Viena en un camión ruso. Seguramente pagó con sus queridos napoleones de oro o con los dólares... Lo vieron dentro de un camión lleno de objetos robados, sin sombrero, con las gafas sobre la nariz, leyendo un libro sentado sobre un montón de pieles sin curtir. Quizá se llevó un diccionario húngaro... ¿tú qué dices? No lo sé. El caso es que desapareció de la ciudad.

• • •

Pero no es seguro que fuera eso lo que ocurrió. De alguna forma no cuadra con los recuerdos que tengo de él. Más bien creo que se marchó en un vagón cama, en el primer tren que salió de la ciudad. Y que llevaba los guantes puestos cuando subió al tren y que compró el periódico en la estación, y que cuando el tren se puso en marcha y se alejó no miró por la ventanilla sino que corrió las cortinas con sus manos enguantadas porque prefería no ver la ciudad hecha un colador por las bombas. Porque no le gustaba nada el desorden.

Así me lo imagino. Y en cierto sentido, me gusta más... qué raro... ahora que lo único seguro es que está muerto... es cuando me doy cuenta de que no sé nada de él a ciencia cierta.

En cualquier caso, él fue para mí la última persona que formaba parte de ese otro mundo... el mundo de mi marido. El de los ricos, vamos. No es que él también fuese uno de ellos. Ni que tuviera dinero, ni títulos... Él pertenecía a ese mundo de una forma distinta.

¿Sabes?, igual que los ricos guardaban toda clase de chismes en sus armarios, cajoneras y cuartos trasteros, él guardaba la cultura... o lo que él llamaba cultura. Porque la cultura, amor mío, no es lo que los proletarios pensamos... es algo distinto de la casa bonita, los libros en las estanterías, las conversaciones elegantes y el papel higiénico de colores. Hay algo más que los señores se guardan para ellos y no quieren compartir con nosotros, los plebeyos, ni siquiera ahora que ya todo ha cambiado, ahora que los ricos han comprendido que sólo podrán seguir siendo ricos mientras puedan encajarnos a los proletarios todos esos cachivaches que hasta ayer servían para entretener a la elite... Pero hay algo que siguen negándonos. Porque sigue habiendo una especie de complicidad entre los señores, aunque no es la de antes... ya no intentan conservar el oro y menos aún la biblioteca o la colección de cuadros, o el guardarropa, el dinero en efectivo, las acciones, las joyas o las costumbres refinadas, sino otra cosa que es muy difícil quitarles. Es probable que al escritor le importara un bledo todo lo que para los ricos era primordial. Una vez me dijo que podría vivir sólo de manzanas, patatas, vino, panceta, pan y café, y también cigarrillos... que no le hacía falta nada más en la vida... Le bastaba con dos mudas completas de ropa y ese abrigo impermeable desgastado que llevaba siempre, hiciese el tiempo que hiciese, en todas las estaciones. Y no lo decía porque sí... Yo, que lo escuchaba calladita, sabía que era verdad. Porque al cabo de un tiempo él ya no era el único que sabía callar. Yo también aprendí a callar y a escuchar lo que decía.

Creo que aprendí a escucharlo muy bien. Descifré a aquel hombre como un crucigrama. No lo resolví con la mente sino con el vientre, que es el modo en que las mujeres sentimos y aprendemos... Acabé por convencerme de que a él no le importaba nada de lo que para el resto del mundo era importante. Tenía suficiente con un poco de pan, panceta, manzanas y vino. Y unos diccionarios. Y al final, de todas las palabras escritas en todos los libros del mundo, le bastaba con unas pocas palabras húngaras, de esas que tienen un buen sabor, palabras tiernas que se deshacen en la boca... Habría abandonado con gusto, en silencio, todo lo que para los demás es importante...

Lo único que aún le gustaba era el sol, el vino y las palabras, pero fuera de contexto, por sí mismas... Era otoño, la ciudad estaba siendo bombardeada, la población y los soldados se apretujaban en los sótanos, llenos de pánico... Es curioso, los soldados siempre tenían más miedo aún de las bombas que los civiles... y aquel hombre acercaba el sillón a la ventana y se quedaba sentado al sol otoñal, con sus bolsas oscuras bajo los ojos y la boca entreabierta, absorbiendo los rayos de luz en el silencio sepulcral de los últimos días de la guerra... y sonreía.

Parecía que había alcanzado la felicidad. Pero yo sabía que no viviría mucho más, que se estaba muriendo.

Porque aunque rechazase todo lo que era importante para la gente culta y se enfundase en su abrigo raído, seguía perteneciendo a un mundo que estaba desmoronándose ante sus ojos. ¿Cuál era ese mundo? ¿El mundo de los ricos, de los privilegiados? ¿El mundo de mi marido? No, los ricos ya no eran más que los parásitos de algo que tiempo atrás se llamaba cultura... ¿Ves?, ahora que he pronunciado esa palabra se me han subido los colores, como si hubiera dicho algo indecente. Como si él o su espíritu estuviera aquí y pudiera oír todo lo que digo. Como si estuviera sentado en el borde de la cama, en este hotel romano, y cada vez que yo pronuncio la palabra «cultura» me mirase de pronto con esa mirada suya tan penetrante, que te atraviesa hasta el estómago, hasta las entrañas, y dijera: «¿Cómo dice, señora? ¿Cultura? ¡Qué palabra más fuerte! Pero ¿sabe usted, señora...», y veo que levanta el dedo índice y me mira a los ojos muy seriamente, en actitud didáctica y meditativa, «¿acaso sabe con exactitud lo que es la cultura? Usted suele pintarse de rojo las uñas de los pies... ¿verdad? Y también suele leer un buen libro por las tardes o antes de acostarse. Y se deleita con la música, ¿me equivoco?». Porque le gustaba hablar así, con un sabor anticuado y burlón, como el personaje de alguna novela del siglo pasado... «No, señora mía, la cultura es otra cosa... ¡La cultura, mi respetada señora, es un reflejo condicionado!»

Lo veo como si estuviera aquí sentado. No hagas ruido. Parece que lo esté oyendo. Eso fue lo que me dijo una vez de la cultura. ¿Sabes?, últimamente se habla mucho de la lucha de clases y de cómo hemos echado a las viejas jerarquías; dicen que ahora seremos nosotros los dueños y todo será nuestro porque nosotros somos el pueblo... Bueno, yo no sé qué va a pasar... pero tengo el presentimiento de que no va a ser exactamente así... de que, al final, a los otros les quedará algo que no quieren darnos y que no podemos quitarles a la fuerza. Y que tampoco se puede obtener aunque pases años y años calentando tu asiento en la universidad... Desde luego, no lo entiendo, pero sí sospecho que hay algo que los señores no van a darnos... Se me llena la boca de saliva cuando lo pienso.

Y siento una especie de repugnancia, como cuando se te cierra la boca del estómago. El calvo dijo que era un reflejo condicionado... ¿Tú sabes lo que es?

Suéltame la mano. Sólo estoy nerviosa, por eso tiemblo. Pero ya ha pasado.

Cuando decía algo yo nunca lo entendía enseguida... pero de un modo u otro entendía el sentido general, ¿sabes?, lo entendía a él como persona. Tiempo después le pregunté a un médico qué es un reflejo condicionado y me contestó que es cuando te golpean la rodilla con un martillito de goma y tu pierna se levanta un poco de forma involuntaria... Pero creo que el escritor se refería a otro tipo de movimiento que tampoco depende de nuestra voluntad.

Cuando desapareció y lo busqué en vano por toda la ciudad, me pareció que él era un reflejo... un reflejo en carne y hueso, con impermeable incluido. La persona como tal, ¿entiendes? No lo que escribía. Lo que uno garabatea no puede tener importancia... si hay tantos libros en el mundo, en las vitrinas, en las bibliotecas... Ahora hay tantos libros que parece que casi no queda sitio en ellos para el pensamiento... hay tantas palabras hormigueando en los libros que el pensamiento no cabe... No, lo que había escrito ya no tenía importancia para él, estoy segura. Le daba igual haber escrito libros alguna vez, si es que no lo avergonzaba. Si surgía el tema sonreía, desconcertado, como una vez que empecé a hablar tímidamente de sus libros y él reaccionó como si le hubiera recordado algún error de juventud... entonces sentí lástima por él. Hizo una mueca extraña, como si lo sacudiera un fuerte sentimiento de rabia, de arrepentimiento o de tristeza. Tuvo la sacudida de una rana cuando alguien la introduce en una solución salina por curiosidad, porque quiere ver los efectos de la electricidad. Se retorcía del mismo modo... era sólo una mueca, un gesto de dolor en los ojos y en los labios. Como si un ácido corrosivo hubiera goteado sobre su mente.

Era como si las grandes estatuas, los cuadros más famosos, los libros más sabios... no estuviesen separados de él... como si él fuese una pequeña parte viviente de todo lo que había quedado destruido. Él había muerto junto a todo lo demás. Pero, al parecer, las estatuas y los libros seguirán existiendo mucho tiempo después de que eso que llaman cultura se haya deshecho completamente... No hay quien entienda nada en esta historia.

Mientras lo observaba y las bombas caían a nuestro alrededor, pensaba que fui una estúpida de pequeña en el hoyo, y después, cuando trabajaba de criada en aquella casa de señores, y en Londres, donde el griego me enseñaba toda clase de argucias... fui una estúpida al creer que los ricos eran cultos. Pero ahora sé que los ricos sólo picotean en la cultura para aprovecharla, mojan pan golosamente y nada más... pero uno tarda mucho en aprender estas cosas y paga un precio muy alto por ello... ¿Aprender qué? ¡Pues que la cultura es cuando una persona... o un pueblo... se colma de una alegría inmensa! Dicen que los griegos eran cultos... No lo sé. El griego que yo conocí en Londres desde luego no lo era. Su gran preocupación era el dinero y lo que se podía comprar con él, acciones, cuadros antiguos, mujeres... como yo, por ejemplo. Pero dicen que hubo una época en la que los griegos fueron cultos porque todos sabían alegrarse... Hasta los alfareros, que hacían esas pequeñas figuras, y los comerciantes de aceite y el pueblo, y los soldados, y los sabios que discutían en la plaza del mercado de lo que era bello o lo que era correcto. ¡Imagínate, un pueblo que vive con alegría! Y esa alegría es la cultura. Pero luego ese pueblo desapareció y en su lugar quedaron personas que hablan griego... Ya no es lo mismo...

¿Y si leemos un libro sobre los griegos? Supongo que habrá una biblioteca en esta ciudad, allí, donde vive el Papa... no me pongas esa cara de ofendido. El saxofonista dijo que él a veces iba allí a leer. Claro, cariño, tienes razón, sólo lo dice para presumir. En realidad, él sólo lee novelas policíacas. Pero no es imposible que aquí, en Roma, haya bibliotecas donde se guarden libros y se pueda averiguar cómo pudo suceder que en Grecia... y en otras partes del mundo... desapareciera eso que antes llamaban cultura. Porque mira, hoy ya sólo hay expertos, pero ellos no pueden dar la alegría de la cultura... ¿A ti no te interesa? Está bien, no voy a insistir. Lo único importante es que estés siempre satisfecho y de buen humor. No te molestaré más con mis absurdos deseos.

¿Por qué me miras de través? Se te ve en la cara que no me crees... Tienes la sospecha de que lo que me interesa en realidad no es la cultura griega sino saber por qué murió ese hombre...

¡Qué listo eres! Pues sí, lo confieso, me gustaría leer un libro que me explicase lo que ocurre cuando eso que llaman cultura empieza un día a estropearse y a deshacerse en un ser humano. Se debilitan sus nervios, en los que seguía viviendo todo lo que los hombres de la antigüedad habían pensado... Sus nervios recuerdan todo aquello con nostalgia haciéndole creer que es un ser vivo distinto del resto de los mamíferos... es probable que un hombre así no muera sin más... con él mueren muchas otras cosas... ¿No crees? No sé si es así, pero me gustaría leer un libro que hablase de esto.

Dicen que aquí, en Roma, también hubo cultura una vez. Eran cultos incluso los que no sabían leer ni escribir y pasaban el tiempo en el mercado comiendo pipas de calabaza... Iban sucios, pero se metían en los baños públicos y allí discutían de lo que era bello y lo que era correcto. ¿Tú qué piensas? ¿Sería por eso por lo que ese loco vino aquí? ¿Porque quería morir aquí? Quizá creía que todo lo que llamaban cultura y lo que daba alegría a las personas... se había terminado. Y por eso vino aquí, donde todo está a punto de convertirse en una gran montaña de basura, pero aún asoman algunos restos de esa cultura... como asomaban en Buda tras el asedio los pies amarillos de los cadáveres, enterrados bajo treinta centímetros de tierra en el Vérmező... Tal vez por eso vino aquí... a esta ciudad, a este hotel... Porque quería sentir a su alrededor, en el momento de la muerte, el aroma de la cultura...

Sí, murió aquí, en esta habitación. Se lo he preguntado al portero. ¿Ya estás contento, ahora que lo sabes? ¿Has visto?, esto también te lo he dado. Ahora ya no me queda nada. Las joyas las has escondido bien, ¿verdad? Tú eres mi benefactor, amor mío.

Créeme, cuando murió... murió en esta cama, eso me dijo el portero... sí, justo en esta cama en la que estás tumbado tú ahora, cariño... seguro que en ese momento pensó: «por fin...», y sonrió. Los tipos lunáticos como él al final siempre sonríen.

Espera, voy a taparte.

¿Estás dormido, amor mío?